COLLECTION FOLIO

Angelo Rinaldi

# La confession dans les collines

Gallimard

Angelo Rinaldi est né en Corse où il a passé son enfance. Il a publié son premier roman, *La loge du gouverneur*, en 1969. Puis *La maison des Atlantes* (Prix Femina) en 1971, *L'éducation de l'oubli* en 1974, *Les dames de France* en 1977, *La dernière fête de l'Empire* en 1980, *Les jardins du Consulat* en 1984, *Les roses de Pline* en 1987. Il est aussi critique littéraire.

Angelo Rinaldi est né en Corse où il a passé son enfance. Il a publié son premier roman, *La Loi des vivants*, en 1969, puis *La Maison des Atlantes* (Prix Femina) en 1971, *L'Éducation de l'oubli* en 1974, *Les Dames de France* en 1977, *La Dernière Fête de l'Empire* en 1980, *Les Jardins du Consulat* en 1984, *Les Roses de Pline* en 1987. Il est aussi critique littéraire.

*Et un jeune homme le suivait, un drap jeté sur son corps nu. Et on l'arrête. Mais lui, lâchant le drap, s'enfuit tout nu.*

SAINT MARC - 14, 52.

C'était quand même la femme qui, le plus souvent après ma mère, m'avait vu en slip le matin, et, bien que je fusse tout habillé, n'allait-elle pas me reconnaître d'une seconde à l'autre ? Je serrais mon poing gauche d'où — selon les médecins, un jour, si j'héritais les prédispositions de ma mère à cette maladie — risquait de partir un cancer parce que, à l'âge de quinze ans, j'avais essayé de forcer la chance en y inscrivant un signe d'élection dans le gras de la paume, à l'aide d'un charbon incandescent saisi avec des pincettes. Je me l'étais appliqué sans trembler, persuadé que l'exceptionnel et l'approbation du sort se manifesteraient tout de suite par l'absence de douleur. Je m'étais à moitié évanoui dans le couloir où l'hiver, chez mes parents, vers la fin de l'après-midi, on consentait à allumer un brasero. Mais il ne chauffait rien ni personne. J'aurais voulu être quelqu'un ; j'avais échoué depuis longtemps.

Depuis le jour où l'on m'avait retiré le bandage, je sentais sous la peau à l'aspect nacré un réseau de cordelettes tressées auquel ma vie finirait par ressembler, et cette cicatrice, quand on la remarquait, était souvent le seul souvenir que je laissais dans l'esprit des gens. Les années ne l'avaient encore ni modifiée ni élargie, si elles étaient passées avec dureté sur le reste — j'y comptais d'ailleurs bien, en ce moment où je me trouvais dans les toilettes d'une station de métro. Il y avait donc aussi des minutes où l'on devait espérer d'avoir changé au physique encore plus que ne l'indiquait le miroir de la salle de bains, et ici les glaces qui, à ma gauche, recouvraient une colonne à la base de laquelle tournait un meuble aux quatre vitrines dont la dénomination n'appartenait pas à mon vocabulaire.

La femme assise sur une chaise basse qui ressemblait à un prie-Dieu — et pourquoi n'y aurait-il pas eu une chaise de style dans les plus belles toilettes publiques qu'il m'ait été donné de voir à Paris et que je venais de découvrir par hasard ? — la femme, après avoir retroussé le bas de mon pantalon jusqu'à mi-jambe ou presque, avec un soin de mère emmenant son gosse en promenade au bord de la mer, entreprenait, armée d'un pinceau, d'étendre du cirage incolore sur l'empeigne de mes chaussures. La main, qui était blanche, longue, dépourvue de taches de son, et précise dans son va-et-vient que je subissais comme un effleurement, une caresse, tenait l'instrument du bout des doigts : elle n'entendait pas ruiner ses faux ongles, ressemblant dans cette opération au peintre qui utilise une petite truelle souple et fine pour obtenir un glacis avec de la pâte. J'étais soulagé de porter des bas d'alpiniste qui dissimulaient les poils de mes mollets ; j'avais toujours hésité à pénétrer dans cette grotte qui était à trois blocs de mon bureau, et à proximité de la station de métro, sans avoir de communication avec celle-ci que l'on eût fermée sans provoquer beaucoup de protestations dans le public, tant le quartier était résidentiel. Dans le bariolage des faïences qui tapissaient la paroi de l'escalier en demi-lune par lequel on y accédait, tranchaient, pour me décourager d'entrer, le carmin des petits carreaux composant le mot « Dames » en lettres gothiques et l'inscription : « Construit par les établissements Athier et Renaudin 1905 », que, à force de longer ce trottoir, je connaissais par cœur. Mais je n'avais noté que cet après-midi, accrochée à la frise, escamotable donc à volonté, la pancarte de facture contemporaine, où était gravé « Cireur », qui autorisait un espoir aux messieurs et me proposait ce que je cherchais. Deux hommes, dont la hâte semblait anticiper la menace de l'orage où se reformerait sans doute un hiver qu'on croyait terminé, avaient achevé de me décider en disparaissant sous terre, à peine avais-je senti leur frôlement pendant que je m'interrogeais encore — descendrais-je ou non dans la grotte ? Et probablement chacun d'eux qui sortait de l'un des immeubles voisins avait-il aussitôt couru s'enfermer dans la plus proche des dix cabines à porte d'acajou, dont le dernier panneau — un vitrail — répétait le même motif : les yeux qui s'ouvrent sur la roue de cet oiseau en majesté que la superstition m'interdisait de nommer — une superstition qui n'était même pas de mon pays, où pourtant elles fleurissaient, mais je les ramassais toutes en chemin, comme on contracte des maladies vénériennes au cours d'une existence de débauche sans parvenir à remonter, quand elles se sont déclenchées, jusqu'à la partenaire qui l'a communiquée. Au demeurant, le nommer à qui, l'oiseau en question, dans cette pièce beaucoup plus vaste que je ne l'aurais supposé, où je commençais à flairer un parfum qui m'était familier, bien qu'il me dît, par ses fragrances se faufilant entre les diverses senteurs appropriées aux lieux publics qu'on maintient dans un état de propreté absolue, l'impossible souvenir d'avoir été aimé, dans une vie antérieure, par une de ces femmes dont on découvre la longueur et la finesse des jambes quand on leur a retiré leurs vêtements de luxe ? L'abondance et la qualité du bois, la teinte beige des mosaïques aux murs, le lustre à pendeloques et l'épaisseur de la moquette qui absorbait le bruit de l'avenue et le crépitement soudain de la pluie évoquaient les vestiaires des boîtes de nuit survivant dans les films en noir et blanc des ciné-clubs. Il n'y avait eu personne pour m'accueillir ou, si j'avais tourné les talons, m'empêcher éventuellement de voler les roses trop nombreuses pour le col du vase posé près d'une soucoupe où les « soleils » — des pièces de dix francs — sollicitaient le pourboire au centre d'une table qui, par son encaustiquage, n'aurait pas déparé dans la vitrine d'un antiquaire de cet arrondissement. Superstitieux, je l'étais plus que jamais, étant donné ce que l'on me demandait d'accomplir la semaine suivante, et ce ne serait pas sans risques, sinon pourquoi me l'aurait-on réclamé, en règlement de ces dettes que l'on ne remboursait pas avec de l'argent, et que l'on avait tendance à imaginer prescrites par le temps, lorsque beaucoup de temps s'était écoulé ? Or il fallait bien, un jour, payer dans leur monnaie ces gens qui, après tout, étaient les miens et, par là même, d'autant moins disposés à tolérer que je récuse la règle du jeu.

Lorsque des difficultés se présentaient, je réagissais dans l'immédiat par un surcroît d'attention à mon aspect et à mon habillement. Je procédais déjà ainsi à mes débuts, quand je dormais à droite et à gauche au hasard des invitations pêchées dans les attroupements du soir autour de la fontaine Saint-Michel, quand ma mère, dont l'écriture commençait à pencher sans que je m'en inquiète, sachant pourtant avec quel soin elle formait ses lettres depuis l'école et avec quel agacement elle me reprochait l'espèce de morse que je pratiquais, m'adressait son courrier à la poste restante ; je préférais me priver du sandwich qui eût été mon repas de la journée, plutôt que de me passer de la friction quotidienne au gant de crin et de ne pas me raser. Dans les douches de la gare Saint-Lazare qui, à l'époque, étaient installées au-dessus de la galerie marchande, là où maintenant on avait aménagé des toilettes pour les handicapés, on donnait contre trois francs une serviette parme, aux dimensions d'un drap, raidie, effrangée par les détergents, et qui, si l'on avait le tour de main pour s'étriller, mettait dans le corps une chaleur égale à celle dispensée par un « jambon-beurre » et un café. Ensuite, pendant deux heures au moins, on avait l'impression d'avoir été nourri.

Aujourd'hui, avant de me rendre au bureau, j'étais allé chez le coiffeur où j'avais fait signe à la manucure d'approcher de mon fauteuil, malgré ma répugnance à confier mes mains à d'autres mains — répugnance qui n'était pas liée à ma cicatrice et datait de la classe de septième, notre instituteur, en punition de la moindre peccadille, nous coupant les ongles quasiment au ras de la cuticule. J'en étais déboussolé, tel un chat qui a perdu le sens de l'équilibre, privé de ses griffes par un vétérinaire complice du propriétaire qui aime plus que son animal quelques fauteuils déjà destinés à la brocante dans les calculs de ses héritiers. Je grelottais au contact de la laine et du velours et me cachais de tous pour pleurer. Je haïssais l'autorité — la haine serait durable. J'avais pris pour un effet du chapelet que je m'imposais de réciter le soir dans mon lit l'éloignement du maître expédié du jour au lendemain en congé de maladie, au deuxième trimestre : il s'était acharné sur le fils d'un fonctionnaire municipal qui avait des appuis. J'avais été déçu d'apprendre que je n'y étais pour rien. On ne se vengeait pas si vite soi-même, vengé on l'était le plus souvent par des étrangers, cela aussi je l'avais découvert très tôt, ainsi que l'insatisfaction qui en résulte.

Au moment où, retenu par ce parfum qui me disait de plus en plus de choses sans que je parvienne à les dégager d'une nébuleuse, découragé de sortir par l'averse, ayant déjà gravi les trois marches à rebord de cuivre d'une estrade enviable pour une cour d'assises, je m'étais installé dans l'unique fauteuil, tout à mes pensées, à mon prochain voyage, pour lequel je cherchais un alibi à l'usage du bureau, la gérante des toilettes était sortie sans bruit de sa cage de verre renflée comme le globe d'une lampe à pétrole, à la surface de laquelle jouaient trop de reflets pour que, de ma place, on distinguât quoi que ce soit à l'intérieur. Et parce que mon refuge, à droite de l'entrée, était séparé de la première des cabines par la glace recouvrant le pan de mur, qui y créait ainsi une perspective, il me semblait qu'elle cheminait vers moi du fond d'une galerie, épuisant en route sa curiosité à mon égard, ravivant dans sa progression cette odeur qui émanait de sa personne et acceptait enfin d'être reconnue : c'était du gardénia, et j'en étais rajeuni d'une quinzaine d'années. Une ouvreuse ne regardait pas davantage le spectateur dès qu'elle avait déchiré son ticket, et de l'ouvreuse, cette femme, coiffée d'une manière qui ne m'étonnait pas, avait d'ailleurs la petite robe noire à col Claudine et à poignets fermés par un bouton, sans oublier la ceinture qui s'obtient par une incrustation de surpiqûres dans l'étoffe. Après la mort de mon père, comme on évitait de garder l'électricité simultanément allumée dans deux pièces, nous restions dans la salle à manger. Et lorsque, agacé par le ronronnement de la machine à coudre, je levais les yeux au-dessus de mon livre — qui pouvait être l'une des biographies de grands hommes prêtées par le nouvel aumônier du collège, l'abbé Stirla, créateur d'une salle de sport au patronage — j'en profitais pour observer celle qui pédalait à faire s'emballer la navette — nous l'appelions

« Anna Cousine » pour justifier de ne pas la payer, la dédommageant par des liens de parenté imaginaires — et qui effectuait plusieurs soirs par semaine des remplacements à *L'Alhambra*. Anna était une couturière qui avait la cote auprès des demi-bourgeois qui n'avaient pas les moyens de s'habiller aux Galeries Indri ; pantalonnière, elle travaillait à domicile — le nôtre, où débarquaient parfois jusqu'à des clients de la région des neuf lacs. Pourquoi était-elle demeurée avec nous quand fut épuisée la somme versée par la compagnie d'assurances après la mort de mon père ? Qu'avions-nous de si attachant ?

Déjà assise, se courbant pour aligner devant elle, à bonne distance les uns des autres, boîtes, pots, chiffons et deux paires de ces bas que ma mère et Anna Cousine disaient encore « remmaillables » — le tout extrait d'un tiroir insoupçonné sur le côté de l'estrade —, la gérante, sans lever la tête, avait murmuré : « Le jeu complet, monsieur ? » d'une voix dont le moelleux et la distinction rendaient impensable que l'expression ainsi employée relevât également du vocabulaire technique des hôtels de passe. Et cette qualité d'harmonie qui ajoutait encore à la quiétude de l'atmosphère et, en contribuant à éloigner la ville et ses orages au-dessus de nos têtes, atténuait mes soucis de l'heure, m'avait convaincu, bien avant que je ne scrute à la dérobée le visage qui apparaissait de profil dans les glaces de la colonnette, au sommet du meuble sans désignation, sans utilité autre que décorative, et non sans élégance par la géométrie de ses lignes. Mais alors il était trop tard pour m'enfuir. Me lever et descendre soudain de mon trône, c'était courir le risque d'étonner et de soumettre ma personne à un examen qui remonterait vite des pieds à la tête, quand j'avais encore une chance de n'être pas identifié, au bénéfice du vieillissement. Quatorze ans au moins s'étaient écoulés depuis l'époque où cette femme qui, elle, n'avait pas perdu l'arrondi de ses joues, apportait chaque matin, sauf le dimanche, le petit déjeuner dans ma chambre d'hôtel avec la gravité et la gentillesse qu'elle réservait à l'accomplissement de toute chose ; la lenteur cérémonieuse de ses déplacements et son sourire né de la satisfaction de servir en respectant un cérémonial de grande maison, de pièce à costumes, dissolvaient ce qu'avait introduit de mauvais, d'inquiet ou de sordide, dans mon esprit, une nuit qui n'avait pas souvent commencé dans le même lit. Une fois déposé son plateau sur la table de chevet dépourvue de lampe, après m'avoir donné, à travers le drap, une tape légère sur la jambe si je simulais le sommeil, Alice Le Corguillié se dirigeait en silence, sans hâte, vers l'une des deux baies pour tirer les rideaux : la lumière du jour, si médiocre qu'elle fût, me blessait, mais sur quel ton adresser un reproche à Alice ? Comment y songer seulement ? Elle triplait ma ration de café, variait le choix des confitures pour que je ne me lasse pas, avait mis de côté à mon intention des quignons de baguette pour accompagner les saucisses grillées, le morceau de fromage et les œufs sur le plat qui n'étaient au menu d'aucun des pensionnaires — le secrétaire de l'Impératrice excepté, sans doute —, et les rôties calcinées à mon goût, dont la pile dissimulait le ravier contenant du beurre, elle venait tout juste de les retirer de son gril : on me rendrait peut-être la faim et l'appétit que j'avais eus en ces temps-là, si j'échouais dans ma mission la semaine prochaine. Alice, qui avait pivoté d'un bloc, s'immobilisait dans une encoignure, les mains croisées sur son tablier, pour me regarder comme si j'allais m'émerveiller du panorama, me féliciter que l'on m'eût accordé le neuf au deuxième étage du « Lardennois », où, par-dessus le prunus du jardin en pente, on avait une vue complète et unique sur Paris — du Sacré-Cœur, assez proche sur la droite, au Panthéon, dans le lointain à gauche. Alice n'ignorait pourtant pas que cette attribution avait sa contrepartie, qui pouvait m'interdire de pénétrer dans ma chambre pendant une journée. Si, m'étant couché sans revêtir le pyjama qu'elle avait à cœur de me repasser tous les deux jours et de laver chaque semaine, je rejetais les draps par jeu, pour me montrer en slip, avec une feinte distraction de dormeur réveillé en sursaut, elle pivotait aussitôt dans l'autre sens pour tourner la crémone, sous prétexte de vérifier la température du dehors. Et sa main qu'elle avançait dans le vide, l'épaule parcourue de frissons, s'agitait dans un geste qui semblait promettre à la ville, en bas, mon arrivée imminente — ou qui l'en menaçait. À l'hôtel Hassler, qui jouxte l'église de la Trinité-des-Monts, et où les chambres sont si chères que par décence je renonçais à imputer les frais de séjour sur le compte de ma société, toujours j'avais eu une pensée pour Alice lorsque, à neuf heures du matin, l'employée écartait les rideaux et que, cette fois, une fenêtre contiendrait Rome tout entière. Le montant de mon pourboire s'en ressentait : on était facilement bon en mémoire des absents ou des morts qui n'en profitaient pas. De nos jours, même à l'hôtel Hassler les femmes de chambre n'avaient plus de ruché sur le front. Alice, debout à l'aube, quittait le sien à midi pour descendre en ville exercer son second métier, que les locataires ignoraient, mais dont elle m'avait fait assez vite la confidence, tout comme elle m'avait révélé sa liaison avec l'un des linotypistes employés à l'imprimerie de la rue Hecht, un homme marié qui se trouvait empêché de divorcer pour régulariser, parce que sa femme légitime était internée depuis des années dans un hôpital psychiatrique de banlieue. Il se prénommait Jean ; très vite, elle me l'avait présenté. Assez grand, fort, avec une tête imprécise de bébé dont les cheveux en sont encore au duvet, je me l'étais gagné en lui parlant de sport.

Aperçue à travers le brouillard d'une cuite et la fatigue du réveil, l'étroite bande de batiste — le ruché —, qui paraissait maintenir au bord de l'écroulement la masse de boucles presque rousses, mettait un point lumineux dans la pénombre de la pièce, car elle était toujours amidonnée de frais, comme le col des poignets, plus blanche encore que le tablier. Elle me donnait, autant que certaines musiques où dominent les instruments à vent, la nostalgie d'une société en ordre, ce qui, malgré les apparences que chacun parvenait à respecter, n'était pas le cas de l'établissement où Alice se trouvait clouée par le double attachement à un amant et à une patronne, et où, à l'approche de la trentaine, s'étaient écoulées mes deux dernières années de paresse et de tâtonnements, quand, sur un coup de tête, j'avais déserté la Rive gauche.

Comment avais-je atterri sur cette hauteur que l'avenue Mathurin-Moreau sépare des Buttes-Chaumont et qui, en toute saison, est — ce qu'on ignore trop — l'endroit de Paris où il y a toujours le plus de ciel ? À l'époque, elle était garnie de petits immeubles et de pavillons en pierre meulière, cinq rues au tracé en zigzag l'avaient érodée, découpée, creusée, longeant, ici et là, des terrains vagues plantés d'acacias où, le dimanche, se promenaient des convalescents de l'hôpital Rothschild qui, encore défigurés par leur maladie de peau ou leurs bandages, craignaient de croiser des regards dans la rue. Quand ils parlaient entre eux de leur quartier, les habitants l'appelaient la « Colline » — la colline tout court —, et l'on sentait le dépit des sujets de quelque principauté au pied des Alpes, à la lisière de la nation protectrice qui, petit à petit, lui confisque ses attributs de souveraineté, principauté qui a perdu, par trop de concessions, jusqu'à son nom sur les cartes de géographie. Il fallait sûrement faire confiance à mes colocataires qui, sur ce chapitre et bien d'autres — l'art en premier —, en savaient beaucoup plus que moi, quand ils affirmaient que, en dépit de la beauté du point de vue, cette colline n'avait jamais inspiré aucun peintre. Était-elle plus solide que celle de Testaccio, à Rome, éminence tout aussi artificielle mais millénaire qu'ont élevée par leur entassement, au fil des siècles, les débris d'amphores du grand marché de l'Antiquité qui se tenait sur le bord du Tibre ? Du moins a-t-on eu la prudence de n'y édifier qu'un cottage en contrebas — un chien y aboie en permanence sous une rangée de boîtes aux lettres défoncées — et de la sommer d'un calvaire qui achève de répandre sur les lieux une mélancolie sans prétention à la pensée. Je n'avais pas encore eu l'occasion de la gravir, celle-là, quand je vivais au « Lardennois », hôtel qui, par un consentement général, tirait son enseigne de la rue où il avait son entrée principale — juste dans le tournant, au croisement de la rue Remy-de-Gourmont. Rien n'était écrit sur la façade, et si des clients de la boulangerie de la rue Edgar-Poe, en sa présence, le désignaient comme le « Château » — parce qu'il en imposait par son style au confluent du castel gothique et du chalet suisse — je le savais à présent —, Alice laissait dire, loin d'être mécontente. Entre eux, les locataires s'appelaient les résidents.

Lorsque, par périodes, des bruits couraient quant à la friabilité du terrain, je pensais à l'îlot de Stello, qui s'élève au milieu des eaux vertes de l'étang de Tolla, dont l'approche est signalée par la multiplication des tamaris et des eucalyptus qui ont la vertu d'assécher les terrains marécageux. Il était formé par l'accumulation des écailles de ces huîtres que Néron exigeait pour sa table, d'après l'un de mes professeurs de cinquième, l'ancien remplaçant même de l'instituteur si prompt à nous taillader le bout des doigts, un homme à peine plus grand que ses élèves qui était passé du « petit » au « grand collège » et dont la douceur composée nous terrorisait. Il régnait dans sa classe une tristesse et un ordre de funérailles qui favorisaient mon émotion lorsque, sur une carte au mur, il désignait l'étang qui creuse une poche en forme d'estomac près du littoral : mes grands-parents maternels avaient possédé pas mal d'hectares tout autour, dans les collines, mais nous, nous n'avions plus rien, pas même Anna qui, élevée au rang de cousine, nous retirait l'illusion d'être servis. J'exagère : il nous restait un terrain sur lequel ma mère comptait faire construire le tombeau de famille dès que nous aurions un peu d'argent. Elle mettait sa robe du dimanche le jour où elle allait au bureau de la perception pour payer l'impôt foncier. Nous aussi, nous demeurions des possédants sur les terres où, bien après la guerre encore, on vivait bourré de quinine, et où s'étendaient maintenant des vignes exploitées par des étrangers. On serait sans doute parvenu à en faire pousser une, comme à Montmartre, dans le jardin du « Lardennois », qui était bien exposé.

Qui m'avait recommandé à Mme Francavilla ? Pour être admis comme locataire par l'ancienne actrice, qui se contentait d'ailleurs d'allusions si discrètes au cinéma qu'on pouvait ne pas comprendre qu'elles se rapportaient à une expérience personnelle, il était nécessaire d'être parrainé, d'avoir de préférence un alibi artistique, ou à la rigueur médical, afin qu'elle continuât de se dire qu'elle avait des hôtes payants, et non des clients. Cet après-midi-là, j'avais ouvert la lourde et étroite porte de chêne où brillaient les cuivres d'un judas à barreaux et n'avais pas encore posé le pied sur la première des trois marches du perron, ni même parcouru les deux mètres semés de gravier qui m'en séparaient ; à peine avais-je franchi la grille au réseau contourné qui s'élevait, comme soustraite à la pesanteur, d'une base en ciment dont un lierre tentait de recouvrir la laideur. J'étais donc attendu, preuve que quelqu'un s'était entremis, mais qui était-ce ? Alice, qui, boutonnée jusqu'au menton, avait les épaules dégagées d'une femme fière de se promener le dos nu, ne cillait jamais, de sorte qu'on était bien en peine de lui attribuer un sentiment autre que celui de la stupéfaction douce qu'elle affichait en permanence. Sa voix dont la distinction m'avait frappé au point que je m'étais imaginé, en dépit du tablier et du ruché, que la patronne de l'hôtel se dérangeait exprès pour m'accueillir, sa voix que le temps voilerait moins encore qu'il n'amenuiserait l'arrondi de ses joues, sa voix qui ne variait pas d'un ton, quelle que fût la circonstance, se déchiffrait encore plus mal que son regard, dans sa neutralité. Signifiait-elle sa désapprobation ou trahissait-elle de la crainte, lorsque, un autre matin, me scrutant dans mon lit où j'étais en train de m'étirer, elle m'avait demandé s'il n'aurait pas mieux convenu de ranger dans un étui le pistolet qu'elle avait dû déplacer en rangeant des chemises dans mon armoire dont elle détenait le double de la clé pour quantité de raisons. Quand elle devinait que mes fonds étaient en baisse, d'autorité elle lavait aussi et reprisait mon linge, qui se mélangeait parfois avec celui de son amant ; je me rendais compte de l'erreur lorsque le maillot de corps que je venais d'enfiler flottait le long de mon torse. « Oui, dans un étui, avait-elle répété. Aurez-vous assez de beurre ce matin ? »

À se tenir à contre-jour dans une encoignure de la baie, elle me dissimulait aux trois quarts le Sacré-Cœur qui lui laissait une coupole sur la tête, comme une calotte qui se fût gonflée au-dessus de son ruché. Jusqu'à mon installation au « Lardennois », je connaissais seulement cette église par les cartes postales fragmentant sur le tourniquet des libraires la représentation de la ville que j'avais dans son ensemble sous mon regard, dès que j'ouvrais l'œil au fond de mon alcôve.

Alice, dont j'étais le cadet d'une bonne vingtaine d'années, et pour qui je n'éprouvais pas l'ombre d'un désir, même si, dans l'état où je me réveillais parfois, je n'eusse pas été regardant, Alice soigneuse, soignée, au maintien digne, qui, à toute heure du jour et de la nuit, paraissait avoir rafraîchi son maquillage cinq minutes auparavant, n'avait jamais dû soupçonner que, pendant quelques secondes chaque matin, à cause d'elle, je me persuadais que le bonheur vient d'une journée qui a commencé par la présence et les attentions d'une femme. Ni qu'elle était la seule qui, étrangère à mon sang et à mon enfance, m'eût jamais inspiré une pensée pareille ; il eût été gentil de le lui dire avant mon départ. Mais la convaincre, y serais-je parvenu ? Je ne l'aurais pas deviné. Elle m'aurait opposé certain sourire qui l'établissait mieux que sa tenue dans le rôle de la domestique, comme lorsque je m'étais cru obligé de lui fournir une explication au sujet du pistolet. C'était un souvenir de mon père, qui s'en était servi pendant la guerre, aucune loi n'interdisait de détenir une arme à son domicile, on n'était qu'empêché de l'avoir sur soi, dans la rue, si l'on ne disposait pas d'un permis spécial. J'avais retiré le chargeur pour montrer qu'il était vide ; je l'avais soupesé dans ma main gauche grande ouverte, alors que je garde toujours cette main fermée quand je ne la fourre pas dans ma poche ou que, en société, je ne la présente pas de manière que mon pouce glisse entre le majeur et le médius, et ainsi l'habitude m'est-elle venue de serrer le poing et de le poser sur le genou lorsque je suis assis. Pour la première fois, Alice avait eu un battement de paupières ; elle avait remarqué la cicatrice dans la paume.

Quand même, avant de quitter l'hôtel de Mme Francavilla aussi vite que j'avais quitté et quitterais tant de gens et de lieux — sur une impulsion —, après avoir fait l'acquisition d'une valise à mon usage, j'avais acheté un carré de soie chez un inévitable marchand de la rue du Faubourg-Saint-Honoré dont j'espérais bien que le nom parlerait assez à l'imagination de la bénéficiaire du cadeau pour exagérer le prix de l'étoffe. La boîte en carton de la célèbre couleur orange dépassait, quoi qu'on fasse, du tiroir réservé à ses affaires dans le bureau du hall où rien — surtout pas le billard en chêne qui suggérait les loisirs à perpétuité de la vie de château — n'aidait à deviner que l'on avait pénétré, somme toute, dans un établissement ouvert au public. Sans doute y avait-il un standard téléphonique avec ses alvéoles de ruche, mais il était logé dans une niche du mur, à gauche, et il suffisait de tirer un rideau pour le dissimuler, avec ses longues fiches dans la partie inférieure, dont le maniement, quand les appels de l'extérieur se multipliaient, donnait à l'employé, M. Rodriguez, des gestes de pêcheur recousant les mailles de son filet après avoir affourché sa barque. La pièce, dont le parquet à l'anglaise révélait par des raccords en bois plus clair que celui de l'ensemble l'emplacement d'anciennes cloisons, était assez vaste pour abriter la réunion mensuelle du comité de rédaction de *Libertés européennes,* imprimé rue Hecht, dirigé par Jonas, le compagnon de Mme Francavilla, son mari peut-être, et qui, d'après ce qu'insinuaient linos, typos, clavistes, fondeurs, maquettistes, tous adhérents de la C.G.T., recevait les subsides d'une fondation américaine.

La revue — dont le « L » du titre était imprimé en rouge sur la couverture blanche où se marquait vite la trace des doigts — publiait pour l'essentiel des articles et des études politiques ou économiques relatives aux pays de l'Est, mais en considérant les choses de si haut qu'un profane ne les apercevait plus, ou de si près qu'il ne saisissait rien de la masse dont elles étaient détachées. Était-ce important le renouvellement de la moitié des membres du Comité central du Parti communiste de Serbie ? En revanche, les pages consacrées à la littérature, et qui contenaient en général une nouvelle, étaient d'une lecture à la portée du premier venu puisque j'y prenais un certain plaisir.

Tout le fourniment d'une équipe de cinéastes et le câble d'un groupe électrogène ponctué de dix mètres en dix mètres par des prises électriques bleues, qui rappelait peut-être à Mme Francavilla les bruits et les jours des studios de Cinecittà, s'étaient déployés également sans encombre dans ce rez-de-chaussée, lorsque, à trois ou quatre reprises, on avait tourné dans ma chambre afin d'intégrer le panorama, par des travellings au-dessus des corps enchevêtrés, à l'éternelle scène dont seuls les acteurs changeaient, ici comme ailleurs, hier et aujourd'hui et jusqu'à la fin des temps, avec ou sans amour. Mais ici on ramenait aussitôt à sa place le lit, qui avait été poussé vers la fenêtre, on changeait les draps froissés et souillés, avant d'allumer des bougies parfumées pour chasser l'odeur de la semence humaine qui avait coulé presque sans volupté, une odeur s'apparentant à celle qui flotte encore au-dessus de l'étal du poissonnier, quand on a retiré la marchandise après la fermeture du marché.

Les dimensions de la pièce convenaient aussi à une fête de patronage : les quelques marches qui, sur la droite, conduisaient à une mezzanine où s'ouvraient trois portes, Teddy, le photographe de mode, embelli d'être déguisé en femme, de vraies cerises et de vraies bananes sur son turban, une robe en lamé fendue sur le côté, qui mettait en valeur sa jambe de gymnaste, les avait descendues en chantant *It's America Way,* lors de la soirée Carmen Miranda, la plus réussie de toutes, qui avait été improvisée en l'honneur de M. de Lassonne, l'un des locataires. On commentait avec passion l'étape qu'il avait franchie, l'avant-veille, au cours d'un tête-à-tête avec son médecin, où il s'était remémoré que ses parents, alors qu'il était lui-même âgé de six mois, l'avaient confié à la garde d'une grand-mère pendant qu'ils s'accordaient un second voyage de noces autour du monde. Était-ce pour ce lointain motif que M. de Lassonne, homme dans la cinquantaine, réservé, courtois, aux cheveux gris coupés en brosse, qui promenait sur une figure émaciée de mystique en carême un nez pendouillant comme un sexe de bébé, se révélait enclin aux larmes — des larmes qui ne coulaient jamais, qui embuaient seulement son regard, le faisaient s'arrêter n'importe où et l'obligeaient à battre aussi fort des paupières que s'il eût attrapé une poussière sous un verre de contact ? Sa femme était menue, boulotte, gaie sans relâche, et d'après son accent, lorsque son allégresse cessait d'être jouée, d'un milieu social plus proche du mien que de celui de son mari. Au paroxysme de la gaieté ou bien quand elle avait un verre dans le nez, elle riait à la façon de Gisèle, la patronne du tabac de la rue Hecht, qui avait le chignon et les ballerines du toréador et la rosserie hésitante comme un crachat au bord des lèvres ; elle aurait pu aussi rire et chanter avec Anna Cousine. Pour se désennuyer sans doute, elle s'occupait de taper le courrier de la revue, d'éplucher le fichier des lecteurs dont elle contrôlait l'échéance des abonnements, y trouvant des noms qui l'étonnaient mais qu'elle refusait de communiquer, enfin de relire les articles sur la morasse, mot à mot, sans toujours comprendre le sens de chaque phrase. Elle me l'avouait pour se moquer de son ignorance ; je n'aurais pas eu sa simplicité. Le couple, qui semblait tirer ses revenus d'immeubles et de fonds de commerce dans une ville de l'ouest de la France et s'absentait chaque mois pendant un week-end pour régler ses affaires, m'avait précédé d'un an au « Lardennois », où lui était réservé ce que l'on baptisait une « suite » parce que, dans une entrée grande comme une valise ouverte, une console d'angle et un portemanteau mangeaient la moitié de l'espace.

À l'occasion d'une fête ou d'une réception, on poussait le billard du côté de la porte-fenêtre, et son tapis, recouvert d'une nappe, tel celui d'un casino dont la banque a sauté, était transformé en buffet, derrière lequel je montais la garde en veste blanche, un nœud papillon de travers — je ne serais pas allé plus loin dans le déguisement. Néanmoins, c'était suffisant pour électriser Jonas, qui, je ne l'apprendrais que vers la fin, avait éprouvé ses premières sensations amoureuses auprès d'un jeune *butler* dans un château où, avec sa mère, il avait passé des vacances, chez des amis, de sorte que les tenues de l'hôtellerie, en ce qu'elles ont de funèbre ou de médical, continuaient d'exercer sur ses sens autant d'attrait que, pour d'autres hommes ou femmes, les uniformes de l'armée et de la police, et qu'il s'appliquait, dans ses voyages, à descendre dans les palaces où l'on avait encore la chance d'en trouver.

Jonas devait me l'avouer, un soir où il avait forcé sur la vodka dans la chambre du résident qui était mon seul camarade au « Lardennois », et cela revenait à nous dire beaucoup sur ses origines et à authentifier les rumeurs avant que nous ne possédions des preuves.

Je régnais au-dessus de piles d'assiettes, de tas de fourchettes, de couteaux et de cuillères en argent, de six saladiers symétriques qui contenaient le premier des œufs durs, le deuxième des tomates coupées en quatre, épépinées et mélangées à des tranches de mozzarella, le troisième des poivrons verts à l'huile, les autres toutes sortes de mélanges exotiques à base de riz. Il y avait aussi des pâtés chauds, les uns ronds, les autres carrés ; des pichets de cristal où l'on voyait flotter concombres, cornichons et fenouil ; plusieurs gâteaux sur des plats, et chacun se servait soi-même ; la nappe remodelait les contours du billard qui avait repris tout son creux. Mon rôle se limitait à ouvrir de temps en temps la porte-fenêtre pour aérer la pièce, à verser du champagne dans les coupes et à offrir les jus de fruits qui remplissaient des pichets, ce qui m'évitait de me mêler à des conversations que je n'avais ni le goût ni les moyens de soutenir. Et vite, parce que je buvais aussi sec que Jonas, et que l'on me regardait avec une bienveillance inimaginable ailleurs, je me persuadais que s'agitaient doucement autour de moi bien des apparences du bonheur dans la lumière, les rires, la chaleur et l'amitié, sans compter le luxe après lequel je languissais et que j'essaierais ensuite de me procurer par tous les moyens. Et la location d'une quinzaine de chambres, au loyer abordable même pour celui que j'étais, ne parvenait pas à me l'expliquer si je m'interrogeais — j'avais beau y inclure le produit du courtage des tableaux. Car je m'interrogeais, et j'avais tort. Mais c'est qu'il aurait fallu être très fort ou très sage pour supporter d'être heureux par hasard, et je n'étais ni l'un ni l'autre. Sans doute aujourd'hui y aurais-je réussi, mais les occasions manquaient. Aujourd'hui, en tout cas, je le voyais bien : pour la plupart des habitants du « Lardennois », le principal attrait que je présentais découlait de mon inaccessibilité même, de mon mutisme renforcé par la prudence et de ce que d'un ensemble assez banal de gaucheries, de provincialismes, de muscles et de poils on pouvait déduire de mes avantages au-dessous de la ceinture ; j'étais meublant. Le fait de m'entraîner en amateur dans une salle de boxe, difficile à cacher à la suite d'une blessure à l'arcade sourcilière parce que je ne dominais toujours pas le défaut de combattre les bras ballants, ajoutait sans doute pas mal sous le rapport de la séduction, dans un cercle où, au jeu des comparaisons, il ne m'était permis de l'emporter que par la force physique. De convenir que je n'étais soudain qu'un objet ne diminuait pas le souvenir de ces soirées où j'avais eu mon âge, rien que mon âge, et où je ne m'étais plus soucié du lendemain ; un vent de flirt soulevait les phrases auxquelles je m'abstenais de répondre, caressant ma vanité que la vie n'avait pas encore contentée, et qui le serait, en définitive, bien peu. Mme de Lassonne me souriait avec son insistance que rien ne décourageait et que n'importe quel individu de moins de trente ans eût suscitée de sa part, à condition de n'être pas bossu. Elle arrangeait ses cheveux qui étaient blonds, très beaux, d'un geste ostensiblement furtif, à la manière d'une actrice, tandis qu'une comédienne de radio tournait vers moi sa grasse figure de fermière, où, pour s'en être seulement maquillé les reliefs mais par petites touches violentes, elle semblait avoir posé le masque de l'étroite jeune femme qu'elle avait dû être et qui m'aurait plu. Je me rappelais : chacun, dans l'argot de l'hôtel, étant en son absence désigné par le numéro de sa chambre, la comédienne était la « Douze », ce qui, dans la bouche de Mme Francavilla, laquelle pour la circonstance prononçait à l'italienne, s'entendait, par une ironie facile, comme le nom de la Duse. Il n'existait pas de « Treize », et j'étais le « Neuf ». Un soir, j'avais dévisagé l'un des invités qui, ne logeant pas au « Lardennois », n'y entrait jamais qu'avec le consentement de Teddy, le « Sept ». Dans son maintien, il était presque aussi raide que votre serviteur, derrière le billard, et pour l'accablement il rendait des points à M. de Lassonne qui, sur une marche de la mezzanine, un verre dans une main, un fume-cigarette dans l'autre, avait l'air d'estimer que c'était bien de l'agitation pour une ressouvenance dans le cabinet d'un médecin, et dont pas plus que moi-même il ne discernait l'intérêt. Je n'avais pas à me gêner : lorsque son visage n'était pas tendu par l'écoute de quelque conciliabule intérieur qui devait lui faire mal et augmentait son isolement dans l'assistance, l'étranger qui était l'objet de ma curiosité et ne se décidait pas à s'approcher du buffet n'avait d'yeux que pour Teddy. Le « Sept », qui s'était débarrassé de son turban mais non de sa robe, perdait le rouge de ses lèvres à manger des pâtés et à boire un mélange d'alcools de son invention en compagnie du « Quatre » et du « Dix », qui le félicitaient pour son tour de chant. Le spectacle d'un homme qui se tourmentait et se ruinait pour un autre avait encore, de mon point de vue, le caractère de l'inédit. Où Teddy, adolescent au bord de la quarantaine, avait-il déniché ce garçon que, sur sa mine, dans mon club, on aurait classé dans la catégorie des poids moyens, qui était divorcé et propriétaire par héritage d'un grand restaurant sur les Boulevards ? Il s'apprêtait à payer une voiture de sport à Teddy — qui, lui, était surtout content d'avoir fait monter les enchères, car en réalité il détestait conduire —, sans avoir obtenu, en contrepartie, de passer une seule nuit au « Lardennois », où pourtant les couples de toute espèce se formaient, se dénouaient ou s'enrichissaient d'un tiers, sans chagrin ni difficulté, quand ils ne s'accordaient pas à plusieurs. Se prénommait-il Marc ou Jean-Marc celui que je me serais senti fort de ramener à la raison par mes révélations au sujet de son partenaire, car je pensais encore que l'on guérit celles et ceux qui aiment par la connaissance de la vérité sur l'objet de leur amour ?

Teddy, Marc ou Jean-Marc, qu'étaient-ils devenus l'un et l'autre ? Et le reste de la bande ? En bonne logique, la chatte Belinda avait dû mourir la première, suivie ou précédée de peu par M. Bonfanti, le secrétaire de l'Impératrice, mais Teddy avait pu précipiter sa fin dans une des sales histoires où il se fourrait. Si, une nuit, je n'avais pas regagné la colline par l'escalier de la rue Manin, qui n'était pas mon chemin habituel, si je n'avais pas eu fait des progrès en boxe, ses deux agresseurs l'auraient laissé sur le carreau ; pour moi la partie n'avait pas été trop dure parce qu'un adversaire, dès qu'il était tombé sur un trottoir rendu glissant par la neige, ne se relevait plus, ou juste assez pour recevoir le coup au menton qui l'achevait. L'important était de prendre l'initiative sans hésitation et de veiller à ne pas glisser soi-même ; et cela décuplait la force physique de n'avoir que des motifs d'insatisfaction dans presque tous les domaines. Sans doute avait-on enterré Belinda dans le jardin.

Alice, qui étendait maintenant sans se presser une couche de cirage marron sur mes chaussures après avoir — je la retrouvais telle quelle dans ses moments de perplexité — passé le dos de sa main gauche sur une aile de son nez, connaissait peut-être la réponse, si toutefois il lui était impossible d'avoir gardé des images de nos soirées. Au motif que son service à l'hôtel commençait à sept heures du matin, elle n'assistait jamais aux fêtes dans le hall et refusait, en conséquence, de s'associer au nettoyage de la vaisselle le lendemain matin : les benjamins de l'hôtel s'en chargeaient, Jonas n'hésitant pas à nous donner un coup de main. En réalité, Alice qui, de sa voix dont la douceur et la distinction allaient retirer toute vulgarité à sa remarque, avait été capable de me dire de son ami, le linotypiste : « Mon Jean, monsieur, est un type très bien, je vous assure. Il ne m'a jamais demandé de le sucer », détestait par-dessus tout les cris, les voix fortes, les gestes exagérés, les musiques bruyantes, et, ne s'étonnant de rien, acceptait des autres l'extraordinaire, l'extravagant ou l'insolite, à condition qu'il ne fût pas accompagné de bruit. Voilà une caractéristique qu'elle n'avait pas plus perdue que sa minutie dans le travail — je le vérifiais aujourd'hui du haut de mon estrade, dans ces toilettes où l'on avait l'impression d'être si loin de la ville qui roulait son train au-dessus de nos têtes : avec autant d'intensité que pour son parfum qui me l'avait révélée avant que je l'identifie moi-même, et qui était l'odeur du « Lardennois » et de Mme Francavilla, gardénia et tubéreuse, Alice qui, telle une enfant autorisée à vider les fonds des verres, avait le droit d'emporter chez elle les flacons de parfum offerts à la patronne, dès qu'ils étaient à moitié vides, Alice diffusait le silence autour d'elle comme le mannequin du magasin de pressage diffusait de la vapeur, aussitôt habillé de mon unique blazer dont j'attendais sur place le nettoyage, fort de l'assentiment du teinturier, qui comprenait qu'au bar d'en face, avec un imperméable passé sur la chemise, j'aurais eu le ridicule sans éviter le froid. Alice apparaissait-elle dans le hall qui servait un peu de salon aux locataires, les conversations baissaient d'un ton sans que diminuât leur franchise ou déviât leur sujet, sauf si, par extraordinaire, on avait abordé le problème de la religion ; même Teddy, qui avait toujours une anecdote à raconter et riait d'un rien, mettait la sourdine. Et quand elle pénétrait dans le bureau de Mme Francavilla, celle-ci qui s'énervait vite, au téléphone, à parler d'affaires et, debout au milieu de la pièce, marchait soudain de côté comme une jument refusant la saillie, s'apaisait dès qu'elle avait remarqué l'entrée de la femme de chambre qui, sans un mot, s'agenouillait pour ramasser le bloc-notes jeté par sa patronne dans un mouvement de rage, et où elle recommencerait bientôt de griffonner et de dessiner, tout en criaillant, selon la propension des bourgeoises italiennes. Le piquetis des talons aiguilles sur le parquet évoquait plutôt le martèlement des sabots dorés de la chèvre qui, le jeudi et le dimanche après-midi, au commencement de l'allée des Buttes-Chaumont, face à la place Armand-Carrel, gravissait, un ruban autour du cou, les marches d'une double échelle et, parvenue au sommet, élevait une patte au-dessus du vide, tandis qu'en bas on applaudissait, on battait du tambour. Et la chèvre m'en disait plus long qu'à chacun des badauds, parce que je revoyais Restitude, un camarade de régiment qui était berger dans le civil et pleurait tant d'être séparé de ses bêtes que, pour lui obtenir sa réforme, je l'avais aidé à se mutiler. Nous nous étions promis de ne pas nous perdre de vue. Comment oublier un homme sur lequel on a tiré avec un pistolet ? Je continuais de lui envoyer mes vœux au Jour de l'An et recevais une carte postale par retour de courrier, lorsque j'étais en mesure de mentionner un domicile, au verso de l'enveloppe.

Sur son échelle, la chèvre aux sabots dorés ne devait pas être très heureuse, et j'aurais voulu la délivrer. Était-il imaginable que la scène eût échappé à Teddy ? Il ne cessait de photographier les alentours de la colline, le « Lardennois » et ses résidents, bien qu'il eût une préférence pour les arbres. Il avait installé dans sa salle de bains les deux petits bacs qui lui étaient nécessaires pour effectuer ses tirages en noir et blanc. Quelque part dans ses archives, on ne savait où — et pour qui, on ne le saurait jamais si Teddy était mort —, subsistaient encore peut-être des documents qui attestaient l'existence du « Lardennois » et sur lesquels nous figurions au complet, tels que nous étions ces années-là, le regard d'un inconnu s'arrêterait-il sur nos figures anonymes, en raison de ce que l'artiste avait su extraire de leur banalité ? Teddy avait assez de talent pour nous rendre tous mémorables, saisir la seconde où, peut-être, nous l'étions tous pour de bon, parce que, soudain, passait sur notre visage ce que nous ignorerions toujours, et qui nous eût inspiré soit de la pitié, soit de l'horreur pour nous-mêmes.

Je me rappelais très bien Teddy qui avait un accent parfait lorsqu'il chantait *It's America Way* — parfait tout au moins pour mes oreilles fermées à l'anglais. L'Amérique était dans ses jambes de joueur de basket-ball, et dans son insouciance également, car, sa mère ou sa grand-mère étant originaire de Boston, il recevait de cette partie de sa famille, encore scandalisée par la conversion d'une de ses filles au catholicisme, une rente qu'il partageait avec son frère resté à Rome — presque son jumeau, qui dans l'adolescence avait été son premier amant, et n'était pas moins italien que lui-même surnommé l'« Américain ». Il employait des expressions bizarres, disant, par exemple, « Il pleut des chats et des chiens » pour « Il pleut des cordes », et soutenait que tous les frères qui, pour l'âge, n'étaient pas séparés par plus de sept années, ayant eu, de ce fait, toute chance de partager le même lit, à un moment donné avaient nécessairement commencé par tirer plaisir l'un de l'autre — seule l'amnésie ou l'hypocrisie les empêchait ensuite d'en convenir. Et Teddy, sur le ton ferme de qui s'appuie sur des statistiques officielles, récitait une liste de noms comme s'il avançait des preuves, et, même si je n'en connaissais aucun, il me semblait que ces gens-là, dont le patronyme était souvent précédé d'un diminutif à la sonorité de nursery, n'avaient jamais été conduits par les circonstances à casser la croûte sur une péniche de l'Armée du salut. Qu'il y eût un comte Cinzano m'amusait beaucoup parce que c'était l'apéritif préféré d'Alice et de son amant, au comptoir de Gisèle, rue Hecht.

Je me rappelais aussi le secrétaire de l'Impératrice, qui, assis dans un voltaire, entre la mezzanine et le billard, malgré la musique qui persistait et le brouhaha qui s'amplifiait, s'était endormi après la dernière chanson, un châle de rabbin autour des épaules, le nez sur la cravate nouée sous une bague remplaçant le nœud. Bientôt, on l'emmènerait se coucher avec autant de soins que s'il était une poupée précieuse et ancienne qu'on allait replacer dans sa boîte, et de la poupée il avait d'ailleurs les joues toutes roses ; d'un adolescent il ne dépassait pas de beaucoup la taille, et, sans qu'il fût besoin de s'attarder à l'examen de son visage, on imaginait le gamin qu'il avait été, parce que les années, au lieu de noyer ses traits ou de les déformer, les avaient aiguisés, délestés du superflu. Comme sous l'effet des rayons auquel on l'aurait soumis pour vérifier son authenticité, le portrait avait peu à peu laissé apparaître l'esquisse qui lui avait été antérieure. Bien pris dans un de ces costumes en pied-de-poule gris qui étaient son uniforme — il le changeait tous les jours, et, d'après Alice qui effectuait les courses à sa place chez le teinturier de l'avenue Secrétan, il en possédait bien une trentaine —, M. Bonfanti était merveilleusement beau, s'il y avait jamais de la merveille à l'être.

Et lorsque, plus tard, rejoignant à un vernissage la femme que je fréquentais depuis quelques mois et qui, comme les précédentes, n'aurait pas plus de bras que la Vénus de Milo pour me retenir — peut-être avais-je toujours eu tort de traiter les femmes comme si elles étaient des hommes, dès que je les avais eues —, plus tard, quand je serais présenté par hasard au vieux décorateur russe Erté, né lui aussi avant le siècle, je trouverais entre les deux vieillards la même ressemblance qu'entre un jumeau et sa sœur et me surprendrais à douter que M. Bonfanti eût été tout à fait le mythomane que j'avais supposé. Les hommes vivaient plus longtemps qu'on ne croyait, et celui-là avait peut-être approché ou servi l'impératrice Eugénie en exil à la villa « Cyrnos » du cap d'Antibes, au sujet de laquelle, sans chevroter, d'une voix forte de sourd, désaccordée à son gabarit de jockey, il fournissait quantité de détails, si l'on se donnait la peine de remonter la mécanique, au cours des dîners organisés en l'honneur du professeur américain en année sabbatique logé au « Lardennois » ou des collaborateurs de *Libertés européennes*.

« “ M. Flaubert m'a été très reconnaissant de lui avoir fait attribuer la croix de la Légion d'honneur ”, me disait toujours l'Impératrice, qui avait obligé beaucoup d'ingrats », avait raconté une fois M. Bonfanti, qui, à table, était toujours placé à la droite de la patronne. Le professeur lui avait demandé de répéter. De toute façon, pour moi, mieux valait entendre ça que de ne pas dîner. Mais peut-être les reliques conservées dans la « suite » numéro 4 — éventails, carnets de bal, portefeuilles à coins verts avec des abeilles dessus — n'étaient-elles pas fausses en elles-mêmes ; en tout cas, de mes propres yeux j'avais lu ce chapitre des Mémoires d'une ancienne demoiselle d'honneur, publiés en 1930, dans lesquels le nom et la qualité du futur résident du « Lardennois » étaient mentionnés à deux reprises, le patronyme souligné au crayon, la page cornée. M. Bonfanti exploitait-il une homonymie ? C'était encore une hypothèse.

Je me rappelais : de chaque côté de la porte-fenêtre du hall, qui permettait d'accéder au jardin dont on avait une fausse idée de l'étendue parce qu'une ligne de peupliers dissimulait un mur de clôture à mi-pente de la colline, il y avait, montant de la boiserie au plafond et représentant les armoiries de villes italiennes, des panneaux en verre coloré identiques à celui que j'avais à la hauteur de mon visage sur cette estrade de cireur et où la lumière électrique, en ravivant les bleus et les roses, maintenait des teintes d'extrême crépuscule, comme si nous étions dans les coursives de première classe d'un bateau de croisière. Chacune des cabines de ces toilettes publiques, mais non gratuites, semblait s'être remplie par un hublot des dernières lueurs d'un soleil couchant en haute mer.

Le jaune du lion de saint Marc flambait cet après-midi-là dans le hall du « Lardennois » déserté par le standardiste, éclaircissant dans un rectangle le tapis du billard, lorsque, ma valise d'acquisition récente à la main, je m'étais tout à coup arrêté. N'avais-je pas oublié dans la boîte à pharmacie de ma chambre une paire de boutons de manchette qui était mon gri-gri ? Anna Cousine l'avait ramassée entre les rangées de fauteuils, un soir à *L'Alhambra* où elle faisait un extra, tout ce qu'elle y glanait après la fermeture ne pouvant pas toujours être nommé devant mes parents. Personne, au bout d'un trimestre, ne s'étant présenté à la caisse pour la réclamer, malgré sa valeur, Anna Cousine me l'avait offerte en cachette de ma mère, pour qui ce que l'on n'achetait pas de sa poche n'était que rebut, humiliation, vieillerie ou nid à microbes.

Il était exclu de remonter dans la chambre, où je laissais une espèce de sac de marin qui terminerait sur cette colline sa carrière dans les hôtels. En toute chose, ma rapidité dans l'exécution était soutenue par l'cxpéricncc quc j'avais dc mcs faiblcsscs, ct si jc n'avais pas souvent reculé, c'est que souvent j'avais eu peur, de moi-même parfois, aussi fort que des autres, peur autant que le soir où, sans savoir à qui je m'attaquais, j'avais foncé dans le tas pour secourir Teddy. Je m'étais donc contenté de caresser Belinda, une grosse persane noire avec quelques reflets de roux sur les flancs, qui somnolait toute la journée sur le bureau du hall et que j'avais dérangée pour glisser dans un tiroir le cadeau destiné à Alice. La chatte avait ouvert ses yeux qui étaient du même or que le lion héraldique traversé par les rayons du soleil — aussi brillant. Le secrétaire de l'Impératrice affirmait que, si une année de la vie d'un animal équivalait à sept ans d'une existence humaine, Belinda était plus âgée que lui et de beaucoup. Avec la pointe de l'index, je lui avais gratté l'intérieur de l'oreille, caresse qui avait pour effet de la tirer de sa léthargie et qui, si l'on insistait, lui arrachait comme une ébauche de miaulement, une esquisse de sourire, l'échine soudain parcourue de tressaillements de chaton qui s'amuse. Belinda, qui, depuis mon arrivée, avait été supplantée dans les faveurs de Mme Francavilla par deux autres spécimens de la même race dont je ne retiendrais pas plus le nom que celui du « Douze » ou du « Dix ». On se contentait seulement de la nourrir, et, faute de brossage, les nœuds dans sa fourrure étaient devenus si denses que les dents d'un peigne s'y seraient cassées — j'avais essayé avec le mien. Elle avait abandonné sans histoire les étages à ses rivaux, qui étaient d'ailleurs aussi placides qu'elle-même, en dépit de leur jeunesse ; dans la maison, il n'y avait que des animaux qui ne fussent jamais en chaleur. Si j'avais su où je logerais au juste la nuit suivante, je l'aurais emportée sur mon épaule, Belinda, comme je le faisais d'habitude quand je voulais la déposer dans le jardin au pied du prunus pour qu'elle prenne un peu l'air. Elle m'aurait suivi, et nous aurions eu tort tous les deux, car très vite je serais obligé de passer deux semaines en prison à la suite d'une histoire à laquelle j'étais étranger, mais il était tentant pour des enquêteurs de m'y impliquer parce que je n'avais plus de domicile fixe. Je découvrirais alors que la prison c'est avant tout une odeur, et que celle-ci résiste dans le vêtement à plusieurs nettoyages d'affilée. Ensuite, je commencerais à voyager pour le compte de mon nouveau patron, à exercer enfin un métier honorable, grâce à la recommandation de gens que l'on n'aurait jamais songé à qualifier eux-mêmes de la sorte et qui pourtant étaient très sérieux dans leur domaine. Il m'était d'autant moins possible de m'attacher à un animal — moins encore qu'à une personne — que l'innocence, en ne réclamant rien, obtient tout et nous asservit.

Dès que j'avais cessé de lui gratter l'oreille, Belinda, roulée en boule, s'était rendormie. Aucun des résidents, employés ou familiers du « Lardennois », n'avait été prévenu de ma décision, excepté Mme Francavilla. Comment l'aurais-je évitée ? Je venais de la quitter quelques minutes plus tôt, l'ayant affrontée à ce moment de la journée où, à juste titre, elle se sentait au meilleur de sa forme physique, terminés sa toilette et un maquillage qui, en réalité, commençait à son réveil sans avoir cessé pendant la nuit par l'effet de crèmes adaptées à chacune des parties de son corps, et auxquelles, selon Alice, elle devait ce teint particulier : ni blanc ni blafard, mais de la pâleur d'une forme que le clair de lune a dégagée de l'ombre, de la pâleur des passantes qui, à mon approche, vers minuit, ralentissaient le pas, dans les ruelles des quartiers sans trottoirs, lorsque j'allais chercher Anna Cousine à la sortie du cinéma, le golfe tout noir, au loin, étant traversé en son milieu comme par une coulée de métal en fusion qui s'effrangeait sur les bords. Mme Francavilla m'avait reçu dans son bureau au dernier étage, imprégné à ce point de cette odeur de gardénia qui me rejoignait aujourd'hui dans une station de métro qu'à la longue j'avais fini par ne plus rien sentir. La pièce était située entre sa chambre et une salle de bains dont elle se réservait l'usage. C'était là qu'elle lisait des heures entières quand elle ne téléphonait pas ou ne bavardait pas avec des visiteurs — résidents, amis, qu'elle avait convoqués pour la distraire, personnes qui, pour une raison ou une autre, avaient affaire avec *Libertés européennes* et se rabattaient sur elle en l'absence de Jonas, qui voyageait souvent à l'étranger. Elle m'avait dévisagé sans répondre à mon salut ; des yeux pareils aux siens, je ne les verrais ensuite à personne ; c'étaient des yeux qui ne regardaient jamais ailleurs — jamais. Sa tête surmontée de bouclettes noires, on l'aurait crue tombée du tableau mythologique de nymphes, pampres, fruits, couronnes de laurier et satyres placé au-dessus du divan sur lequel elle était allongée — tableau qui me disait quelque chose par sa facture, mais ni plus ni moins qu'à quelqu'un dont le goût, ou ce qui en tient lieu, a été formé par des albums, des reproductions et des affiches annonçant des expositions, qui a dans l'œil un tourbillon d'images où il se perd et serait bien incapable de distinguer l'œuvre du maître de celle des imitateurs, élèves ou faussaires, voire de la situer dans le temps. La patronne du « Lardennois », qui faisait aussi du courtage, ce qui expliquait le renouvellement régulier de certains meubles, objets, gravures et estampes, dans les pièces non occupées de l'établissement, avait posé le télégramme que je lui avais remis sur une petite commode en laque de Chine que j'aurais été encore en mesure de décrire parce qu'elle était, avec le divan, l'un des éléments immuables du décor de son appartement : sur le fond camomille se détachait le visage ivoire de deux femmes vêtues de tuniques vermillon, le chignon hérissé d'épingles, et jouant de l'éventail. Mme Francavilla, qui ne me regardait plus puisque je sortais de son champ de vision en me baissant pour éteindre dans le cendrier, sur la table basse, l'allumette avec laquelle j'avais par défi allumé une cigarette sans sa permission, s'était ensuite levée, la main tendue, non pour solliciter un secours mais, au contraire, pour arrêter toute velléité de l'aider comme elle en aurait eu besoin. Enfin debout sur ses bottines, qui la rendaient imposante d'allure, elle avait eu ce haussement d'épaules que j'aurais pris à tort pour un commentaire et qui était avant tout un moyen d'ajuster et de draper à son avantage les flots de tissus dont sa robe était taillée, et dont Alice utilisait les chutes pour se confectionner des coussins. Elle avait adopté, une fois pour toutes, un modèle pour lequel, dans les années soixante, de grands couturiers s'étaient inspirés de la djellaba, et elle en avait triplé l'ampleur afin que la forme exacte de son corps fût à jamais un mystère, sauf pour Jonas, qui n'était plus son amant depuis une éternité mais qui gardait le privilège de pénétrer le matin dans la salle de bains où elle se recomposait une jeunesse en trois heures, et où, quant à lui, son premier soin, au saut du lit, était d'examiner l'apparence et la quantité des selles dans la lunette des w.-c. avant de tirer la chasse, dont le bruit couvrait celui de ses compliments. À son tour, ensuite, il s'asseyait sur le siège, et, quand il en avait terminé, Mme Francavilla accourait pour se livrer à une comparaison entre les matières de l'un et de l'autre. Ils en parlaient sans se gêner devant des témoins, pour se féliciter de leur abondance et de leur régularité. Était-ce pour prouver à quel point on était affranchi des préjugés au « Lardennois » ?

« Je vous assure, aimait à répéter Mme Francavilla, ce n'est pas dans le marc de café qu'on doit lire l'avenir de quelqu'un, c'est dans la... » Elle prononçait le mot et, de tout ce que j'avais vu et entendu à l'hôtel, c'était ce qui m'avait choqué le plus, la patronne ne devinant pas, du reste, qu'elle se causait du tort à évoquer l'image d'une voyante de foire, qui ne me serait pas venue naturellement à l'esprit pour la caractériser au physique et dont je ne parviendrais pas à me débarrasser même si la comparaison ne se soutenait qu'à moitié. En prison, lorsque, pour la première nuit, j'avais été placé dans une cellule d'attente avec deux autres détenus, plutôt que d'utiliser le cabinet à la turque, je m'étais retenu jusqu'au lendemain matin, luttant contre le sommeil qui risquait de dénouer les viscères, lâchant quelques gouttes dans mon slip, à la fin, parce que je n'en pouvais plus et craignais d'éclater.

La photo de Jonas en jeune officier de l'armée américaine se remarquait dans un cadre ovale en argent, sur la commode, et poussait à conclure, à partir de ce qu'il y avait de plus beau dans le visage, qu'il s'agissait d'un fils qu'avait eu le couple et qui, pour l'heure, effectuait son service militaire. Une telle métamorphose étonnait tant que l'on n'en était pas personnellement victime, qu'on n'en mesurait pas l'irréversibilité à ses dépens, comme j'étais amené à le faire, avec un paradoxal soulagement, en scrutant mes traits dans les glaces qui recouvraient la colonne à droite de l'estrade sur laquelle j'étais perché, pendant qu'Alice déployait un chiffon avec soin, sans avoir encore levé vers ma personne ses yeux noisette qui ne parvenaient pas à être verts. Conservaient-ils toujours cette nuance ? Où étaient passés les deux hommes qui m'avaient précédé dans l'escalier des toilettes ? Ils n'auraient pu sortir sans que je les aperçoive.

Pour le public, les rapports de Jonas et de Mme Francavilla, qui cachaient peut-être leur mariage pour les mêmes raisons qui les entraînaient à commenter en public le fonctionnement de leurs intestins, étaient ceux d'un frère et d'une sœur aux petits soins l'un pour l'autre. Leur affection de vieux époux ou amants qui se sentiraient ridicules d'éprouver encore du désir, qui se pardonnaient mutuellement leurs accès d'humeur et admettaient leurs torts réciproques, se traduisait autant par des attentions que par des paroles. Mais qui, mis à part Teddy, entrait dans l'intimité du « quatre-pièces » qu'ils s'étaient réservé et avaient agrandi d'un grenier, la seconde année de mon séjour ? Cependant, la jalousie de la patronne, qui se préoccupait trop de préserver sa propre beauté pour en chiffonner les admirables restes dans l'amour physique et avait toléré sans broncher une passade entre Mme de Lassonne et Jonas, s'étalait au vu et au su de tous lorsque ce dernier était soupçonné de s'intéresser à un garçon, attitude que je comprenais d'autant moins que Mme Francavilla — à en juger par ses amitiés et ses relations — appartenait à la catégorie des femmes attachées à ces hommes-là comme le lierre aux ruines dont il semble, de tous ses ramifications et enveloppements, prévenir l'écroulement définitif. Il était vrai aussi que, pour elle autant que pour son compagnon, la dernière des insultes qu'on pût appliquer à un individu était de le traiter de tapette, mais cela paraissait moins viser des pratiques sexuelles que des défauts de caractère : manquement à la parole donnée, volte-face, changement d'opinion trop rapide, médisance. Il y avait eu, en tout cas, à propos d'un jeune homme qui habitait l'immeuble d'en face, des éclats de voix qui ne se justifiaient en rien, de sorte que Jonas, dans un milieu où chacun était libre d'être ce qu'il était, et l'était souvent avec un bonheur à sa mesure, se trouvait contraint d'ajouter une case supplémentaire de clandestinité aux compartiments entre lesquels sa vie se divisait depuis sa naissance qui lui avait imposé de porter un nom qui n'était sans doute pas celui de son père naturel. Les bavardages d'Alice, qui ne pensait pas à mal et ne fournissait de détails que pour justifier son affection à l'égard de ses maîtres, n'avaient pas dû révéler le dixième de la vérité à ce sujet. Certains résidents étaient bien mieux renseignés qu'elle sur les origines de Jonas, qui avaient cessé de m'intéresser au moment où j'abandonnais la troupe du « Lardennois » et signifiais ma décision à la patronne.

« Bien », avait dit Mme Francavilla comme si elle n'avait rien entendu et que l'effort de se lever du divan n'eût eu pour visée que de choisir sur la table basse, dans les piles de journaux, livres et exemplaires anciens de *Libertés européennes*, une lecture qui préparait à la sieste ; et peut-être la patronne n'avait-elle même pas daigné s'interroger en son for intérieur sur la véracité de la nouvelle qui commandait mon départ sur-le-champ. Sa robe n'était-elle pas de couleur aubergine ? Elle en avait une, en tout cas, de la même nuance que celle des Chinoises peintes sur le devant de la commode.

On n'aurait pas imaginé, à nous voir si indifférents l'un à l'autre, que nous avions été assez intimes, un dimanche de l'année précédente, pour fredonner ensemble ces chansons qui formaient le fonds du répertoire bilingue d'Anna Cousine et avaient été reprises en chœur par les plus âgés des ouvriers agricoles en train de cuver leurs souvenirs, leur fatigue et leur vin au bout de la table, sous une tente dressée au bord de la route, à la fin du banquet des vendanges, dans les collines, où j'avais touché ma première paie dans le cliquetis des pressoirs et les vapeurs de moût. On s'était mis à utiliser des tracteurs, du moins dans la propriété où j'étais allé me louer avec Anna Cousine, malgré l'opposition de ma mère qui en fut humiliée parce que nous n'étions pas assez riches pour faire semblant de jouer. S'opposait-elle à ce qu'Anna fît des extra à *L'Alhambra,* ou encore des heures de ménage pour améliorer notre ordinaire quand nous attendions le versement de l'indemnité par la compagnie d'assurances, après le décès de mon père ? Je soupçonnais d'autres raisons à son attitude ; elle ne se consolait pas d'avoir été obligée de vendre — à l'exception du terrain situé au lieu-dit « la Marmorina » et réservé à un futur tombeau de famille — toutes les parcelles qu'elle possédait encore, afin de se constituer un trousseau de mariage. À l'époque, cette terre dévalorisée par la proximité de l'étang de Tolla, de ses moustiques à malaria, n'était bonne que pour les tamaris et les bergers — et maintenant, elle prospérait sans nous, je le découvrirais sans plaisir en allant aux vendanges. Elle me prêtait ses sentiments. En réalité, je m'en fichais, des collines.

J'avais envie de sortir de la routine et surtout de danser, puisque l'on promettait un bal avec l'orchestre de dix musiciens que dirigeait le fameux Bussò, dont les affiches se gondolaient sur le tronc des platanes de l'avenue de l'Assomption. J'avais seize ans ; la cicatrice dans ma main gauche avait perdu son aspect rougeâtre, et la fille qui me laisserait lui caresser les seins, tandis qu'on se hâtait autour de nous pour regagner les camions qui nous ramèneraient en ville dans la nuit à travers les odeurs d'eucalyptus pour la moitié du chemin, me dirait que le contact de cette peau lui rappelait les soies d'un porc, avant de me rendre, faute de mieux pour moi sinon pour elle, un service de bouche dont la brièveté l'étonnerait : c'est que j'avais seize ans. On réclamait Anna sur tous les tons ; elle était partie dans les champs en compagnie des deux hommes qui n'avaient pas arrêté de la harceler sur la piste et de lui offrir du mousseux au comptoir de la buvette.

Les chansonnettes qu'on avait en mémoire du premier au dernier couplet trahissaient notre âge, et même si Mme Francavilla assurait que celles-là dont il me restait à peine la mélodie, et que, de son côté, elle connaissait par cœur, elle les avait entendues quand elle était gamine, sur les lèvres des gouvernantes ; *Reginella campagnola,* sue de bout en bout, sans défaillance, supposait au minimum l'existence d'un phonographe à pavillon près du berceau. À chanter ensemble, nous avions fondu d'émotion, nous nous serions embrassés si, d'instinct, je ne m'étais raidi. À ce qu'on disait, les cactus, dans les collines de Tolla, crevaient dès qu'ils avaient donné une fleur à la rocaille où ils avaient prospéré jusque-là. La scène remontait à l'automne précédent : Mme Francavilla, qui me révélait une voix de soprano, s'était amusée, dans une parodie de music-hall, à tenir son énorme stylo comme un micro de cabaret, quand l'artiste, descendue dans la salle, s'en va susurrer la mélodie de table en table. Mme Tox, la domestique à demeure, qui était la rivale d'Alice, avait apporté une bouteille de champagne dans un seau à glace.

Tout en feuilletant un magazine, alors que son regard, par l'entrebâillement de la porte, filait dans le couloir où était posée ma valise dont le cuir brillait dans la pénombre, Mme Francavilla m'avait conseillé sans conviction de m'enquérir au préalable, par téléphone, avant de revenir, si une chambre était libre ; je n'aurais peut-être plus jamais le 9. En la circonstance, l'hôtel gagnait deux semaines sur la location de celui-ci dont le lit et la vue sur Paris continuaient peut-être de voyager par le film à travers le monde, apparaissaient peut-être encore sur l'écran des cabines particulières de projection dans les arrière-boutiques du sexe. J'étais sûr d'avoir calculé ce que je perdais en partant pour m'être fait la réflexion qu'avec l'économie d'une quinzaine je me serais acheté la valise à soufflets qui me plaisait davantage, mais j'avais toujours mis un point d'honneur à payer mon loyer un mois à l'avance. L'argent, glissé dans une enveloppe avec mes trois initiales écrites dessus, était ramassé sur ma table de chevet par Mme Tox, qui avait, entre autres charges, celle de préparer les repas des propriétaires et de servir dans sa chambre le doyen, M. Bonfanti, matin, midi et soir. Bien que mon baragouinage de l'italien m'eût acquis sa neutralité, voire l'ébauche d'une sympathie, je me défiais de cette femme aux lèvres sans cesse en mouvement, l'expression d'une messagère jouissant par avance du tragique de la nouvelle qu'elle s'apprête à transmettre. Elle ne comprenait que le français qu'elle souhaitait comprendre, signalait sa présence par un toussotement de défi et, selon les rumeurs, avait assisté la mère de Jonas à l'agonie. On la surprenait parfois dans le couloir, la main gauche plaquée sur une cloison, à la hauteur du visage, et le front contre cette main « en coup de vent » qu'elle devait à une polyarthrite. Elle pleurait sans geindre, en proie au mal du pays, comme cela se déduisait de la sortie que lui faisait Mme Francavilla. Dérogeant volontiers pour elle-même à la règle du silence imposée à la communauté hors des fêtes et des dîners organisés à son initiative, la patronne lui criait du fond de son salon, l'air de prendre à témoin le jeune officier de la photo placée sur la commode : « Mais enfin, Tilda ! Maintenant ils sont tous morts, chez vous — tous. Qu'est-ce que vous feriez là-bas ? Et puis, quand vous serez morte, vous aurez bien le temps de visiter les lieux où vous avez vécu. » Tilda : le diminutif de Mathilde était utilisé dans les cas extrêmes par la patronne qui, si le rappel à la réalité n'avait pas obtenu d'acquiescement, poursuivait sur le pas de la porte, dans quelque sous-dialecte que je n'entendais pas, mais qui, à mon oreille, agrégeait des mots d'allemand. La main de la domestique se détachait enfin du mur, pour claquer sur la cuisse comme celle du soldat qui vient de saluer son supérieur. Et la vieille femme s'éloignait en larmes sans se retourner.

L'hiver, afin de mieux se représenter ses montagnes, elle s'asseyait sur un banc enneigé des Buttes-Chaumont, un imperméable plié en quatre sous les fesses pour ne pas mouiller le manteau qu'elle portait. Teddy, qu'exaltaient les formes des arbres dénudés et des bois morts et qui, s'il voulait saisir une branche sous tous les angles, n'hésitait pas à sacrifier plusieurs rouleaux de pellicule, un dimanche dans le parc avait pris une photo où l'on apercevait, au bout de l'allée, la cuisinière chaussée de bottes d'égoutier, les genoux croisés, les mains à la hauteur de la figure, non pour la dissimuler à l'objectif — elle n'avait pas remarqué l'Américain, à cette distance —, mais simplement désireuse que l'extrémité de ses doigts, dégagée par les mitaines vertes comme ses robes, profite aussi du froid. Si le traitement favorisait ou non le soulagement de sa polyarthrite, je n'étais pas médecin pour en décider ; néanmoins, je pouvais comprendre que, chez quelques-uns, tout ce qui ramenait au pays natal adoucissait les maladies ou les peines. Mme Tox, qui était imbattable dans la pâtisserie, confectionnait ses beignets les plus exquis avec les fleurs d'acacia qu'elle se donnait la peine de cueillir elle-même sur les arbres de la colline de l'hôtel, au-dessus de l'hôpital Rothschild, là où des femmes de tout âge, accourues du quartier de La Villette, avaient, le samedi et le dimanche après-midi, l'habitude de se proposer aux malades défigurés en promenade à travers le bosquet. Mme de Lassonne les rejoignait assez souvent au cours de la deuxième année que j'avais vécue au « Lardennois », mais peut-être auparavant ne m'étais-je pas rendu compte de son manège. Choisie dès son apparition par les plus jeunes — en général, des accidentés de la route, la tête enveloppée de bandages —, tout aussi vite les concurrentes l'encerclaient pour l'injurier, parce qu'elle ne réclamait rien en échange du plaisir, et cela je l'avais bel et bien vu, quoique de loin : des femmes sous les acacias, qui, se menaçant mutuellement du poing sans jamais se toucher, mimant l'attaque et la défense avec des gestes où alternaient le ralenti et l'accéléré, semblaient effectuer une parade de karaté pour les survivants d'une guerre des tranchées, blessés au front comme des poètes. La mort de Mme Tox, en laissant libre une place d'intimité auprès de sa patronne, aurait comblé Alice presque autant que la disparition de la femme de son ami Jean. Elle refusait d'en convenir lorsque, pour lui faciliter l'aveu, je la blaguais sur ce point, se fâchant même, dans les limites de sa douceur : Dieu seul connaissait nos jours, Alice s'en remettait à Lui.

Les résidents du « Lardennois », tout les encourageait à vivre dans la fiction d'appartenir à une famille dont les membres se fussent cooptés ; certains, malgré leur âge qui était celui que j'atteignais aujourd'hui sans y croire, avaient entre eux des familiarités de chatons au fond de la corbeille, et l'on devinait chez beaucoup — et surtout d'homme à homme — l'espèce de complicité qui subsiste dans les relations quand on a partagé du plaisir ensemble, ne serait-ce qu'à titre de voyeur : Mme de Lassonne plaisantait avec chacun d'une manière réveillant son accent méridional, virevoltait dans les escaliers, l'index sur la bouche pour se retenir de pouffer, et plantait le long du mur aveugle de la villa voisine des rosiers que, le bras levé, elle décrivait parvenus à des hauteurs ne permettant pas de prévoir avant longtemps son retour en province et la fin des tête-à-tête bihebdomadaires de son mari avec le médecin qui le soignait — mais de quoi souffrait-il donc, au juste, son mari ?

Quand on se heurtait à des problèmes d'ordre pratique, on les soumettait au personnel comprenant, outre Mme Tox, Alice et la lingère qui, de deux à sept, pliait, ravaudait, repassait et triait les draps dans un ronronnement de machine à laver, un homme à toute main, M. Rodriguez, laveur de carreaux, standardiste, veilleur de nuit, chauffeur pour la voiture de louage quand la patronne descendait en ville, présent à toute heure, jamais en congé puisqu'il accompagnait les propriétaires dans leurs vacances, de la mi-juillet à la mi-août. Le « Lardennois », où il ne disposait que d'un placard pour ses affaires, comme Alice avait pour les siennes un tiroir dans le bureau du hall, était-il son domicile officiel, ou bien avait-il ailleurs abri, logement ou famille ? Personne n'en savait rien, et chacun avait tendance à inclure dans la liste des visiteurs l'infirmière de la colline, maigrichonne sans âge, fardée à outrance, plutôt gaie, qu'un ciré noir de pêcheur remplumait un peu par sa rigidité dans l'ampleur, qui promenait au pas de charge, à travers le quartier, une trousse de vétérinaire de campagne en croisade contre une épizootie et, de septembre à décembre, ses propositions de vaccin contre la grippe, tant ses visites au secrétaire de l'Impératrice étaient régulières, se prolongeant à l'intérieur de l'hôtel, au gré des portes ouvertes, par des bavardages ici et là, à la fin desquels elle acceptait de rendre service à l'un ou à l'autre, surtout si on la prenait par son faible, qui était de se croire médecin. Les femmes lui confiaient leurs misères et les hommes un col de chemise dont le bouton avait sauté à l'habillage. La chatte blanche, un collier à grelot autour du cou, qui rôdait sous les rares voitures en stationnement rue Edgar-Poe, quand elle ne chassait pas les oiseaux dans les terrains vagues au-dessus de l'imprimerie, lui appartenait et venait à sa rencontre quand elle rentrait à la maison.

La réponse à toute question domestique soulevée par l'un d'entre nous était toujours ajournée sous prétexte qu'il convenait d'y réfléchir — qu'il y eût une fuite dans la robinetterie ou que M. Bonfanti eût été victime d'un malaise nécessitant le rappel de l'infirmière. Mme Tox choisissait de ne plus comprendre un seul mot de français ni un terme du sabir dont nous nous servions pour communiquer tous les deux lorsque c'était inévitable. Mme Francavilla, qui tranchait en dernier ressort dans tous les domaines, n'avait l'air de se mêler en rien à la marche de la maison et se figeait si devant elle on glissait un détail ou une interrogation en rapport avec celle-ci ; quand on s'y était risqué une fois, sans obtenir d'autre résultat qu'une mise en quarantaine, on ne récidivait pas de sitôt. N'était-ce pas de notre intérêt à tous, une telle constance dans son comportement ? Une part de l'agrément que l'on avait à habiter au « Lardennois » ne provenait-elle pas, comme dans les palaces, de l'ignorance où l'on était tenu du fonctionnement de la machinerie ? En dédommagement de son indifférence à la vie quotidienne et de la mauvaise humeur où elle sombrait lorsque quelqu'un tombait malade, la patronne ne montrait aucune curiosité pour les activités professionnelles des résidents, sauf à proclamer que chacun était le meilleur qui fût dans son métier, et je me demandais bien en quoi, dans mon cas, elle discernait une supériorité. Elle ne s'inquiétait d'aucun va-et-vient, d'aucune rencontre dans les couloirs, si le silence était respecté, et acceptait comme allant de soi que je pusse, en semaine, passer des après-midi entiers à bavarder avec elle et Jonas, ou plutôt à les interroger dans l'attente que Mme Tox servît le thé accompagné de tant de sucreries et d'amuse-gueule que cela équivalait à un repas. Les propriétaires, qui auraient assimilé ce terme à une insulte si on le leur avait appliqué en leur présence, formaient, en réalité, un couple qui avait encore beaucoup à se dire au bout de vingt-cinq ans de tête-à-tête, qui partageait encore le plaisir des découvertes effectuées en commun, et pour lequel une divergence d'opinion au sujet d'un thème d'actualité — film, livre, spectacle ou fait divers — n'était jamais, dans son expression, le masque du règlement de comptes conjugal. Quand le propos, par les développements qu'avait suscités l'aveu de mon ignorance et qui étaient destinés à m'instruire, dépassait définitivement ma compréhension, soudain enguirlandé de noms inconnus, d'allusions pour initiés, je ne demeurais plus qu'attentif à la ligne mélodique des paroles du dialogue qui s'éloignait de moi à la vitesse du hors-bord dont l'un des passagers est tombé à l'eau sans que le pilote s'en aperçoive. Mme Francavilla, par un fracassement de consonnes appelant le drame, et Jonas, tantôt par un nasillement d'Anglo-Saxon ressuscitant le jeune officier de la photo sur la commode en laque de Chine, tantôt par un chantonnement que j'identifierais mieux lorsque j'aurais traversé quelques pays de l'Est, conféraient au français un fruité introuvable dans la rue, les bistrots, et même dans les lieux que je fréquentais la nuit, où pourtant nombre de femmes avaient cette voix rauque qui me touchait parce que, déjà, j'avais perdu la première personne qui me l'avait fait entendre.

N'eût-il pas été en voyage depuis une semaine pour le compte de son hebdomadaire, le jour où j'étais parti de but en blanc, je n'aurais pas averti non plus Didier Maleterre, le seul des résidents du « Lardennois » avec qui je me sentais assez en confiance pour m'ouvrir de certains projets, Maleterre qu'on aurait cru mon cadet de beaucoup, lorsqu'il revenait de vacances, ses mèches éclaircies par l'exposition au soleil, alors que nous étions nés le même mois de la même année, mais non sous le même signe — il m'avait révélé le mien. Les autres m'amusaient ou m'instruisaient par raccroc, ne s'intéressaient à moi que dans la mesure où je leur échappais et n'auraient pas eu, avec raison, l'idée de réclamer mon avis sur aucun des sujets qui passionnaient leur conversation. Maleterre, lui, qui présentait pareils avantages didactiques dans sa fréquentation, pour quelqu'un de mon espèce, conscient de ses lacunes et de ses manques, soucieux de les combler par-ci par-là, sollicitait le peu que j'avais à dire ou consentais à exprimer, et lorsque je fus certain, après des mois d'observation, que ses égards et gentillesses ne dissimulaient pas des avances, j'avais accepté son amitié, sinon ses amis. Aussi, malgré mon horreur des embrassades, congratulations, accolades, marques de tendresse entre hommes — surtout si elles se produisaient en public —, avais-je toléré, comme nous longions, par un matin de printemps, les grilles des Buttes-Chaumont où il y avait encore, sous le soleil, pas mal de neige pour Mme Tox, qu'il m'arrête tout à coup, me saisisse le bras et m'ordonne de baisser la tête. Une mère de famille qui poussait son landau dans l'allée du parc parallèle à notre trottoir au-delà des grilles et des ormes de Sibérie pour lesquels Teddy avait une prédilection s'était immobilisée pour observer la scène : Maleterre m'avait comprimé les tempes entre ses mains avant de passer lentement celles-ci dans ma chevelure encore fournie, criant : « Ne bouge pas. Je le prends. » Je lui avais obéi. Selon une croyance de sa grand-mère qui habitait toujours la ville au bord de la Loire où lui-même était né — grand-mère dont il parlait sans cesse parce qu'elle l'avait élevé ainsi que sa sœur, le père étant officier de marine —, le premier cheveu blanc avant la trentaine portait chance à qui le décelait dans la masse et l'arrachait pour le conserver ensuite sur lui. « Champagne », s'était exclamé Maleterre, et c'était tout à fait dans sa manière accentuée par l'influence de Mme Francavilla sur le mode de vie de ses résidents : ignorer les fêtes du calendrier, les anniversaires, les dimanches, mais donner de l'éclat à l'inattendu qui pouvait être, d'ailleurs, la mort de quelqu'un que la patronne haïssait sans l'avoir jamais approché parfois, qu'elle vomissait, par exemple, pour l'avoir vu sur une photo de magazine, dans une attitude ou une compagnie qui lui avait déplu. Nous étions entrés dans une brasserie de la place Armand-Carrel dont la terrasse couverte, exposée plein sud, marquait la limite des promenades que M. Bonfanti s'autorisait à effectuer sans guide dans le quartier, un établissement de luxe en comparaison des restaurants où Maleterre m'invitait en général et qui, par leur modestie, me permettaient, à l'occasion, de lui rendre la politesse sans me ruiner. Il n'avait pas soupçonné quel arrière-goût je trouvais à ce que nous buvions au comptoir derrière lequel la serveuse, pour lui tout sourires depuis le début, multipliait les blagues d'abordée qui sont sans risque pour les femmes, et les multipliait pour lui seulement — pour moi, à peine un regard. Le long cheveu blanc qui luisait sur le cuir de son portefeuille, Maleterre, après examen, l'avait glissé avec délicatesse entre ses papiers, et non dans la poche qui contenait l'argent. Il avait une manie, Maleterre : il ne supportait que le contact des billets neufs ; il allait chaque semaine en retirer à la banque. « Partons » était son expression favorite pour quitter la table, une séance de cinéma qui décevait, un café dont l'atmosphère lui déplaisait, une réunion dans le salon de Mme Francavilla où il y avait trop de monde à son goût. Il était toujours en mouvement, bien accordé à son métier, riait quand il ne marchait pas, ne fût-ce que de long en large dans sa chambre, et marchait à ma gauche sur le trottoir pour saisir au vol un motif de rire, comme la ressemblance d'une passante avec telle actrice qu'il avait interviewée, le succès jetant par vagues des sosies dans la rue. Traversait-il le hall de son pas rapide, avec ses mèches qui lui faisaient sur les tempes les oreillettes d'une chapka, le menton haut, montrant une fossette que je lui enviais, la peau transparente, comme nettoyée par la suée d'un match, on l'imaginait sortant de la douche d'un vestiaire. On cherchait des yeux la raquette de tennis qu'il aurait dû avoir sous le bras ; personne n'avait jamais eu l'air aussi sportif en ne pratiquant que la lecture, et, devant sa machine à écrire, des patiences et des immobilités que ses doigts, tout à coup, interrompaient pendant une demi-heure, sans plus s'arrêter ensuite sur le clavier que ceux d'une secrétaire attentive à la dictée du patron, emportée par le rythme des phrases ou des tournures qu'elle prévoit. Le crépitement qui me parvenait à travers la cloison était quelquefois le contrepoint aux gémissements contenus de Teddy, de l'autre côté, le neuf où j'étais logé se trouvant au milieu. Quand il s'interrompait de taper, et si le silence persistait, je me levais, et, après avoir renoué ma cravate, relacé mes chaussures, je me glissais dans le corridor, où jusqu'à l'aube, à notre étage, une ampoule maintenait une lumière de chapelle latérale quand la nef tout entière est plongée dans l'ombre par le deuil du Vendredi saint — si faible cette lumière que, l'été, elle se dissolvait dans le premier rayon de soleil et qu'on oubliait de l'éteindre. Maleterre, qui, le fait était notoire, ne recevait jamais de visites dans sa chambre, pas même celles des voisins, et ne s'était pas privé de rembarrer Teddy, prompt à se faufiler partout, ne marquait devant mon irruption ni surprise ni agacement, pas plus qu'il n'indiquait la nature du travail qui l'absorbait si tard dans la nuit, se bornant à refermer le dossier jaune coincé entre sa machine et la lampe fixée par une pince au rebord de la table. S'il ne disposait pas comme eux d'une antichambre où il aurait pu caser au moins la malle à ferrures, recouverte d'un châle en cachemire rouge, une photo de sa sœur en demoiselle d'honneur posée dessus — il fallait la contourner pour pénétrer dans la douche —, Maleterre partageait cependant avec M. Bonfanti et les Lassonne le privilège de posséder un réfrigérateur. Le sien, quand il l'ouvrait, proposait dans une lumière d'intimité domestique autant de natures mortes que les tableaux en transit dans l'appartement de Mme Francavilla — assez de provisions pour improviser le repas de toute une famille, si les familles buvaient aussi de la vodka glacée. Lorsque j'avais faim, ce qui était vrai presque à chaque visite, il garnissait deux assiettes en carton de tranches de charcuterie, de viande froide, ou encore de saumon. Il y avait aussi des morceaux de fromage sur un plateau et les fruits de saison dans une coupe. Maleterre, qui n'avait pas prononcé une parole depuis que j'avais frappé à sa porte selon le code — deux coups brefs, un long —, sortait du tiroir de sa table deux serviettes en papier qu'il pliait avec dextérité en bonnet d'évêque et versait de la vodka dans deux gobelets, et c'est à ce moment-là seulement que lui, si bavard dans la journée, et qui n'avait encore rien dit, consentait à ouvrir la bouche. En replaçant la bouteille d'alcool dans le congélateur que n'avaient en revanche ni M. Bonfanti ni les Lassonne, il ne manquait jamais de préciser, sur un ton neutre de maître d'hôtel, que c'était pour éviter qu'elle ne tiédisse.

La lampe n'éclairait bien que le dossier jaune. J'étais moins gêné qu'au restaurant pour avaler bouchée sur bouchée, tandis que, de son côté, très vite, Maleterre, renonçant même à grignoter, posait son assiette sur la table de nuit, enfin au repos, à demi allongé sur ses coudes, le regard au plafond, et jouait à se déchausser, pointe contre talon — l'unique de ses attitudes où l'on relevait un brin de féminité. Ses mocassins au cuir très souple, qui, dans le creux entre la semelle et l'ébauche du talon, conservaient encore en lettres visibles le nom du bottier, il les faisait claquer comme des pantoufles, se retranchant un point dans un jeu imaginaire si l'un d'eux venait à tomber sur le parquet. De quelles insignifiances était tissée souvent la première image qui se présentait à l'esprit quand on pensait à un ami disparu... Et pourtant, plus tard, quand l'étape du « Lardennois » se confondrait avec tant d'autres qui l'avaient précédée ou suivie, Maleterre allait me réserver, par son état physique, des images qui auraient dû effacer celle-là. Il n'en restait pas moins, pour l'essentiel, le jeune homme qui joue avec sa chaussure et s'inquiète dans un préambule de routine : « Alors, et l'entraînement ? » lorsque, mon assiette sur les genoux, je me décide à manger la tranche de saumon avec les doigts.

Ma réponse ne variait jamais : je m'étais rendu à la salle de boxe l'avant-veille ou j'y retournerais le surlendemain, même si, en réalité, je m'en abstenais depuis une ou deux semaines parce que je n'avais pas assez d'argent pour acquitter ma cotisation mensuelle à ce club fermé le matin, ouvert le dimanche toute la journée, qui se doublait d'une salle de gymnastique, l'ensemble occupant tout le rez-de-chaussée d'une maison à un étage de la rue de l'Équerre, à cinq minutes d'ici, mais on y était bien avant puisque, dans l'avenue Mathurin-Moreau, on entendait déjà crier par les vasistas : « Monte ta droite ! Tourne, tourne ! » Ma crainte était que Teddy ne s'y fourvoie, ce qui m'aurait obligé à le quitter pour n'être pas compromis. Les adhérents, qui, en majorité, montaient des zones les plus pauvres du XIX$^{e}$ et du XX$^{e}$ arrondissement et, pour la plupart, étaient également des serveurs, des videurs, des garçons qui s'inventaient des dangers dans leur métier en rapport avec le public, avaient la faculté de payer au mois, et il était toujours envisageable un arrangement avec le directeur qu'on surnommait le « Commandant » pour une raison que j'ignorerais toujours. Était-ce parce qu'il avait la nuque raide, le crâne rasé, et ne sortait de son silence que pour beugler des ordres, des conseils et aussi des réflexions humiliantes, qui, cependant, ne blessaient pas parce qu'il rudoyait comme un père et qu'on sentait qu'il avait à cœur d'assurer des progrès à tous ses élèves ? La photo dédicacée d'un ancien champion du monde était accrochée au mur du cagibi qu'il appelait bureau et où, tant à l'intérieur que sur la porte, des pancartes répétaient l'interdiction de fumer que le Commandant ne se décourageait pas de réitérer de vive voix. Sur le ring où, pour la leçon, on tournait à quatre autour de lui qui se contentait de bloquer les coups avant de les chasser — quelle détente il avait encore à soixante ans —, au moindre essoufflement chez l'un des élèves il hurlait : « C'est la cigarette ! », quand à certains il aurait dû dire : « Tu ne manges pas assez ! » Fumer et pisser sous la douche, on était disqualifié à ses yeux. Pourtant, lui-même roulait sans arrêt d'un coin à l'autre de sa lippe pendante des toscans identiques par la puanteur et l'aspect à ceux que les paysans de la région des neuf lacs se taillaient dans les feuilles de tabac qui avaient séché sous une couche de purin de mulet. Ils tapissaient la bouche d'une âcreté qui préparait à avaler une gorgée du plus faible des alcools, comme une lame de rasoir. On se doutait, d'après le luxe de ses costumes et de ses survêtements, la marque de sa voiture et les dimensions de sa chevalière, que le Commandant ne tirait pas tous ses revenus du club et gérait surtout celui-ci par plaisir, pour continuer de vivre dans l'atmosphère où il avait connu ses plus grands succès et échapper au sort des vétérans, qui ne va pas sans un certain ridicule chez les sportifs. J'avais appris par une conversation de vestiaire — une indiscrétion très rare dans ce milieu de violents, dont la retenue en paroles reposait du « Lardennois » où l'on avouait tout du corps et rien des sentiments — que le Commandant avait proposé à quelques-uns, pris à la gorge, de les présenter à l'un de ses amis : il avait pas mal de riches parmi ses relations, et celui-là était un avocat d'affaires. On y gagnait un dîner et bien plus si, à la fin du repas, on passait au lit avec la femme de l'hôte, qui avait besoin de ce spectacle pour être capable de l'approcher à son tour. Il était aussi humiliant de provoquer pareille proposition que de ne pas la susciter ; l'homme, complètement démuni d'argent, même s'il ne dit rien, dégage une odeur qui le trahit. Aussi préférais-je renoncer aux séances d'entraînement jusqu'au paiement de l'arriéré de ma cotisation au club. Mais en prison, quand les apparences jouaient à fond contre moi, je me reprocherais de ne pas avoir eu l'à-propos de me lier avec un maître du barreau qui, n'étant pas un pénaliste de profession, aurait bénéficié d'un préjugé favorable dans l'esprit des magistrats.

Maleterre n'avait pas à être informé de ces choses ; tout juste, puisqu'il avait fallu lâcher quelques détails, apprendrait-il le stratagème utilisé par le Commandant pour décourager les débutants dont il suspectait la ténacité. Il leur prêtait une paire de gants, et, tandis que dans la salle les sautillements des élèves devant les glaces, la cadence des cordes, les combats en cours marquaient un ralentissement, il les plaçait devant certain sac de sable qui ne servait que pour cette épreuve : on aurait cogné sur du béton, c'eût été moins dur. Si l'on ne se décourageait pas, quitte à se briser une phalange pour avoir redoublé de force dans les coups sous les exhortations, si l'on revenait à la salle malgré les pansements, on avait bientôt le droit d'utiliser des sacs normaux, les sacs d'aujourd'hui qui, pour le principal, contiennent des chutes de tapis en caoutchouc mousse, le sable n'y étant désormais, à l'intérieur, qu'une colonne de la dimension d'une matraque, destinée à assurer la stabilité. La vérité qui me tenait le plus à cœur ne serait jamais avouée à personne : c'est en tapant dessus que je recouvrais l'usage sans complexe de ma main gauche et oubliais ma cicatrice et l'inaccomplissement de ce que j'avais espéré par elle, lorsque je me l'étais infligée. M'en étais-je vanté de mon jeu de jambes et de mes réflexes ! Toutefois, ma résistance laissait à désirer, et je ne réussissais pas à garder le front baissé pendant les trois minutes de travail — le front baissé, M. Stirla me le reprochait déjà, lorsqu'il consentait à quitter son bureau au premier étage du presbytère pour jeter un coup d'œil à la salle de sport qu'il avait aménagée au rez-de-chaussée avec son argent. Le Commandant hésitait à croire que c'était un prêtre qui, le premier, m'avait initié à la boxe.

Assis sur la chaise qu'il avait chauffée jusqu'à mon arrivée, mon assiette déjà à moitié vidée sur les genoux, face au lit où il était allongé, j'écoutais Maleterre, dont la glace de l'armoire reflétait la nuque et les épaules, monologuer dans le registre du chuchotement de la façon exactement inverse à celle d'Alice au pied de mon lit, le matin. C'est-à-dire sans pauses, enjouée, brillante, nourrie d'anecdotes qu'il puisait dans le passé autant que dans l'actualité qu'il suivait par obligation professionnelle. Avec le recul et l'expérience, j'y distinguais maintenant l'ivresse sèche qui s'empare des insomniaques, soudain persuadé que le silence de la ville autour d'eux signifie l'abolition de tous les obstacles, l'approbation de leurs arguments et de tous ces rêves qu'on fait les yeux ouverts. La ronde des portraits commençait avec l'équipe de la rédaction d'un quotidien qui inspirait son benjamin en raison du nombre d'originaux, d'ivrognes et d'anciennes maîtresses des uns et des autres dont il refondait les articles pour se ménager des sympathies dans les différents clans qui se modifiaient, s'alliaient, se combattaient ou se décomposaient au rythme des promotions, des licenciements et des intrigues. Il était intarissable sur les lubies du nouveau propriétaire, un industriel qui avait débuté dans les affaires par l'achat d'une vieille marque de liniment dont il avait écoulé le stock auprès des amis de son père éleveurs de chevaux, sur les escrocs étrangers à la profession qui l'entouraient, conseillers et mouchards au nom à particule, établissant des fiches sur la vie privée des collaborateurs, avec le souci de traquer des garçons comme Maleterre et d'empêcher leur recrutement, tandis que les liaisons féminines, au vu et au su de tous, ne portaient aucun préjudice à une carrière dans la maison — Maleterre s'en étonnait. Le spécialiste du marché de l'art, membre de l'entourage du patron, chargé d'effectuer des placements pour celui-ci et de maintenir la cote des peintres dont il lui avait acheté les toiles, s'était sans arrière-pensée entiché de mon camarade, qui, politesse pour politesse, le mettrait en cheville avec

Mme Francavilla. Maleterre se prévalait également de l'amitié d'une rédactrice en chef dont j'entendrais parler jusqu'à l'écœurement ; il insistait sur l'importance de cette double protection comme pour se rassurer quant à son avenir, et le défilé se poursuivait, bifurquant vers sa famille. Une grand-mère qui risquait de se casser le col du fémur à vouloir nettoyer elle-même, chaque semaine, les carreaux des fenêtres d'un pavillon Directoire, qui était leur maison de campagne. (Elle avait aussi la manie de participer à tous les concours et jeux organisés par les journaux, y compris les illustrés pour enfants.) Une sœur cadette qui s'était inscrite en fac de lettres à Tours et que je verrais dès qu'elle viendrait à Paris. Si, à force de descriptions, aidé, en outre, par la photo qui était sur la malle cabine, où elle avait une quinzaine d'années, un bouquet à la main et la robe d'une demoiselle d'honneur, j'avais l'impression de la connaître, je doutais que son frère eût envie pour de bon de me présenter une autre femme ou fille. Le père, un officier de marine qui était amené dans chacune des improvisations par un biais différent, semblait bel et bien un personnage. Son fils s'apprêtait, cette nuit-là, à me raconter par quel miracle, prisonnier de la gendarmerie japonaise à Saigon, pendant la guerre, il avait été libéré au bout de deux jours, sur l'intervention d'un officier de la marine ennemie, comme il était arrivé à des membres de la Wehrmacht d'arracher des détenus à la S.S., lorsqu'un bruit de pas dans le couloir avait interrompu le récit de circonstances en effet assez curieuses. Nous nous étions interrogés du regard : qui se rendait dans la chambre de qui, ou en sortait, ou bien encore, à cette heure, fuyait le « Lardennois » en y laissant une part de lui-même qu'il n'aimerait peut-être pas se rappeler demain ?

L'anecdote familiale, encore une, serait complétée une nuit prochaine où, de nouveau, j'aurais frappé à la porte et interrompu la dactylographie de pages qui finiraient dans un dossier jaune. Les somnifères avaient certes l'avantage de supprimer les tiraillements d'estomac, mais je me méfiais de moyen qui vous rendait prisonnier pendant durée indéterminée où l'on était sans défense de l'ennemi.

Le contre-amiral Maleterre, contre-amiral cadre de réserve, tué quelques années auparavant dans un accident de la route, comme mon père — mais je m'abstenais de relever la similitude —, était cet homme qui ne cessait de répéter à ses deux gosses : « Pour réussir, soyez hypocrites et apprenez à jouer au golf », et qui, cependant, ne se retenait jamais de dire tout haut ce qu'il pensait — son avancement en avait souffert. Mon voisin, qui notait les flirts de sa sœur, en les jugeant, à mon avis, selon des critères trop particuliers, observait au sujet de sa mère un silence que je respectais autant que sa discrétion quant à la teneur du dossier jaune près duquel traînait maintenant mon assiette en carton depuis longtemps aussi nette que la gamelle de Belinda. Je savais cependant que Mme Maleterre habitait à Paris et se manifestait de loin en loin par téléphone. Sur ce point, Alice était formelle, pour avoir à différentes reprises intercepté des appels au standard en traversant le hall, de même qu'elle affirmait avec une égale certitude que, chaque fois, la communication établie par ses soins n'avait pas duré plus d'une minute.

Quand il n'était inspiré ni par sa profession ni par sa famille, et s'il n'avait pas assisté à la projection en privé du film qui serait bientôt à la mode, Maleterre dressait le dernier état de son enquête sur le passé des propriétaires du « Lardennois ». Un vieux peintre qu'il avait interviewé était prêt à le jurer : Mme Francavilla, qui sentait le roussi et peut-être déjà aussi le gardénia, avait quitté Rome avant que celle-ci ne fût déclarée ville ouverte, grâce au passeport de complaisance délivré par un diplomate représentant un pays neutre. C'était un ancien amant, et qui peut le plus peut le moins. Quelle femme résisterait à la tentation de tricher sur sa date de naissance, si l'occasion s'en présentait, et surtout quand un physique exceptionnel favorisait le mensonge ? Tous ses papiers d'identité, par la suite, avaient donc été établis à partir d'un document truqué. Rien ne décourageait Maleterre de chercher des témoins et de glaner des détails à la faveur de ses reportages et de ses rencontres dans les milieux dont son charme et sa jeunesse, mieux que ses coupe-file et sa carte professionnelle barrée de tricolore, lui facilitaient l'accès, à croire, si l'on nous comparait, que nous nous étions partagé la société : à lui le haut, à moi le reste, mot qui convenait d'autant mieux qu'il contenait en français la notion de débris. Sur la base de tels recoupements — l'imagination aidant — devenait ainsi explicable la présence au

« Lardennois » de Teddy, qui avait des attaches non seulement à Rome mais à Boston, où, après la guerre, s'était déniché un mari, dans une famille d'ambassadeurs, une intime de Mme Francavilla et sa rivale pour l'importance des rôles, dans les péplums tournés à l'époque où la scie en vogue était *Ma l'amore no*.

Elle m'amusait beaucoup, je la jugeais parfois grotesque cette chanson, dans la bouche d'Anna Cousine, qui, tout en frottant son linge intime sous le robinet de la cuisine, l'interprétait avec le sentiment qu'il faut, qui était pour de bon le sien, à ce moment-là, et que j'éprouverais à mon tour, en son temps, lorsque la patronne de l'hôtel me bourdonnerait le refrain, un gros stylo à la hauteur de sa bouche, comme un micro. Dans l'intervalle Anna serait morte, je n'irais plus jamais aux vendanges, et il n'y aurait plus aucune chance pour que ma vie justifie jamais la cicatrice à la main gauche qui avait sollicité la gloire.

En matière de cinéma, mon voisin de chambre avait une prédilection pour une certaine catégorie de navets, dont il était capable de vanter les qualités jusqu'à l'aube. Il m'avait nourri, je me devais de l'écouter, mais, non sans vulgarité, je le soupçonnais de courir les salles qui affichaient ces films beaucoup plus pour ce qui se tramait dans l'obscurité entre les spectateurs que pour ce qui se passait sur l'écran, où parfois, prétendait-il, des gladiateurs effectuant le salut à la romaine, en direction de la tribune de César, révélaient un bracelet-montre à leur poignet, par le geste qui avait fait glisser jusqu'au biceps l'étoffe de la manche. Un jour, avec un peu de chance et beaucoup d'assiduité aux séances de la Cinémathèque, il serait récompensé par l'apparition dans l'arène, face aux lions, de Mme Francavilla, qui avait eu le principal succès de sa carrière en incarnant une martyre — peut-être sainte Blandine dans la énième adaptation de *Quo vadis ?*

Maleterre me parlait enfin de ses amis, toujours sans réserves sur leur caractère et leurs capacités, et par là si différent de ses pareils qui, entre eux, se déchiraient avec des cruautés d'acteurs sur la piste du même contrat, il perdait du brillant et de la drôlerie qu'il avait dans le portrait de ses collègues de bureau qu'il détestait. Je croisais parfois dans la rue celui qu'il plaçait très haut, qu'il admirait même, n'hésitant pas à le comparer à Jonas pour l'étendue de sa culture et ses dons de polyglotte. Valdès, qui était intelligent comme on est nouveau riche — cela se voyait trop —, avait une tête d'angelot sans lèvres sur un corps d'adolescent longiligne qui ne s'arrêtera pas là. Il donnait de toutes ses boucles châtain clair dans la mode des cheveux mi-longs, remplaçait la chemise par le pull-over à col roulé, divers colliers tintinnabulant avec leurs médailles sur sa poitrine, par instants il les caressait comme un évêque sa chaîne au bout de laquelle pend la croix pectorale. Voici pourquoi je l'avais retenu : il serait le premier qui m'obligerait à distinguer une sous-variété de la tribu — non la moins crépitante — qui, à l'abri dans le mariage, s'abandonne sans retenue à sa féminité, de sorte que dans le couple, par contrecoup, l'épouse se virilise, devenant l'homme. Car Valdès était marié et père de famille. Trop de fois, déjà, mon sort avait été lié à la sûreté de l'immédiat coup d'œil pour que je perde mon temps à démêler si c'était son hâle d'institut de beauté qui me gênait, la froideur de son regard démentie par un constant sourire qui parvenait à faire se dessiner une bouche dans les poupinages de la face, mais non à dissiper une expression de supériorité ; ou encore sa voix qu'il maintenait non sans efforts dans le registre du grave — celui-là même dont les travestis sous le réverbère essayaient de se débarrasser. Valdès, qui n'était jamais invité aux fêtes, venait au « Lardennois » pour caser dans *Libertés européennes* des notes sur des livres et des fragments d'une thèse de doctorat en cours de rédaction qui émerveillaient Maleterre par avance. Il participait à la conférence mensuelle des collaborateurs de la revue, à mes yeux des vieillards, qui, avec leurs lunettes d'écaille, leurs complets gris, leurs pipes, et souvent leurs moustaches en brosse, rappelaient les orateurs de comités centraux, rangés sur l'estrade des meetings d'avant guerre, et sans doute, pour la plupart, y avaient-ils eux-mêmes participé au premier rang de l'assistance, en qualité de cadets, dans des camps opposés qui se rejoignaient à présent dans l'étude de problèmes économiques et politiques à l'échelle du continent et dont la nature me dépassait. Auprès de ces témoins qui, hier, s'étaient regardés comme des adversaires ou des ennemis, j'avais raté des occasions de m'instruire qui ne se représenteraient plus. Mais comment les aurais-je approchés ? Pendant qu'ils discutaient et remplissaient de mégots et de cendres des compotiers entiers, il était interdit de pénétrer dans l'hôtel par le hall, et l'on débranchait le standard, Mme Francavilla ayant dans son appartement une ligne dont même Alice ne connaissait pas le numéro. M. Rodriguez, qui s'était posté devant la grille, dirigeait les visiteurs, les fournisseurs, les résidents et l'infirmière vers l'escalier du jardin, que l'on atteignait après avoir contourné la façade sur la rue et s'être engagé dans le sentier séparant l'hôtel de la villa voisine, si étroit qu'au passage on provoquait des froissements de buissons à frôler le lierre en grappes le long du mur. Et, au fond, dans une découpure nébuleuse où s'inscrivaient des détails de monuments célèbres, Paris ressemblait à un rébus.

Dans le groupe que j'observais par l'entrebâillement de l'une des portes de la mezzanine et que Jonas dominait par son port de tête et son élégance à base de tweed, Belinda sur ses genoux — la chatte ayant dû céder sa place favorite sur le bureau à un amoncellement de cahiers non brochés de la prochaine livraison de la revue —, Valdès faisait figure d'un étudiant qui se pousse, d'un artiste qui cultive un style d'opposition pour mieux être adopté. On admettait sans peine qu'il eût choqué par sa tenue au lycée où il avait occupé son premier poste et où Maleterre l'avait eu comme professeur, en classe de première. Avait-il bien dix ans de plus que nous deux ? Lorsque, pour endiguer son enthousiasme, sans m'engager moi-même dans un jugement, je feignais de croire que son ancien élève continuait d'en être amoureux, Maleterre, qui du coup se redressait sur son lit, me répondait, comme fâché par ma stupidité, et d'une voix qui défiait le silence du « Lardennois » à trois heures du matin : « Le type marié n'est pas mon genre. Ma sœur s'en charge. » Mais quel était son type, et où le trouvait-il ? Les amis de son âge qui passaient le chercher au « Lardennois » n'en donnaient aucune idée pour le physique, tant ils étaient dissemblables entre eux, quoique tous appartenant à la race du blazer bleu marine et du pantalon de flanelle grise — du « français-latin-grec » aussi, je l'aurais parié.

Les effets de la vodka et de la digestion se combinant à la fatigue de la journée, il m'arrivait de m'endormir sur ma chaise avec la facilité que j'avais acquise sur les bancs du métro dans la même position — les genoux croisés, le bassin pétrifié — pendant que Maleterre s'obstinait à souligner par le claquement de l'un de ses mocassins certaines phrases de son monologue sans fin, qui était aussi pour moi une leçon de français. Quand je rouvrais les yeux, prêt à entendre le grondement d'un train sous les voûtes de faïence, ou la phrase : « Vos papiers, s'il vous plaît », sans que je me fusse rendu compte de rien, il s'était déshabillé et douché, aspergé d'eau de Cologne — je connaissais ses habitudes — avant de glisser entre les draps qu'il rapportait de chaque week-end passé chez sa grand-mère en compagnie de sa sœur. Des draps brodés à son chiffre, doux au regard et au toucher, lavés à l'ancienne dans une lessiveuse et qu'on avait ensuite étendus sur une corde entre deux arbres du parc ; ils lui procuraient sans doute sur la peau la même sensation que les billets de banque neufs. À quoi bon se parfumer quand on va dormir ? « C'est que dans les rêves aussi on rencontre des gens », m'avait-il répondu sur un ton impassible, mais après une hésitation. Couché sur le côté, me tournant le dos, Maleterre se tenait dans le sommeil aussi raide qu'une sentinelle dans sa guérite, et, au bout du bras replié contre sa poitrine, sa main remontait par instants le long du bras gauche comme pour trouver l'épaulette et l'arracher. À la faveur de l'accalmie, une expression de virilité définitive s'étendait sur son visage, que j'aurais alors, plus que jamais, échangé contre la gueule que me renvoyait la glace de l'armoire ; toutes les femmes qui m'avaient repoussé, je les aurais eues sans doute grâce à la fossette du menton — n'était-ce pas la caractéristique qui les séduisait le plus et qui s'interprétait comme un signe de chance ? Une nuit, persuadé qu'il se donnait une contenance par discrétion, j'avais promené un doigt sur son front et sur ses joues, insistant même à la base du cou, mais il n'avait pas réagi, et son souffle était resté régulier. Le dossier jaune était en évidence sur la table, encore plus jaune de capter toute la clarté de la lampe que je m'apprêtais à éteindre. L'idée de parcourir les feuillets qu'il renfermait ne m'effleurait pas puisque je ne trompais que ceux qui ne m'accordaient pas leur confiance. Au surplus, je soupçonnais Maleterre d'avoir essayé sur moi quelques-unes de ses histoires, et si je regrettais, pour sa tranquillité, qu'il fût ce qu'il ne niait pas d'être mais évitait avec soin de proclamer, à l'inverse de certains, je pensais aussi que c'était la contrepartie de ses dons, chaque don ayant son châtiment qui le doublait. Je ramassais l'assiette en carton qui contenait encore de la viande — s'il n'y en avait pas assez, je piquais une autre tranche dans le réfrigérateur, et puis je descendais les étages à la recherche de Belinda, qui, ayant déserté son poste de jour, rôdait sur la plate-forme de la mezzanine, dans l'attente que s'ouvrît l'une des portes, parce que son bol rempli d'eau et son bac à sable étaient dans l'espèce de cuisine à mi-étage où se préparaient les petits déjeuners des locataires. La chatte noire se frottait contre ma jambe ; dans l'obscurité, elle était comme du silence qui marche.

Les couleurs des vitraux ne brillaient plus au-dessus de la chaise longue où, à partir de deux heures du matin, le veilleur, M. Rodriguez, qui était bien rouquin pour un Andalou, dormait la tête sur sa poitrine, les pieds dans les remous de la couverture écossaise qui avait glissé de ses genoux. Son bariolage persuadait définitivement que celui qui jaugeait les fouetteurs de Teddy avant de les laisser monter était fait pour porter le kilt et le sporran. Dans sa chevelure soyeuse, épargnée par le gris malgré la soixantaine, très fournie sur le pourtour du crâne, sa tonsure apparaissait ronde et claire comme l'une des boules du billard sur lequel Belinda, désormais privée d'élan dans les pattes, ne parvenait plus à se jucher si on ne l'aidait pas. Sur les hauteurs des Buttes-Chaumont et notre colline en particulier, qui se trouvait en face, ce n'était jamais la nuit complète, mais pour le plus sombre une ténèbre comparable à celle que crée, dans le sous-bois de la châtaigneraie où l'incendie va se propageant, le brouillard de fumée, troué de lueurs et d'étincelles, qui annonce l'approche du feu. Si la chatte ne savait plus bondir, elle continuait cependant de manger avec appétit et avalait sans mastiquer les morceaux de viande que j'avais déchirés avec les doigts pour les réduire parce qu'il ne lui restait que les crocs de devant dans la bouche. M. Rodriguez dormait ou simulait bien.

Quelquefois, Maleterre, qui, pas plus que quiconque dans la maison, ne me posait de questions sur mes activités hors de l'hôtel, me proposait de le suivre quand il allait interviewer des vedettes, et alors je passais pour être l'assistant du photographe qui l'accompagnait et qui me regardait par en dessous. Anna Cousine aurait eu beaucoup de joie à recevoir les autographes des acteurs qui, par parenthèse, à la ville, semblaient plus petits qu'à l'écran, et, celui-là dont la photo jaunissait dans le fumoir de *L'Alhambra,* elle ne l'aurait pas reconnu tout de suite. Surtout quand l'entretien avait lieu à domicile, j'étais frappé par la simplicité de l'accueil qu'on nous réservait et qui, par contraste, rendait Mme Francavilla maniérée, presque aussi outrancière que Dali, tel que celui-ci nous était apparu à l'hôtel Meurice dans la cage de l'ascenseur — la copie aux dimensions démultipliées d'une chaise à porteurs Louis XV, qui s'élève dans les étages avec une ampleur de montgolfière. Le peintre, qui s'étalait sur les coussins de la banquette, était habillé d'un costume de velours lie-de-vin, et, à notre entrée, de la pointe de sa canne au pommeau d'argent sur lequel se refermaient ses doigts fuselés, cireux, aux bagues ostensiblement en toc, il avait, d'un coup sec, appuyé sur le bouton du dernier étage, ce qui exigeait autant d'habileté que de queuter au billard. Il n'avait qu'une idée : nous démontrer qu'on parvient à la jouissance si l'été, dans le Midi, avant de faire la sieste, on s'est d'abord badigeonné le ventre de café sucré à en être cette mélasse qui attire les mouches. Maleterre avait refermé son carnet à spirale ; l'histoire n'était pas pour les lecteurs de son journal ; nous étions déjà redescendus au rez-de-chaussée, avant qu'elle fût terminée ; un groom rouvrait la grille ; les questionneurs suivants nous expulsaient. « Des mouches, des milliers de mouches, et ça explose », glapissait Dali dans la cohue. La célébrité avait-elle les mêmes conséquences que le désir sur le comportement et le caractère de l'individu ? Que dénouait-elle au fond des tripes ?

« Monsieur, m'avait dit un matin Alice, qui, pendant que je mangeais la première rôtie de la pile, en profitait pour énoncer les problèmes d'ordre général sur lesquels nous aurions ensuite à réfléchir ensemble — monsieur, vous ne l'avez pas remarqué ? Les gens qui veulent coucher avec vous sont tellement gentils qu'on se demande pourquoi ils ne sont pas comme ça tous les jours, et avec tout le monde. » Si à Mme Francavilla, oubliée jusque dans son pays, une mise en scène était nécessaire en permanence, afin de suggérer au moins ce qu'elle avait été par le passé, aux personnes parvenues à la notoriété qui ne se conteste nulle part — Dali étant l'exception à la règle — il ne restait plus que les ressources de la modestie pour briller. Dans leur situation, le meilleur moyen d'obtenir un effet était de chercher à ne pas en produire. J'avais été impressionné par cette réflexion de Maleterre, qui, j'en étais certain, tôt ou tard abandonnerait le « Lardennois » ; à son tour, il serait appelé à recevoir des photographes dans son appartement ; ainsi aurais-je de ses nouvelles, et sa sœur qui ne serait pas mariée, selon ses prédictions, vivrait avec lui pour taper ses manuscrits et son courrier. Si j'avais cru à l'avenir de quelqu'un, c'était bien au sien. Alice savait-elle ? Était-elle au courant ? Elle n'en finissait plus de déployer ses chiffons, au pied de l'estrade. Perdait-elle du temps avec chaque client, ou bien avec moi en gagnait-elle pour m'examiner à la dérobée et interroger sa mémoire ? Peut-être n'avais-je pas changé autant que je m'étais mis à l'espérer lorsque je m'étais trouvé pris au piège dans le sous-sol de cette station. J'enfonçai ma main gauche dans la poche pour dissimuler la cicatrice, continuant de me souvenir, faute de m'être levé.

Dès que j'avais laissé la chatte à son sommeil, sur le bureau, l'une des alvéoles du standard téléphonique s'était remplie d'un vert agate à peine plus lumineux que celui des yeux de Jonas. Aussitôt j'avais saisi au bas du tableau la fiche qui lui correspondait, pour établir la communication, convaincu que la petite compagnie de taxis à laquelle l'hôtel avait recours, et qui envoyait à Mme Francavilla l'unique limousine de son garage, me rappelait pour m'avertir qu'elle n'avait pas de voiture disponible dans le secteur. Nous étions les abonnés les plus éloignés qui fussent du centre de la ville, et ses chauffeurs, à la longue, avaient appris à distinguer la colline aux quatre rues des Buttes-Chaumont proprement dites et, même si l'on était pressé, ils suggéraient qu'on aille à leur rencontre au bas des escaliers qui la desservent, rue Manin et avenue Simon-Bolivar.

J'avais reconnu tout de suite la voix de Valdès ; de son côté, à en juger par une hésitation, il avait identifié la mienne et se retenait de l'indiquer parce que j'avais toujours limité nos rapports aux politesses obligées, quand je le croisais dans les couloirs et qu'il montait rendre visite à la patronne, à la fin de la réunion des collaborateurs de la revue. Avant de raccrocher, j'avais promis de transmettre son message à Maleterre lorsque celui-ci serait rentré — il était en reportage, et Valdès m'était aussi resté à l'esprit pour avoir procuré à Jonas l'occasion de montrer en quoi il excellait dans la conversation, et qui consistait à partir du plus anodin pour atteindre le plus significatif, tout en ayant l'air de céder à la curiosité de son interlocuteur, qui n'en aurait eu aucune si lui-même ne l'avait pas excitée. Comme il avait, avec sa courtoisie parfaite, raccompagné jusqu'à la grille l'ancien professeur de Maleterre dans un lycée de province, qui venait sans doute de lui remettre, pour la revue, une de ces notes dont la relecture sur épreuves, à l'imprimerie, contraignait Mme de Lassonne, incertaine de toute orthographe, à consulter un dictionnaire en sept volumes, et comme, pour ma part, sur ces entrefaites, je sortais de l'hôtel un sac de plage à la main, en route vers la salle de boxe où j'espérais travailler ma vitesse — car je traversais une bonne passe financièrement et m'entraînais quand je voulais —, Jonas avait lancé : « Il a des ennuis », en regardant la silhouette de son visiteur disparaître dans le tournant de la rue Lardennois. Tous les étrangers à l'hôtel, quand ils étaient des piétons, négligeaient d'emprunter l'escalier sur la gauche, qui abrégeait la distance entre le sommet de la colline et l'avenue Mathurin-Moreau. Je m'étais arrêté parce que, dans la bouche d'un homme qui avait l'habitude de la vie clandestine, et non seulement dans le domaine du sexe et des sentiments, et qui, en outre, pour compenser peut-être la théâtralisation active de Mme Francavilla, se refusait à dramatiser quoi que ce fût, « ennui » pouvait signifier maladie mortelle, menace d'emprisonnement, perte d'un emploi, deuil de toute nature. Quand il était encore ce jeune officier qu'on voyait sur une photo, son éducation autant que sa réserve naturelle lui auraient interdit de parler du fonctionnement de ses intestins. « Notre ami cherche un appartement », avait-il continué, pris d'un intérêt soudain pour le lierre qui courait le long de la base de la grille et ne parvenait pas à en dissimuler la laideur, s'étiolant côté rue, à l'inverse des rosiers plantés par Mme de Lassonne dans le jardin. « Ce n'est pas qu'on soit mal dans le duplex de sa femme — elle lui a cédé tout un étage, elle vit dans l'autre avec leur gosse. Mais le quartier l'angoisse. Il lui rappelle des scènes d'enfance, la guerre et ce qui a suivi — surtout ce qui a suivi. Tu ne te figures pas, tu n'étais pas encore né. Mais tu peux te mettre à la place de ce garçon... Est-ce que tu reviendrais volontiers là où tu as été malheureux ? »

Mais où avais-je été heureux ? Pour Jonas autant que pour Mme Francavilla si l'on était de leurs relations, clients ou amis — quand bien même devant l'état civil on était des vieillards —, on demeurait un garçon. Et c'était de justesse que M. Bonfanti échappait à ce mot indifféremment prononcé en italien, en anglais, en français et en allemand — langues qui recouvraient l'éventail des nationalités où le couple avait ses fréquentations les plus suivies. Valdès avait-il connu les privations, la baignoire en zinc qu'on doit remplir d'eau chaude pour se laver à tour de rôle, le lit que l'on bassine avec une brique enveloppée d'un chiffon, parce que la chaleur du brasero, dans le couloir, ne parvient qu'à faire se craqueler la peinture de la porte la plus proche ? Sans le dire, j'étais prêt à sympathiser, et mon attitude avait dû le faire comprendre.

« Qu'est-ce que tu te figures ? » s'était exclamé Jonas en italien, comme s'il interprétait mon regard, bien qu'il fût penché vers la grille pour arracher, çà et là, des feuilles de lierre ratatinées (il avait également du génie pour forcer l'écoute grâce au mélange des langues, glissant de l'une à l'autre afin de souligner les temps forts de son argumentation). « Jusqu'à quinze ans, il a eu une vie de rêve, avait-il poursuivi. Son père avait fait réquisitionner un hôtel particulier qui appartenait à une famille juive. Pourquoi se serait-il gêné ? Je ne te l'ai pas déjà dit, non ? Il dirigeait un journal financé par les Allemands. Je suppose qu'il n'a eu qu'à choisir parmi les lettres de dénonciation qu'il publiait. Le mal que font parfois les pères, mon petit.. » Il y avait eu un silence. Entre les doigts de Jonas les feuilles de lierre s'émiettaient de la même façon que les feuilles de tabac séchées entre les doigts des paysans qui bourraient leur pipe de bruyère. « Sur place, avait-il continué, son père a trouvé des tableaux qu'on a vus passer plus tard aux enchères publiques. » Un pied sur la première marche du perron, Jonas désignait de son pouce levé la façade du « Lardennois » pour éviter de nommer celle qui pratiquait du courtage d'art sans trop le dire — mais qu'avouait-elle de précis sur sa vie, en général ?

« Les propriétaires n'ont rien récupéré ? m'étais-je étonné. — Cher, si seulement ils étaient revenus des camps de concentration », avait répliqué Jonas, qui, franchissant le seuil de l'hôtel sans se retourner, remuait la main à l'intérieur de la poche de son pantalon où il avait fourré une poignée de feuilles mortes, et par un geste qui, chez un adolescent, eût prêté à équivoque. Il était coutumier de ce manège qu'il ne fallait pas assimiler à une grossièreté ; entamer un dialogue, appâter son interlocuteur par deux ou trois détails, et puis soudain le plaquer comme pour se parler à lui-même avec plus de commodité, tandis que sa voix, mêlant des roucoulements slaves, des chantonnements latins et le ton d'un quartier à l'opposé du nôtre géographiquement, s'enflait au fur et à mesure qu'il s'éloignait. A cela on devinait, avec l'habitude, que l'homme le plus courtois que je rencontrerais jamais, d'une courtoisie sans affectation ni joliesse, qui en imposait et pouvait, tout à coup, sur une inflexion nier jusqu'à votre présence vous reconnaissait comme un intime devant qui on se laisse aller à un bavardage qu'on aura bien le temps de reprendre un jour.

C'était sans doute Belinda, roulée en boule sur le bureau du hall, qui avait le mieux entendu la fin, Belinda gratifiée, au passage, d'une caresse furtive comme toutes les caresses que Jonas donnait aux corps que son imagination avait d'abord magnifiés sous le smoking d'un chef de rang ou la veste à épaulettes du petit chasseur. Il était question de la double chance de Valdès, qui avait renoué avec le luxe et repris ses études pour les poursuivre jusqu'au doctorat grâce à son mariage, et dont le père, un publiciste, en s'imposant à l'opinion et en se déshonorant sous un nom de plume, lui avait laissé un patronyme intact. Jonas l'avait crié depuis la mezzanine, mais je l'avais oublié. Les maquereaux que, au hasard des hôtels, j'avais côtoyés à une certaine période — pas des grands, il est vrai, parce que les grands ne descendaient jamais dans ces hôtels-là — ne jouaient pas aux filles la comédie de l'amour pour les tenir sous leur coupe, contrairement à ce que l'on racontait, et pas davantage ils ne les battaient. Eux et leurs protégées, sans illusions les uns sur les autres mais, franc jeu, liés par la camaraderie, cherchaient surtout à se rendre la paresse confortable et la vie facile, résultat qu'ils obtenaient avec une bonne humeur et une franchise qu'on ne sentait pas égales chez Valdès à vue de nez.

Je me souvenais : franchie pour la dernière fois l'étroite bordure semée de ce gravier qui contrariait sans doute la pousse du lierre, malgré les apports d'humus effectués par Mme de Lassonne, qui pour les plantes, dans les cas désespérés, utilisait ses défécations, à la manière des paysans chinois, franchie enfin la grille que je n'allais pas chercher à refermer derrière moi, je m'étais dit que j'aurais pu jouer avec Belinda pendant quelques instants encore. La voiture dont le bruit m'avait attiré dehors, et qui se garait maintenant entre le bolide offert à Teddy par son jeune amant, le restaurateur, et la « Coccinelle » de Maleterre, cadeau de la grand-mère des bords de la Loire, était en fait celle du masseur de Mme Francavilla. Je m'étais trompé : il y avait une seconde personne au monde qui, outre Jonas, connaissait les formes du corps de la patronne, alourdies par les pâtisseries de Mme Tox, le sucre, retenu sans doute par les hanches et la poitrine, ayant épargné le visage triangulaire qui, pour une fête ou un dîner, maquillé par-dessus une bande de gaze posée à même la peau, redevenait, de huit heures du soir à minuit, celui qu'on avait admiré trente ans plus tôt. Son architecture ne s'était pas modifiée, soit conséquence des soins de beauté, soit arbitraire de la nature, ou encore vertu de l'égoïsme ; il était sans doute possible de continuer.

Pour éviter de saluer le visiteur qui se présentait tous les mercredis — j'avais donc le jour, sinon la date de mon départ —, de peur d'être obligé d'engager la conversation, j'avais traversé la chaussée, la tête levée vers le sommet de l'immeuble d'en face, qui dominait le « Lardennois », et où, en conséquence, la vue devait s'étendre jusqu'aux bois de Meudon, par-delà le moutonnement des maisons au fond de la cuvette parisienne. Il faisait le coin de la rue Remy-de-Gourmont et donnait avec sa brique la couleur automnale d'ensemble du quartier, en même temps qu'elle justifiait pour Teddy une comparaison avec Beacon Hill, à Boston, où ses cousins avaient eu une baraque, et que ce fût une baraque à proprement parler, on s'interrogeait. Sous une certaine lumière de couchant — la même qui transformait les feuilles à la cime du prunus, quand on était au pied de l'arbre, Belinda entre les jambes, en fragments de pâte de verre, flamboyants débris de vase de Gallé —, les nuages qui avaient filé au-dessus du Sacré-Cœur semblaient s'engouffrer dans la verrière du dernier étage. À travers le feuillage de la vigne vierge qui recouvrait la façade et frémissait du matin au soir parce qu'il y avait toujours du vent sur la colline, autant de vent qu'à Boston selon Teddy, mon regard était tombé sur deux de ces morceaux de plâtre en forme de lingots que les architectes fichent dans les murs et dont les éventuelles lézardes dénonceront un mouvement de sape dans les profondeurs, un glissement de terrain.

Tant pis si le taxi s'était perdu dans les sens uniques à chercher la colline, je n'avais plus de patience pour rien, et le grincement de la grille que l'on faisait claquer dans mon dos, comme pour me reprocher de ne pas l'avoir fait moi-même, m'avait libéré définitivement. J'avais tourné sur ma gauche, m'engageant ensuite dans l'escalier qui entaillait la colline — quatre-vingt-dix-huit marches que je ne gravirais plus et deux plates-formes assez larges pour que les gosses échappés des hangars d'une garderie municipale, dont les cris pendant la récréation du matin réveillaient Mme Francavilla, y jouent à la marelle. Je me sentais plein d'allant, convaincu que la suite devait enfin justifier cette cicatrice que, par un tic que je ne parvenais pas à guérir, je palpais sans cesse aux heures d'angoisse, le petit doigt et le médius repliés. Mes qualités, je ne les avais qu'en location, et encore celle-ci, la plupart du temps, était-elle saisonnière, mais, cette année, je serais courageux de bout en bout parce que, si l'on m'avait arraché un cheveu blanc, il en pousserait vite d'autres, s'il en repoussait. Il fallait me hâter et, pour commencer, me séparer pour un temps du pistolet que j'avais dans ma valise et qui risquait de m'attirer des ennuis si on venait à me fouiller. Au milieu de l'escalier, j'avais envisagé de téléphoner en premier lieu à une femme divorcée qui m'avait laissé son adresse et qui, auprès d'amis sans aucun lien avec la bande du « Lardennois » — on y gagnait toujours à cloisonner ses relations —, passait pour ne jamais refuser de dépanner un homme plus jeune qu'elle, pour une nuit ou deux, un motif ou un autre. Je l'avais rencontrée au bar d'un hôtel proche du Palais-Royal, et si elle avait pu fréquenter l'individu qui avait effectué les présentations comme on propose une marchandise d'acquisition récente dont on a déjà perdu le goût, c'est qu'elle était à même d'accepter le dépôt d'une arme dans sa villa en banlieue, à condition que je traverse sa propre existence à un moment où elle n'avait pas de partenaire. Ce qui était le cas et changerait le cours des choses : porteur d'un pistolet, on ne m'aurait pas libéré si vite de prison.

Sur la dernière marche, j'avais imaginé la surprise d'Alice quand elle aurait étalé le foulard sur sa poitrine, en fixant un coin à chaque épaule. Belinda aurait sans doute droit à une double ration pour son dîner. Après avoir quitté le travail qui la retenait l'après-midi en ville, Alice faisait une escale au « Lardennois » avant de regagner son studio, pour gaufrer son ruché s'il avait perdu de sa rigidité depuis le matin, effectuer un peu de repassage, se maquiller et se changer en prévision du dîner avec M. Jean, qui, pour sa part, ne quittait pas l'imprimerie de la rue Hecht avant neuf heures du soir. Elle vidait la moitié d'une boîte de nourriture en conserve achetée de sa poche dans l'écuelle en plastique dissimulée sous le bureau du hall, et puis ouvrait son tiroir pour y chercher, sous les grains d'un chapelet rapporté d'un pèlerinage au Mont-Saint-Michel et constitué de larmes-de-Job, les messages de Mme Francavilla ou des locataires qui, tels le secrétaire de l'Impératrice ou Maleterre, lui faisaient des listes de commissions avec de l'argent ou des chèques. Pour les siennes, la patronne pliait en quatre des feuillets détachés du bloc sur lequel, pendant ses téléphonages, elle ne cessait de crayonner, croquant de mémoire son correspondant à l'autre bout du fil, avec tant de vérité dans la saisie de son expression qu'il lui suffisait, quand on entrait dans la pièce, de brandir le papier sans s'arrêter de parler. Si l'on était de ses intimes, on apprenait non seulement avec qui elle s'entretenait, mais aussi quelle était, à la seconde même, l'opinion qu'elle avait de son interlocuteur. Toute la vérité dissimulée sous la chaleur de ses intonations, amabilités ou compliments, elle l'exprimait avec tant d'âpreté dans le dessin qu'on la croyait quand elle racontait que, pour commencer, elle avait fréquenté une école des beaux-arts, où elle s'était laissé décourager par l'hostilité des élèves et des professeurs à l'égard des femmes — ce qui équivalait à faire remonter sa jeunesse à une époque encore plus éloignée que celle qu'elle s'était choisie.

Pour Maleterre, qui raffolait des dessins animés dont Mister Magoo était le héros, elle s'amusait à enrichir les aventures du minuscule monsieur myope vêtu d'un manteau de financier d'autrefois, à col de fourrure, que sa mauvaise vue conduisait à accomplir des actes dont l'extraordinaire provenait de sa méconnaissance du danger, comme de marcher le long d'une gouttière parce qu'il ne se rendait pas compte du vide à ses pieds, ou de pénétrer dans la cage aux lions d'un zoo abandonné depuis un mois par ses gardiens en grève. Mme Francavilla représentait volontiers le personnage examinant à l'aide d'une loupe le sexe d'une petite fille de sa taille qui relevait sa robe à volants devant lui, le buste cambré d'une danseuse de french-cancan qui s'apprête à faire le grand écart, ou l'air d'exagérer une de ces révérences de cour comme M. Bonfanti les mimait au dessert à l'intention de M. Lawson, le professeur américain qu'on avait au « Lardennois » à la fin de mon séjour. Car le vieil homme avait eu le temps d'assister à des présentations à l'impératrice Eugénie, à Cap-d'Ail, où, lorsque le visiteur avait un certain rang, on lui réservait l'étiquette de Compiègne pour la sympathie et celle des Tuileries pour le prestige. Et mieux valait entendre ça — joliment décrit — que d'être sourd.

Le mot à la mode, cette année-là, était *happening*, dans une galerie de la rue de Seine un New-Yorkais proposait du boudin confectionné avec son propre sang et, à l'heure où j'avais attrapé un taxi dans l'avenue qui persuadait enfin par son bruit que l'on était à Paris — on pouvait en douter sur la colline, en dépit de l'évidence du panorama, ou peut-être en raison de son caractère grandiose —, Alice devait être occupée comme aujourd'hui — c'est-à-dire quinze ans après — à ranger le pinceau à la pointe engluée de cirage, dont elle se servait comme un peintre de son instrument quand il travaille au couteau, pour ensuite frotter le cuir avec ses chiffons de laine, deuxième stade de l'opération, avant l'emploi des bas de soie qui, par leur frottement, parachèverait l'éclat de la chaussure. Même si, à l'époque, elle souffrait d'être maintenue, malgré ses demandes de changement auprès de la compagnie, dans une station de métro des Grands Boulevards qui lui valait une clientèle dont l'absence d'éducation l'affligeait bien plus que sa répugnance à déposer un pourboire dans la soucoupe pour le service, il n'y avait pas de besogne qu'elle n'accomplît avec scrupule dès lors qu'elle s'en était chargée. Sa distinction dans le geste, qui résultait de l'abréviation de tout mouvement, quitte à répéter celui-ci pour obtenir le résultat escompté, ne la quittait en aucune circonstance, l'emportant sur la trivialité de toute activité. « Ce n'est pas parce qu'on est pauvre, disait-elle, qu'on ne doit pas se tenir. Chez nous, on était quatre enfants, et mon père était en usine, rue Fessart, à cinq cents mètres d'ici — monsieur, vous connaissez. Même quand il rentrait soûl — il était bien obligé de faire comme les autres parfois — eh bien ! jamais un gros mot, jamais une plainte, une brusquerie. Vous n'allez pas me croire si je vous raconte que... »

Que n'aurais-je pas accepté de croire quand on me servait des œufs frits et une telle quantité de café pour le petit déjeuner ! Au demeurant, des cabinets sur le palier pouvaient-ils m'étonner, et la discrétion des parents pour en user, si grande que les enfants ne les avaient jamais vus y entrer ou en sortir ? Quelle idée avait-elle de mes origines, Alice ?

Sans doute, Alice n'avait-elle porté mon foulard que le dimanche, lorsque M. Jean l'emmenait au cinéma, à la séance de quatre heures de l'après-midi, dont elle avait besoin pour s'attendrir et faire l'amour. Un article de ce prix, on ne l'exhibait pas à l'hôtel ; il risquait d'éveiller la curiosité de Mme Francavilla, qui en aurait vite deviné la provenance et s'en serait irritée, car elle assimilait tout départ de l'hôtel à une trahison, quand elle ne l'avait pas elle-même provoqué et signifié après un litige noué par ses soins, et qui se terminait par un barouf. Faute de preuves, des allusions et des recoupements me suffisaient, et j'imaginais bien jusqu'à quel diapason la voix et la colère de la patronne étaient susceptibles de monter, pour l'avoir entendue s'emporter contre Jonas, un jour où je me trouvais dans le jardin en train de surveiller Belinda qui devenait de plus en plus craintive en plein air et ne se décidait pas à mâchonner les brins d'herbe qu'elle reniflait depuis quelques minutes, et qu'elle recherchait pour se purger d'un trop-plein de poils dans l'estomac. Les fenêtres du dernier étage étant ouvertes, on ne perdait rien des accusations proférées par une femme dans tous ses états, contre un adversaire qui s'efforçait de conserver son calme et qui — se doutant que, dans une maison où le silence était une religion, la scène aurait son public même si les acteurs n'apparaîtraient pas — répliquait le plus souvent en anglais et en italien, dans l'espoir sans doute de dissimuler l'origine de la querelle. On comprenait néanmoins que, sous un interrogatoire serré, Jonas s'avérait incapable d'expliquer la raison pour laquelle il n'était pas descendu à son hôtel habituel, dans la ville où il avait assisté à l'un de ces congrès qu'il invoquait toujours sans en préciser la nature, quand on le surprenait attendant au bord du trottoir, des dossiers sous le bras, que le chauffeur eût empilé ses bagages dans le coffre arrière ou les eût retirés.

Effrayée par les cris, la chatte avait en deux bonds regagné le hall. Mme de Lassonne qui, une frange blonde au ras des sourcils, soignait ses rosiers, se courbant chaque fois un peu plus lorsque les cris s'amplifiaient, avait, sans lâcher son sécateur, marmonné, à la faveur d'une pause, quelques mots sans suite au sujet de l'exclusion d'un jeune peintre qui avait occupé précédemment la chambre que je louais. Et l'attitude presque apeurée de cette femme qui s'efforçait à la légèreté à propos de tout — autant peut-être pour compenser la tristesse de son mari que pour se rajeunir elle-même et justifier le port de la jupe à la mode, qui s'arrêtait au genou — m'avait poussé à interroger Alice le lendemain matin. De sa voix douce, la femme de chambre avait fait dévier la conversation sur le danger d'une prise abusive de diurétiques : si on les utilisait pour maigrir, on s'exposait à des crises de nerfs, à des accès de larmes, ainsi qu'à des pertes de mémoire. La nuit suivante, Maleterre, qui avait improvisé un dîner chez lui à mon arrivée, s'était levé de son lit avant de répondre, laissant tomber ses mocassins sur le parquet, pour aller en chaussettes jusqu'au réfrigérateur remplir son gobelet de vodka. Il me tournait le dos quand il avait murmuré : « De vieilles histoires — c'est sans importance. » Éprouver tant d'intérêt pour le passé des propriétaires du « Lardennois » et soudain n'être qu'indifférence ou amnésie à l'égard d'événements récents où ils avaient dû jouer un rôle, dès lors qu'un résident était en cause, je ne comprenais plus. Mais j'avais trop à cacher, en ce qui me concernait, pour forcer les secrets d'autrui ; je n'avais pas insisté.

Durant mon séjour, mis à part le professeur américain en année sabbatique, qui changeait chaque semestre et avait droit à des dîners en compagnie du secrétaire de l'Impératrice, auxquels nous assistions tous et au cours desquels devaient achever de se brouiller les idées de cet étranger sur la maison, aucun locataire n'avait quitté le « Lardennois » et ne semblait envisager l'hypothèse d'un déménagement, fût-ce à long terme. Maleterre aurait pourtant gagné, à tous les points de vue, à rallier la Rive gauche d'où je m'étais échappé pour mieux espacer certaines rencontres que j'appréhendais.

Il était improbable que Mme Francavilla eût pris pour argent comptant le contenu du télégramme que je m'étais fait délivrer le matin de mon départ, et que je lui avais tendu, après avoir laissé exprès entrouverte la porte du salon derrière moi, pour qu'elle aperçoive dans le couloir la valise que j'avais achetée en même temps que le foulard pour Alice : « Mère décédée. Attendons instructions pour la levée du corps à l'hôpital. Affections. » Et c'était signé Anna. Combien de fois avais-je tué ma mère, après sa mort ? Et il entrait comme un plaisir dans ce stratagème, lorsque je l'utilisais pour me dégager d'un piège, justifier une dérobade ou une fuite, me délier d'une promesse dont l'accomplissement m'aurait conduit plus loin que je ne le voulais ; presque aussitôt m'envahissait la conviction que l'aide imaginaire correspondait à une sauvegarde qui ne m'avait jamais été retirée, et dont l'effet ne s'épuiserait pas.

J'avais toujours su partir à temps, ne rien laisser refroidir, ni l'habitude s'installer ; j'avais toujours su rompre une liaison, une amitié, une relation, de n'importe quel ordre, et abandonner le terrain à l'adversaire avant de lasser, d'être quitté, et souvent je m'étais quitté moi-même — l'alcool m'y avait aidé, si de sang-froid c'eût été trop dur. Jusqu'à présent, nul n'était parvenu à me rattraper si je n'y avais pas consenti, sauf l'espèce de créancier qui venait de se manifester la semaine dernière, et avec lequel il n'avait jamais été question de sentiments, mais d'un contrat. J'avais espéré à tort que la clause principale tomberait, persuadé à la fin que l'on m'avait rendu service à titre de compatriote, ce qui était méconnaître l'âpreté des gens de mon pays.

À mon âge, on ne l'ignorait plus : on ne comptait vraiment que pour deux ou trois personnes ; et je l'avais découvert très tôt puisque celles que la vie m'avait dévolues comme à tout un chacun étaient mortes peu avant mon passage au « Lardennois » ou tout juste après, m'enseignant que, si l'on ne meurt jamais de la mort de personne, on peut néanmoins mourir à l'amour. Peut-être, en contrepartie, devais-je à cela ma liberté, mon goût de l'indépendance, mon penchant pour une solitude dont la plupart des gens souffraient, et, en chemin, mon sursaut, lorsque, mes premiers vingt-huit ans passés sans aucune remise de peine, je m'étais arraché à la roulotte de Mme Francavilla fixée sur la colline, comme celle des Gitans qui désormais avaient renoncé au voyage. La tribu qui m'avait accueilli répandait la chaleur du foyer que je n'avais pas, bien qu'elle fût le contraire d'une famille, puisque chacun y était incité à convoiter les autres, Jonas excepté, si l'on était soi-même un homme — la patronne ne l'aurait pas supporté : elle ne lui tolérait que des liaisons avec des femmes, où le cœur n'y était pas. Les facilités, les bavardages et le pittoresque du « Lardennois » ne menaient à rien ; cependant, je n'allais pas nier que j'en avais profité. Si je n'avais pas côtoyé Mme Francavilla, aurais-je jamais pensé, par exemple, à un vase de Gallé devant la transparence mate d'une feuille de prunus sous le soleil ? Aurais-je lu certains auteurs étrangers qui montraient que la réalité quotidienne n'est qu'une apparence, et qu'il y a du mystère là où on ne le soupçonne pas, si Jonas ne m'avait pas mis de force entre les mains, pour autant que sa courtoisie le lui autorisait, les excédents des services de presse envoyés à la revue ? L'amitié de Maleterre ne m'avait-elle pas, elle aussi, ouvert des horizons ? Jusqu'à Teddy qui y avait contribué parce qu'il avait parcouru le monde en tous sens, approché des individus bien plus curieux que les partenaires dont il attendait coups et humiliations et qui, très souvent, le décevaient par leur docilité à ses caprices, leur absence d'initiative. À part cela ou à cause de cela, l'Américain était la gentillesse même, et d'une fantaisie qu'un brin de mythomanie rendait encore plus inventive ; il amplifiait, embellissait, dramatisait à plaisir, et, tous le sachant, aucun ne le croyait jamais tout à fait sur parole, mais sa liaison avec ce patron de restaurant qui était marié m'avait prouvé qu'il n'exagérait pas toujours, que la vie pouvait ressembler aux histoires qu'il racontait en zézayant. J'aurais dû accepter quand il m'avait proposé de m'enseigner des rudiments d'anglais, au lieu de me cabrer parce que je flairais dans son offre une forme de charité et aussi — pourquoi étais-je encore réticent à me l'avouer ? — parce que, au souvenir de ses gémissements qui me réveillaient parfois la nuit, si nos rapports étaient devenus plus familiers, je ne me serais peut-être pas retenu de le brutaliser. Le « Lardennois » avait été mon cours de rattrapage et presque mon université. Un garçon de l'envergure de Maleterre n'aurait pas dû en avoir besoin ; pourquoi s'y était-il éternisé ? Il avait toutes les qualités dont j'étais et demeurerais dépourvu, outre l'éducation et les diplômes ; il avait non seulement la parole, mais aussi le mot, à en juger par ses articles, d'une qualité telle, malgré la futilité de leur sujet, qu'ils avaient poussé Jonas à lui demander sa collaboration à *Libertés européennes.* Son métier le passionnait, son physique retenait ses semblables, et certains qui n'en étaient pas auraient sans doute cédé par curiosité, tant il avait de charme. Sa grand-mère lui envoyait de l'argent ; une sœur l'aimait, et, à deux heures de Paris, il avait un coin de terre où il lui était possible de reconstituer ses forces sans être obligé d'en supporter les habitants. Beaucoup d'ambitions étaient à sa portée, tandis que je devais me résigner aux désirs simples des individus qui n'ont jamais rien possédé. Je ne voulais plus qu'une maison pour y être seul et tranquille, un emploi qui m'assujettît le moins possible à un patron et — troisième souhait que je n'exprimerais jamais en public — assez d'argent, un jour, pour construire dans les collines, au-dessus de l'étang de Tolla, un tombeau où j'aurais réuni mon père, ma mère et Anna Cousine, afin de les dédommager. De quoi ? Je l'ignorais. Mais du dédommagement, j'en étais sûr. Plus tard, nous serions ainsi rassemblés tous les quatre, en attendant peut-être mieux — est-ce qu'on savait ?

Peut-être devais-je également à l'absence d'entrave une relative réussite professionnelle qui m'avait permis, depuis quelques années, de louer un appartement et, aujourd'hui, de verser des arrhes à un entrepreneur de maçonnerie. Mais cette réussite n'avait pas beaucoup d'assise puisqu'elle était à la merci d'une mauvaise affaire comme le voyage de la semaine prochaine, qui la détruirait s'il tournait mal. Quand j'écartais des témoins sur ma route, est-ce que je n'allégeais pas un fardeau en cessant de peser sur l'autre avant qu'il ne s'aperçoive que je l'encombrais ? À force de recommencer, j'avais maintenu dans mon esprit une certaine jeunesse, et comme la vie avait beau être courte, elle n'était cependant pas rapide, j'avais eu par ces ruptures l'impression de l'accélérer, à défaut de la rendre toujours agréable dans l'immédiat. Ainsi m'avaient-ils beaucoup manqué, pendant des mois, les petits déjeuners et la présence d'Alice au réveil, notre bavardage haché de silences, elle assise dans le fauteuil qu'elle avait en un tournemain débarrassé de mes vêtements, et moi qui beurrais des rôties avec une délicatesse qui n'était pas dans ma nature. Je refrénais mon appétit jusqu'au moment où, vidé un des deux pots de café dont elle avait garni son plateau, Alice s'en irait après avoir lissé le devant de son tablier, comme pour faire tomber des miettes et m'inviter, par analogie, à secouer celles qui se répandaient entre les draps, heureuse de constater que je ne boudais pas le plaisir qu'elle m'assurait chaque matin. Il lui arrivait, avant de partir, de désigner d'un mouvement du menton la cloison qui me séparait de la chambre de Teddy, et alors je secouais la tête pour signifier que je n'avais rien entendu d'anormal, même si, quelques heures plus tôt, les gémissements que le photographe retenait par discrétion, au prix d'une partie de son propre plaisir, sous les coups d'un inconnu racolé le long des grilles des Buttes-Chaumont, scruté et agréé au passage dans le hall par le veilleur de nuit, m'avaient rappelé les râles de ma mère derrière un paravent à l'hôpital. Ils m'avaient également jeté dans un tel état que j'avais eu beaucoup de mal à garder mes mains immobiles sur la couverture. Pourquoi nuançais-je ? Le plus difficile était de trouver un partenaire dont le désir résistât à la vue du premier sang. Un jeune homme s'était mis soudain à pleurer — pour la même raison qui devait provoquer mon recul le jour où, étant entré dans la chambre de Teddy pour lui emprunter de la crème à raser, alors qu'il effectuait sa gymnastique, torse nu devant la fenêtre ouverte, en chantonnant, il avait pivoté d'un bloc avec ce mouvement d'une épaule particulier aux femmes qui essaient de retenir la bretelle d'une combinaison en train de glisser ? Dans un hôtel, à New York, un Noir qui était l'organiste d'une chapelle mormone, emporté par le jeu, lui avait sectionné un téton avec des ciseaux qui traînaient sur la commode. Comment démêler le vrai du faux dans les récits de mon voisin du sept ? En tout cas, sa poitrine où les pectoraux bombaient avec netteté, grâce à la régularité des exercices, faisait penser à un visage dont on a crevé un œil. Alice avait-elle des nouvelles de Teddy ?

Parce que je n'aurais pu, certains jours, lui fournir sans l'inquiéter des détails sur la vie que je menais hors du « Lardennois » et au sujet de laquelle, pas plus que les autres, elle ne posait de questions, pour meubler la conversation au petit déjeuner je racontais mes rêves à Alice, quand ils étaient avouables. Déjà, en posant le plateau, elle m'avait donné son interprétation de ceux de la veille, dont elle avait cherché le sens dans l'exemplaire d'une *Clé des songes* qu'elle avait hérité d'une marraine et qui l'aidait à extraire les meilleurs augures du pire des cauchemars. J'en inventais aussi où elle-même apparaissait en des circonstances que je fabriquais pour satisfaire ses vœux — en fait, un seul et qui ne variait pas. Devenu, à la longue, familier des éléments, signes et symboles sur lesquels elle s'appuyait pour déchiffrer l'avenir, il était pour moi aussi facile qu'à une voyante, dont le succès repose sur les caresses aux chimères des clients, de l'amener à déduire de la scène où je l'avais introduite en qualité de protagoniste l'imminence de la mort, à l'asile, de la femme légitime de M. Jean. Et se redressant dans son fauteuil, cette conclusion tirée, elle murmurait : « Est-ce que c'était une existence ? » comme si elle justifiait devant un tiers un geste qu'elle eût accompli à l'instant même pour abréger les souffrances d'une malade condamnée à brève échéance : débrancher le tuyau du goutte-à-goutte, augmenter l'injection de Dolosal dans la seringue, ce qui avait été fait pour ma mère à la demande de l'infirmière, qui était la maîtresse de l'interne de garde et ne refusait pas les cadeaux. « À la prochaine métastase », avait-elle murmuré, en redéployant autour du lit les panneaux du paravent qui grinçaient. L'argent, c'était Anna qui me l'avait procuré.

Alice était convaincue que rêver d'une mort présageait la rencontre, avant un mois, de quelqu'un de bien vivant, à qui l'on ne pensait plus — une « revoyure », comme elle disait de sa voix qui embourgeoisait l'argot. Si cela avait été vrai, puisque je retrouvais Alice en personne dans des circonstances inattendues, mais dans un lieu qui l'était moins, et où sa présence signifiait une promotion au sein de la compagnie chargée de la gérance des toilettes du métro et des emplacements réservés aux cireurs de chaussures, j'aurais dû voir réapparaître dans mes rêves des semaines précédentes l'une des quatre personnes que j'avais aimées : mon père, ma mère, Anna Cousine. Il m'en coûtait jusqu'en mon for intérieur de nommer la quatrième, parce que je ne me résignais pas d'avoir eu conscience trop tard du sentiment qui continuait de nous unir. Ce serait sa persistance, tout au long de ma vie, à revenir dans mes rêves, où elle se présentait sous l'aspect qu'elle avait lorsque nous nous étions quittés sans rien savoir de nous-mêmes qu'un peu de nos corps, qui achèverait de m'éclairer, de me persuader que les morts ça aimait longtemps, et peut-être toujours.

À présent, si je récapitulais mes liaisons, passades et épisodes sensuels de quelque importance, il ne m'échappait plus que j'avais été et demeurais attaché à un certain type physique. Dans un aéroport, il me conduisait, à la suite d'un repérage dans la file d'attente, à m'embarquer parmi les derniers pour avoir une chance de m'asseoir auprès de qui je souhaitais le voisinage, et qui, par la force des choses, la ceinture déjà bouclée autour de la taille, ne pourrait pas refuser le mien, s'inquiétant à tort : il n'était plus dans mes intentions de lier connaissance. Si une conversation s'ébauchait, ce n'était jamais mon fait, je la décourageais aussitôt, la main gauche enfoncée dans la poche de ma veste, car l'illusion qui m'était consolante ne tenait que par l'immobilité et le silence de qui l'avait suscitée, soit par l'ensemble de sa physionomie, soit par une particularité qui m'avait attiré : couleur des yeux ou des cheveux implantés très bas sur le front, forme du nez qui était légèrement sémite, retroussis des lèvres d'une de ces bouches trop grandes, et par là même d'autant plus attirantes puisqu'elles obligeaient, comme malgré soi, à se demander de quelle manière on parviendrait à les saisir tout entières entre ses propres lèvres. On avait beau être instruit par des expériences passées, un morceau de chair douce et molle se dérobait toujours à la morsure, la première fois, comme une goutte de miel fuyait de la tartine de mes goûters d'enfant, savourés dans la chaleur d'un brasero.

Que de fatigues je me serais épargnées, dès l'époque du « Lardennois », si je m'étais rendu compte qu'une absence à laquelle il n'était plus possible de remédier gouvernait mes choix. On le distinguait bien au chapitre de ces aventures qui règlent la question physique pour une semaine et où, l'avantage étant du côté de celui qui paie, j'exigeais le silence pendant l'accomplissement de l'acte et les bagatelles de la porte.

Je le savais encore mieux maintenant pour avoir beaucoup voyagé, parcouru bien des territoires de sable et connu jusqu'aux pays où M. Stirla avait donné, sous les balles, son absolution de jeune aumônier à des mourants : sur terre circulaient sans trêve duplicata, copies et imitations de la pièce unique que j'avais eue entre les mains pendant quelques nuits. Je l'avais laissée filer : par ma faute, elle était allée à sa perte, et ensuite son souvenir, plus efficace qu'une vengeance, m'avait condamné à courir derrière les contrefaçons jusqu'à ce que, à force d'échecs, j'eusse découvert la nature de mon amour et la vanité de sa recherche, ainsi que la fin de la saison. Mais au « Lardennois », déjà, les sentiments, qui n'avaient jamais été ma principale affaire, ne me tourmentaient plus que par à-coups, préoccupé que j'étais surtout de gagner ma vie. Ensuite, je réserverais mes forces à l'exercice de la profession où je m'étais glissé par faveur et où leur rassemblement s'imposait sans relâche pour compenser une partie des handicaps dont j'étais affligé depuis le début : je ne les avais pas encore tous surmontés. Dès que l'un de mes concurrents s'engageait dans une liaison, il ne se doutait pas qu'il s'apprêtait à ralentir sa course pour me céder du terrain. Souvent il se rabattait sur moi lorsque tous ses intimes étaient fatigués de ses répétitions, disposant alors d'un auditeur qu'aucune redite ou volte-face ne lassait, et, sitôt la rupture consommée, il en résultait dans son esprit une diminution de ses préjugés à mon égard, parce que je n'avais jamais jugé ou conseillé et m'étais borné à écouter.

Depuis quelque temps, mes morts avaient espacé leurs visites de nuit, qui ne dépendaient d'ailleurs pas de la plus ou moins grande intensité avec laquelle j'avais pensé à eux dans la journée, à l'inverse de ce que croyait Alice, persuadée, elle, d'être en mesure de convoquer les siens à sa guise. Elle admettait pourtant qu'un tel pouvoir était dénié aux humains par *La Clé des songes,* si souvent consultée qu'elle avait dû renforcer le dos de la couverture de son exemplaire en le recouvrant de papier adhésif. Comment aurait-on concilié une apparition sur commande avec le caractère surprenant de la rencontre qui s'ensuivrait dans un proche avenir ? Les morts n'avaient-ils pas enfin toute leur liberté ?

Assise dans le fauteuil placé à l'entrée de l'alcôve où était mon lit, Alice dressait le menton sans répondre. Son expression était aussi indéchiffrable qu'à l'ordinaire, et le café refroidissait dans le pot en rab qu'elle m'avait apporté, ce qui m'obligerait à le réchauffer sur la plaque électrique que je sortais de l'armoire où tricots de corps et chemises le dissimulaient mieux que mon pistolet. On ne le disait jamais, mais on le comprenait tout de suite, l'hôte du numéro 9 devait respecter le caractère neutre de sa chambre : il ferait en sorte que des étrangers puissent, à l'occasion, s'y installer pendant des heures pour des motifs professionnels et profitent de la vue sur Paris sans être forcés de retirer de la pièce des éléments de décor qui auraient gêné les déplacements, gestes ou cadrages. Leur passage, qui n'avait pas lieu souvent, s'effectuait dans la journée en mon absence ; si j'oubliais certaine odeur qui demeurait en suspens dans l'atmosphère jusqu'au lendemain, malgré l'aération, la contrainte ne me pesait guère. Pour de bon, elle ne m'avait dérangé qu'une seule fois. Pour des raisons qui ne se ramenaient pas toutes à la qualité et à la consistance des petits déjeuners qu'on me servait, je tenais beaucoup à être réveillé dans ce lit par quelqu'un de l'hôtel, même si je regagnais le « Lardennois » à l'heure où le lion de saint Marc reprenait doucement ses couleurs dans le vitrail du hall et avant que M. Rodriguez n'eût replié le transat où il avait dormi, ainsi que la couverture écossaise qui avait glissé le long de ses jambes.

Par exception, ce jour-là je n'étais rentré que vers midi et, comme je m'étais abstenu d'indiquer une adresse précise au chauffeur de taxi — en vertu d'une précaution de routine que bientôt, lorsque je serais innocenté de tout, je regretterais de n'avoir pas respectée jusqu'au bout —, la voiture m'avait déposé à la hauteur du métro Pyrénées, où j'avais acheté un bouquet de roses au Marocain vendeur à la sauvette qui, trompé par mon aspect et mon mutisme, me lançait toujours quelques mots de remerciement ou de bienvenue en arabe. Malgré ma lassitude, j'étais résigné à gravir les quatre-vingt-dix-huit marches de l'escalier qui attaquait la colline par le sud, longeait les hangars de l'école, et où je croiserais l'amant de Teddy, qui, après un coup d'œil à mes fleurs, baisserait la tête, accélérant l'allure, le costume tout froissé, la mine d'un invité de la noce qui aurait terminé la nuit sur un banc de la gare pour attendre le premier train.

Dans une rue si calme qu'à droite, quand on avait tourné le coin de l'escalier, le bruit des pas sur l'unique trottoir était un dimanche en province, comment n'aurait-on pas remarqué une dizaine de personnes qui bavardaient à proximité d'une camionnette, s'adossaient à la grille de l'hôtel ou déambulaient au milieu de la chaussée ? J'avais d'abord cru que la bande poivre et sel du comité de rédaction de la revue se dégourdissait les jambes, à la fin du énième débat sur la multiplication des forces nucléaires en Europe, attendant d'être reçue à déjeuner par Mme Francavilla, qui l'invitait tous les trimestres. Mais la moyenne d'âge du groupe que je venais d'aviser était de beaucoup inférieure à la sienne, sans parler de la différence dans l'habillement, ou de l'absence de Jonas. Si pause il y avait, elle ressemblait plus à celle qui, sur un chantier, réunit les membres des différents corps de métier du bâtiment autour du casse-croûte qu'à celle d'un cénacle d'intellectuels à la mode d'avant guerre. L'attitude de Mme de Lassonne, qui était assise sur le capot du moteur d'une Austin-Morris rouge, les jambes croisées haut, un tailleur bleu marine foncé ne parvenant pas à mincir sa silhouette si, toutefois, il mettait ses cheveux blonds en valeur, dissipait l'hypothèse pessimiste qui se présentait ensuite à l'esprit quant à la nature de ce rassemblement. Puisque l'épouse de l'homme qui, chaque lundi et chaque vendredi, était dans le cabinet de son médecin, riait des explications fournies par son interlocuteur qui désignait à leurs pieds ce câble électrique courant le long du trottoir, aucun drame ne s'était produit. La police n'avait pas effectué une descente parce que, pendant la nuit, il était arrivé à Teddy ce malheur que, à la longue, je redoutais pour lui autant que pour moi-même qui étais exposé au désagrément d'un contrôle de situation de la part des enquêteurs sur lesquels une lettre autographe de l'impératrice Eugénie datée de Cap-d'Ail, comme pouvait en produire M. Bonfanti, n'eût été d'aucun effet en cas de crime. « Oui, ça va, Liliane », avais-je répondu sans m'arrêter à ma voisine du trois, qui souriait en montrant ses petites dents carrées. Ce professeur américain que j'oublierais toujours de présenter — M. Lawson, un type râblé, à la barbe grisonnante en éventail et à la démarche d'un officier en retraite — traversait le hall sans doute pour aller déjeuner dans le quartier, avant de revenir vite s'enfermer avec M. Bonfanti, dont il recueillait les souvenirs au magnétophone, en vertu d'un contrat lui assurant l'exclusivité de leur publication — si j'avais bien compris. Avant de signer, sur les conseils de Mme Francavilla, le doyen avait exigé le versement d'une avance en dollars, de la main à la main.

Au standard, M. Rodriguez, qui me tournait le dos, tricotait avec ses fiches, crevant de la pointe de celles-ci le vert turquoise des appels lumineux, qui sautait d'alvéole en alvéole, murmurant à ses correspondants des phrases qu'on déchiffrait sur ses lèvres, et Belinda était à son poste. J'avais salué tout le monde sans autre préoccupation que celle de me coucher le plus vite possible, oubliant même, dans ma hâte, de décrocher du tableau la clé du numéro 9, parce que je possédais un double procuré en secret par Alice à toutes fins utiles. Le réceptionniste, qui jouait sur une gamme de raclements de gorge pour s'épargner les discours inutiles, avait lancé la clé officielle dans ma direction lorsque j'avais posé un pied sur la mezzanine : je l'avais attrapée au vol.

Le silence habituel régnait dans le corridor, à mon étage, mais, au fond, un rectangle de lumière apparaissait sur le mur à la hauteur d'une porte ouverte, qui était celle de ma chambre, et comment s'en étonner quand, sur le pas de la porte, un éblouissement empêchait d'avancer et obligeait d'accommoder le regard à l'éclat de plusieurs projecteurs, dont l'un était fixé au chambranle, avant de distinguer une caméra sur un tripode, une autre sur l'épaule d'un maigrichon basané comme le fleuriste du métro, qui s'en trouvait déséquilibré par le poids et paraissait ainsi se défendre des coups ? Il y avait aussi le metteur en scène, un sanguin aux cheveux blancs qui n'avait plus la minceur requise pour porter sans ridicule des blue-jeans, et le preneur de son, la tête penchée comme à l'écoute d'un angélus dont les notes fussent parvenues du Sacré-Cœur tout proche, dans le courant d'air qui remuait les cantonnières et les rideaux grands ouverts.

Sur mon lit en désordre, qu'on avait extrait de l'alcôve et placé dans l'axe de la fenêtre contenant l'océan des toits à l'horizon, de manière qu'il y eût le même débord à droite et à gauche, se tenait, les poings sur les hanches, un grand jeune homme dans la trentaine, massif et nu, aux attaches fortes, trop imberbe pour n'avoir pas été épilé à la cire — plutôt deux couches qu'une seule pour ce faire, d'après la vigueur du triangle de broussailles dont une pointe atteignait le nombril et du velu des avant-bras enveloppé par l'éclairage, comme le reste du corps, d'un nimbe doré. Tel le gorille qui, sur l'écran du patronage que M. Stirla avait également doté, sur sa fortune, d'un appareil de projection, écartait d'une main au passage une rangée de gratte-ciel, il semblait avoir jailli de la masse de la ville qu'il surplombait désormais et avait entre les jambes, pour adopter cette posture préludant, en général, dans les dortoirs, à une bataille de polochons, indifférent à ce qui poussait de son ventre dans un accéléré de cinéma — de film documentaire consacré à la croissance des plantes. Sur le torse, sur les épaules qui étaient comme des poutres, sur la gorge qui, à sa base, ressemblait à un sexe, la musculature était aussi prononcée que sur le corps de Teddy ou celui des meilleurs élèves du Commandant, dans la catégorie des mi-lourds. La femme agenouillée devant lui, aussi blonde que la résidente du trois, le cou très fin arqué pour les besoins de la cause comme l'anse d'une amphore, et dont le sein, de profil, dessinait une apostrophe, avait l'air d'une enfant qui se mesure le plaisir et attaque une glace à deux boules en commençant par la pointe du cornet, lequel, en l'occurrence, résistait à l'acharnement des lèvres. Le renflement des siennes et le gonflement de ses joues lui donnaient la mimique du boxeur qui a dans la bouche ce protège-dents qu'on perd si vite si l'on ne garde pas les maxillaires serrés. Les techniciens étaient aussi absorbés dans leur tâche, leur contemplation ou leur attente que des moines orthodoxes, l'œil sur le frère occupé à manier la corde liée au battant de la cloche dont il va moduler le martèlement sur le bronze jusqu'à l'éclat final qui les jettera tous au sol en prière. A défaut de sonnerie, dans ce silence on aurait entendu le tic-tac de pendules du numéro 7 si elles avaient fonctionné de l'autre côté de la cloison, de sorte qu'il avait suffi au petit brun qui se contorsionnait de plus en plus d'implorer à mi-voix — alerté chez l'acteur par le brusque mouvement de croupe d'un cheval en proie à un harcèlement de mouches — « Georges, retiens-toi, je n'ai plus assez de pellicule dans le chargeur », pour que je reconnaisse certain accent lourd faisant un sort à chaque syllabe, et familier à mes oreilles depuis l'enfance. Aussitôt l'interpellé avait écarté de son corps la figure de sa partenaire en lui passant la main sur le front avec le même geste qui est la dernière caresse à une morte avant de lui fermer les paupières. Du fait de sa position sur mon lit, qui lui aurait permis, s'il avait levé les bras, d'effleurer d'un doigt les moulures du plafond, il avait été le premier à m'apercevoir par-dessus les feux de la rampe qui l'inondaient en me cachant, tandis que la femme se laissait tomber en arrière, les jambes écartées, son image traversant la glace de l'armoire avec la rapidité d'une chute dans le vide, sa tête creusant le traversin, mon traversin.

Par sa couleur en harmonie avec le ton paille de ses cheveux, preuve qu'il s'agissait d'une blonde authentique, à l'inverse de Mme de Lassonne, par sa densité également, le duvet de son ventre me l'avait fait ranger dans la catégorie des femmes dont le sexe procure à la main qui le caresse la même sensation que les jouets pelucheux qu'on a eus dans l'enfance, si pauvres que l'on était. L'actrice avait poussé un soupir. J'avais dissimulé les fleurs dans mon dos, et Mme Tox, qui s'était glissée derrière moi, sans que je l'entende venir, pour me souffler dans son sabir que Mme Francavilla souhaitait me voir de toute urgence, s'était sans doute figurée que je les lui tendais. La patronne, qui avait toujours besoin de s'appuyer au bras de quelqu'un pour apparaître en public ou sortir de son appartement, afin de conserver l'équilibre sur ses talons bottier dans l'escalier le long duquel courait un tapis de laine grenat fixé à chaque marche par une barre de cuivre qui avait autant de brillant que de jeu, se rabattait sur moi lorsque Jonas et Teddy étaient en voyage. Elle allait bientôt démontrer qu'elle demeurait de bon conseil sur les lieux d'un tournage et que, dans le domaine des trucages, des artifices, des faux-semblants, son imagination n'était jamais prise au dépourvu. Les détails de son intervention qui sauverait une journée pour la régie et le déroulement d'un scénario qui jetait un second couple sur mon lit amuseraient beaucoup Maleterre quand il me nourrirait de saumon, la nuit suivante, et trouverait des mots sans dureté — des blagues — pour que je n'abuse pas de vodka, alors qu'il se ferait presque véhément pour me reprocher de ne pas lui avoir téléphoné au bureau, toutes affaires cessantes. Ce qui s'était passé à l'hôtel confirmait sa thèse selon laquelle Mme Francavilla louait le numéro 9 à certains, en l'absence du locataire, non pour augmenter son bénéfice, mais pour ramener à elle, pendant quelques heures, le cinéma qui ne l'avait pas quittée. Il en oublierait, Maleterre, de rassembler ses feuillets dactylographiés dans le dossier jaune qui était sur sa table et ensuite, allongé sur son lit, de jouer avec ses mocassins. J'avais omis de lui rapporter l'invite d'une des actrices, la vraie blonde, qui, restée seule dans ma chambre entre deux séquences, m'avait aperçu, circulant dans le couloir parce que la patronne, retournée dans son appartement, mais qui s'était piquée au jeu, ne cessait de me dépêcher à l'un et à l'autre pour que je transmette ses dernières suggestions. Je courais, au risque de bousculer M. de Lassonne qui regagnait sa « suite », ne prêtant d'attention à rien et à personne, replié dans sa tristesse, et dont on aurait craint, à le toucher seulement, de faire déborder les larmes qui le remplissaient à ras bord et coulaient sans doute chez son médecin. Avait-il néanmoins entendu : « Est-ce que tu veux me finir ? » Je ne m'étais pas trompé en tout cas : mes doigts effleuraient bien une peluche, et je ne le dirais pas à Maleterre.

L'équipe des techniciens s'apprêtait à ranger son attirail à bord de la camionnette qui avait un groupe électrogène à l'arrière, les acteurs faisaient des frais à la patronne qui leur avait offert du champagne chez elle, le jour tombait, quand Alice, en chemin vers son studio, sa double journée de travail terminée, avait poussé la grille du « Lardennois ». J'avais guetté son retour afin de lui remettre le bouquet destiné à me faire pardonner d'avoir raté notre rendez-vous du petit déjeuner. Après avoir, selon le rite, ramassé des messages dans le premier tiroir du bureau et rempli l'écuelle de Belinda que j'avais moi-même nourrie en arrivant, elle ne devait manifester, malgré les allées et venues autour de nous, aucune curiosité pour ce qui achevait de se tramer dans les étages d'où parvenait un brouhaha de voix qui n'était pas à son goût, et, par intermittences, des éclats de rire qui l'étaient encore moins. Elle avait même répondu à un appel du standard, puisque M. Rodriguez n'était plus à son poste, jouant pour la circonstance les maîtres d'hôtel dans le salon des appartements privés.

Quand elle décrochait pour annoncer Bolivar 14-50, elle donnait à croire que, sur le mode mineur, il pouvait y avoir de l'extase même dans la politesse — les trois premières lettres du central téléphonique dont dépendait l'abonné, qui était désigné par son nom entier dans la conversation, précédaient encore les chiffres sur le cadran.

Je fus excusé : Alice aimait beaucoup les roses, même celles du métro qui n'ont pas de parfum et dont elle prévenait le flétrissement précoce en les laissant flotter toute une nuit à la surface de l'eau, dans la baignoire de son studio, où se dissolvait la moitié d'une boîte de sucre. Elle m'avait remis la clé de la chambre de Teddy parti l'avant-veille pour fêter à Rome, chez sa mère, l'anniversaire de son frère aîné, parce que, d'après ma tête, elle jugeait que je tombais de fatigue : on s'était trop engagé en m'assurant que Mme Tox aurait nettoyé le numéro 9 à fond et changé les draps avant le lendemain matin, mais je n'avais rien à craindre pour ce qui m'était précieux dans l'armoire. Alice montrait une petite clé de son trousseau où, dans le tiroir, s'était coincé le crucifix de son chapelet à larmes-de-Job. Pendant la nuit, deux ou trois fois, malgré la pesanteur d'un sommeil dû à l'épuisement, j'avais perçu le grincement d'une poignée de porte, devinant la surprise de qui insistait sans réussir, parce que le verrou était tiré.

Depuis le début, il m'arrivait de penser que le numéro 9, trop grand pour être une chambre de courrier, était attribué à l'étranger qu'on plaçait en observation pour faciliter son étude et ménager l'avenir ; Maleterre n'avait-il pas commencé par l'occuper ? Mme Francavilla prolongeait ou abrégeait à son gré le temps de l'apprentissage, la durée du noviciat ; intégré à la communauté et cependant en marge, on était à la merci d'un rejet dans les vingt-quatre heures, sans avoir la possibilité de justifier une demande de délai par le déménagement des affaires dont on n'évitait pas de s'encombrer à la longue, ayant cédé à l'illusion de se croire chez soi dans un hôtel. Mon prédécesseur, dont personne ne voulait rien me dire, s'était sans doute mis dans cette situation et, à trop insister, avait provoqué la scène ou le fait qu'on refusait de me rapporter. Contre l'évidence, Teddy niait même d'avoir jamais parlé à celui qui, avant moi, avait été le neuf, tandis qu'à travers ses récits faits à des tiers, en ma présence, de journées que nous avions pourtant vécues ensemble, à peine séparés par une cloison, je découvrais des événements qui ne se seraient pas produits sans me frapper, surtout avec l'éclat qu'il leur prêtait : c'était quand de son bredouillement partaient des fusées de rire que ses mensonges étaient le plus avérés. Car Teddy bredouillait au naturel ; il n'avait la maîtrise de sa voix que s'il chantait ou ronronnait de douleur sous les coups de ceinturon.

Il m'était facile de plier bagage d'une minute à l'autre — j'allais le prouver — et facile également d'effacer toute trace ; aussi, moins je possédais, plus je me sentais libre. Tant que je n'aurais pas eu ce que je voulais, qui ne s'avouait qu'à soi-même et encore, rien ne m'importait, sans compter que je n'étais pas du genre à punaiser aux murs des affiches de films ou celles d'expositions de peinture, des photos d'improbables révolutionnaires sud-américains ou d'actrices aussi inatteignables que jadis, dans le fumoir de *L'Alhambra*.

Où me serais-je procuré meubles et portraits de famille, comme Maleterre qui, avec ses draps de grand-mère et sa malle-cabine de contre-amiral, drapée d'un châle rouge et surmontée de la photo de sa sœur, dont la venue reculait de quinzaine en quinzaine, créait une annexe de sa maison natale ? Ou comme Teddy qui n'était pas seulement encombré de ses bacs de photographe, de ses disques, de ses appareils de musculation et d'une quantité de vêtements pour toutes les occasions, qui prouvaient par leur coupe que les couturiers italiens habillaient mieux les hommes que les femmes ? Sur tous les murs du numéro 7, n'importe quelle surface qui s'offrait — dessus de radiateur, étagères et même la table-console de sa salle de bains, trop étroite cependant pour cette garniture de cheminée où un aigle de cuivre prenait son envol au-dessus d'un cadran —, il disposait une collection de réveils, cartels, pendules de marine, horloges, œils-de-bœuf et coucous, la plupart en état de marche, mais dont il ne remontait jamais le mécanisme, leurs deux aiguilles bloquées n'en faisant qu'une sur le 12. Midi ou minuit perpétuel, cela avait-il pour lui un sens ? Interrogé là-dessus, l'Américain, qui était en réalité un Romain, riait ou bredouillait en jouant avec sa cravate qu'il rentrait à l'intérieur de sa chemise, à mi-poitrine, ce que je n'avais jamais vu faire que par lui, mais que Maleterre ne tarderait pas à imiter. Comment se débrouillait-il pour ne pas rater ses rendez-vous, ses avions, ses trains ? Il ne portait plus de bracelet-montre depuis qu'un partenaire de hasard, profitant de l'évanouissement où il l'avait conduit sur son insistance, avait empoché sa Patek Philippe, avant de disparaître sans toucher à quoi que ce soit d'autre dans la chambre. C'était un cadeau qui lui venait de son frère, à qui, chaque semaine, il téléphonait d'une voix changée, presque aussi claire que dans le chant ou la douleur, des rapports sur ses activités, déplacements, projets, où rien n'était oublié, sauf ses nuits. À l'écouter, car il ne s'interrompait pas si l'on pénétrait dans sa chambre, persuadé à juste titre que son mélange d'anglais et d'italien, charriant les mots de passe d'une famille, était indéchiffrable pour un étranger, on avait l'impression que ce quasi-quadragénaire s'échappait de lui-même, dans ses réponses, pour rejoindre un adolescent : et quand il avait raccroché, avant de se remettre à rire ou à bredouiller, il posait une seconde sur le visiteur le regard de quelqu'un qui, à la sortie du cinéma, retrouve à regret la rue et la vie. Lorsque j'avais quitté l'hôtel, sa passion s'orientait vers les pendulettes-réveils placées dans des écrins ou des boîtiers qu'on utilisait pour le voyage au début du siècle; le jeune restaurateur qu'il saignait à blanc lui en avait déniché deux ou trois avant l'achat de la voiture de sport.

La « suite » occupée par M. Bonfanti, pour le nettoyage de laquelle l'infirmière du quartier secondait volontiers Mme Tox, malgré les protestations de notre doyen, persuadé comme les Chinois l'étaient au Premier Jour de l'An qu'on chassait la chance avec les poussières, était un musée mal éclairé du second Empire, où, dans l'amoncellement qui résistait à l'odeur ambiante de gardénia, se remarquaient surtout la bibliothèque à vitres biseautées, les chaises couleur d'ébène à filets d'or et, autour de l'unique fenêtre, réduisant encore la lumière qui filtrait à travers les doubles voilages, des bandeaux de tissu que j'avais, de prime abord, assimilés aux draperies que les pompes funèbres, dans mon pays, suspendaient, l'avant-veille des obsèques, à l'entrée de l'immeuble endeuillé. Sans le secours de Maleterre, qui avait du vocabulaire à l'infini, je n'aurais pas appris que c'étaient des lambrequins, ces pans de velours à l'aspect de feutre semés de broderies vieil or et d'un grenat qui, à contre-jour, tirait sur le noir. La valeur du mobilier et du reste ne se discutant pas aux yeux de Maleterre, en qui j'avais toute confiance pour juger de la beauté, du goût et du prix des choses, et qui était assez poli pour supporter les bavardages de M. Bonfanti, toujours ravi de se livrer devant témoins à un inventaire de ses trésors — je me demandais si, en échange de la nourriture et du loyer, le secrétaire de l'Impératrice n'avait pas cédé ses biens en viager à Mme Francavilla, au même titre que ses souvenirs, sa conversation et sa personne elle-même —, en soi une curiosité, avec ce charme d'heureuse et presque béate vieillesse qui s'en dégageait. Si Maleterre utilisait pour son usage des draps empruntés à sa grand-mère et ne voulait que ceux-là, les Lassonne, de leur côté, avaient obtenu, bien avant mon arrivée, la permission d'échanger le lit en noyer et à fronton dévolu à chacun contre un lit qu'ils s'étaient procuré chez un antiquaire — mais, malgré les invitations, je n'avais jamais pénétré dans leur chambre pour l'admirer.

À l'exception d'un manteau de cuir à la doublure en peau de mouton, acheté d'occasion sans m'inquiéter de sa provenance, et que, pour dégager de l'espace dans l'armoire, je confiais en dépôt au teinturier dès qu'il n'y avait plus d'espoir pour Mme Tox que la neige tombe aux Buttes-Chaumont, tout ce que je possédais tenait dans ma valise neuve et n'avait ensuite rempli que deux cubes en similicuir noir de la hauteur d'un tabouret, à bandes métalliques de renforcement, fournis en prison par l'administration pénitentiaire, après le passage au greffe, baptisé la « barre » dans l'argot de la maison, où se déroulait la prise des empreintes digitales. J'avais dû ouvrir ma main gauche, la montrer à tous, comme je ne l'avais jamais fait, écarter les doigts et tendre l'index que l'un des gardiens allait écraser sur une plaque qui paraissait enduite de la même encre que les rouleaux de l'imprimerie de M. Jean. Le vestiaire étant au sous-sol, on y descendait par un escalier en colimaçon qui m'avait rappelé celui du tombeau de la famille de Mme Indri, la patronne de ma mère — le plus beau qu'il y eût dans les collines autour de la ville et où l'on avait tant dépensé, entassé, exagéré pour la façade, la coupole et le maçonnement des murs de forteresse qu'à l'intérieur la place était mesurée aux morts.

Le soupirail par lequel la cave prenait le jour était si large qu'il ne méritait sans doute plus ce nom en architecture ; ses barreaux découpaient une vue de presque toute la cour de cette prison, qui offrait au moins la commodité d'être au centre de la ville, dans un quartier qui ne me dépaysait pas puisque j'y avais eu une chambre et des raisons de visiter chaque soir, pendant un mois, le même appartement. On ne m'éloignait pas de Paris parce que j'étais dans la catégorie des inculpés dont le dossier ne contenait que des présomptions, et non des preuves, des témoignages ou des aveux. Je le croirais jusqu'à ce que mes deux compagnons de cellule à qui je le dirais le lendemain matin, avant notre séparation, me dévisagent avec une expression qui ne faisait pas de doute : j'avais baissé d'un coup dans leur estime de récidivistes. La répartition des détenus entre les différentes maisons d'arrêt s'effectuait par ordre alphabétique : c'était de *m* à *z* qu'on allait à Fresnes. J'y avais échappé à une lettre près. Malgré les dimensions du soupirail qui parvenait également à attraper une part de ciel, lorsque j'avais commencé à déballer mes affaires l'éclairage du vestiaire était allumé, car en prison on arrive toujours la nuit. Sur les parois d'un jaune particulier — le jaune de l'urine stagnant au fond des tinettes — se détachait la blouse bleue de trois employés, au teint de mulâtres, raides, impassibles, sans regard, et lourds comme des morceaux de ragoût dans la sauce en gelée, derrière le comptoir qui nous séparait. Je n'aurais pas su préciser par quoi ils faisaient sentir, dans l'accomplissement de gestes de routine, qu'ils n'avaient pas épuisé le plaisir de tomber sur de plus démunis qu'eux-mêmes, mais j'étais sûr de ne pas me tromper, parce que je connaissais depuis toujours la férocité des pauvres quand ils avaient la loi de leur côté. Que ma paire de gants de boxe rouges et à lacets intriguât, tempérât l'hostilité sinon le mépris routinier dont j'étais l'objet, je l'avais deviné aussi à des riens — peut-être à un de ces battements de paupières tels qu'en avait Alice pour les émotions, les jugements négatifs ou apitoyés. Avant de recevoir la carte d'identité intérieure, j'avais rempli et signé le cahier de fouille, n'ayant eu à y mentionner que mes vêtements, diminués du manteau qui était resté chez le teinturier, les gants de boxe et mes papiers d'identité. Le sachet de plastique que l'on me proposait pour y enfermer les valeurs était inutile puisque j'avais abandonné à l'hôtel la paire de boutons de manchette en or, cadeau d'Anna Cousine, sa trouvaille un soir. Inutile également, la pochette pour le parloir, destinée à l'avocat, et celle qui était réservée à la famille. La question : « Qui prévenir ? », l'employé, en habitué des silences sans doute, ne l'avait pas répétée. Même à ce moment-là, où je ne concevais plus l'avenir parce que j'avais l'impression d'être, en une fraction de seconde, tombé dans un temps parallèle à celui de ma propre vie, sans début ni fin, et qui ne me serait compté nulle part, je n'avais pas regretté mon départ du « Lardennois » sur un coup de tête, bien que, si j'y fusse resté, il eût suffi d'une attestation de ma présence là-haut par M. Rodriguez pour me disculper. Belinda m'aurait bien embarrassé : l'hôpital et la prison étaient interdits aux propriétaires d'animaux — je n'oubliais pas l'armée, car je pensais à Restitude le berger, que j'avais aidé à se faire réformer et qui pleurait son troupeau, et j'y avais pensé sans affection spéciale, par association d'idées. Mon sort m'était devenu indifférent soudain. On ne me croirait pas, mais il n'y avait pas d'interlocuteur à convaincre — peut-être savais-je déjà, sans parvenir à le formuler, que le pire souvent n'est pas pire que le meilleur. La suite se chargerait de me l'apprendre.

Au numéro 9, lorsque j'en sortais et que le ménage était terminé, à l'exception de quelques romans prêtés par Jonas et qui eussent dirigé le curieux ou l'enquêteur vers une fausse piste, aucun détail n'aidait à préciser la personnalité de l'occupant, s'il en avait une, et l'odeur de gardénia que je retrouvais quinze ans après dans un chalet d'aisances souterrain, qui circulait à tous les étages du « Lardennois » dans les plis de la djellaba de la patronne, la robe verte ou le tablier blanc des domestiques, n'était même pas contrariée par la cigarette. Harcelé par le Commandant, je ne fumais plus, ou seulement pour dominer ma nervosité lorsque je n'avais pas la certitude que c'était un ami qui se présenterait au rendez-vous et murmurerait à l'oreille du serveur le double prénom bien banal, bien français, mon pseudonyme dans certains bars ouverts la nuit, qui n'étaient pas du tout les bars habituels de ma jeunesse, et où des pianistes jouaient en demi-teinte des musiques de film, *Night and Day* et *Je t'ai donné mon cœur* jusqu'à la nausée, et où des clients au comptoir tenaient leur mégot à l'intérieur de la main. Il y en aurait eu pour me juger plutôt courageux en quelques occasions, ou pour m'attribuer du sang-froid, s'ils n'avaient pas soupçonné que ces qualités reposaient au principal sur l'absence d'imagination qui m'avait toujours permis d'aller de l'avant et qui maintenant, au fil des jours, diminuait l'inquiétude provoquée par le voyage de la semaine prochaine.

J'avais rendez-vous dans un café de la place du Trocadéro qui n'était pas loin du métro d'Alice, quelques heures avant de prendre l'avion. Un homme que je ne connaissais pas encore me remettrait une marchandise dont j'ignorais la nature, sans avoir un instant douté de son caractère frauduleux, et que j'avais toute chance d'acheminer à bon port parce que j'étais désormais, de par mon métier, mon milieu, au-dessus du soupçon. On ne me l'avait pas dit, mais il était facile de le deviner ; on avait recouru au vocabulaire des familles sollicitant le voyageur de remettre un paquet ou un cadeau à un des leurs dont elles sont séparées et qui attend un signe d'affection. Quand on était originaire de la région vers laquelle on revenait, quoi de plus naturel que d'y aller pour les fêtes de Pâques ? J'y débarquerais le Mercredi saint. Le risque de retourner en prison était mince, mais cette fois, parce que je ne serais pas innocent, j'aurais eu tout à y perdre, et à un âge où, si l'on trébuchait socialement, on ne remontait plus la pente. En réalité, les lignes intérieures d'aviation échappant aux contrôles systématiques, le seul vrai danger eût été d'être sacrifié à l'avance — signalé au départ, pour être cueilli à l'arrivée —, parce que, dans la politique du moment, on avait intérêt à abandonner aux poursuivants ou à la police un individu dont l'arrestation satisferait les statistiques et à partir duquel on ne remonterait aucune filière. Il me serait même impossible de fournir le signalement de l'intermédiaire qui m'avait sollicité et qui enverrait quelqu'un d'autre au rendez-vous. Simple voix dans le téléphone, quoique son accent ne m'eût pas trompé une seconde, il s'était contenté d'aligner clichés et formules de politesse, qui se réduisaient à leur premier sens si l'on ignorait tout de mon passé. Il n'était pas à exclure qu'on me mît à l'épreuve avant de me délier de mon engagement, de me libérer d'un contrat avant que celui-ci ne vînt à tomber entre les mains d'un successeur, comme une promesse de vente signée chez le notaire est, dans certains cas, cédée à des tiers ou découverte dans les papiers du défunt par des héritiers qui s'en prévalent aussitôt. L'homme qui m'avait donné une chance dans la vie, lorsque dans ma vie il n'y avait rien, était maintenant dans les parages testamentaires, d'après les rumeurs, que j'avais dû feindre de ne pas relever pour que le lien qui m'unissait à cette zone de la société ne fût pas soupçonné. Je le revoyais assis derrière son bureau à coins métalliques, sexagénaire malingre au teint de paludéen mal remis du dernier accès de fièvre, qui extrayait de ses doigts de pianiste le filtre gluant de nicotine à l'intérieur de son fume-cigarette noir et or, comme s'il retirait du même coup tout ce qui le chagrinait dans l'existence, et puis qui se penchait au-dessus de l'interphone pour en obtenir une note de carillon suivie d'un « Oui, monsieur » qui provenait de la pièce attenante. « Tu m'entends bien, avait-il scandé. Fais passer. À partir de cet après-midi, Horace ne fume plus. Si je recommence, qu'ils me traitent de lavette — ils auront le droit. » Après quoi, sur le ton du vétéran qui conseille un novice, il avait préconisé de s'engager publiquement en certaines circonstances, parce que nous avions plus encore d'amour-propre que de lâcheté. « Nos amis, avait-il dit, nous obligent à respecter les promesses que nous nous faisons. Nous les oublions si vite, nos promesses. Nos amis ont toujours assez de mémoire pour nous. La semaine prochaine, vous travaillerez, monsieur, et dans de bonnes conditions. »

Rue Dieu, qui est près du canal Saint-Martin, dans un immeuble quelconque où, sous le porche, une plaque de cuivre indiquait : « Import-Export », il m'avait d'entrée appelé « Monsieur ». Aujourd'hui, semblait-il, sa santé avait décliné, et, dans la même mesure, sa position, qui était assez forte quinze ans plus tôt, pour me dispenser de la présentation d'un *curriculum vitae* à un employeur ne recrutant que des diplômés. En me chargeant d'accomplir cette tâche subalterne, peut-être, à la veille de liquider ses affaires, cherchait-il à me libérer de ce contrat pour l'exécution duquel ses successeurs auraient été plus exigeants, ou à s'administrer à lui-même la preuve que son autorité contestée par beaucoup, il la conservait encore entière sur quelques-uns. Aux vieillards, parfois, il suffisait d'infliger une corvée à l'infirmière qui passe pour se croire encore bien portants.

Ou tout était perdu, déjà, ou ce serait moins qu'une aventure, mon voyage — rien qu'un contretemps dont je profiterais pour hâter la réalisation du projet qui, depuis que j'avais de l'argent, ne traînait plus que du fait de ma paresse combinée à la difficulté de régler les problèmes à distance avec le maître d'œuvre et les sous-traitants — l'architecte, le marbrier, l'entrepreneur de maçonnerie, sourds aux lettres de relance, expéditeurs de devis approximatifs ne comportant pas de délais d'exécution. Le terrain pour le tombeau, je l'avais encore, si l'on n'avait pas falsifié les registres du cadastre.

Je reverrais les collines. Je reverrais tout ou en partie, avec le soulagement de n'être pas moi-même vu, puisque Alice, qui achevait de passer le cirage en décrivant des auréoles sur le cuir, n'avait pas, en une demi-heure, réussi à identifier l'homme que j'étais devenu quinze ans après mon départ du « Lardennois ». Dans un pays où je n'avais plus à présent ni parents ni connaissances, Restitude étant dans la montagne et M. Stirla mort ou parti en retraite, selon toute vraisemblance, qui, au bout d'un laps de temps bien plus long, irait m'infliger l'ennui des retrouvailles, la comédie des amitiés dissoutes sans qu'on se l'avoue, car dans l'intervalle on n'a rien vécu d'important ensemble, ni partagé quoi que ce soit ?

À l'inverse de ce que je m'étais imaginé en y pénétrant, les toilettes où officiait maintenant Alice, qui était en train de rabattre avec soin le bas de mon pantalon sur mes chevilles, n'avaient que cette dizaine de cabines face à l'estrade et étaient dépourvues de stalles individuelles pour les messieurs. Dans les glaces de la colonnette, on apercevait un couloir dont on ne distinguait pas l'issue, même en penchant la tête, quand on en avait une vue aussi fragmentaire que la mienne, sur une chaise de président d'assemblée. L'accès au métro, si accès il y avait toutefois, s'effectuait sans doute par là. Les deux hommes qui m'avaient précédé dans l'escalier et qui n'étaient pas assez vieux pour souffrir de troubles de miction, s'ils n'avaient pas reparu depuis ce moment-là, c'est qu'ils avaient emprunté cette sortie. Ils avaient fait l'économie du pourboire qu'on déposait dans la soucoupe près du vase où il y avait trop de roses, et des roses supérieures en beauté à celles que vendait par bottes le Marocain de la station Pyrénées. La tentation était grande de compenser le manque à gagner pour Alice, de compenser l'avarice française, mais, à suivre mes remords, je m'exposais, par trop de générosité, à éveiller la curiosité d'une femme qui, jusque-là, avait accompli son travail toute à ses pensées dont j'étais écarté, comme je l'espérais. Je n'ouvrirais pas mon portefeuille et me contenterais d'offrir la monnaie qui était dans ma poche. Elle représentait déjà le double du tarif indiqué par une affichette au mur ; elle suffirait. En donnant trop tard, est-ce qu'on donnait encore ?

J'attendais pour me lever qu'Alice, satisfaite d'avoir peaufiné son lustrage avec la paire de bas indémaillables, eût rangé tous les éléments de sa panoplie qui encombraient la première marche de l'estrade. Elle les poussait l'un après l'autre, avec une accablante lenteur, vers le tiroir ouvert sur le côté où ils tombaient en provoquant un tintement de boîte métallique qu'amplifiait le silence qui s'était approfondi sous les voûtes du sous-sol et l'avait emporté, depuis quelques minutes, sur les rumeurs de l'orage et de la ville au-dessus de nos têtes. Le cuir de mes chaussures étincelait sous la lumière du lustre à pendeloques de style vénitien. Il ne restait plus, avant de me libérer, qu'à ranger les chiffons, déjà je m'étais réhabitué à l'odeur de gardénia au point de ne plus la sentir, lorsque Alice, toujours vissée à sa chaise, avait levé le regard vers moi, et, sans que son expression d'indifférence en fût modifiée, ses lèvres remuant à peine, elle prononça à deux reprises un : « Monsieur » de façon distincte, comme certains, d'après une étiquette désuète, répètent encore ce terme sur l'enveloppe avant d'écrire le nom du destinataire de leur lettre. Et le son de cette voix qui, contre la raison, me semblait faite du silence même où nous étions, qui était impossible à définir dans mon vocabulaire par son mélange de solennité et de mélancolie et me rendait les réveils dans l'alcôve du « Lardennois », les fous rires de Maleterre, les chansons de Teddy, les gloussements d'Éliane de Lassonne, une chatte endormie, un prunus au soleil et la toison d'un sexe de femme comme un objet en peluche sous la main, eut pour effet que je me raidis et appuyai les pieds sur les deux plaques de cuivre où mes richelieus avaient été bichonnés, aussi fort que, de la pointe de la semelle, à la campagne, on creuse le sol, on s'acharne, on piétine, afin d'éteindre les flammèches et les braises témoignant de l'obstination d'un foyer sous la cendre.

Sans me quitter des yeux, Alice s'était mise debout avec dignité, le bras tendu pour m'aider à descendre du perchoir, comme on assiste un enfant qui franchit un obstacle ou une rivière à gué, un impotent qui s'extrait d'une voiture, un aveugle qui traverse la chaussée — sûre de son affaire, Alice, le poing fermé du fauconnier qui, par ce geste, provoque le retour du rapace, la proie au bec. Je saisis la main qui s'ouvrait, mais les trois marches de l'estrade, je les sautai d'un bond et, Alice ayant vacillé, surprise par mon accès de juvénilité, je glissai un bras autour de sa taille pour prévenir une chute à la renverse, de sorte que, à l'instant où deux hommes, dans une précipitation de lycéens, jaillirent ensemble d'une des cabines, je tenais très haut ses doigts enlacés aux miens, juste à la verticale du lustre, pareil à un danseur qui termine la dernière figure de la valse, à l'endroit même où il a invité sa cavalière. L'odeur de gardénia se ravivait quand on serrait contre soi le corps d'Alice, qu'on sentait encore ferme malgré la soixantaine, et qui s'était abandonné, le tour complet effectué sur nous-mêmes s'achevant par des effleurements mutuels de lèvres sur la joue et le front, les frémissements d'une gaieté retenue et la rencontre, soudain, du regard des deux hommes stoppés dans leur évasion, qui ne savaient quelle attitude adopter devant cet enlacement sans mots, identique au leur quelques moments plus tôt derrière la porte que de stupéfaction ils négligeaient de refermer. Dans le dernier panneau qui était en verre coloré, les yeux de l'oiseau impossible à nommer sans attirer la guigne n'étant plus traversés par la lumière de l'ampoule au-dessus du lavabo avaient perdu de leur éclat.

« Monsieur n'est pas un client », dit Alice, qui, ayant repris son calme de lac après le passage d'un coup de vent à la surface des eaux, effectua un pas en direction du couple, et sa poigne était d'une telle vigueur — aussi étonnante que la fermeté de sa poitrine — que je fus entraîné dans sa direction comme un gamin rétif sur le chemin de l'école.

Monsieur était une « revoyure », un ami ; que signifiait la précision « un ami pour tous » ?

S'il s'agissait bien des mêmes hommes, quand ils me devançaient dans l'escalier, tout à l'heure, ils m'avaient paru plus âgés, sans doute parce que le plus petit — le cadet — était cousu dans un manteau de laine bleu marine à martingale, emprunté sans doute, pour faire genre, à la jeunesse de son père ou acheté aux puces, et qui, alourdissant sa silhouette, trompait sur son âge : il n'avait pas vingt-cinq ans. L'autre, qui avait reculé d'un pas, se hâta de passer l'imperméable enroulé autour de sa serviette en cuir noir, les bras levés d'un déserteur qui se rend. Il conservait encore ce faux air d'adolescent caractérisant les plus favorisés d'entre eux vers la quarantaine, si remarquable naguère chez Teddy et chez Valdès qu'en raison de leur sveltesse on parvenait mieux à imaginer l'Américain et le professeur en squelettes qu'en vieillards, à la fin. On n'était pas moins ébouriffé que ces deux-là en sortant du vestiaire d'une salle de sport — si je revenais indemne de ce voyage du Mercredi saint, je m'inscrirais à un club d'amateurs pour entendre encore la sonnerie du chrono qui retentit toutes les trois minutes. Après une séance d'entraînement, vidé de ses soucis, un sang plus rapide dans les veines, et la paix dans tout le corps, on oubliait de se recoiffer, voire de reboutonner son pantalon comme ce garçon dont la capote de soldat d'une armée en déroute s'était ouverte sur un costume à la dernière mode et qui, ayant intercepté mon coup d'œil à un pan de chemise échappé de sa braguette, piqua un fard et se dépêcha de réparer sa négligence avec un geste plus choquant dans son accomplissement fiévreux que le désordre auquel il remédiait. Il rougissait de plus belle quand il lança, d'une voix qui avait mué depuis peu de saisons : « On ne répétera rien à votre mari, madame Alice », tandis que son compagnon, dont il cherchait en vain le regard depuis que j'avais été qualifié de « revoyure », tirait sur la boucle de sa ceinture jusqu'à en avoir la taille cintrée d'une femme mannequin. Il allait ramasser sa serviette et s'approcher de la table au vase de roses, dont il ouvrit le tiroir juste assez pour créer la fente d'un tronc d'église par laquelle les billets ne peuvent être introduits que pliés en quatre. De quelle poche sortait-il ceux que ses doigts froissaient et que Maleterre se serait empressé d'échanger à la banque contre des coupures neuves? Sur une question d'Alice où il y avait tout l'apaisement que celle-ci eût apporté à un malade — « Votre petite fille va bien, n'est-ce pas? » — il se retourna avec la vivacité d'un passant bousculé au milieu de la foule, qui, renonçant à chercher le coupable devant la multiplicité des visages autour de lui, s'attarde néanmoins à l'examen de la tête qui lui inspire le plus d'aversion pour décharger sur elle une colère muette : il y avait longtemps, même au bureau, que je n'avais affronté une haine aussi intense. Son ami, qu'on devinait maintenant tout à fait à l'aise et prêt à me parler, l'écoutait avec un sourire marmonner un remerciement, attendant sans doute que s'engageât une conversation générale de bon aloi.

Mais sépare-t-on un homme et une femme qui

vont la main dans la main ? Devant notre silence, dès que son partenaire, qui s'était obstiné à l'ignorer, eut gagné la porte en deux enjambées de bersagliere, gêné et toujours rouge, il inclina la tête pour saluer à la ronde avant de filer le long de la rangée des cabines pour obliquer ensuite sur la gauche, me justifiant d'avoir pensé que le couloir communiquait avec le métro. À peine Alice, qui avait lâché mon poignet, eut-elle murmuré : « Ils sont tous très gentils », se baissant pour ramasser un chiffon qui traînait encore sur la première marche de l'estrade, qu'un homme de haute taille, qui avait une tête pour galerie des ancêtres au château, et dont la figure toute plissée, détendue par l'âge comme un crépon que l'exposition au soleil a ruiné, reproduisait la couleur de son pardessus caramel en cachemire, s'immobilisa à l'entrée, le crâne ruisselant de gouttes de pluie aussi grosses que des larmes de cire, le cou tendu d'une oie qui avance sans regarder ni à droite ni à gauche et qu'un obstacle a arrêtée dans sa marche. Mais lorsque, ayant crié avec exaspération : « Madame », d'une voix qui remplit la crypte, il eut redressé la tête et fait de la sorte remuer les fanons de son cou tels des barbillons, il évoquait plutôt un coq qui, après avoir interrogé l'aurore, s'étonne de ne pas recevoir aussitôt la réponse d'un rayon de lumière à travers les nuages. Alice, qui, sans le regarder, époussetait l'estrade au lieu de ranger son chiffon, ne se pressa pas de lui renvoyer, comme dans un lointain écho de comptine : « C'est complet. Vous le savez. N'insistez pas », séparant bien les phrases, sur un ton où l'on sentait la menace d'une fessée maternelle. Le visiteur, qui paraissait avoir épuisé toutes ses forces dans un cri, s'appuya à la rampe pour remonter l'escalier sous l'averse qui redoublait de violence.

« Oui, ils sont tous vraiment gentils », continua Alice, qui, les doigts repliés, étudiait l'état de ses faux ongles, et si elle était fière de la finesse de ses mains que n'avaient abîmées ni les années ni les travaux domestiques, elle avait raison. « Ils sont sans comparaison, dans l'ensemble, avec ceux que j'avais sur les Grands Boulevards. Mais vous me connaissez, monsieur : j'ai horreur des histoires. Je ne reçois pas n'importe qui. Et puis je n'ai jamais aimé les vieux parce qu'ils n'ont plus de sentiments. » Sans les sentiments, qu'étions-nous ? Elle se le demandait, nouant sous le menton les pointes d'un carré en plastique transparent qui, sans l'écraser, protégerait sa permanente de la pluie. Elle courut décrocher des faïences de l'escalier la plaque où était inscrit « Cireur », dont je la débarrassai aussitôt pour la déposer contre l'estrade pendant qu'elle donnait un tour de clé à la serrure de la porte principale. Elle effleura un commutateur caché derrière la colonnette ; des appliques en forme de demi-vasques s'éclairèrent sur la paroi entre les cabines et la cage vitrée de son bureau. Celle-ci — dissipés les reflets qui l'avaient dissimulée lorsque j'étais entré — révéla l'intérieur d'une de ces cabines qui, tout à l'arrière des péniches, rassemblent la famille du marinier sous le halo d'une suspension et, le plus loin possible de la vulgarité du fret, promènent, au fil du courant, une nostalgie en acajou de la terre ferme qui défile à travers les hublots.

« Monsieur, dit Alice que mon expression de surprise enchantait, vous n'imaginez pas dans quel état j'ai trouvé ce local. Ça n'allait ni avec le quartier ni avec la clientèle, qui n'était plus d'ailleurs ce qu'elle aurait dû être, mais c'est une autre histoire. J'ai réaménagé comme j'ai pu et j'y suis allée de ma poche, naturellement. Mais je ne regrette rien. On n'a pas à vivre dans une poubelle. »

Par un tic emprunté sans doute à Mme Francavilla, où se reconnaissait sa fréquentation, elle repoussait sur ses avant-bras, l'un après l'autre, les poignets de sa robe d'ouvreuse, pour que ses mains, comme raidies par la conscience qu'elles auraient eue de leur propre beauté, parussent encore plus longues qu'elles n'étaient. « Ne vous en faites pas. Le menuisier, qui est un ami de mon mari, a tout fabriqué avec des éléments détachables. Quand je m'en irai, ce sera pour mon appartement. Ils sont prévenus à la compagnie... »

En contrepartie des travaux d'embellissement, Alice avait cependant obtenu la suppression des stalles de vespasienne.

« S'ils se sont imaginé, dit-elle de sa voix plus que jamais exquise, que je supporterais ces bonshommes qui vous tournent le dos à perpète, qui restent des heures entières à agacer le sous-préfet en se lorgnant ! Pas de ça chez moi. Jamais. »

Effet du changement de décor, en un trimestre le chiffre d'affaires avait doublé, et, par le filtrage de la clientèle, elle se bornait à le maintenir au niveau où elle l'avait hissé la première année, ne le laissant plus grossir que du taux d'inflation de la monnaie.

Sur une table aussi luisante que les panneaux et les meubles autour de nous, et devant laquelle il y avait un fauteuil à têtière, on remarquait un napperon sous un cendrier de cristal à côté du pied en cuivre massif d'une lampe à pétrole transformée par un abat-jour du même vert bronze que celui de sa colonne, et dont le fil électrique serpentait sur la couverture d'un magazine de beauté, pour disparaître entre deux pelotes de laine rose où étaient piquées des aiguilles à tricoter.

« Une de mes voisines attend un bébé », dit Alice, dont les traits se durcirent aussitôt, le silence dans la pièce ayant été plus encore souligné que troublé par le grincement d'une poignée manœuvrée à l'extérieur sans discrétion. Se présenterait qui voudrait, à cette heure, serait-ce le pape en personne, nous n'accepterions pas d'être dérangés parce que nous avions beaucoup à nous raconter. Il avait dû se produire pas mal d'événements pour moi aussi depuis le jour de mon départ, que Mme Francavilla avait justifié par le décès qui était survenu dans ma famille. « On croit qu'on a souffert, et puis on perd sa mère », dit Alice, dont l'œil s'agrandissait comme pour capter une vision lointaine. La plupart des gens avaient pensé que je retournerais au moins pour saluer les amis dès que ma situation se serait améliorée. Quelques-uns, par intervalles, comme la comédienne de radio, s'étaient interrogés sur mon sort au cours des cinq années qui s'écoulèrent ensuite avant la fermeture du « Lardennois » et pendant lesquelles on avait organisé tant de fêtes que je pouvais bien le regretter : j'avais raté le meilleur. M. Teddy n'était plus le seul à se déguiser ; chacun louait un costume, ou le commandait pour la soirée ; on éclairait le jardin avec des lanternes accrochées dans le feuillage des arbres ; on avait même tiré un feu d'artifice dont les fusées retombaient par-dessus le toit de la garderie d'enfants. Des habitants de l'avenue Mathurin-Moreau s'accoudaient aux fenêtres pour contempler cette partie de la colline qui s'illuminait dans la nuit et concurrençait le Sacré-Cœur de l'autre côté. À l'hôtel, on ne cessait de livrer des meubles et des tableaux pour les réemballer dans la semaine qui suivait, et tous les résidents n'avaient l'air de gagner de l'argent que pour le dépenser et se plaire entre eux. Un soir, Alice était restée pour en avoir le cœur net. M. Teddy, dont elle n'avait pas soupçonné que la voix fût d'une telle beauté, avait interprété à son intention deux chansons en langue étrangère, qui faisaient pleurer comme on pleure quand on est trop heureux, quand les moments qui commencent sont déjà à leur fin sans qu'on les ait vus passer. Une cigarette allait de bouche en bouche, mais la patronne n'y avait pas touché. M. Maleterre me remplaçait derrière le billard recouvert d'une nappe, pour servir les boissons et les sandwiches aux invités. M. Teddy l'agaçait à vouloir le photographier à chaque instant, car M. Jonas lui avait acheté un habit noir — n'était-ce pas une queue-de-pie ? — dans lequel il apparaissait presque aussi blond que Mme de Lassonne. Me rappelais-je M. Maleterre, mon voisin du numéro 11 ? Il était parti à son tour, bien que Mme Francavilla, pour le retenir, lui eût proposé de percer une porte dans la cloison et, reliant ainsi sa chambre à celle que j'avais occupée, de créer à son usage la plus vaste des « suites » de l'hôtel.

L'infirmière du quartier, qu'il fallut désigner par sa profession, son nom de famille, avancé en premier, ne me disant plus rien aujourd'hui, s'était postée, un soir, devant le standard pour informer chaque résident qui entrait qu'elle m'avait aperçu le matin même, d'un quai à l'autre de la gare où elle accompagnait l'une de ses anciennes malades, toujours aussi sportif d'allure, en veste malgré le froid, et bientôt caché par des wagons qu'on raccordait à une locomotive. Si je traînais dans une gare, ce devait être après ma sortie de prison. N'ayant pas encore été présenté à M. Horace, sans moyens pour retirer chez le teinturier mon manteau doublé de mouton, j'avais, par nécessité, fréquenté de nouveau les douches de Saint-Lazare où je m'étais dégoûté à jamais du train qui n'était pas pour rien baptisé « le dur ».

Celle qui soignait M. Bonfanti avait jusqu'à la fin, en dépit de la mort du secrétaire de l'Impératrice, continué de venir au « Lardennois », de rendre service à droite et à gauche — par la force de l'habitude et d'un attachement à la maison qui se comprenait et ne s'était pas rompu, même quand M. Teddy, en effectuant une marche arrière avec sa voiture de sport, avait écrasé la chatte blanche qui avait pourtant échappé, la vagabonde, aux roues des camions qui livraient des tonnes de papier à l'imprimerie de la rue Hecht. « On était bien là-haut », murmura Alice, dont le regard voyageait au plafond. L'hôtel est donc fermé ? J'allais réagir non sans retard devant cette nouvelle glissée en incidente, qui n'avait pas été enregistrée tout de suite par mon esprit, sur lequel opérait, en l'engourdissant, le charme d'une voix émondée de sa pointe parisienne, lorsque, sans transition, me fut proposé au choix du thé ou du café. On me servirait des gâteaux auxquels je n'avais peut-être jamais goûté. À quel point les clients des cabines étaient charmants et attentionnés, on se le figurait mal sans leur fréquentation. Les plus malheureuses des femmes n'étaient pas celles qui les avaient épousés, et l'erreur eût été de les juger en bloc, à travers le comportement du couple de tout à l'heure, ou de l'attitude du vieux qui avait insisté pour entrer ; bien qu'ils fussent tous les trois d'un milieu comparable à celui de M. Jonas, qui était un noble dans son pays, comme je le savais sans doute, à l'avenir ils seraient exclus des habitués. N'avais-je pas remarqué la paire de Church's que le gamin s'était offerte, et qui jurait avec son manteau provenant sans doute des greniers de l'Armée du salut ? La jeunesse actuelle s'enlaidissait à plaisir — pourquoi ? La vie ne se chargeait-elle pas assez vite d'effectuer ce travail sur chacun d'entre nous ? Un directeur de société, un homme à l'aspect posé, quelqu'un dans mon genre, l'un de ceux qui achetaient des modèles d'une marque anglaise dont chaque ouvrier signe sa chaussure pour la remettre lui-même à neuf en cas de réparation, avait pour habitude d'apporter des biscuits au gingembre achetés à Londres : on les grignotait du bout des lèvres, par politesse, tant leur saveur déconcertait, et puis, sans y prendre garde, on vidait la boîte entière. Avais-je toujours un faible pour les rôties à la marmelade ? Il était facile de m'en préparer. Alice avait acheté un grille-pain pour le bureau depuis qu'elle s'accordait une pause de quatre à cinq heures de l'après-midi, quoi qu'il arrivât, parce qu'il était vital, à un moment de la journée, de laisser l'angoisse des choses qui passent, de ne s'occuper que de soi, de se gobichonner. La tristesse des pensées aurait-elle résisté, ne l'aurait-on pas, une seconde, dissipée, que, dans un coin, aucun bruit autour, tranquille, on en tirait une douceur qui la métamorphosait. Les intérêts de la compagnie ne souffraient pas de l'interruption du service : lorsque, pour s'asseoir, on rabattait la plate-forme du fauteuil qui était sur l'estrade, un compteur enregistrait l'occupation du siège. On n'avait qu'à simuler, pour être honnête, et verser ensuite à la caisse l'équivalent de la somme correspondant au nettoyage d'une paire de boots, la récréation était payée, la conscience de la gérante tranquille. L'inspecteur surgirait-il sur ces entrefaites, il n'aurait rien à objecter, et protesterait-il, quelle importance ? Alice n'étant plus désormais dans cette station que pour demeurer à proximité du lieu de travail de son mari, partager avec celui-ci le désagrément de quitter la maison le matin et d'y retourner le soir, après avoir bu l'apéritif dans une brasserie où, dans un box que le serveur réservait pour eux à heure fixe, l'appareil de musique diffusait des airs qu'ils n'avaient pu écouter ensemble dans leur jeunesse puisqu'ils s'étaient connus sur le tard. Se rendre d'un terminus à l'autre de la ligne d'autobus, traverser la ville installés à l'aise sur la banquette du fond, c'était comme un voyage nouveau deux fois par jour, avec des plaisirs qui variaient selon les saisons, si l'on savait observer le ciel et la rue. Si l'on était à deux pour les supporter, jusqu'aux orages qui avaient leur charme, et d'ailleurs, à deux, le pire n'était jamais le pire puisque, plus bas encore, il y avait la solitude. On était, à la naissance, promis à une personne qui vous correspondait, vous complétait, mais la vie souvent s'écoulait dans la recherche de celle-là qui n'était pas une autre, à qui une autre pouvait ressembler sans être la même. Alice se félicitait d'une chance qui n'était pas accordée à beaucoup. Ne me l'avait-elle pas déjà dit ? Elle et Jean avaient été séparés pendant tant d'années qu'à leur âge ils ne voulaient pas perdre une miette du temps qui rapetissait, qui les avait jusqu'à ce jour préservés des maladies et de toute infirmité, si je comprenais bien ce qu'elle entendait par là. Depuis qu'il avait pris sa retraite de linotypiste, Jean, à la suite d'une occasion née d'une causette avec l'un des habitués des cabines, s'était associé pour la gérance d'un magasin à deux pas d'ici, dont elle me parlerait comme du restant dès que j'aurais choisi entre le thé et le café. « Ce sera le café, bien sûr. Suis-je bête ! » s'écria Alice après ma réponse, et, si l'on n'avait pas eu l'oreille accoutumée à sa prononciation, ses exclamations eussent résonné comme des gémissements. « Est-ce qu'on change ? continua-t-elle. Au physique, c'est inévitable, et encore vous n'avez pas à vous plaindre, ça aurait pu être pire ! Je ne cherche pas à vous flatter, vous le voyez. Bien sûr, les femmes aimaient vos muscles, là-haut — et pas seulement les femmes, je crois —, mais vous n'étiez pas si bien, avec votre visage creusé. Vous avez forci, et ça vous va mieux. Vous mangez maintenant quand ça vous plaît. Vous vous refaites la fourrure... »

L'odeur du gardénia, qui m'émouvait moins que tout à l'heure, s'était rapprochée ; la main d'Alice se posa sur mon bras : « Je vous en prie, monsieur, asseyez-vous donc. Donnez-moi votre manteau. Il y a une manche qui ne perdra rien à un coup de brosse. »

J'étais libre de mes mouvements : à qui devais-je rendre compte de mes faits et gestes ? Ma situation, désormais, était celle d'un individu marchant dans la voie qui lui plaisait, non sans difficultés à chaque minute, peut-être, mais toujours avec résolution, ce qu'indiquaient l'usure du bord extérieur de mes semelles et un amenuisement identique pour les deux talons. L'état des chaussures, le soin apporté à l'entretien du cuir tout autant que la qualité de celui-ci, la manière de nouer les lacets, la longueur et la largeur du pied renseignaient mieux Alice sur la personnalité de son client qu'une carte d'identité, un bulletin de salaire, la voix, les vêtements, voire ces éléments au complet. Si l'on parvenait, par un accent et des habits d'emprunt, à dissimuler la vérité, celle-ci s'échappait par les extrémités qui, on ne savait pourquoi, étaient ce que songeaient à surveiller et à trafiquer le moins des hommes pourtant enclins à truquer tous les bouts. Le refus des couleurs autres que le noir et le marron, des empeignes aux perforations trop nombreuses, à dentelures, boucles et barrettes, inspirait un préjugé favorable, et j'étais félicité pour mes richelieus en box doublé de peau, encore trop neufs d'aspect, peut-être, mais qui, dans un an, auraient la patine de la réussite, parce que je ne commettais pas l'erreur de les fatiguer à longueur de semaine, ou, après la pluie, de laisser leur semelle sécher à même le parquet.

Une main sur la poignée de la porte de son bureau, Alice, qui serrait mon manteau sur sa poitrine, tourna soudain la tête. « Oui, dit-elle pardessus l'épaule, n'y tenant plus. Oui, la femme de Jean est morte enfin. On n'a pas traîné pour notre mariage. On aurait bien voulu que tous nos amis là-haut soient avec nous, mais c'était déjà trop tard, monsieur — je vous raconterai. M. Maleterre est quand même venu. Je l'avais encore, son adresse personnelle, j'ai pu le prévenir. Il a accepté d'être mon témoin. Il était accompagné...

— C'était sa sœur », dis-je pour avoir une chance d'arrêter la description de la fille au bras de laquelle le « Onze » s'était rendu à la noce.

Alice, paupières baissées, parut d'abord trancher au fond d'elle-même, avant de me répondre, une question dont il n'importait pas que je fusse informé. « Ni sa sœur, s'il en a une, ni sa petite amie, reprit-elle. Simplement une fille qui avait un physique de mannequin, habillée je ne vous dis que ça. Il l'avait amenée pour nous faire honneur. À la sortie de la mairie, sur la place Armand-Carrel, le photographe leur est tombé dessus : il a cru que c'étaient eux le couple de mariés — Jean et moi, des parents. Il est si généreux, M. Maleterre. Mais je n'ai plus jamais eu de ses nouvelles, et vous ? »

Pour nier, sans risque de me trahir, je me contentai d'un reniflement. Il n'y avait pas à se demander si Maleterre était encore vivant, mais à s'interroger sur la date de sa mort, quatre ans après cette scène à l'arrêt d'un feu rouge où il avait jeté l'aile avant de sa voiture contre la mienne pour m'obliger à tourner la tête de son côté. J'avais baissé la glace, prêt à l'insulte, pour me heurter à un sourire dans un visage que je devinais familier, mais qui tarda aussi longtemps à se recomposer qu'une figure dont le reflet dans la rivière vient d'être cassé par le jet d'un caillou.

« C'est l'un de nos résidents que je regrette le plus, dit encore Alice, qui avait un pied à l'intérieur du bureau. Un de ces quatre matins, lorsque je le reverrai, je lui en ferai la remarque : pour un garçon de sa classe, des mocassins en veau velours, non vraiment... »

La suite se perdit derrière la vitre qui nous séparait, et, dès qu'elle eut accroché mon manteau à une patère, après un lissage du col entre ses doigts qui la satisfaisait, Alice se mit à articuler, telle une femme de prisonnier au parloir, afin que je pusse déchiffrer les phrases sur ses lèvres. Pour autant que j'eusse deviné, elle enchaînait la promesse de confectionner tout de suite notre goûter, une phrase au sujet de certaine marmelade où il y avait de l'alcool et des excuses pour m'avoir livré en vrac des détails sur le passé, avant d'énumérer les noms des habitants du « Lardennois », tandis qu'une main derrière son dos, pour ne pas interrompre notre face-à-face, elle faisait glisser un panneau dans la boiserie. Sur trois étagères luisaient la faïence de différentes pièces de vaisselle, le métal argenté d'un service à café, le verre de trois pots de confiture à moitié pleins et l'acier d'un grille-pain. Est-ce que « mort », chaque fois qu'elle prononçait le mot, ne maintenait pas, pendant quelques secondes, sa bouche ouverte comme celle des anges musiciens d'un tableau admiré dans un musée à l'étranger où je m'étais réfugié par désœuvrement, une grève des aiguilleurs ayant ajourné le décollage de mon avion ? Lorsque, trois doigts réunis mimant une poussée d'avant en arrière, Alice eut désigné, à travers la vitre, la table à laquelle je venais de m'accouder, pour m'inviter à ouvrir le tiroir, j'obéis machinalement, le nez dans le vase de roses. À l'intérieur du compartiment d'où montaient des effluves de gardénia, au milieu de billets de banque qui n'étaient pas tous froissés ou pliés en quatre, il y avait un paquet de cigarettes à peine entamé — la marque favorite de Jonas, qui s'approvisionnait par cartouches dans les aéroports pour les distribuer au « Lardennois ». C'était un tabac si léger que le Commandant, campé sur le seuil de la salle, rue de l'Équerre, et bien décidé à se payer le dernier arrivé, pour l'exemple, ne pouvait rien discerner de suspect dans une haleine qui, en toute hypothèse, eût été moins forte que la sienne, putréfiée par les toscans. Les larmes-de-Job, les grains de l'éternel chapelet, dont trois vies de neuvaines incessantes n'eussent pas terni l'éclat, brillaient entre un poudrier et un bâton de rouge. Le crucifix d'argent reposait sur la couverture d'un livre protégé de papier Cellophane, un télégramme qui n'avait pas été ouvert en guise de signet. Une liasse de lettres tenue par un élastique occupait chaque coin dans un ordre de poste restante. J'aurais volontiers cherché les messages de Mme Francavilla griffonnés au verso de feuilles de calepin sur lesquelles la patronne avait déjà dessiné, pendant ses téléphonages, tantôt la tête d'un de ses correspondants, selon les fluctuations de ses sentiments au cours du marchandage, tantôt le museau écrasé de ses deux jeunes persans qui avaient relégué Belinda au rez-de-chaussée. Il n'était pas possible que celle-ci ait eu la même fin que la chatte blanche de l'infirmière, puisqu'elle ne bougeait pas de son observatoire dans le hall.

Lorsque vint à se répandre une odeur de pain grillé, Alice sortit de son bureau une nappe à franges pliée sur l'avant-bras comme la serviette des garçons de salle ; je soulevai le vase de roses afin qu'elle pût l'étendre sur la table où sa main lissa les festons en relief du tissu. Le plateau qu'elle proposait était aussi chargé qu'au « Lardennois », le matin devant mon alcôve, et si elle souhaita s'assurer qu'un client ne s'attardait pas dans les cabines, ce fut, en réalité, pour s'isoler et rafraîchir à la sauvette son maquillage, car ses lèvres luisaient de frais quand elle s'assit en face de moi avec un soupir de contentement, le regard qui filait vers la glace du fond. Deux palmiers en pot complétant le tableau, nous composions un couple de salon de thé dans quelque ville d'eaux — la mère et le fils ? Quinze ans après, il était plus difficile d'y croire que lorsque nous nous étions connus : un jour, nous aurions tous le même âge.

De sa voix qui reprenait la mélodie de ses intérims au standard du « Lardennois » — une voix qui vibrait de la joie de l'accueil sans attacher d'importance à ce qui était énoncé pour le traduire —, Alice dit : « Et vous, monsieur, qu'avez-vous fait ? » soulevant la pièce de linge brodée, aussi blanche que son col Claudine, et qui recouvrait les toasts dans une assiette. Dès que j'eus avancé le couteau vers le beurrier — empressement qui n'était pas de pure politesse parce que, à m'être beaucoup soucié de mon aspect depuis le réveil, de coiffeur en manucure, j'avais sauté le déjeuner —, Alice entreprit de me raconter comment les résidents du premier et du deuxième étage s'étaient découverts, un matin, emprisonnés dans leurs chambres. Alice, qui servait les petits déjeuners, avait donné l'alerte et averti de la situation ceux qui dormaient encore, comme M. Teddy, qui avait été le seul à en rire, et si fort qu'il provoquait le soupçon : qu'avait-il encore inventé pour tourmenter son monde ou faire une farce ? Chez lui le caractère ne vieillissait décidément pas plus que le visage. Son accès de gaieté, s'ajoutant aux exclamations des uns et des autres, avait tourné à la crise de nerfs. Le serrurier du quartier, convoqué d'urgence par le gardien de nuit, et qui parcourait les couloirs, ne sachant à quel appel répondre en priorité, avait lâché sa boîte à outils à la hauteur du sept pour vite comprendre que ce n'étaient pas de ses services que l'on avait besoin mais de ceux d'un menuisier, si l'on voulait éviter que les sapeurs-pompiers ne manient bientôt la hache. Ces portes si peu épaisses que, lorsqu'on passait devant, on saisissait des bribes de conversation au téléphone et les bruits les plus intimes, se révélaient maintenant aussi résistantes que des panneaux de coffre-fort parce qu'elles s'étaient mises hors d'équerre. À la suite d'un glissement de terrain qui avait dû se produire après le retour de la comédienne de radio qui travaillait pour une émission en direct diffusée vers deux heures du matin, la maison s'était contractée comme une huître sous le citron. Dans le jardin, l'arbre qui avait poussé contre le mur de clôture au pied duquel on avait enterré Belinda montrait les racines d'une dent déchaussée. Trouver un menuisier à l'heure où tous les hommes sont sur les chantiers, il n'y avait que M. Jonas pour y parvenir : personne sur terre ne possédait un carnet d'adresses aussi épais que le sien, dont il avait d'ailleurs, par prudence, déposé une photocopie à la succursale de la banque où Mme Francavilla entreposait certains tableaux. Tout de suite il avait pris l'affaire en main et calmé sur le moment M. Teddy qui hoquetait de rire, en lui chuchotant par le trou de la serrure des phrases dans la même langue que celle de ses chansons et qui se parle avec le nez. Avais-je remarqué dans le salon des propriétaires, sur la commode qui était si jolie avec ses Chinoises peintes dessus, la photo de M. Jonas en tenue d'officier ? À l'imprimerie, Jean avait surpris une conversation entre quelques-uns des messieurs à complets gris qui se réunissaient le premier mardi de chaque mois dans le hall de l'hôtel. Ils en avaient plein la bouche des exemples du courage de M. Jonas pendant la guerre ; ils avaient l'air d'être bien renseignés sur sa famille, et en particulier sur son vrai père, quelqu'un d'important dont les dictionnaires dans son pays citaient les ancêtres — tous détails qu'Alice regrettait de n'avoir pas retenus parce que le soir, au lit, elle écoutait son mari surtout pour s'endormir au son de sa voix. S'il pleuvait comme aujourd'hui, c'était encore plus doux : elle s'imaginait revenue sur le cosy de la salle à manger où on les couchait, son frère et elle, quand ils étaient petits, pendant que leurs parents poursuivaient leur conversation à voix basse autour de la table. Jean, si nous allions lui rendre visite dans son magasin, me préciserait sans doute ces choses qu'elle avait en gros soupçonnées avant même d'avoir été présentée à ses employeurs. Mme Tox, qui s'exprimait très bien en français quand elle y avait intérêt — et surtout pour exprimer des exigences et des reproches —, en la recevant le premier jour, pour lui spécifier la nature de son travail, lui avait laissé jeter un coup d'œil à une penderie où toutes les chaussures d'hommes étaient des modèles cousus à la main et garnis d'embauchoirs en bois de hêtre, qui sont les plus beaux, les plus efficaces pour prévenir les pliures que la sueur inflige au cuir. Alice se permettait de me les recommander. En ce moment ne me forçais-je pas, par politesse, à manger un toast qui était brûlé ? À la marmelade, pour en raviver le goût, elle avait ajouté une cuillerée de cognac et quelques gouttes de citron vert.

M. Teddy, qui n'accomplissait pas pour rien tant de mouvements de gymnastique au réveil, parfois à l'aide d'instruments dont on ne discernait pas le mode d'emploi et qu'on ramassait sous le lit, avait sauté dans le jardinet, du côté de la rue, à l'instant où Mme Francavilla, habillée comme pour se rendre en ville, descendait les marches du perron avec l'intention d'exhorter au calme les résidents penchés à leurs fenêtres, certains en compagnie de partenaires que les circonstances leur dispensaient au moins de présenter. Elle s'était tue à l'approche de l'Américain pour le gifler ensuite à toute volée, sans qu'il cessât de sourire, bien qu'il eût vacillé sous le choc — les battoirs, au lavoir du village, produisaient un bruit pareil sur les draps. Quoi qu'il y eût à dire au sujet du comportement de Teddy, qui, par ses refrains et ses éclats de rire pour un oui ou pour un non, ne respectait pas beaucoup la tranquillité de l'hôtel, mais dont l'entrain, bien vite, manquerait à l'atmosphère, fallait-il le frapper ? Il avait déjà commencé à souffrir de brûlures d'estomac. A l'improviste, des élancements lui sciaient l'épaule, qu'il s'était déboîtée on ignorait comment, et il lui arrivait, s'il était resté trop longtemps dans un fauteuil du hall, à lire les journaux et les magazines retirés sans façon du casier de ses voisins, d'être obligé de s'agripper au rebord du billard pour se lever, les jambes tout à coup soudées au bassin. La lampe à rayons ultraviolets qu'il utilisait pour bronzer, en se protégeant les yeux avec ses petites lunettes noires de nageur, ne suffisait plus à dissimuler la pâleur de son teint, et, malgré cela, jamais il ne s'était plaint, jamais il n'avait arrêté de plaisanter. La paire de gifles encaissée, il avait rejoint l'équipe de menuisiers armés de pieds-de-biche qui s'activait pour desceller les portes. Les gens s'étaient tranquillisés, à l'exception de M. de Lassonne ; lui, si indifférent d'ordinaire à ce qui l'entourait, si distrait qu'il saluait la personne qu'il venait de croiser dans le couloir du nom de celle qu'il avait précédemment frôlée, sans entendre ses questions, ne cessait de gémir à sa fenêtre que pour protester. Sa femme ne l'aurait-elle pas ceinturé pour le tirer en arrière, il serait peut-être tombé dans le jardin, les bras en croix, comme quelqu'un qui aurait mal calculé son élan pour refermer les volets d'un coup. M. de Lassonne réclamait un taxi, craignant de rater son rendez-vous chez le médecin qu'il voyait depuis des années. De quelle maladie souffrait un homme qui, d'après le contenu de ses tiroirs, se soignait avec des somnifères si légers qu'on les achetait sans ordonnance ? M. Jonas, qui ne perdait pas de temps, avait appliqué contre la façade une échelle empruntée au propriétaire de la villa voisine, pour faire suivre à l'agité le même chemin que celui de M. Teddy, délivrant aussi, tant qu'il y était, les résidents encore bouclés dans leur chambre, les solitaires, les couples, les trios et les quatuors. Dans le couloir, on rabotait les portes pour leur donner du jeu et les adapter au resserrement du bâti qui s'était comprimé autour d'elles. Je ne sucrais plus mon café maintenant ? Tant mieux, ma santé y gagnerait. Mais je ferais une entorse à mon régime pour les biscuits au gingembre, au moins par curiosité, même si je n'avais plus faim.

Ce matin-là, au « Lardennois » on avait improvisé un petit déjeuner pour tous dans le hall et servi aux ouvriers le vin même qui accompagnait le plat de résistance au cours des dîners où M. Bonfanti était placé à la droite de la maîtresse de maison. Le billard était couvert de vaisselle autant que pour une fête, mais, dans la hâte, on avait négligé de le protéger par une nappe ; les croissants, les brioches et les pains au chocolat, livrés par le boulanger de la rue Manin, qui réutilisait le bois qui chauffait son four, s'entassaient sur le bureau. J'imaginai Belinda chassée par le brouhaha, voire par la patronne.

« Je ne vous ai pas encore dit ? » s'étonna Alice, qui tenait sa tasse à deux mains, à la manière des enfants, mais le regard vers la glace, comme si la chatte passait au fond de la perspective qu'elle scrutait chaque fois qu'un nom tombait de ses lèvres. « Belinda, à peu près à l'époque où M. Maleterre a été parti, j'ai dû l'emmener chez moi. Elle était à moitié paralysée. Elle a dormi sur mon lit. Devinez qui m'a aidée à creuser le trou dans le jardin, près du mur ? Seule, je n'aurais eu ni la force ni le courage, et mon Jean est trop sensible... » Le corps était enveloppé dans le carré de soie que j'avais laissé en cadeau parce que c'était l'étoffe la plus jolie qu'Alice eût dans le studio qu'elle louait encore. Mme de Lassonne, qui, en un sens, n'était pas plus discrète que M. Teddy, avait beau exagérer ses manières, à la voir soigner des plantes, un animal, ou manier une bêche, on devinait la fille de la campagne qu'elle avait été. Quand elle avait eu jeté et tassé de la terre sur les racines de l'arbre qui étaient à l'air, ayant par délicatesse reconstitué le gazon dessus, on aurait inspecté les alentours de l'hôtel sans rien déceler d'anormal. À l'intérieur, où les fissures n'étaient pas encore montées jusqu'à l'appartement des propriétaires, les portes replacées dans leur encadrement, bien perspicace celui qui, s'il n'était pas déjà au courant de ce qui s'était produit, avisait çà et là dans la tapisserie, le long des frises ou des retombées de plafond, les plis en biais d'une robe mal repassée. En plus du petit déjeuner, pour dédommager les résidents d'être arrivés en retard à leur travail, il y avait eu un dîner à la brasserie de la place Armand-Carrel, dans l'arrière-salle réservée aux banquets. Au retour des invités dans leur chambre, les réparations étaient terminées, et, lorsque le professeur d'Amérique, qui serait le dernier à séjourner au « Lardennois », avait débarqué le lendemain, un aspirateur avalait la poussière des copeaux incrustés dans la laine du tapis de l'escalier. Néanmoins, des ingénieurs de la Ville s'étaient rendus sur place, la semaine suivante, pour pratiquer des sondages ; des maçons, sous la surveillance d'un architecte, avaient posé des témoins en plâtre à certains endroits des murs. Ce n'était pas un motif pour s'inquiéter. On en avait encastré d'identiques, longtemps avant mon départ, dans la façade de l'immeuble d'en face qui faisait le coin avec la rue Remy-de-Gourmont ; ils étaient visibles lorsque la vigne vierge attrapait la teinte du prunus, le vent répandait ses feuilles sur le trottoir, et cette bâtisse dont Mme Francavilla, en raison du panorama, convoitait l'atelier du dernier étage pour des amis de Rome, aujourd'hui encore était debout, ainsi que quelques autres sur la solidité desquelles tant de bruits avaient couru, à commencer par la villa rue Edgar-Poe, où, l'année de son mariage, Alice avait eu la possibilité d'acheter un trois-pièces : j'y reconnaîtrais peut-être certaines babioles, et, sûrement, le bureau qui était placé près du standard, au « Lardennois » où l'on avait d'autant plus vite tourné la page sur la matinée des portes que les soucis s'étaient enchaînés. Malgré les fêtes, et tout cet argent qui brûlait les doigts de chacun, petit à petit les rapports entre les gens avaient changé. La vie n'était plus cette suite de choses simples, bonnes et douces comme notre rencontre et le café que nous buvions en ce moment. Déjà, M. Bonfanti était mort, on l'avait découvert assis sur son lit, une jambe engagée dans le pantalon de l'un de ces costumes pied-de-poule qui remplissaient sa penderie — la jambe sans poils d'une fillette, sa jambe qu'il recouvrait l'hiver d'un collant de femme pour mieux se protéger du froid. Il était passé pendant qu'il s'habillait, après sa toilette, n'ayant pas encore retiré la cire qu'il utilisait pour s'arracher les poils des oreilles et qui avait durci en pendentifs à ses lobes ; sa tête avait perdu toute expression d'un coup, comme celle de Belinda à sa mort. J'accepterais sans doute une deuxième tasse de café pour accompagner les biscuits anglais ; leur goût s'accordait à l'amertume de ce mélange d'arabica et de colombie qui était la folie de Jean, au risque de la tachycardie.

M. Teddy, qui travaillait de plus en plus loin de Paris, n'était jamais revenu d'un voyage en Amérique où il avait dû être hospitalisé d'urgence. Alice conservait la carte postale au verso de laquelle, sur un plan des Buttes-Chaumont dessiné à grands traits au stylo à bille, il indiquait par une croix le bosquet où, à l'insu des gardiens, il avait planté un arbre d'une espèce ignorée en Europe et d'un nom qui sifflait dans la bouche — un sassafras. Avait-il beaucoup poussé en son absence ? Mme Tox et même Mme de Lassonne — qui ne connaissait pas que les acacias par l'envers de leurs feuilles — n'étaient pas parvenues à l'identifier dans le massif entre la cascade et le pont des Suicidés, à moins que les deux femmes ne se fussent trompées d'emplacement. Les arbres, c'était beau, mais les branches dénudées, le bois mort qu'il aimait photographier, et dont des agrandissements s'empilaient au sept ? « Teddy compliquait tout », commenta Alice sur un ton uni où peut-être un animal qui capte des sons inaudibles pour les humains eût perçu cette nuance de désapprobation pour moi manifeste et néanmoins improuvable.

Pendant des mois, des voix d'hommes et de femmes, qui introduisaient dans le téléphone les échos des communications à longue distance, l'impression de se parler d'une étoile à l'autre à travers l'espace et la nuit — des voix toutefois moins dures que celles, rapprochées, parisiennes, qui m'avaient demandé lorsque j'étais parti —, continuaient de réclamer des nouvelles de M. Teddy à Bolivar 14-50, de s'étonner, d'insister à des heures peu chrétiennes. Que leur répondre puisqu'on n'était pas officiellement informé de son décès? « Alors on mentait », dit Alice après un silence, le regard vers la glace. Distinguait-elle, dans quelque apparition, les orbites blanchâtres, les cernes laissés par les lunettes qui protégeaient les yeux des rayons de la lampe à bronzer? Au sept qui n'allait être loué à personne par la suite, pas moins de quarante-trois horloges et pendules étaient promises aux héritiers, au frère à qui Teddy téléphonait si longuement que, chaque fois, pour le prix de la communication, on eût acheté un billet d'avion au tarif des vols charter. Les camions immatriculés à l'étranger, qui avaient emporté les meubles et les affaires du « Lardennois », à l'exception de la commode en laque de Chine, étaient plus nombreux que ceux d'un cirque en voyage. Le gardien, M. Rodriguez, qui avait surveillé le déménagement et continua de dormir au rez-de-chaussée jusqu'à la démolition de l'hôtel, était muet sur la destination du convoi.

Lorsque M. Jonas, qui, depuis pas mal de temps, avait des sueurs et des fièvres d'officier colonial, des fièvres à en mouiller des draps de bain, mais qui s'irritait de la moindre allusion à ces symptômes, s'était résigné à son transport dans une clinique, Mme Tox accaparait déjà la chambre à côté de la sienne pour le veiller.

« *Schwester Tox* », prononçai-je à l'allemande, obtenant sous la voûte l'écho d'un aboiement d'officier qui procède à un appel dans la cour de la caserne. « Oui, c'est comme cela qu'il disait », chuchota Alice, qui eut un sourire de gratitude pour mon effort de mémoire. Mme Francavilla avait toute confiance dans le personnel de cet établissement ; elle appréciait surtout la compétence de ses chirurgiens. Fallait-il comprendre qu'elle y avait eu recours personnellement ? Au lieu de répondre, Alice mit les mains autour de son cou pour en tirer la peau, tandis que le petit doigt lissait une paupière, et, par ce geste qui remodelait sa physionomie en faisant remonter les chairs, elle me rendit la figure qu'elle avait le matin au pied de l'alcôve du neuf : un lifting sans exagération eût à présent suffi pour rétablir l'équilibre des apparences dans le couple que nous formions, puisque j'avais la gueule moins lourde que le corps.

Les médecins s'étaient aperçus que les tremblements qui, par moments, agitaient la garde-malade nécessitaient un traitement d'urgence. M. Jonas, qu'elle connaissait depuis l'enfance — le fait maintenant ne se discutait plus —, avait sombré dans le coma, elle-même divaguait, lorsque Mme Francavilla avait décidé de la rapatrier. À quoi bon payer une cuisinière si M. Jonas n'était plus là, qui avait des relations dans le monde entier, la variété des timbres dans son courrier le prouvait, ainsi que le nombre d'étrangers dans la foule qui avait assisté à son enterrement où deux discours ne pouvaient remplacer une absoute, les paroles laïques étant toujours moins belles que la musique et les chants religieux. Mme de Lassonne, qui partageait cet avis et dont la tristesse provenait des raisons qu'il n'importait plus d'élucider, avait eu l'à-propos de ne pas se maquiller. Vêtue de noir, au premier rang, elle avait reçu plus d'accolades que le demi-frère de M. Jonas, celui-ci, qui semblait presque un jumeau, ayant surgi à l'instant où l'on glissait le cercueil dans le trou. Il était reparti dans une voiture de grande remise après un aparté avec le gardien de l'hôtel, qui, les dents serrées, n'en menait pas large.

Des jours et des nuits durant, Mme Francavilla avait hurlé son chagrin, claquemurée dans son appartement, auquel, depuis l'hiver précédent, on accédait par l'ascenseur qui lui était réservé et dont l'installation avait peut-être causé l'ébranlement du sol — saurait-on jamais, comme au sujet de tant d'histoires ? La patronne refusait les visites, et la consigne était de ne lui passer aucune communication téléphonique sous quelque prétexte que ce fût. Pour les repas, on déposait devant la porte de sa chambre un plateau où elle ne touchait qu'aux desserts, de sorte que, pour lui ouvrir l'appétit, Alice s'était mise à lui confectionner des beignets, bien que ce ne fût plus la saison des fleurs pour les acacias de la colline et qu'elle ne prétendît pas rivaliser avec Mme Tox pour la pâtisserie. Les favoris erraient à travers les couloirs, découvraient le jardin et fuguaient sans cesse dans le quartier ; la comédienne de radio les adopterait à la fin. Pendant une semaine, Alice avait campé au rez-de-chaussée comme le gardien, mais sa chaise longue, elle la plaçait sur la mezzanine pour s'épargner d'être asphyxiée dans son sommeil par les odeurs d'un rouquin qui ignorait les déodorants — qu'on lui pardonne le détail.

Il y en avait qui, afin de la tranquilliser, affirmaient que c'était la coutume, chez les femmes du pays de Mme Francavilla, de ne pas retenir leur émotion après un deuil parce que le cri guérissait mieux que le silence. Il y en avait également pour croire que tout recommencerait comme avant, au « Lardennois », et pourquoi pas d'ailleurs, puisqu'il n'était pas rare que des rescapés se serrent les coudes ? Grâce à un certificat médical, Alice s'était mise en congé de la station de métro des Grands Boulevards où la société de nettoyage s'obstinait toujours à la maintenir. Elle estimait qu'elle avait été à la hauteur de ses nouvelles responsabilités ; sa vocation eût été de gérer un hôtel de cette catégorie.

Sur la mezzanine, lorsque la lumière de l'aube traversait les vitraux et que le rideau dissimulant le standard était tiré, pour elle c'était un château, et toute fatigue se dissipait. Si Mme Francavilla y avait consenti, elle eût continué, à salaire égal, et même sans un sou, de la décharger des petits tracas du commerce, sans qu'il lui en coûtât d'embaucher du personnel, puisque Jean, qui s'y entendait aussi en matière de comptabilité, se serait chargé volontiers de la partie administrative. Mais sans doute la patronne avait-elle déjà arrêté sa décision avant que les lézardes n'eussent fendillé les témoins de plâtre, provoqué le retour des ingénieurs de la Ville et la dispersion des résidents. Les Lassonne avaient été les derniers à s'en aller et, pour le pourboire, les plus généreux ; jusqu'à l'infirmière du quartier qui avait reçu en souvenir un foulard de prix, quoique moins beau que le linceul dans lequel avait été ensevelie Belinda. Il n'était plus resté que la commode avec les Chinoises dessus, et dans la chambre de M. Jonas, caché par le carton qui recouvrait la tablette d'une étagère, dans le placard aux chaussures, un jeu de photos représentant à tous les âges de la vie une femme coiffée d'un diadème, une maison à la campagne prise sous tous les angles et des hommes, pour la plupart en frac, qui avaient des têtes d'étudiants. Le noir était très beau quand la jeunesse le portait.

Ces biscuits de Londres, on les grignotait l'un après l'autre, sans même s'en apercevoir ; je serais bien bête de me gêner et de ne pas vider la boîte.

Je répondis que je le ferais d'autant plus volontiers que j'avais quelques questions à lui poser avant que nous n'allions surprendre M. Jean derrière le comptoir de son magasin. Des questions ? Rien qu'une en réalité. Il était douteux qu'Alice pût ou voulût me dire plus qu'elle ne m'en avait déjà raconté. L'excédent, s'il y en avait, par l'intermédiaire de son mari qui, à l'imprimerie de la rue Hecht, et disparue elle aussi comme l'hôtel mais à la suite d'un dépôt de bilan, non d'un effondrement de terrain, avait tapé sur son clavier, pour la revue *Libertés européennes,* la nécrologie où se trouvait la part officielle de la vie de Jonas aussi intéressante que la clandestine qui avait excité la curiosité de Maleterre.

Il me revenait que je m'étais toujours heurté à des mystères ou à des résistances — parfois à des dénégations — lorsque j'avais tâché de connaître l'identité de mon prédécesseur au numéro 9 et les circonstances de son départ. Je me rendis compte, soudain, que, depuis que j'étais assis, j'avais gardé la main gauche sur le genou. Même pour tartiner de marmelade les tranches de pain, sortir une cigarette de son paquet, je m'étais arrangé pour ne me servir que de la droite. Qu'avait eu de particulier ce résident ? Entre le pouce et l'index, Alice saisissait l'une après l'autre des miettes sur la nappe pour les déposer dans le cendrier. Sous la voûte de ce sous-sol, où l'on perdait vite le contrôle de sa voix, il se produisit une amplification de la mienne, lorsque je lançai : « Qu'est-ce qu'il y a ? » craignant de n'avoir pas été entendu ou qu'Alice eût un malaise. « Il y a, dit celle-ci, qui avait glissé un doigt à l'intérieur de son col, comme pour se donner de l'air, il y a, monsieur, qu'il n'est pas juste que des hommes aient un physique aussi moche. Pas ceux-là, en tout cas — trop c'est trop. Il leur faudrait un minimum. » Au neuf j'avais succédé sans le savoir à un peintre originaire d'Amérique du Sud, d'environ quarante ans, presque aussi gai que M. Teddy, mais sans exubérance ni éclats de voix, et d'une laideur telle que même sa mère eût hésité à l'embrasser sur sa joue où s'étalait une tache lie-de-vin. Il courait après Maleterre, si c'était courir que de couver quelqu'un des yeux, de guetter son passage dans le couloir, de chercher par tous les moyens à lui être agréable sans rien réclamer en échange, et encore moins avouer ses sentiments à des tiers, tant il avait conscience du mouvement de répulsion qu'il suscitait de prime abord, bien qu'il fût très soigneux de sa personne et de ses affaires autant que du bien d'autrui. De la poussière, dans les recoins ou sous le lit, on n'en aurait pas décelé avec une loupe parce que sa chambre, il la nettoyait de fond en comble sans le secours de personne, chaque semaine, laissant la fenêtre ouverte s'il s'était accordé un joint, ce qui lui arrivait bien moins souvent qu'à certains dans la maison. A part ça, qui était une peccadille, il ne fumait ni ne buvait, Ramon, qui, respectueux du personnel, recouvrait son oreiller d'une serviette pour ne pas graisser l'étoffe par le contact de ses cheveux qu'il commençait à perdre. Sa journée s'écoulait dans l'un des ateliers que le gouvernement attribuait aux artistes, et où il avait exécuté le portrait de plusieurs de nos amis qui acceptaient de s'y rendre. Mais, au vrai, il était difficile, la toile séchée, de distinguer un visage d'un autre parce que tous semblaient avoir été placés devant la soufflerie d'une machine, avec leurs traits qui ondulaient, leurs cheveux qui se dressaient enrichis de boucles qu'il n'y avait pas toujours sur la tête du modèle. Les chairs luisaient du même vert que les mouches attirées par les poubelles. Le vert était la couleur préférée de Ramon, le vert des robes de Mme Tox, en somme, mais cette précision en écho de la vieille haine entre les deux femmes qui était destinée à suggérer la laideur, à inspirer le dégoût, ne pouvait que produire le résultat opposé dans mon esprit : la couleur du tissu dans lequel la gouvernante, appelée « sœur » en allemand par Jonas, qui, mi-blagueur mi-attendri, la serrait contre sa poitrine, je l'avais toujours comparée à celle des pousses de l'arbousier dont le feuillage abrite le renard des chiens à sa poursuite.

Quand il y avait une fête à l'hôtel, le « Neuf », qui savait jouer de la guitare, accompagnait M. Teddy. « Pourquoi je dis le " Neuf ", se reprocha Alice. Excusez-moi, monsieur, le " Neuf " pour moi, c'est vous... »

Mme Francavilla achetait quelquefois des tableaux à ce peintre et les entreposait à la banque où elle avait un coffre-fort, et ils lui appartenaient sans conteste, parce qu'elle les avait déjà payés, ceux que, sur son ordre, on s'était hâté de retirer de la chambre avant que la police s'y présente pour constater le suicide par pendaison. Le faux plafond avec ses nuages, installé autrefois par des cinéastes pour les nécessités d'une prise de vues, n'avait jamais été enlevé ; il diminuait la hauteur de cette pièce, où le lustre descendait assez bas, mais Ramon avait beau se tenir droit, il n'atteignait pas le mètre soixante. Ses pieds touchaient l'un des barreaux de la chaise qu'il avait renversée, à croire qu'il marchait encore dessus. Alice avait-elle imaginé quelque trapéziste arrêté sur son fil parce que le plus périlleux de son numéro reste à exécuter tandis que le tambour bat à l'orchestre ? Quels étaient les destinataires des deux lettres ramassées sur la table de nuit par Mme Tox, dont la teneur avait conduit la justice à classer l'incident si vite que, le lendemain, la plupart des résidents l'ignoraient encore. Sans la crise de larmes qui avait secoué Mme de Lassonne lorsqu'elle s'était heurtée à la civière et aux brancardiers dans le couloir, on aurait peut-être réussi à le dissimuler à tous jusqu'au bout. Ramon, absent du matin au soir, et qui ne parlait qu'à Alice, n'avait pas au « Lardennois » d'amis assez proches pour s'inquiéter d'un départ de but en blanc.

Je posai ma main gauche en évidence sur la table, comme pour faire tourner l'alliance que je m'obstinais à garder au doigt et qui ne glissait plus depuis que j'avais grossi. La paume ouverte, je me remémorai une phrase qu'on m'avait murmurée à cet instant où deux corps tenteraient en vain de cacher leurs imperfections l'un à l'autre, et on n'en a plus honte parce que, à force de mimer la tendresse pour arriver au plaisir, on a fini par s'aimer un peu mutuellement : on avait alors observé que ma ligne de vie reprenait après la cicatrice, contournant la base du pouce.

« Tous ces gens qu'on aura connus, finalement, est-ce qu'on les connaissait ? » dit Alice, qui, les yeux baissés, promenait un doigt sur le flanc de la cafetière pour vérifier le degré de chaleur. La vérité sur le passé des propriétaires du « Lardennois » était hors d'atteinte, à moins de mener une enquête à travers l'Europe, et encore, pour la reconstituer, cette vérité, eût-il été obligatoire d'opérer quelques résurrections. Y serait-on parvenu, comment concilier, surtout en ce qui concernait Jonas, les opinions de témoins appartenant à des catégories dont l'éloignement les uns des autres n'était pas mieux symbolisé que par la vérité des photos abandonnées dans un placard du « Lardennois » qui était voué à la démolition ? N'étions-nous pas tous des dissimulateurs ? Sur ce point, si je n'avais le droit d'adresser de reproches à personne, je pouvais néanmoins me demander où s'achevait la réserve qui évitait d'être blessé, et où commençait le mensonge qui permettait de gagner. Que savais-je, par exemple, du passé de ma mère ? À travers ses confidences qui faisaient lâcher à Anna Cousine la pédale de sa machine à coudre — et sincères étaient les confidences —, son enfance se résumait toute à l'année de la vente, par sa famille, de presque tous ces terrains dans les collines où naissaient les torrents et les ruisseaux qui, d'octobre à mai, alimentaient en eau douce l'étang de Tolla. Sa jeunesse, elle la limitait à des anecdotes sur les toilettes de sa patronne, aux deux boutiques appartenant à celle-ci, l'une dans la ville où nous étions, l'autre dans la bourgade à l'intérieur des terres où, après avoir quitté la campagne, elle s'était fixée avec ses parents, première étape à tous dans leur descente vers le port où il y avait plus de facilité à trouver du travail pour vivre et de clandestinité pour aimer. Car ma mère avait été pendant trois ans la maîtresse de mon père avant de l'épouser. Anna me l'avait révélé à l'époque où j'attendais ma feuille d'incorporation à l'armée et où, malgré le deuil, tant ma jeunesse était contagieuse et encore remuante la sienne, elle devait se remettre à chanter les airs des vendanges, que j'entendrais pour la dernière fois dans la bouche de Mme Francavilla. Nous avions vécu ensemble deux mois de chagrin presque heureux, à force de douceur, qui me conduisait, certains jours, à regretter d'avoir devancé l'appel de ma classe, mais il n'était pas possible d'agir différemment parce que ma mère n'avait laissé d'économies que pour manger à notre faim pendant un trimestre. Le propriétaire de l'appartement avait accepté de transférer le bail sur Anna, qui, embauchée à temps plein par *L'Alhambra,* calculait qu'en ajoutant à son salaire fixe et à ses pourboires l'argent des travaux de couture qu'elle effectuerait le matin, le paiement des meubles et du linge que je lui cédais serait réglé à la fin de mon service militaire.

Sur son insistance, je forçais ma nature ; nous ne cessions de parler du matin au soir, et même la nuit à travers la cloison, comme si elle avait deviné à coup sûr que nous n'allions plus nous revoir. Mais pouvait-elle rapporter tout ce que les femmes ne se disent qu'entre elles ? L'envie était grande pourtant de savoir où s'étaient rencontrés en cachette la première vendeuse de Mme Indri et le mécanicien de l'Arsenal, quand ils ne voulaient pas encore de moi, si, toutefois, ils m'avaient voulu. Comme la plupart des hommes, j'étais né de gens inexpliqués, inexplicables, qui pas plus que leur fils n'auraient de biographie, et cela sans doute pour l'avantage de la mémoire de chacun.

Pour m'arrêter à mon propre cas, si le voyage du Mercredi saint, par sa conclusion, devait justifier certaines de mes craintes, écartée la matérialité du délit dont je serais déclaré complice, on n'aurait rien à me reprocher. Je n'avais pas de ces antécédents qui accablent par avance et dispensent de chercher des preuves. Le pire, qui relevait de l'absolution de M. Stirla, n'était connu que de moi-même, qui tendais de plus en plus à l'oublier lorsque ce voyage m'avait été imposé.

Réussirais-je à fixer l'attention d'Alice sur ma paume, ce morceau de chair nacrée qui témoignait de mes prétentions d'adolescent et en authentifiait l'échec, et sous lequel on palpait un nœud de cordelettes ? Alice, qui avait respecté mon silence, débarrassa la table sans toucher à la boîte à biscuits, décidant de ne plus rouvrir la porte de l'escalier puisque nous allions quitter le local par le couloir d'accès au métro. Depuis midi, la recette atteignait la somme qu'elle avait accoutumé la société de nettoyage à recevoir chaque jour, en moyenne. Elle m'accompagnerait sans tarder jusqu'à la boutique de son mari dont elle spécifiait la nature, qui aurait dû, au moins par politesse, m'arracher une exclamation de surprise, mais je ne l'écoutais plus, qui regagnait son espèce de cabine de bateau en tenant son plateau à deux mains.

J'étais à Rome, vers la fin de la journée où j'avais gravi la colline de Testaccio dominée par un calvaire, avec l'impression de marcher sur le reliquat des scènes de ménage de l'Antiquité lorsque mon pied glissait sur des débris de poterie, ou provoquait sous l'herbe des tintements d'assiettes à la faveur d'un éboulis. Par analogie, j'avais pensé à cette colline de Paris, dépourvue de nom, où j'avais vécu, et de laquelle je m'étais enfui après la découverte du premier cheveu blanc. On était au début de juillet, les gens qu'une nécessité excluant de part et d'autre le plaisir m'amenait à fréquenter depuis un mois dînaient sur la terrasse au dernier étage de leur maison, et à cette heure, la couleur du ciel tirait sur un mauve de lavande qui ne me dépaysait pas puisque je l'avais connu à Tolla, quand le niveau de l'étang était le plus bas et que les chasseurs, dont les bottes s'arrachaient de la boue des roseaux avec autant de difficulté que des bâtons dans la polenta, guettaient le passage des colverts. Les orangers en pots, entre lesquels les spots dirigeaient sur nous leur lumière, dissimulaient la rampe ; on apercevait cependant sur la ligne d'horizon une statue équestre au flanc du Janicule. J'étais venu à pied par des ruelles où, ici et là, j'avais respiré une odeur de merde sèche avec le même apaisement enfantin qu'on éprouve à humer celle des pets intimes entre les draps. Politesse des affaires : on m'avait invité pour ce que je représentais, qui me supprimait toute identité, et, de crainte que je ne me sente pas à l'aise, on m'avait flanqué d'une interprète — les Italiens, qui savent toujours la langue des autres, n'imaginent jamais que l'on connaisse la leur, ou qu'on la baragouine au moins. J'étais placé près d'une femme d'un certain âge en noir et jaune, telle une guêpe ou bien l'appareil Kodak du modèle encore inaccessible, par le prix, aux photographes de quartier, durant sa jeunesse, et tout ce qu'il était convenu de mettre sous le mot aristocrate s'étalait sur son visage au nez grec. Des présentations où elle avait tendu le doigt vers le sol comme pour vérifier la température du bain, à défaut de retenir son nom, j'avais compris qu'elle avait en français un accent à ne pas rater la rime entre chevreuil et Choiseul. Bien que son regard me traversât sans me voir, chargée qu'elle était de me dégeler — à quoi parvenait d'ailleurs, avec le retard habituel à mon organisme, le verre de grappa que j'avais bu en chemin dans un troquet —, elle vibrait d'une cordialité aussi soutenue que le ronronnement du moteur lorsque le chauffeur n'a pas coupé le contact parce qu'il est remonté en vitesse à la maison pour fermer le robinet du gaz. Le bas de son visage semblait s'épointer pour que l'on vît mieux ce qui subsistait de magnifique dans le haut, et même la débâcle avait son charme puisque les fanons de son cou, dans lesquels se perdait le menton, évoquaient moins les plis de la vieillesse que les remous du lait à l'intérieur de la baratte. Ma voisine avait ce nez droit qu'un chirurgien esthétique n'obtient jamais, un front à peine marqué de rides, des cheveux à ne savoir qu'en faire, sinon les ramasser en chignon, et dont le gris, en s'avouant, jetait la suspicion sur l'unité noire ou blonde de la plupart des chevelures féminines autour de nous. Ses yeux topaze s'accordaient à la broche piquée au revers de son tailleur noir, lequel eût été d'une veuve sans le flamboiement du jaune pontifical de son tee-shirt de soie, mais à la réflexion, ses yeux, par leur transparence, avaient encore plus du vert des globes qui protégeaient les bougies sur la table. Pour la blancheur mais non une blancheur sidérale comme chez Mme Francavilla —, son teint avait eu l'équivalent dans la crème au fond de la coupelle sur la coiffeuse de ma mère qui, du vivant de mon père et pour le seul plaisir de celui-ci, s'autorisait, certains dimanches, à se rappeler sa période de première vendeuse chez Mme Indri, réputée pour animer la plus modeste des robes de mariée pendant la présentation des modèles aux clientes qui, depuis leur descente du train des collines, ne lâchaient pas la poignée de leur long sac façon phoque.

Quand il fut clair que je me passerais de ses services, eu égard à la banalité générale des propos, et manifeste également que je ne boirais pas l'eau du rince-doigts, la difficulté pour ma voisine avait été de trouver des sujets susceptibles de justifier l'entrain et la volubilité destinés à me réduire au silence ou à me consoler de celui-ci, alors qu'en fait il correspondait à mon naturel dès qu'on cessait de m'entretenir de mon métier car je savais peu de choses en dehors de celui-ci. Pour lui faciliter la tâche, le plus simple eût été de l'interroger sur la seule personne que je connaissais à cette table — une richissime Libanaise au nom anglais, au regard unique et dévorant, comme si de l'accident qui l'avait défigurée elle n'eût sauvegardé qu'un œil de Caïn. Au lieu de quoi, j'en étais venu à prononcer le nom de Mme Francavilla, ce qui avait produit le même effet que si, au-dessus de nos têtes, on eût, par distraction, enchevêtré les fils de la marionnette et interrompu la scène par la discontinuité des gestes de la principale protagoniste. Celle-ci, qui continuait de scruter les orangers en pots, avait renoué enfin avec l'action par un raidissement du buste pour répliquer entre ses dents : « Je croyais qu'elle vivait en Argentine », comme si j'apportais des nouvelles datant du matin même et que le dîner n'eût été organisé que pour que je les lui glisse à l'oreille avec une arrière-pensée de chantage. Sur quel ton avait-elle ajouté, en immobilisant à la hauteur de son verre sa main gauche où, à l'annulaire, brillait un « blanc-bleu » assez petit pour n'être pas une imitation : « J'en aurais mis ma main au feu. En Argentine, avec le demi-frère de Valerio, mon cousin. Vous savez bien, n'est-ce pas ? »

Quand elle avait tourné vers moi son visage où, sous l'effet de la concentration implacable qui en crispait les traits, même le menton se redessinait, dans son regard enfin fixé sur ma personne était passé quelque chose de l'étonnement du spectateur qui a vu un animal effectuer un tour de beaucoup supérieur à l'intelligence dont on crédite au maximum son espèce. Et puis, dans un mélange de mépris, d'hostilité et de complicité à la fois, l'égalité s'était rétablie entre nous. Je ne m'étais pourtant prévalu d'aucun lien d'amitié, je n'avais cité aucun pays, ni aucune personne autre que la vedette de ces péplums et films à téléphones blancs, sur la conservation desquels je feignais de m'inquiéter en demandant si l'amateur, dans la ville où ils avaient été tournés, disposait, pour leur projection, d'une cinémathèque comparable à celle où Maleterre courait assister à des séances après minuit.

Pour deux phrases qui ne signifiaient pas plus qu'elles ne disaient, bien que la seconde eût l'intensité d'une déclaration de guerre — « Vous savez bien, n'est-ce pas ? » —, pour une expression de froideur qui avait accru la beauté du visage en le nettoyant des grimaces de la sociabilité, pour le silence qui nous isolait soudain au milieu du brouhaha, je m'étais mis à croire à la réalité des légendes et racontars d'un hôtel de ma jeunesse, comme on se convertit dans l'ordre de la foi, quand il n'est plus besoin de raisonnements ni de preuves, parce que l'évidence s'est imposée au cœur, plus vite encore qu'un chat sur les genoux où l'on sent la chaleur et le poids de la bête trop tard pour les repousser. Que ma voisine, décidée à rompre les chiens, eût repris la déclaration d'un invité en tenue de clergyman, un vieillard tout en muscles, le menton dressé du joueur de basket-ball, dont les yeux faisaient deux trouées d'azur dans la fumée des bougies et des cigarettes, et qui se proposait de suivre une cure thermale avant les grosses chaleurs et lui rétorquait : « Princesse, ce n'est pas pour vous », n'avait plus d'importance. Ce que, pour son compte, M. Bonfanti n'avait pas toujours obtenu avec toutes ses archives qui persuadaient des universitaires américains, ses vieux exemplaires de Mémoires des dames d'honneur où il était cité, sa collection de photos de la villa « Cyrnos » à Cap-d'Ail, où il était peut-être l'adolescent, le gringalet, le menin, l'espèce de jockey en redingote sur la terrasse, lors de la visite de souverains scandinaves à l'impératrice Eugénie, en quelques mots et une mimique une inconnue le gagnait pour Mme Francavilla, sans intention délibérée. Les rumeurs au sujet de la propriétaire du « Lardennois », que Maleterre collectionnait, traquait, sollicitait, avec la propension des garçons et des hommes de sa sorte à ne s'intéresser qu'aux actrices, chanteuses, stars, vedettes de tout acabit, vieillies ou vieillissantes, correspondaient à la vérité. Celle-ci n'était pas plus niable que les étoiles du côté du Janicule, qu'on avait eu du mal, jusqu'au dessert, à discerner dans le ciel, en raison de l'intensité de l'éclairage qui, sur cette terrasse, avait fait venir la nuit avant la nuit. A ce moment-là, j'avais éprouvé le sentiment de voler sa place à Maleterre, qui eût été sans peine au diapason de cette assistance pareille à d'autres où, avant d'avoir administré des preuves de son talent, il était admis pour les qualités physiques et intellectuelles qui me manquaient, et que le feu du charbon au creux de la paume n'était pas parvenu à attirer sur moi comme le don des langues entré dans la tête des Apôtres sous forme de flammes. Pourquoi le nier ? Ses supériorités aggravées par sa gentillesse à mon égard, je les lui jalousais à en crever au sept, lorsque, sur sa chaise, où je me réveillais d'un somme de repu, enveloppé d'un peignoir râpé de boxeur, je le contemplais qui s'était glissé sous les draps, endormi avec l'air tranquille de ceux qui vont gagner par K.-O. et non aux points, après avoir garni mon assiette en carton, et s'être étourdi de son propre bavardage sur les gens rencontrés au cours de ses sorties, vacances ou interviews. Et je pensais parfois qu'il me les décrivait en prélude à la rédaction des notes qu'il consignait sans doute dans son dossier jaune.

À Rome, je croyais encore que, depuis notre séparation, l'existence de Maleterre n'avait été qu'un enchaînement de soirées comme celles-ci, où se fussent déployés ses dons d'observation et son sens du comique qu'il gaspillait dans des improvisations devant un ignare qui l'écoutait surtout pour le remercier de lui avoir ouvert son réfrigérateur. La suite du dîner sur la terrasse l'aurait laissé exultant parce que le maître de maison, qui me ramenait en voiture à l'hôtel Hassler, où les femmes de chambre portaient encore des ruchés sur le front et le personnel masculin ces uniformes en drap noir dont la vue et le toucher excitaient Jonas depuis l'enfance, m'avait fourni certains renseignements sur la personnalité de ma voisine de table, comme on propose un supplément de dessert. Malgré l'heure, la nuit refusait encore de s'appesantir sur la ville contemplée du haut de la Trinité-des-Monts. Nous faisions les cent pas devant l'hôtel, entre la station de taxis où il n'y a jamais qu'une voiture et l'église où il n'y a jamais qu'une vieille religieuse en prière. Maleterre aurait apprécié l'histoire de la plus belle des deux filles du directeur d'un lycée français — l'aînée — qu'on avait forcé un jeune diplomate à épouser pour la garder à Rome. En échange, le mari, qui végétait dans un bureau, se libérait de la disgrâce qui pesait sur sa famille et son avancement depuis que l'un de ses oncles — sans doute l'unique aristocrate qui eût été hostile à l'avènement du régime — s'était exilé en France, plaquant femme et enfant pour rejoindre dans le Lot une communauté d'émigrés panachée de communistes. La jeune femme avait-elle ou non sablé le champagne en compagnie de son amant — un dignitaire du Parti fasciste — le jour où l'Italie avait attaqué son pays ? On l'avait répété tant et si bien que, depuis la

Libération, elle n'était plus invitée aux réceptions de son ambassade, ses compatriotes l'ayant fuie avant de l'oublier. Selon mon interlocuteur, ils y perdaient, car c'était une personne intelligente, au courant de tout, assez à l'aise dans le commerce des antiquités pour traiter avec Christie's à Londres, et d'une conduite parfaite depuis la mort de son mari qui s'était tué en décollant de la piste d'un aéro-club aux commandes de son appareil. Aviation obligeait : peut-être Maleterre aurait-il alors éprouvé la même sensation de déséquilibre que le pilote d'un Canadair, son réservoir d'eau vidé au-dessus d'une forêt en flammes, quand il doit craindre que l'apport d'oxygène, en réactivant d'abord l'incendie avant de l'éteindre ensuite d'un coup, ne communique le feu à son engin, s'il vole à trop basse altitude, et que le manche, sous la secousse, ne lui échappe. À supposer que la ressemblance physique ne l'eût pas déjà alerté, il aurait deviné, à la seule méchanceté du regard, qu'il était assis à côté de la sœur de l'ancienne rédactrice en chef chargée de la rubrique de la mode, dont il avait payé le soutien, à ses débuts dans le métier, par une alternance d'embrassades et de froideurs, de cadeaux et de notes de service qui le tourneboulait, déconcerté qu'il était par la nombreuse catégorie des femmes qui mettent en avant, dans toutes leurs stratégies, les malaises de leur corps. Il en perdait sa bonne humeur pendant une semaine. Lui qui s'amusait d'un rien, il filait sans un sourire à travers le hall où Teddy, devant des résidents qui en négligeaient de dépouiller leur courrier ou de jouer au billard, mimait le dialogue de son amant, le restaurateur, avec sa femme qui avait simulé un suicide pour retenir son mari. Maleterre était-il assez naïf pour s'imaginer que les femmes avaient renoncé à lui ? Celle-là, à la fin de son stage, lui avait épargné l'alternative qu'il redoutait depuis le début : ou bien être maintenu dans la situation du pigiste sans garantie pour l'avenir, ou bien obtenir son recrutement ferme dans le lit du critique de théâtre, mouchard de la direction, qui s'y entendait déjà à faire payer les compliments et les photos de ses articles aux jeunes comédiens, et semblait dans ce journal, comme dans toute prison, jouer le rôle de la folle dont on a besoin à la fois pour se divertir et détecter ceux qui partagent ses goûts en les cachant. J'avais proposé d'aller lui casser la figure, et, à en juger par son surnom — « Suce-debout » —, cela eût été beaucoup moins méritoire que de défendre Teddy aux prises avec des individus d'une autre carrure, qui ne le frappaient pas pour son plaisir, une nuit d'hiver, sur le trottoir de la rue Manin, au pied de l'un des trois escaliers de la colline. De quoi me serais-je mêlé encore quand il m'était recommandé de vivre dans une quasi-clandestinité ? Si le critique de théâtre était le fils du directeur de la régie qui rabattait les contrats de publicité et vendait à des ambassadeurs de dictatures lointaines des reportages de complaisance sur leur pays, en prélevant une commission, l'amie de Maleterre était une intime de la maîtresse du patron, qu'elle pilotait dans les réserves des couturiers avant qu'un public de privilégiés n'eût accès aux soldes de la saison — les hommes, on les tenait encore mieux par leurs femmes que par leurs intérêts. Dans la conversation, avec une régularité qui suscitait les plaisanteries dès qu'elle avait tourné le dos, la protectrice dont le protégé lui récrivait assez souvent les articles, glissait une allusion à la princesse romaine, sa sœur. Il y avait toute probabilité pour qu'il s'agît de mon interprète d'italien, qui n'avait rien eu à traduire un soir à Rome, et aussi pour que le témoin du mariage d'Alice avec M. Jean, à la mairie du XX^e^ arrondissement, quatre ans après nos retrouvailles provoquées par son coup de volant, à l'arrêt d'un feu rouge, ne fût plus en état de s'émerveiller d'aucune coïncidence ni même de rien. Un nom supplémentaire, qui aujourd'hui me rappelait surtout une lâcheté — la mienne —, était à inscrire sur la liste des disparus du « Lardennois ». Était-il opportun de prévenir Alice, qui, la vaisselle rangée dans le placard avec les deux pelotes de laine, brossait une manche de mon manteau dont elle avait, au préalable, éprouvé la solidité du boutonnage ? Maleterre avait été très beau. Il l'était encore assez lorsqu'il m'avait harponné à un feu rouge, obligé à descendre de ma voiture et, mon pas accordé au sien qui était lent, à le suivre dans un café sous les arcades de la rue de Rivoli où nous avions mangé des glaces, lui par dégoût des nourritures plus solides, et moi pour être à l'unisson. À première vue, il m'avait semblé qu'il était moins malade qu'essoré, comme si toutes les sueurs de ce mois d'août frénétique avaient filtré à travers les pores de sa peau, affinant ses traits jusqu'à le rendre plus jeune d'aspect qu'à l'époque où nous vivions au

« Lardennois ». Soutenue par mon propre refus que le temps eût passé, où n'entrait aucune compassion, favorisée par la pénombre du bistrot où l'on se refusait d'allumer les néons pour profiter des dernières lueurs du couchant de la place de la Concorde, l'illusion, néanmoins, s'était vite dissipée. Si, pareil à un légume cuit à l'étuvée, Maleterre conservait intactes lignes et formes, il atteignait également dans la tendreté de son aspect ce maximum qui sollicite l'écrasement sous la cuiller; d'un doigt, on l'aurait transpercé. Savoir s'il aurait supporté de vieillir, de ne plus éveiller la curiosité et la sympathie par sa seule apparition, de découvrir le véritable exil qui commence dans le regard des autres? Mieux valait y être préparé d'entrée de jeu, sinon par une figure aussi disgraciée que celle du peintre sud-américain, du moins par une tête aussi banale que n'avait été la mienne au « Lardennois », et à laquelle l'âge, par l'inégalité de son toucher, conférerait peut-être du caractère, ou une laideur intéressante. J'avais reçu le minimum souhaité à chacun par Alice, qui, en ce moment, ramenait les reflets sur les parois de sa cage vitrée en éteignant l'ancienne lampe à pétrole. Elle revint dans la salle avec un sourire qui décourageait de l'attrister, les bras chargés de mon manteau, d'un ciré noir, d'un sac à main et d'un vaporisateur. Elle me confia le tout pour ouvrir le tiroir de la table où le vase de roses avait été repoussé dans un angle, ses doigts froissaient les billets de la recette, quand elle intercepta mon coup d'œil au livre protégé par du papier

Cellophane, dont la transparence ne laissait deviner que le jaune de la couverture.

« Prenez-le », dit-elle en retirant le télégramme en souffrance qui servait de signet et n'indiquait pas une grande progression dans la lecture ; il fut aussitôt rangé sur l'une des deux piles de lettres tenues par un élastique. Malgré ses efforts, Alice avait été incapable de dépasser la trentième page depuis que l'auteur, un client de la station, lui avait offert cet exemplaire qui n'avait pas de dédicace. Alice l'avait refusée. On eût risqué de croire qu'elle obéissait à l'amitié ou à la vantardise lorsque, pour lui assurer de la publicité, elle prêtait ce livre aux raseurs dont elle appréhendait le bavardage, aux curieux pour couper court à leur indiscrétion, aux impatients qui ne comprenaient pas la nécessité d'effectuer un second tour du talon avec une brosse à dents différente de la première et imbibée de crème. Quelques-uns s'étaient promis de l'acheter chez leur libraire, ce roman où, au début, on voyait deux gamins, un frère et une sœur, contempler de la lucarne d'un grenier, l'été, les bancs de sable au milieu du fleuve qui traversait la ville. Il n'était pas niable que ce fût bien écrit, puisque le sens de pas mal de mots échappait dans les descriptions, à moins de n'être entraîné à toutes les lectures, comme Jean l'avait été à l'imprimerie, et probablement moi-même qui m'étais plutôt bien débrouillé dans ma carrière. Mais la Loire et l'intrigue coulaient avec trop de lenteur au gré d'une lectrice dont les préférences allaient aux ouvrages qui vont droit au but ou qui instruisent, tel celui qu'une voisine de la rue Hecht lui avait offert pour son anniversaire. Il rassemblait les témoignages d'hommes et de femmes qui avaient été, un moment, déclarés morts à l'hôpital et qui, revenus à la vie, décrivaient tous le même éblouissement au sortir d'un tunnel, la même sensation de légèreté procurés par leur passage dans l'au-delà dont ils n'auraient plus jamais peur, cette expérience accomplie. Leurs témoignages, authentifiés par des certificats de médecin, dissipaient les doutes, bien que Jean n'eût pas été convaincu et protestât chaque soir pour qu'elle éteignît la lampe de chevet au lieu de relire éternellement certains passages. Auprès de quelqu'un qu'on aimait, on s'endormait mieux que d'habitude avec la pensée que, si l'on mourait dans le sommeil, le bonheur se poursuivrait parce qu'il y avait au bout la lumière qui ne se contestait plus, et où nous serions un jour tous réunis.

Alice, qui m'invitait à déposer mon fardeau sur la table, s'il me gênait, eut l'air de troquer le livre contre le vaporisateur dont elle s'empara pour s'éloigner vers le miroir qui reflétait en pied un couple de gare encombré de ses affaires et à la recherche d'un chariot sur le quai. Sa démarche n'eût pas été différente si à sa robe noire se fussent accrochés les espoirs d'un couturier pour sa dernière collection, mais son bras replié allait et venait à la hauteur de sa poitrine dans un mouvement d'essuie-glace qui, au terme de son balancement, à droite et à gauche, eût déclenché une pulvérisation à l'appui de chacune des raisons pour lesquelles on abandonnait la lecture du roman que j'avais entre les mains. Déjà vive lorsque fut déplorée la difficulté du vocabulaire, une odeur de menthe aussi balsamique et fraîche que si la plante eût été pilée à la seconde sous mon nez l'emporta dans toute la pièce sur le parfum de gardénia quand la tristesse de l'histoire acheva de justifier le découragement qui avait envahi la lectrice avant la fin du premier chapitre. Si l'on s'en rapportait au résumé qui était imprimé sur la quatrième page de couverture, il n'arrivait que des malheurs dans cette famille où la mère, sans se cacher de ses enfants, ni même de sa belle-mère, entretenait des liaisons avec des jeunes gens, pendant que son mari était à l'étranger.

« Si on lit, c'est pour se sentir au-dessus », dit Alice, qui, ayant pivoté sur elle-même, laissa retomber le bras pour indiquer à quelle hauteur, par rapport au sol, on devait avoir le sentiment de se trouver grâce à l'enchaînement rapide des répliques, la nouveauté des paysages, l'originalité des personnages jamais vulgaires ou prosaïques, le charme des décors. Où était le plaisir si la vie ressemblait à la vie, à tout ce que l'on savait déjà ?

« Vous, au moins, monsieur, vous aurez voyagé, s'écria-t-elle. Dans mon sous-sol, qu'est-ce que j'aurai vu ? »

C'était la première fois que je l'entendais élever le ton de la voix, et, comme effrayée par l'écho de ses paroles sous la voûte, elle revint au murmure qui lui était familier pour préciser que la Loire, elle la franchissait aux vacances, quand elle se rendait chez les cousins de Jean, qui habitaient dans les environs d'Amboise.

J'ouvris le livre à la page de garde, puisque ni le nom de l'auteur ni le titre n'étaient déchiffrables sous le papier Cellophane qui l'enveloppait. Immobile sur son siège, le passager d'un train ressentait le même ébranlement quand, sur la voie opposée, un convoi surgissait, provoquant un appel d'air violent, rapide : j'avais lu le nom de Valdès, et je sentis aussitôt une chaleur sur mes joues, bien que ma faculté de dissimulation se fût beaucoup accrue avec les années et l'exercice de mon métier.

« Vous connaissez depuis longtemps le type qui a écrit ça ? » avais-je demandé à Alice, contrariant sa satisfaction de m'apprendre que si elle avait la liberté de fermer boutique et de tout laisser en plan pour aller voir son mari, c'était parce qu'elle avait depuis longtemps les moyens de payer une femme de ménage tant pour la station que pour son appartement.

Elle réfléchit, les narines dilatées par le bonheur de respirer l'odeur de menthe qu'elle avait répandue sous les voûtes et qui détruisait plus qu'une atmosphère — un sentiment. Sa réponse lui donna le sourire d'une candidate à un jeu télévisé qui s'apprête à étonner par la précision de sa mémoire :

« Il s'est présenté ici, l'après-midi où le menuisier a posé les boiseries dans mon bureau. J'avais versé un acompte pour les travaux. La date, je la chercherai sur un de mes vieux carnets de chèques. » L'homme lui avait plu par sa bonne éducation ; son âge, elle n'était parvenue à le déterminer que par des taches de rouille qui tiquetaient le dos de sa main. Si je voulais bien me rappeler les étrangers que nous avions là-haut et qui partaient courir le matin dans les allées des Buttes-Chaumont pour entretenir leur forme physique et perdre du poids, j'aurais une idée de sa manière de s'habiller. Il devait être lui aussi dans l'enseignement, bien que ce ne soit pas avec un traitement d'instituteur qu'on s'offre une paire de richelieus comparable à la mienne, ni des voyages avec des personnes qu'on aurait pu tenir sur les fonts baptismaux étant soi-même adulte à leur naissance. Il y eut dans les yeux d'Alice le scintillement moqueur apparaissant dans le regard de quelqu'un qui garde par-devers lui le plus savoureux de ses commentaires : passe encore pour le pull à col roulé, mais les colliers dessus, non, et c'était rendre service à un homme que de lui en faire l'observation. En raison de sa franchise, Alice n'avait-elle pas perdu un client ?

« Mais non, ils sont tous comme ça, répondit-elle, qui, inconsciente de l'ambiguïté de sa phrase, rangeait le vaporisateur dans le tiroir. On ne les voit plus dès qu'ils ont une affaire », et, dans ce terme, je reconnus l'argot du « Lardennois » qui plaçait sous le signe du commerce la partie carrée aussi bien que les élans du cœur. « Mais ça ne dure jamais que quelques semaines, quelques mois à tout casser. Ensuite, ils rappliquent. Qui s'occupe de vous recoudre vos boutons, maintenant, si je ne suis pas indiscrète ? Je l'avais déjà remarqué là-haut : sur vous et sur Jean ils ne tiennent pas. On croirait que vous n'arrêtez pas de vous battre dans la rue. »

On la devinait contente de fréquenter des individus susceptibles, le cas échéant, de faire le coup de poing. Comme je l'aidais à enfiler son ciré, ses doigts rencontrèrent les miens, les retinrent un instant pour les palper aux jointures, les caresser, tandis que, mon nez dans ses cheveux, se réactivait le parfum de gardénia.

« Vous aviez une sacrée force dans le temps », dit-elle sans se retourner, avant de plonger de nouveau la main dans le tiroir avec une telle urgence dans le geste qu'en arrivait à frémir son corps dont une femme de trente ans lui eût envié la silhouette.

Il était plausible qu'au « Lardennois » elle n'eût jamais remarqué Valdès, qui s'y rendait dans la journée pour participer aux réunions des rédacteurs de la revue, présidées par Jonas à des heures où elle-même travaillait en ville. Si grand que fût le désir chez Maleterre de recruter des sympathies pour son ancien professeur, on l'imaginait mal parlant de celui-ci à une employée qu'il traitait avec autant de gentillesse que les autres, mais avec laquelle j'étais le seul résident qui eût des conversations. Il ne lui avait certainement pas raconté comment l'agrégé de fraîche date, ne se doutant pas qu'il draguait un lycéen de la localité, trompé par sa blondeur mêlée à celles d'une bande de jeunes Anglais descendus d'un autocar de tourisme sur la place de la gare, avait pisté son futur élève jusqu'au château historique, l'après-midi où il cherchait à louer un studio en vue de la rentrée des classes. Valdès avait dépassé l'adolescent, qui encourageait son manège en s'arrêtant devant toutes les vitrines, pour l'attendre dans la chambre d'angle où un roi de France avait surveillé l'exécution d'un rival en politique. Le soir même, Valdès dînait chez la grand-mère de Maleterre au premier étage de leur maison située sur les hauteurs du quartier de la mairie, face au parc où, pour le 14 Juillet, on tirait un feu d'artifice dont les fusées s'éteignaient dans la Loire. On avait persuadé la sœur de mon camarade que les illuminations saluaient son anniversaire qui tombait le lendemain. Ces détails ne s'oubliaient pas, ni celui qui m'avait convaincu de la sincérité de l'occupant du onze quand il affirmait que Valdès n'était pas parvenu à ses fins avec lui, malgré leur bonne volonté commune. Quelquefois, j'avais moi-même perdu tous mes moyens en compagnie de femmes d'un accostage souvent facile, qui n'avaient pas eu la patience d'attendre le début de la nuit pour m'administrer la preuve d'une supériorité intellectuelle qui m'écrasait. Pour avoir trop brillé dans la chambre de l'ancien crime, étalé trop de savoir, ignoré que tout commence quand les peaux se touchent et qu'il vaut mieux discourir après, l'aîné, malgré son agenouillement et l'insistance de sa bouche, avait rendu son cadet, que le respect paralysait, incapable de réagir à la caresse la plus opérante, comme je l'avais éprouvé à seize ans, dans les vignes avec une femme, mais l'amitié avait subsisté. Chez Maleterre, bien avant la fin de l'année scolaire, elle s'était transformée en admiration.

« À quoi pensez-vous, monsieur ? » s'inquiéta Alice, qui me tendait un paquet de cartes pris dans le tiroir et alors que, profitant des gestes effectués pour enfiler mon manteau, je consultais ma montre : il était déjà six heures du soir.

« Allez, dit-elle, je vous fais un jeu en vitesse. Battez, coupez. Toujours de la main gauche. Vous n'avez pas oublié, n'est-ce pas ? »

Si fatigué d'aspect qu'il fût, l'étui ne devait plus être celui qu'elle glissait parfois, entre le beurrier et l'un des pots de café, sur le plateau du petit déjeuner, et duquel j'étais invité à retirer une carte qui donnerait la couleur de la journée et l'espérance du lendemain. Car les prédictions d'Alice étaient aussi encourageantes que son interprétation des rêves ; je n'y croyais pas, mais, certains matins, j'aurais recouru à l'horoscope des journaux pour me justifier de dépenser à la salle de boxe une énergie dont je ne trouvais pas l'emploi ailleurs.

Parce que le bouquet de roses s'interposait entre nous sur la table, je ne distinguai même pas la couleur de la carte choisie au hasard. Alice se pencha pour l'examiner, et, de ses petites dents pointues, elle se grignotait le coin de la lèvre. Quand elle eut relevé la tête pour me réclamer une deuxième carte, puis une troisième, une quatrième enfin, ses yeux s'agrandirent au rythme de mes offres, comme si je n'eusse plus été, soudain, qu'un point à l'horizon, et qu'il eût fallu me chercher du regard, petit garçon perdu dans la houle et le rouge d'un champ de lupins qui bruissent. Lorsque le résultat de la dernière coupe eut fourni une réponse à l'interrogation qu'elle s'était abstenue de formuler, je n'aurais pas été étonné qu'elle mît ses mains en porte-voix pour me héler et clamer, au lieu de murmurer comme elle allait le faire sur un ton rêveur : « J'aime mieux ça. Ce n'est qu'un voyage.

Je vois des robes autour de vous, et aussi de l'eau. Avec les femmes vous ne craignez rien. » Mais ne craignais-je rien parce que je n'avais pas beaucoup à espérer ? Combien de voyages et de rencontres ne m'avait-elle pas déjà prédits par le passé, quand il ne se produisait jamais d'événements de ce genre, et que j'en étais, néanmoins, consolé sur le moment ? Aujourd'hui, ces perspectives qui relevaient de la routine professionnelle ne pouvaient guère me soutenir. D'après mon expérience, tous les pays se ressemblaient, et les gens de mes parages ne me réservaient plus de surprises. Pour la société, ils étaient aux antipodes de ceux que j'avais approchés dans les douches de la gare Saint-Lazare, où la serviette de bain coûtait trois francs, et en général dans tous les endroits où l'on tâchait d'améliorer les apparences pour conjurer la guigne. Mais, à les fréquenter, je m'étais aperçu que la différence se réduisait aux manières, que la brutalité la plus lourde était souvent la plus policée. Sous cet angle, j'aurais eu au service de Maleterre presque autant d'histoires qu'il m'en avait racontées au « Lardennois », allongé sur son lit, tandis que je gloutonnais sur la chaise de son bureau, où un dossier jaune grossissait de semaine en semaine.

Alice n'aurait-elle pas rangé si vite son étui, sans doute ne me serais-je pas retenu de lui saisir le bras et de l'implorer de me faire encore un jeu parce que, le mercredi suivant, j'avais un rendez-vous. Il n'était pas aussi facile qu'elle le disait de laisser l'angoisse des choses qui passent, alors que celles-ci ne s'étaient pas encore produites. Je résistai au désir de me précipiter dans la rue, de retourner en taxi rue Remy-de-Gourmont comme j'en étais parti, et peut-être, de gré ou de force, m'aurait-on suivi. Cependant, à la fin de la journée, en ce mois de mars pluvieux, il ne ferait même plus assez clair pour contempler les arbres qui restaient sur le terrain où, en raison du danger, il était maintenant défendu de construire. Deux fois par jour, Alice longeait la grille où le lierre, le long de la base en ciment qui était si moche, avait résisté pendant des années. Le pommier dont Mme de Lassonne veillait à diriger les branches sur des treillages pour dissimuler le mur séparant le jardin de l'hôtel de la garderie d'enfants en contrebas, le cerisier palissé par la chère Éliane en palmettes et qui ressemblait en juin à un éventail ouvert avaient retrouvé, d'une saison à l'autre, l'anarchie de la nature. Le « Lardennois » rasé jusqu'aux fondations, la vue dans le tournant devait être dégagée à partir du rez-de-chaussée pour les habitants de l'immeuble d'en face, qui nous surplombait. J'imaginais sans peine le spectacle qui m'attendait à cette heure, pour avoir toujours vécu au neuf, les rideaux tirés, me défendant ainsi du malaise que me communiquait l'étendue d'une ville à mes pieds, plus frappante encore la nuit que le jour, avec toutes ces lumières sous une nappe de brouillard. En m'approchant de la fenêtre, j'avais l'impression d'être le passager du navire en quarantaine au large du port, qui scrute les quais où il lui est interdit de descendre. Je me sentais en exergue, mais je ne signifiais rien. Quinze ans après, où était le changement ? Je gagnais de l'argent, j'avais une situation où je me fatiguais moins que lorsque je ne travaillais pas. Elle me valait de l'estime, mais elle demeurait précaire : ma quarantaine était autre ; de sûr, je n'avais que la propriété d'un terrain sur les collines à la Marmorina et la sympathie d'un berger qui continuait de m'envoyer une carte postale le Jour de l'An. Et je n'avais pas encore réalisé le vœu de ma mère, qui était de construire le tombeau de la famille.

Quand un bras se glissa sous le mien, l'invitation chuchotée à mon oreille : « Partons, monsieur » coïncida avec le passage d'une rame de métro, grondement qu'on croyait parvenu des profondeurs du sol, bien qu'il se produisît au-delà du mur, à notre niveau.

Dans le couloir que nous empruntâmes pour remonter à la surface, à une dizaine de mètres du premier portillon, Alice s'écarta de moi, qu'un effleurement de son coude dans les côtes avait figé sur place, pour aller serrer la main d'un accordéoniste à lunettes assis sur une chaise pliante, son instrument contre son ventre, les bretelles dans son dos invitant à chercher le parachute. Un chien briard était allongé devant lui, l'aspect de son pelage dénotant un entretien plus régulier que celui de la chevelure grisonnante de son maître. À mon retour de voyage, non seulement je me remettrais à faire de la boxe, mais je m'achèterais aussi un chien de cette race avec lequel j'irais courir le dimanche en forêt, à l'imitation du professeur Lawson, le romaniste de la côte Ouest qui, chaque matin, avant d'enregistrer au magnétophone les souvenirs de M. Bonfanti sur l'impératrice Eugénie, allait trotter en survêtement rose dans les allées des Buttes-Chaumont, quand ce n'était pas encore la mode. Le musicien, en repoussant sa casquette sur les mèches en haut de son crâne, révélait, comme les paysans, une peau plus blanche au front que sur l'ensemble du visage exposé aux intempéries. Il humectait à moitié sa cigarette sur sa lèvre inférieure en rebord de pot de chambre, de sorte qu'il n'avait qu'à rentrer celle-ci pour tirer une bouffée. D'après son regard agrandi par les verres à double foyer, on devinait que je le préoccupais et qu'il interrogeait Alice, dont la main était descendue flatter la tête de l'animal. À la distance où je me trouvais, on ne percevait qu'un chuchotement, et bientôt, sur le visage mobile du musicien, passèrent toutes les mimiques témoignant d'un accord de routine entre familiers, voisins ou complices, et de cette ferveur dans le partage des lieux communs à laquelle l'amitié se résigne quand elle est à court d'arguments pour s'exprimer. Je n'eus que la possibilité de parcourir en diagonale la première page du livre de Valdès, que j'avais ouvert pour me donner une contenance : le chien, que mon immobilité intriguait et dont la fourrure, frémissante de toutes ses bouclettes, avait le vaporeux de la chevelure répandue sur l'oreiller de certaines femmes qui acceptent encore le matin après une nuit d'acquiescements, vint me flairer l'entrejambe. Il me plaisait de plus en plus, le briard ; je le laissai se dresser sur ses pattes, quitte à salir mon manteau brossé avec tant de soin quelques minutes plus tôt, mais, sur un sifflement digne d'un berger, il regagna sa place. Son maître, je le regardai trop tard pour deviner ce qu'il enfouissait dans sa poche, et déjà Alice s'emparait de mon bras, me confiant son soulagement d'avoir, l'après-midi, à portée de la voix, un ami qui avait l'œil à tout, et dont l'intervention à son service eût été immédiate en cas de nécessité, bien que, par bonheur, le motif d'y recourir ne se fût jamais présenté jusque-là. Autant qu'elle-même, l'accordéoniste, qui, le matin, avait ses habitudes au marché du boulevard Edgar-Quinet, aimait cette station guère plus fréquentée que la suivante — Varenne — à cause d'une clientèle dont la rareté était compensée par la générosité et le plaisir d'écouter des musiques qui avaient été écrites quand il y avait encore de la musique. De plus, la police du métro, composée de maquereaux qui sur le trottoir — le vrai, pas celui sur lequel nous marchions — n'auraient pas fait carrière, n'y était pas exigeante pour la délivrance de passe-droits aux artistes, ne les rançonnant que de quelques billets si elle devinait qu'ils avaient des relations, alors que partout ailleurs elle leur confisquait la moitié de la recette.

Alice augmenta sa pression sur mon bras pour m'obliger à ralentir l'allure parce que l'accordéoniste, derrière nous, déployait et tordait sa serpillière à souvenirs, pour jouer *La Vie en rose*, qui, n'étant pas au répertoire commun à Anna Cousine, Mme Francavilla et les vendangeurs des collines, n'aurait pu m'émouvoir : mes rengaines étaient d'un pays différent.

« Il faut un air comme ça pour réveiller la recette », avait murmuré Alice, dont la hanche frôlait par instants la mienne ; on ne savait plus très bien si elle avançait ou si elle tanguait, la bouche close par un fredon qui se fondait dans la musique dont le fortissimo à notre poursuite ne nous lâchait pas encore sur la dernière marche de l'escalier où la pluie avait laissé du brillant à la rampe. À mon soulagement, la danseuse, qui n'était plus qu'une passante parmi d'autres, m'entraînait dans une direction opposée à celle de mon bureau où peut-être, au cours de l'après-midi, la secrétaire avait enregistré, sans y accorder d'intérêt particulier, la confirmation d'un rendez-vous en des termes convenus d'avance qui excluaient le mot, et qui pour l'heure et le jour indiqueraient seulement le passage d'un électricien à mon domicile. Je demandai sur quel ton, à l'enterrement, Mme Francavilla et le demi-frère du défunt s'étaient adressés l'un à l'autre. S'appelaient-ils par leur prénom ?

« Comment ? dit Alice, qui maintenant accélérait le pas. Je ne vous l'ai pas raconté ? Au cimetière, ce monsieur n'a pas desserré les lèvres. Il n'a parlé à personne, et ensuite il a filé avec son chauffeur. Mais j'étais dans la pièce à côté — je repassais sa robe pour la cérémonie — quand Madame a réussi à le joindre au téléphone : Valerio par-ci, Valerio par-là. » On n'aurait pas cru qu'ils étaient en froid, au contraire, mais pendant la cérémonie on devinait à leur attitude que ces deux-là n'avaient pas l'intention de se revoir. « Je les ai surveillés du début à la fin, soulignait Alice. Je n'ai même pas suivi le discours, parce que... »

Il était curieux de trouver dans la tête d'un inconnu — d'un vivant — la mâchoire et le nez de quelqu'un qu'on avait approché de très près pendant des années, et dont on s'apprêtait à ensevelir la dépouille juste à ce moment-là. N'avais-je pas un frère, moi aussi ? Ne sachant plus trop quels mensonges j'avais dû aligner autrefois à propos de ma famille — et rien que pour le plaisir d'inventer sans doute, puisque Alice ne posait jamais de questions —, je me contentai d'un haussement d'épaules qui, au pire, reconduisait mes fables mais sans les aggraver. Valerio, pensais-je : la biographie de Jonas se complétait par petites touches, même s'il était certain qu'elle demeurerait inachevée, n'irait pas plus loin que la certitude que son héros était le bâtard d'un exilé politique — empêché de divorcer par la loi de son pays — et d'une femme issue d'un milieu où l'on pouvait s'attacher pour toujours le dévouement d'une Mme Tox. Seule la gouvernante qui pleurait la neige de ses montagnes sur les Buttes-Chaumont eût été en mesure de préciser si la mère avait donné à l'enfant son nom de jeune fille, ou bien celui d'un mari qui avait accepté la situation. Et ce nom à consonance mi-slave mi-germanique avait correspondu au numéro matricule d'un officier de l'armée américaine, où il était à supposer qu'en temps de guerre, pour un engagé volontaire, les diplômes, la connaissance de plusieurs langues et de pas mal de milieux, joints au courage physique, aidaient à monter en grade. Que Teddy et les propriétaires du « Lardennois » eussent tant de relations communes en Italie, cela se comprenait encore mieux à travers l'attitude de la femme avec laquelle j'avais dîné sur une terrasse, à Rome, presque aussi vaste que le penthouse de l'hôtel Hassler.

Dans l'avenue, l'air était froid ; si j'arrivais sans encombre jusqu'à la colline de la Marmorina, du moins là-bas, pour Pâques, aurais-je un peu de soleil. Le vent qui secouait par à-coups le feuillage des marronniers fit craindre un recommencement de l'averse, mais l'asphalte était presque sec dans la petite rue en pente où la rareté des commerces rendait plus apparente l'enseigne de la boutique vers laquelle nous nous dirigions — *Happy Dog.* Alice s'effaça sur le seuil pour me pousser à l'intérieur de la pièce qui tenait à la fois du salon de coiffure et de l'antichambre de vétérinaire, relevant des deux catégories avec ses rayonnages de drugstore, et aux murs ses photos de chiens et de chats dans des cadres, chacune barrée en travers par une dédicace de plusieurs lignes.

« Devine avec qui je viens ? ». Alice se doutait-elle que j'étais presque aussi perplexe que le colosse en blouse blanche et coiffé d'un calot, dont les lèvres remuaient encore pour terminer une phrase destinée à quelqu'un que, n'était le gris de ses cheveux, j'aurais cru être, à cause de sa minceur, de sa taille et de ses lunettes sans monture, un apprenti déguisé en laborantin ? C'était une de ces lesbiennes dont la figure aux traits fins, qui se spiritualise sous l'effet de l'âge et peut-être également de tendresses suivies, conviendrait aussi bien à une carmélite à la veille du vingt-cinquième anniversaire de sa prise de voile, qu'à une scientifique ayant vieilli, à silence égal, l'œil vissé au microscope ; et je me défendis du sentiment de l'avoir déjà vue quelque part, parce que, dans son cas, les caractéristiques de l'espèce étaient si accentuées qu'elles devaient me cacher l'originalité du spécimen. D'un geste de tireur qui renonce à la cible, elle avait abaissé le séchoir qu'elle approchait d'un caniche mouillé, tremblant de tous ses membres sur une table d'auscultation, derrière la paroi vitrée qui jusqu'à mi-hauteur séparait en deux le local du *Happy Dog*. M. Jean avait grossi et grandi — je me le redis, bien que ce fût absurde pour ce qui était de sa stature. Il avait été glabre, un duvet poivre et sel sur le crâne comme de la mousse sur un rocher ; celui-ci ne l'avait pas quitté, ni plus ni moins dense qu'hier, mais sur ses joues les poils entre le roux et l'ébène, frisottant du cou aux pommettes, lui composaient la barbe d'abeilles qui pousse parfois à l'apiculteur lorsqu'il vide la ruche d'un rayon de miel.

« Tout de même, Alice, parle un peu plus fort », dit-il, ce qui lui permit d'attendre sans se compromettre que j'eusse décliné mon identité, et ses propres paroles s'étaient échappées de sa bouche aux lèvres épaisses avec autant de lenteur que les ronds de fumée d'un cigare. Sa voix raviva mieux mes souvenirs que son physique, sa voix au grasseyement obtenu par les cigarettes de papier maïs et les ballons de sancerre, faite pour commander une tournée générale au comptoir — la bande qui s'y incruste depuis la sortie de l'atelier découvre qu'elle a touché le tiercé dans le désordre, par un coup d'œil à l'écran du téléviseur installé au-dessus de la caisse, et dont on a coupé le son. Le bistrot de Gisèle, que ne fréquentaient pas les résidents de l'hôtel, sauf Mme de Lassonne et moi-même, avait-il survécu à la disparition de l'imprimerie où se fabriquait en partie *Libertés européennes* ? À différentes reprises n'avais-je pas aperçu dans l'arrière-salle le Commandant assis à la même table qu'un homme ou une femme étrangers au quartier, mieux habillés que lui qui l'était trop bien, leur parlant à voix basse, son toscan éteint au coin de la bouche, une expression de modestie qui étonnait ? Il était dans nos conventions tacites de n'échanger ni paroles ni saluts hors de la salle de boxe. Mes nerfs étaient toujours tendus, à l'époque ; je savais d'instinct ne pas voir, ne pas entendre, quitter à temps un lieu ou un groupe. Il y allait de ma liberté dans certains cas, et sans doute, de ma vie, n'avais-je jamais été plus rapide dans mes réflexes, ni plus intelligent dans mes limites.

M. Jean balaya l'air de sa pogne qui, à l'atelier, avait su composer un mot lettre après lettre, à l'aide d'une pince, pour inviter son assistante à poursuivre son travail, mais que se passa-t-il ensuite ? Tout à coup, sa barbe effleura ma joue — il me serrait contre sa poitrine. Alice, derrière mon dos, lui avait-elle signifié que son accueil n'était pas assez chaleureux ? Il me dominait d'une tête au moins, et parce que, me libérant de son étreinte, de la vague odeur de lait caillé qu'il dégageait comme souvent les rouquins, je ris de m'être répété dans mon for intérieur qu'il avait grandi, la bonne humeur devint générale. Même l'assistante me réserva dans le regard un brin de la douceur qu'elle déployait pour le bichonnage du caniche dont le tremblement s'atténuait sous les caresses conjuguées de ses doigts et de l'air chaud. Comme nous occupions tout l'espace, à quatre, on n'eut qu'à me montrer la pièce contiguë, qui était sans fenêtre, plus riche de cartons sur ses rayonnages que la réserve d'une pharmacie de brousse. Les chaussures de M. Jean, qui n'avaient pas dû coûter moins cher que les miennes, étincelaient ; il ne risquait plus de les salir dans le champ aux acacias sur la colline, où, le dimanche après-midi, les femmes du quartier de La Villette entraient en concurrence avec Mme de Lassonne pour le choix de leurs partenaires. Contre le mur du fond, s'étageaient des cages de dimensions différentes, aux barreaux peints en bleu, où l'on enfermait les animaux après le toilettage, les dernières étant surmontées d'un toit en pagode. Tandis que son mari, achevé l'historique de la création et de l'essor de la boutique, outre l'énumération des plus beaux noms de la clientèle, s'armait à son tour d'un séchoir — inquiet des jappements du caniche —, Alice déverrouilla la porte de l'une d'elles, plongea un bras à l'intérieur pour tirer du noir une boule encore plus noire, dont la malléabilité semblait sans limites. En silence, elle me présenta dans ses bras une persane qui me fixait de ses yeux or, sans expression, le poil luisant, gonflé, la queue aussi fournie que l'éventail de plumes agité par les girls au final d'une revue, et sans doute eût-on éprouvé la même chose à retrouver rajeunie, mais amnésique, la personne qu'on a aimée le plus fort et qu'on a perdue par une faute qu'on se reprochera jusqu'à la fin. S'offrirait-elle de nouveau, par miracle, on n'oserait pas la toucher parce que maintenant on sait trop que les commencements contiennent leur fin et que soi-même on ne changera plus. Je ne bougeai pas tant que la chatte n'eut pas été replacée dans sa cage, où l'obscurité l'engloutit aussitôt.

« On la garde jusqu'à demain ? demanda Alice, qui restait devant, une main agrippée aux barreaux.
— Penses-tu, s'exclama son mari, qui, s'étant retourné pour répondre, répandait par en dessous un vent de tempête dans sa barbe, avec son instrument toujours en marche. On l'a préparée pour une exposition, demain. En quelques minutes elle sera vendue. À l'éleveur, il la lui faut pour huit heures ce soir. Mais nous, on s'en va tout de suite, si tu veux. Madame se charge de la fermeture. » À la longue, le cérémonieux d'Alice avait dû déteindre sur lui, tout au moins dans les rapports qu'il avait avec son employée, en public ; de plus, telle était sa distinction, la femme accaparée à présent par le bouchonnage du caniche ne devait pas encourager la familiarité, même si on compagnonnait avec elle du matin au soir.

M. Jean, qui avait déjà retiré son calot, dénoua la ceinture de sa blouse, qui, tout en soulignant sa corpulence, l'avantageait mieux que son costume de ville croisé et lui donnait l'air du professeur de médecine à l'ancienne debout au milieu des étudiants pour la photo souvenir. Il me prit à témoin de la légèreté d'Alice, qui, le matin, en dépit de ses avertissements, avait préféré revêtir un imperméable plutôt qu'un manteau : sur la colline, au réveil, il n'y avait qu'à pousser un volet pour deviner à la couleur du ciel, en bas, quel temps il ferait dans la journée. Ce serait Pâques aux tisons, nous aurions tous besoin de boire un grog avant de rentrer. Quand l'employée suggéra : « Madame n'a qu'à choisir une des écharpes que j'ai ici », rendant par un titre qu'Alice avait plus souvent octroyé que reçu la monnaie de la politesse dont elle était elle-même l'objet, je compris par quelle accumulation de raisons cette femme qui, par de petites tapes sur le derrière, incitait un caniche à sauter de la table sur le carrelage, m'avait de prime abord persuadé de l'avoir rencontrée en d'autres lieux. Sa silhouette, la finesse de ses traits, la coupe et la couleur de ses cheveux, sa netteté de garçon dans le geste, et dans le regard l'aigu d'une âme réduite à sa pointe n'eussent pas suffi néanmoins : c'était le chien qui tirait l'attelage formé par ces éléments, pour ramener à la surface l'image de la correspondante de presse qui vivait à l'année dans l'hôtel où — bien qu'il fût encore au-dessus de mes moyens — je m'étais logé pour quelque temps, afin de marquer, par une parenthèse de luxe, qu'il y avait dorénavant deux périodes dans mon existence : avant la prison et après. Dans le hall virevoltaient les basques de tant d'habits noirs que Jonas n'en serait jamais sorti, et les femmes de chambre les plus âgées portaient des ruchés sur le front, comme à l' « Hassler ». Pour son dîner, on apportait à l'Anglaise, installée à la petite table qui était devant le bar, une assiette de viande froide, deux pyramides d'amandes salées dans une soucoupe et son premier whisky. Un livre dans une main, un verre dans l'autre, son caniche à ses pieds ou sur ses genoux, le repas terminé, elle ne détachait plus les yeux du mur en face où étaient accrochées des lithographies qui ne représentaient rien de vraisemblable, mais avec des couleurs violentes. Si, vers onze heures, elle avait de la difficulté à détacher ses mains aux grosses veines bleues des accoudoirs sur lesquels elles s'appuyaient pour se lever, ou bien si, y étant parvenue, son caniche qui la précédait se retournait trop souvent pour l'attendre ou menaçait de lever la patte contre une des colonnes du hall, le serveur, dans son dos, la désignait du doigt à l'un de ses collègues accouru de la salle à manger qui ne désemplissait pas jusqu'à minuit. Un soir, je m'étais dévoué. À quel point une femme ivre, crispée sur le refus d'abandonner, était difficile à soutenir dans sa marche, même pour un homme de ma carrure, on n'en avait pas idée, et pourtant des femmes qui titubent sur le chemin de leur chambre, j'en avais secouru quelques-unes, non sans arrière-pensée. Celle-là, dans l'ascenseur et dans le couloir, le long duquel glissait, avec un grincement de landau, le chariot chargé de mignonnettes, réapprovisionnant le minibar des chambres, émettait par instants des grognements où je sentais de l'hostilité à mon endroit, mais, quand je l'avais aidée à s'allonger sur son lit, d'une voix empreinte de la fermeté même des résolutions renouvelées au coucher avec les prières de l'enfance, elle avait lancé entre ses doigts qui palpaient sa figure, comme ceux d'une rescapée d'un accident de la route, anxieuse de découvrir les blessures qui impriment sur la peau des cicatrices sans remède : « Je l'ai dit à Betty, il y a trente ans : " La nuit le jour, le noir le blanc, ça se comprend. Mais mon Dieu, vraiment, vous ne pouvez pas justifier le soir. Plus jamais ça. " » Lorsque j'avais refermé la porte derrière moi, l'animal, qui nous avait suivis sans histoires, le nez sur la moquette pour y chercher des odeurs, s'était juché sur le plus gros des oreillers et se mettait à lécher le front de sa maîtresse. Devant le bureau de la gouvernante de l'étage, j'avais entendu deux employés — un homme et une femme trop absorbés par le tri des fiches d'un classeur pour deviner notre passage — échanger ces répliques : « La 265 est en départ. Si je vous dis qu'il faudra envoyer Jean-Jean pour le petit déjeuner après-demain, vous devinerez qui arrive. — Jean-Jean s'appelle Franck maintenant. Il ne voudra plus. — Pour ce qu'on lui demande, il pourrait même le raconter à sa mère. Ça les rajeunirait d'ailleurs tous les deux. » Il y eut un rire.

Ma vie était faite de portes ouvertes et refermées sur des vies qui ne me regardaient pas, et cependant toutes plus intéressantes que la mienne. Avant d'accepter l'invitation de M. Jean à prendre un verre dans le quartier, je téléphonai au bureau : la secrétaire me commenta la liste des appels reçus en mon absence, parmi lesquels il y avait le message d'un électricien, qui, dans sa banalité, ne souffrait aucune interprétation.

Nous sortîmes sur le trottoir, derrière Alice qui nouait autour du cou l'écharpe d'homme qu'elle s'était résignée à porter, et je la lui enviai parce que soudain j'avais froid. Quelques mètres plus loin, je fus interpellé : derrière la vitre dont les reflets la décapitaient, l'employée, qui en avait fini avec le toilettage du caniche, brandissait le livre de Valdès que j'avais oublié sur le comptoir. Elle me le rendit par l'entrebâillement de la porte, disant d'une voix si unie qu'on n'y décelait aucun sentiment : « C'est le roman que Madame a lu. »

Ma réponse sur le même ton — « Salope » —, aussi rapide que le poing quand l'adversaire se détache des cordes du ring, précéda l'image de ma mère qui, devant une pile de manuels de classe achetés d'occasion, admettait que, de sa vie, elle n'avait réussi à terminer la lecture que d'un seul roman, *Les Fiancés,* de Manzoni. Elle avait cependant recommencé tant de fois sa lecture, que cela équivalait en nombre de pages au rayon de livres du cosy où elle dormait depuis que, mon père étant mort, elle m'avait cédé la chambre conjugale, dont je détestais la tapisserie semée d'abeilles qui, aux endroits où le papier se décollait entre les deux fenêtres, semblaient se recroqueviller sur un pistil pour y enfoncer leur dard. « Salope », répétai-je à l'autre, qui avait reculé d'un demi-sourire et qui ce soir, sans aucun doute, allait présenter l'épisode à son avantage devant la compagne qui partageait sa vie depuis quelque vingt ans. De tous les couples que j'avais approchés, ceux que formaient les femmes entre elles étaient les plus stables, les plus unis, et c'était à croire que l'amour, pour durer, devait ignorer la pénétration. Le caniche tambourinait de ses petites pattes sur la séparation vitrée, et c'était la réduction du bruit d'un numéro de claquettes ; j'avais toujours eu du succès auprès des chiens.

D'après l'accueil, Alice et son mari étaient bien vus dans la brasserie où nous entrâmes et dont la partie supérieure de l'enseigne était éteinte, sans doute parce que, pour le principe, l'établissement travaillait avec une clientèle d'employés de ministères : à la tombée du jour, on réduisait les feux. Les consommateurs échelonnés le long du comptoir, et qui, ici comme ailleurs, devaient se targuer d'être les intimes du patron parce qu'ils assisteraient à la fermeture, m'englobèrent dans leurs saluts, et l'un d'eux me serra la main. On réservait bel et bien au couple l'un des boxes du couloir qui prolongeait la salle par un alignement de cabines de chemin de fer où la traversée d'un tunnel eût atténué les lumières. Parce que je connaissais ce qui justifie le soir et bien d'autres heures, soutenu par Alice qui avait capitulé pour l'écharpe mais qui refusait le grog, je commandai du champagne. Le serveur qui nous avait conduits jusqu'à la table encore recouverte d'une nappe regretta de n'avoir au frais que des demi-bouteilles, et d'une marque qui, pour répondre à l'engouement du public, nuit à sa réputation en ne respectant plus les étapes du vieillissement en fût.

« Mieux que du mousseux quand même, mais trop vert... — Les raisins aussi », rétorqua M. Jean, qui se réjouit de sa réplique après coup, comme si, pour mesurer la portée de ses dires, le même laps de temps lui était nécessaire que pour les émettre. De toute sa masse de laquelle émanait la bienveillance de ceux qui engraissent, jouissent et aiment sans histoires, il occupait la banquette où il s'était déjà assis à midi pour manger le plat du jour, vite relayé à cette place par son assistante. À la nôtre, Alice et moi étions serrés genou contre genou. Puisqu'on s'inquiétait, j'indiquai mon métier, n'étant plus étonné qu'il en imposât au profane quand on ignorait dans quelles conditions il était exercé, et en quelle compagnie parfois. Alice, qui écoutait, les mains croisées sur le livre de Valdès, murmura à l'appui de mon aveu : « Tu verrais ses chaussures », pour chasser un éventuel doute dans l'esprit de son mari et arrêter l'interrogatoire en présence du serveur qui lui souriait des yeux en débouchant ses bouteilles.

Il était inévitable qu'on en revînt au chapitre du « Lardennois ». J'attendis néanmoins que M. Jean l'abordât lui-même parce que, par principe, quel que fût l'enjeu, je laissais mes interlocuteurs se découvrir, et, devant certains, j'avais été amené à patienter des nuits entières. Il apparut que l'ancien linotypiste de la rue Hecht n'avait pénétré dans l'hôtel où sa future femme travaillait à la demi-journée que lorsque propriétaires, employés et résidents s'étaient dispersés, le matin où, pour tenir compagnie à Alice, qui se sentait mal à l'aise dans l'immeuble vide, il avait guetté avec elle la venue du marchand qui allait emporter la commode en laque de Chine qu'on avait poussée jusqu'au milieu du salon de Mme Francavilla, ses tiroirs vidés, sans aucun objet dessus. À plusieurs reprises, la sonnerie du standard s'était déclenchée au rez-de-chaussée avant de se répandre à travers les étages, de chambre en chambre, pour fuser enfin de l'appareil traînant à terre à leurs pieds, et qu'ils contemplaient avec le sentiment qu'une fouille de l'hôtel était pratiquée de l'extérieur par un familier qui les avait débusqués dans leur cachette et leur enfonçait dans la tête des aiguilles aussi longues que les sonneries.

M. Jean reconnut, sans avoir l'air d'y attacher de l'importance, qu'il n'avait jamais fait qu'entr'apercevoir la patronne quand elle montait en voiture un foulard sur la tête, pour protéger sa coiffure de la pluie ou du vent qui, là-haut, ne cessait pour ainsi dire pas : non seulement on jouissait du panorama, mais on respirait également au large, sur la colline.

Je revis la limousine de louage conduite par M. Rodriguez pour des courses en ville, ou des circonstances sans doute plus relevées, si les jours précédents Mme Francavilla avait pris des diurétiques afin d'expier les pâtisseries de Mme Tox et le matin s'était abstenue de téléphoner, toute aux préparatifs d'une toilette dont profitaient du dernier éclat, à son retour, les favoris du moment invités à dîner ou à boire un verre dans son appartement. Même quand ses rapports avec Jonas se tendaient, Teddy était toujours du nombre.

Pour ne plus penser au rendez-vous de l'électricien, j'entrepris de le décrire, Teddy. Alice raidit ses doigts sur la couverture de papier Cellophane enveloppant le livre, où se détachait le carmin de son vernis à ongles, accentuant la pression de son genou contre le mien. Le manège se répéta chaque fois que, profitant de la pause que son mari s'accordait entre deux phrases, je me hasardai à citer le nom de tel ou tel résident du « Lardennois » de mon époque. M. Jean n'avait conservé le souvenir que de quelques-uns, outre moi-même, et Alice ne consentait à entendre parler que de ceux-là, parmi lesquels il y avait Jonas qui, pour la fabrication de la revue, se rendait à l'imprimerie chaque vendredi ou presque ; Mme de Lassonne, qui eut droit à un soupir établissant entre deux hommes une complicité d'adultes face à une enfant qu'on eût risqué de choquer ; et enfin Maleterre, qui avait été le témoin de la noce. Alice continua de garder le silence pendant que son mari exprimait avec amitié le souhait que mon ancien voisin du onze eût, dans l'intervalle, épousé la femme en capeline qui l'avait accompagné à la mairie du XX^e^ arrondissement et qui, sans façon, avait, elle aussi, chanté à la fin du banquet à la brasserie de la place Armand-Carrel, beaucoup mieux achalandée que celle-ci — qui en discutait ? À quel point les deux jeunes aimaient à être ensemble, on le devinait en les écoutant rire de la même plaisanterie, bien qu'ils fussent séparés par toute la longueur de la table et le brouhaha des voix d'une vingtaine d'invités. Et ensemble, ils avaient dû le rester. Alice, qui avait à moitié vidé sa coupe, tourna la tête de mon côté, à la recherche d'une approbation : « M. Maleterre n'est plus dans l'annuaire — j'ai cherché. Quand on a réussi, on est sur la liste rouge. » La liste rouge, il suffisait d'acquitter une surtaxe pour être admis à y figurer. La précaution n'avait d'ailleurs pas empêché qu'on me téléphone un soir à mon domicile pour me prier d'effectuer le voyage du Mercredi saint. « Bolivar 14-50 », murmurai-je sans parvenir à interrompre Alice, qui soutenait la thèse selon laquelle notre ami — très attaché depuis la naissance à sa maison de famille — s'arrangeait désormais pour y vivre le plus clair du temps, élever ses enfants dans le décor où il avait lui-même grandi, ne disposant plus que d'un pied-à-terre à Paris. Ainsi était-il à jamais assuré d'avoir pour son lit des draps qui ont séché sur une corde dans le jardin : les personnes intelligentes avaient toutes des faiblesses, des travers ou des manies. M. Jean abonda dans son sens en invoquant le comportement de Jonas, l'homme le plus cultivé, le plus distingué qu'il eût jamais approché, aussi actif, malgré une nonchalance de surface, que les dauphins qui nagent jusque dans leur sommeil, et cependant il confiait à une Mme de Lassonne dépourvue d'orthographe le soin de relire des épreuves.

D'incidentes en parenthèses, on en venait à Jonas, comme je l'avais espéré, et l'on évoquait, avec l'assentiment d'Alice, un individu toujours sur la brèche, au vocabulaire et aux gestes cependant mesurés, au regard un peu triste, qui en imposait par sa simplicité même et possédait si bien plusieurs langues que c'en était un jeu pour lui de corriger à la dernière minute, sur le marbre, les erreurs de la traduction en français de certains articles — principalement ceux qui analysaient la situation politique dans les pays de l'Est, et dont l'original était en caractères cyrilliques. Leur auteur soutenait que, longtemps après la guerre, des partisans s'étaient battus contre les Soviétiques dans les forêts et les marécages baltes où, auparavant, ils avaient harcelé les nazis. Les camarades de l'atelier, qui, pour la plupart, adhéraient au Parti, ne voyaient là que propagande et se demandaient qui payait, quoique, en réalité, ils n'eussent pas de doute quant à l'origine des subventions. Ce Parti, M. Jean, une majuscule dans la bouche, ne le flanquait d'aucune épithète, mais je devinais aussi que je pouvais concevoir, m'étant moi-même interrogé à ce sujet, qu'on eût été curieux des comptes de *Libertés européennes* qui était mis en vente seulement dans quelques kiosques et dont Mme de Lassonne enrichissait sans trêve la liste des services gratuits. À la fin, pour faire nombre, elle relevait les noms sur les boîtes aux lettres des immeubles de la colline.

Quelques-uns, rue Hecht, croyaient, sans en apporter la preuve, que Jonas était d'une famille noble d'Europe centrale, tchèque peut-être, et tous, abstraction faite des opinions politiques, appréciaient sa bonne éducation, car il avait toujours pour chacun le compliment et la remarque qui touchent sans gêner. Un jour, au café, où quelqu'un était tombé de son long, victime d'un malaise, il avait eu des gestes de docteur pour écarter les curieux, desserrer les vêtements du malade, palper le pouls en regardant sa montre, poser l'oreille gauche contre la pointe du cœur, au-dessous du mamelon, et pratiquer ensuite un massage avec les deux mains. Le diagnostic qu'il avait hasardé devait être confirmé par le généraliste du quartier au terme de ces multiples examens qui dispensaient les médecins d'avoir avec leurs patients des conversations d'humains — radios, prises de sang, analyses. Dès qu'on abordait la théorie, Jonas commençait par replacer la citation qu'on lui opposait dans le passage du livre où on l'avait puisée, indiquant, par-dessus le marché, la teneur des lignes suivantes ou précédentes. M. Jean avait eu l'occasion de le noter, bien que les discussions de ce genre, il ne les eût jamais suivies que de loin, pour le double motif que les participants allaient trop vite à son gré et que la politique n'était pas son fort. La lecture de la notice nécrologique qui révélait le passé militaire de Jonas avait beaucoup impressionné à l'atelier, où l'on s'était dit aussitôt que la revue ne survivrait pas à son gérant et l'imprimerie où l'on avait depuis belle lurette abandonné le tirage de bois gravés, et qui en était déjà réduite à faire du catalogue et du prospectus, subirait le contrecoup de sa disparition. « C'était un type, conclut M. Jean dont le geste de la main pour appeler le serveur devint l'esquisse d'une bénédiction. J'aime les gens qui prennent leur temps pour vous expliquer les choses, qui parlent bien mais sans prétention. »

Le français que l'ami de Mme Francavilla utilisait dans la conversation avec les résidents correspondait-il à la même personnalité que l'italien des conciliabules avec Teddy, qui s'achevaient par des plaisanteries dont l'obscénité me ramenait à l'armée, sans me rendre le charme que j'avais trouvé à celle-ci. Peut-être y avait-il un Jonas pour chaque langue, et peut-être était-ce une loi générale. Au début, avec ma susceptibilité de pauvre qui a peur de le rester, je m'étais imaginé qu'il se payait ma tête, qu'il parodiait la patronne et les femmes qui s'ennuient, par son insistance à rendre extraordinaires ou dramatiques les faits sans intérêt de la vie quotidienne, dans les sorties dont il était capable après m'avoir, pendant des semaines, à peine salué quand il me croisait dans les corridors, ou s'être contenté, aux heures tardives, de me lancer, de sa voix assourdie par une journée de tabac blond sans filtre et de whisky-soda, une phrase en anglais que, à la longue, j'avais réussi à saisir phonétiquement. Selon Maleterre, à qui il avait suffi que j'en rapporte les premiers mots pour qu'il la rétablisse dans son entier — preuve sans doute que c'était un proverbe ou un classique —, elle signifiait grosso modo : « Ne pas être au lit après minuit, c'est être debout de bonne heure. »

« Cher, pouvait me dire de but en blanc Jonas, qui avait ouvert les bras pour m'interdire d'avancer dans le couloir et qui poserait ensuite la main droite à la saignée du coude comme pour palper le tweed de sa veste, vous êtes-vous rendu compte de l'état lamentable dans lequel les services municipaux maintiennent l'escalier de la rue Manin ? On aurait honte de faire arrêter une voiture à cette hauteur, bien que ce soit la solution la plus simple pour arriver sur la colline, avec tous les sens interdits qu'on a installés autour des Buttes-Chaumont. »

Si l'on était assez en fonds pour se payer un taxi, en se faisant déposer devant le numéro 17 de la rue qui longeait le parc, on s'épargnait de renseigner le chauffeur sur la destination réelle de la course. Jonas, qui ne devait pas négliger cette commodité pour lui-même, sans relâcher son expression de mécontentement mais oubliant son entrée en matière, exposait ses idées sur l'urbanisme contemporain, à partir du style de l'immeuble sous lequel passait l'escalier encore encombré de poubelles vers midi. Je me bornais à écouter, à scruter le visage féminisé par une moue de dédain et qui aurait tenu dans un ovale, comptant les sillons où se dessinait l'oméga de la mélancolie et qui étaient apparus du jour au lendemain sur son front, lorsqu'il avait rasé le toupet gris-blond de nature à entretenir une illusion d'épaisseur. Dans ses yeux gris-vert, où l'iris avait l'aspect laiteux de la chair de l'huître qu'on mange hors saison, transperçait un regard qui en aurait trompé d'autres, mais je rencontrais assez de drogués dans les bars où j'allais la nuit pour garantir que Jonas n'en était pas un, si toutefois il convenait, avec lui comme avec eux, d'attendre que la crise se passe.

La main qui avait quitté le creux du bras pour caresser l'empiècement de cuir au coude remontait le long du biceps, et le pincement des lèvres semblait traduire la déconvenue de l'athlète si le volume du muscle n'a pas augmenté en proportion de son assiduité aux haltères. Jonas, humilié par l'empâtement de sa silhouette, ne faisait-il pas, maintenant, de la gymnastique dans sa chambre, à l'exemple de

Teddy, participant quelquefois à l'entraînement de M. Lawson le matin autour de la pièce d'eau des Buttes-Chaumont. Il pivotait d'un bloc sur lui-même ; je l'imitais sans avoir encore prononcé un mot, pour continuer de lui faire face, et nous étions alors comme prêts à effectuer une projection de judo, mais mon interlocuteur n'irait pas me saisir par une manche pour me donner l'impulsion qui, au troisième pas, lui permettrait de me faucher les deux jambes. Les poings sur les hanches, il reprenait le sujet : « La situation est intolérable. Depuis le mois dernier, l'endroit est privé d'éclairage public, et pourtant nous avons tous signé une pétition... On le saura qu'il y a quatre-vingt-dix-huit marches : quand on les monte une à une, on a l'impression de les descendre. Et c'est devenu un véritable coupe-gorge la nuit. On a raison d'avoir peur... » Quoi de plus normal que j'eusse été obligé de secourir Teddy ? Il était inutile d'adopter cet air-là qui me rendait aussi sympathique que les agresseurs : Teddy, qui ne conservait jamais le secret de rien — que je me décide à m'en convaincre —, avait avoué, admettant que Jonas n'avait pas eu tort d'estimer que chez moi, en dépit des apparences, le fond n'était pas mauvais, et que, par la vanité au moins, on me conduisait à accomplir des actes désintéressés. Si d'être un chef d'îlot qui effectue des rondes s'accordait à mes compétences et à mon physique — bâti tel que je l'étais —, me payer à l'année eût cependant coûté plus cher que de regarnir d'ampoules électriques deux lampadaires, pour dissiper une obscurité qui n'attirait pas que la racaille des nuits aux alentours du parc.

« Ce matin, je n'aurais pas osé confier mes chaussures à Alice », s'était écrié Jonas, qui ramenait un pied contre l'autre comme pour claquer des talons, et qui, en fait, amorçait la même manœuvre de crabe que le jour où, entre la grille et le perron de l'hôtel, il m'avait jeté au visage le passé du père de Valdès — le père ne m'intéressant pourtant pas plus que le fils. Il s'éloignait de biais, sans cesser de regarder dans ma direction, tout en parlant de plus en plus fort, jusqu'à ce qu'un accident de terrain le contraignît à opérer un demi-tour complet et qu'il descendît d'un cran dans le registre de la colère, bien que ce fût toujours criard pour une maison où l'on s'appliquait à refermer les portes derrière soi avec autant de précautions que dans un pavillon de mourants. Jonas me tournait le dos parce qu'il avait abordé, au bout du couloir, l'escalier qu'il descendait aussi lentement que la patronne sur ses talons hauts, s'interrogeant sur un ton gros de l'espoir de cette vengeance qui, par quantité d'exemples, m'apparaissait la seule façon de pardonner, d'oublier blessures ou trahisons : « L'abominable petite créature du sept mérite-t-elle qu'on récolte des coups pour la défendre ? Elle ne sait pas ce qui l'attend. » La diction était de l'acteur qui poursuit son monologue dans la coulisse et accuse le relief des syllabes afin que pas une nuance n'échappe aux spectateurs assis au poulailler, et par tant d'efforts le furieux perdait presque en français son accent que je n'étais d'ailleurs jamais parvenu à définir. « Ce Remus qui a tété Romulus avant sa mère, qui continue aujourd'hui par téléphone, et qui triche sur la facture, ce gigolo ne vaut pas la peine qu'on lève le petit doigt pour lui. Surtout n'acceptez jamais son argent, c'est un piège. Ne lui racontez jamais rien. N'intervenez plus. On croit le dominer, il vous tient. Heureusement, tôt ou tard, il va tomber sur un maître, un vrai, et ce sera le dernier. Pourvu que ce ne soit pas chez nous. » Un silence de quelques secondes avait suivi la réflexion qu'il s'était faite ensuite et qui l'arrêtait sur le demi-palier où je l'apercevais encore de dos : « Il est vrai que ce sera pour son plaisir », avait-il marmonné, et, à cette perspective, Jonas avait commencé à donner de la voix comme un guetteur à la battue au sanglier qui a localisé la bête au fond de la vallée et la désigne aux chiens et aux fusils par des cris se succédant si vite qu'ils croisent l'écho des collines en retour. Les résidents qui étaient à l'hôtel dans la journée — assez nombreux parce que, telle la comédienne de radio, ils travaillaient la nuit — devaient être à l'écoute derrière leur porte, Teddy le premier, et peut-être M. de Lassonne, qui était émotif, pleurait-il contre la cloison. Que le « Sept » eût de l'agrément là où, pour tous, il n'y aurait que de la peur n'était pas supportable ; le « Sept » serait mieux puni s'il était condamné à vieillir jusqu'à ce qu'il ne se reconnaisse plus dans un miroir, et que toutes les pendules de sa collection sonnent ensemble le quart, la demie et l'heure de chaque heure pendant les siècles et les siècles où il se ratatinerait, dégoûté de lui-même mais sans parvenir à crever.

« Les gens qui ont été trop beaux deviennent des infections pour leur compte et pour leur entourage », s'était encore exclamé Jonas, qui s'excluait sans motif de la catégorie des hommes au déclin de leur séduction. Je vous promets que vous avez eu de la chance — vous verrez. » Sur ces entrefaites, Mme Tox était passée sans bruit dans le couloir, avec la vitesse et l'autorité de l'infirmière en chef requise au service des urgences. Elle avait couru le rejoindre pour le calmer, le consoler, ou lui ordonner de se taire, et je croyais me rappeler qu'elle ne l'avait lâché qu'au bas des quatre-vingt-dix-huit marches, où un taxi, par son attente, enregistrait déjà le bénéfice d'une journée moyenne. Jonas nous y avait habitués : il commandait une voiture de toute urgence et n'y montait, en général, que lorsque la somme inscrite sur le cadran du compteur équivalait au prix d'une traversée de la ville du nord au sud, parce que, dans l'intervalle, il avait entamé une conversation avec un résident dans le hall, ou répondu sans se presser à un appel intercepté par M. Rodriguez au standard. Comment qualifier au juste les liens entre la gouvernante et le principal actionnaire de la société qui possédait l'hôtel, Mme Francavilla n'étant officiellement que la gérante de la société — détail découvert par Maleterre, qui avait consulté les archives du tribunal de commerce. Dans le dialecte à consonance germanique qu'ils utilisaient pour leurs apartés, sans jamais se dévisager — la tête tournée vers un interprète, semblait-il —, les intonations ne pouvaient s'interpréter en raison de la brièveté des échanges, sauf quand, par surprise, Jonas saisissait à bras-le-corps, pour la soulever de terre, la vieille femme en vert qui essayait alors de se dégager par des coups de coude, mais laissait filer entre ses dents serrées, pour retenir un cri de gorge, des mots dont on aurait juré qu'ils jaillissaient de la nursery. Et son visage baignait dans le ravissement tant qu'elle ne se sentait pas observée par l'un de nous, ou par la patronne.

Voilà comment était susceptible de se comporter soudain celui qui, par son savoir, battait sur leur terrain des militants rompus à la discussion par le porte-à-porte dans les immeubles et la vente à la criée des journaux, le dimanche matin sur la place Armand-Carrel, où la chèvre aux sabots dorés recommençait son manège à l'échelle. Voilà ce qu'il était capable de fulminer contre quelqu'un qu'il prenait soudain en grippe pour des raisons impossibles à discerner, quitte, le lendemain, à traiter sa victime avec un surcroît de gentillesse qui, lorsque j'en serais le témoin, me ferait penser, par analogie avec les compliments dont il lui était arrivé de m'accabler, que j'avais dû être à mon tour une cible en mon absence. Mais sur quoi de sérieux aurait-il appuyé ses attaques, dans l'ignorance où il était, tout comme les autres, de l'existence qui m'agitait hors du « Lardennois » ?

Alice, qui terminait sa coupe de champagne à petites gorgées, aurait eu beaucoup à dire, si elle y avait consenti, sur les changements d'attitude et de langage qui caractérisaient Jonas, mais je prévoyais une pression de son genou. « Et maintenant, c'est ma tournée, déclara son mari, dont la main était restée en l'air et qui claqua des doigts pour attirer l'attention du patron, absorbé au comptoir dans une partie de quatre-cent-vingt-et-un. Vous n'êtes pas à la bourre, je suppose ? Nous, on ne nous attend pas à la maison. Et là où je suis, si j'y suis avec Alice tout y est. » Dans le silence où les dés, là-bas, avaient roulé avec un bruit de baguettes tombant sur une peau de tambour, son regard s'attacha soudain sur ma main gauche que j'avais levée pour emporter l'assaut de politesse. Le temps, pour le colosse, soit d'enregistrer l'aspect de ma cicatrice, soit d'interroger ses souvenirs, j'avais glissé en acompte un billet de cinq cents francs au serveur, qui maintenant proposait la bouteille entière d'une marque supérieure en qualité à ce que nous avions déjà consommé. Le patron l'avait envoyé chercher pour nous dans le réfrigérateur de son appartement, au premier étage.

M. Jean par la lenteur de sa voix de baryton, Alice par ses murmures en contrepoint accentuèrent la bienveillance que m'inspirait l'alcool, où se fondaient en paix, dans la même personne, le vociférateur des couloirs du « Lardennois », le gérant d'une revue aux ressources financières aussi invérifiables que tant de choses et l'animateur des soirées dans le hall, qui insistait pour que, derrière le billard transformé en buffet, j'enfile un spencer quand il n'avait pas eu un habit noir à me prêter. Les manches étaient toujours trop courtes pour mes bras. Jonas emportait-il ces vêtements en voyage — comme un avocat sa robe lorsqu'il doit courir de ville en ville, de tribunal en tribunal ?

On n'avait jamais de soupçons quand on était heureux : Jonas me remerciait d'accepter ce déguisement par une accolade dont j'attribuais la durée à l'exubérance qui se communiquait à tous, les soirs où l'Américain, coiffé d'un turban à bananes, entonnait les succès de Carmen Miranda, montrant par ses sourires qui l'enchantaient d'abord lui-même des dents presque bleues à force de blancheur, qui ne laissaient plus beaucoup de place à la gencive. Je l'ignorais encore, et, l'aurais-je su, cela m'eût été égal de fournir ainsi gratis à Jonas le plaisir qui le ruinait dans les palaces où il aimait descendre à l'étranger — lorsque Mme Francavilla le déclarait « en mission » — et où il retrouvait le prolongement d'une enfance au château à travers le va-et-vient des membres du personnel, le bagagiste étant le premier qu'il entreprît, parce que, au bas de l'échelle, sans avenir, méprisé de ses collègues, il transportait avec les valises sur son chariot les rumeurs, intrigues, potins et tuyaux du jour, quand on avait eu pour lui le pourboire du complice et la politesse d'un égal. La vue et le toucher des uniformes de l'hôtellerie qui ne changeaient pas, et d'une austérité magnifiée par la jeunesse de ceux qui en étaient revêtus, affolaient Jonas autant qu'ils l'entretenaient dans l'illusion d'une société toujours en ordre, identique à celle où il avait été élevé, certains de ses rites se perpétuant au « Lardennois », encore que, faute d'éléments de comparaison, à l'époque, il m'eût été difficile de les isoler du magma de pittoresque où nous étions englués. Quelquefois, le partenaire envoyé dans la « suite » de Jonas par le bagagiste ou le concierge se fâcherait, persuadé que des exigences limitées au frottement de la joue contre l'étoffe d'une veste, l'enfouissement du nez sous une aisselle, à la faveur d'un enlacement de quelques secondes, accompagné de soupirs, traduisaient par la disproportion avec le montant de la somme versée en prélude un brusque dégoût de son physique, surtout lorsque le complaisant s'étant lui-même déboutonné avec la certitude de répondre à l'essentiel du désir qu'il croyait avoir inspiré, non seulement il essuyait un refus mais s'attirait, en outre, une leçon de pudeur, pareil, dans sa stupéfaction, au jeune braqueur de banques dont l'arme n'a pas intimidé la vieille caissière qui, insensible au calibre du revolver, réplique par un sermon, le visage navré. Malgré son zézaiement, Teddy décrivait bien la scène ; je n'avais pas ses dons de conteur.

Alors qu'il éprouvait à l'examen des selles de Mme Francavilla, le matin, un émerveillement de gastro-entérologue amoureux du résultat de sa cure, Jonas était choqué par la nudité d'un corps d'homme, du corps même qui, habillé en conformité avec ses rêves, avait pu l'exalter quelques instants auparavant, et de le contempler privé de sa défroque l'accablait d'une tristesse de nuit de noces, lorsque, pour finir et pour tout le monde, l'eau coule sous la douche et dans le bidet.

« Mais si, je t'assure, il pleure pour de bon », bégayait Teddy, descendu me rejoindre dans le jardin et qui, pour rentrer la pointe de sa cravate à l'intérieur de sa chemise, selon la mode qui nous contaminait tous à présent, avait dans le geste la rapidité de Belinda dissimulant d'un coup de patte sa crotte au pied du prunus, l'arbre qui était, à la chatte, au cours de ses promenades, ce que le réverbère est au chien. Quelque temps avant mon départ, Teddy, que les colères et les accusations de Jonas ne troublaient pas d'habitude, cherchait à se venger, par la divulgation des manies amoureuses du patron, de s'être entendu dire en public que la photographie n'était qu'un art mineur, la ressource des fils de famille qui avaient raté leurs études, s'approchaient de tout et n'entraient dans rien. Et même si c'était vrai, je n'en aimais pas moins les photos de branches mortes, d'arbres en hiver saisis sous un angle où la ligne du tronc dessinait tantôt un profil, tantôt le renflement d'un sexe sous l'étoffe. Jonas ne pratiquait pas la réserve qu'il prêchait aux autres dans leurs relations avec le « Sept » ; mais peut-être, dans son cas, était-ce impossible de revenir en arrière ; peut-être les deux hommes avaient-ils eu, depuis une éternité, ces épanchements mutuels et sans limites qu'on a, un jour ou l'autre, l'occasion de regretter. Il me surprenait toujours, le nombre de gens enclins à croire que s'aimer d'amour ou d'amitié, c'était d'abord se raconter, quand l'excès d'intimité préludait à la rupture et, celle-ci n'étant pas tout de suite réalisable, favorisait l'éclosion de la haine ou du mépris. On se connaissait toujours trop tôt.

M. Jean, qu'avait-il déduit de l'aspect de ma cicatrice ? Le champagne de la seconde tournée était aussi bon qu'on l'avait prétendu, mais Alice se borna à tremper les lèvres dans sa coupe, et, au moment où, du fait de la proximité de nos corps sur la banquette, je recommençai à sentir l'odeur de gardénia comme un parfum tiré d'un sol dont on n'espérait plus rien par le passage d'une ondée, elle s'éloignait ainsi que son mari dans une suite de remarques anodines et entrecoupées de silences, au sujet des résidents du « Lardennois » qu'il était permis d'évoquer. Il régnait dans notre box un calme de veillée au coin du feu quand les bûches craquent et que les reniflements ou les soupirs sont déjà des avis pour qui sait les écouter.

Au retour de mon voyage, lorsque j'aurais repris mon entraînement à la salle de boxe, je ne pourrais plus boire d'alcool et, par avance, je me dédommageais. La bienveillance m'avait engourdi, et ce fut au prix d'un effort sur moi-même que je posai la question découlant de ce que j'avais découvert en pointillé au cours d'une soirée à Rome. Il devait avoir gardé en mémoire quelques renseignements sur le Jonas en tenue d'officier dans l'ovale d'argent qui était sur la commode en laque de Chine, l'ancien linotypiste qui avait composé de ses propres mains, à l'imprimerie, la notice qui résumait une vie, à défaut de nommer des parents et d'indiquer un lieu de naissance.

« Il a fait le débarquement en Sicile, dit M. Jean, qui promenait un doigt sur les poils de son menton, tandis qu'Alice posait, avec un soupir, son sac à main sur le livre de Valdès. Je crois que c'est là-bas qu'il a sauté sur une mine ou quelque chose comme ça. »

Les détails désormais en ma possession s'emboîtaient assez bien les uns dans les autres, un scénario proposait : durant sa convalescence, Jonas découvrait le pays de son père illégitime et, à la demande de celui-ci, entrait en rapport avec un demi-frère, des grands-parents, toute une famille qui avait bien besoin d'être dédouanée par le cousinage et la fréquentation d'un vainqueur d'autant plus utile à leurs intérêts sur place qu'il ne retournerait pas au front et serait affecté au siège de l'état-major de la 7e Armée américaine, installé à l'hôtel Hassler : officiers et gagnants attirent les femmes — « Beaucoup reviennent en touristes, m'avait raconté la doyenne des domestiques, qui était une lingère, mais ce n'est plus la même qui est avec eux : ils ne *mariaient* pas. » Elle entendait par là qu'ils n'avaient épousé aucune de leurs maîtresses romaines, mais Jonas n'allait pas quitter l'actrice à la dérive qui avait quémandé un passeport auprès d'un diplomate suédois dans l'espoir de poursuivre sa carrière à l'étranger, de se faire oublier si, politiquement, elle s'était compromise avec le dictateur à l'huile de ricin, autant que la femme en noir et jaune — la Française qui, par ses allusions à un certain Valerio, son parent, son cousin, m'avait mis sur la piste quarante ans plus tard. Soutenir qu'elle avait cru à un départ du couple pour l'Argentine après la guerre — avec tout le dédain qui s'attachait à l'hypothèse — n'avait été qu'un moyen de se dégager d'une conversation qui lui déplaisait. Jonas n'avait jamais caché qu'il avait vécu à Paris une partie de son adolescence, avant d'être envoyé dans un collège anglais dont il recherchait peut-être encore l'écho des musiques et des chants à la chapelle. Puisqu'il se vantait volontiers de son athéisme, se moquant de Teddy qui, avant de monter en avion, baisait les médailles au bout de sa chaîne en or autour du cou, il ne s'expliquait pas autrement le fait que, certains dimanches, je le voyais gravir les quelques marches de la petite église anglicane qui, tant sa croix au fronton était discrète, se fondait dans un immeuble de la rue Manin, celui qui était le plus éloigné de l'escalier desservant les quatre rues de la colline. Je ne l'aurais sans doute jamais remarquée, en dépit des rumeurs d'orgue et du chœur des voix féminines à l'heure de l'unique office de la semaine, coïncidant avec la leçon particulière du Commandant à la salle de boxe, si Jonas, un matin, comme il me précédait, n'y avait lui-même pénétré avec autant de rapidité que dans un hôtel de passe. Il était assez logique pour lui de revenir à Paris, où sa mère, qui n'en avait pas bougé durant les hostilités, était toujours servie et soignée par Mme Tox. Maleterre avait admis cette thèse, jusqu'à ce que Jonas, à la fin d'un dîner donné en l'honneur de M. Lawson, eût évoqué, à court d'anecdotes peut-être, l'exposition des tableaux du grand musée de Madrid, qui s'était déroulée à Genève, l'été où avait éclaté la guerre. Les chefs-d'œuvre évacués dans les bagages des républicains avaient été confiés, après la défaite, à la Société des Nations, dont le dernier acte devait être de les céder à la ville même qui abritait ses services, et qui, avant de restituer le tout aux franquistes, avait accepté de les montrer au public. Jonas avait été l'un des derniers visiteurs, et celui qui, le lendemain même de la fermeture des salles, avait assisté au déménagement des toiles par des hommes qui étaient, à l'évidence, des policiers ou des soldats de Franco, habillés en civil. Allongé sur son lit du onze pendant que je me nourrissais de ses provisions, Maleterre m'avait répété une phrase qui semblait le ravir : « Les Infantes sont montées dans le camion. » À l'écouter, la présence de Jonas à Genève, cette année-là, ne se justifiait que de deux façons : ou bien il résidait en Suisse avec sa mère et le mari de celle-ci, qui s'y trouvait pour des raisons encore à déterminer, ou bien, en vacances de son université, il voyageait à travers l'Europe. « Dans les deux cas, c'est sûr, disait Maleterre, il avait de l'argent, à l'époque, parce que les Suisses ne laissaient pas les pauvres entrer chez eux. Tu sais comment ils ont été pendant les événements... » Première nouvelle : les juifs qui réussissaient à franchir la frontière étaient refoulés, et lorsque les fugitifs parvenaient à s'enfoncer assez loin à l'intérieur des terres pour rendre cette mesure impossible, on séparait les enfants de leurs parents, on les regroupait dans les camps où, faute de soins, beaucoup mouraient du typhus. L'un des grands reporters du journal de Maleterre avait rassemblé des témoignages et des preuves, mais, le texte de l'article déjà rédigé, le chef du personnel avait convaincu le patron qu'on gagnait surtout à négocier le silence avec une firme helvétique qui disposait d'un faramineux budget de publicité. Il y avait des soirs où la curiosité de mon voisin du onze m'irritait, parce qu'il pouvait bien, un jour ou l'autre, l'appliquer aux dessous de ma propre existence, et alors, me sentant solidaire des propriétaires de l'hôtel, qui, par leur nature et leur trempe, ne valaient sans doute pas plus que moi, mais qui, sous tant d'aspects, m'étaient supérieurs, je continuais de manger sans relever la tête au-dessus de mon assiette en carton. De quoi se mêlait ce fils de famille, qui avait une sœur, une grand-mère, une fossette au menton, une propriété au bord de la Loire, et dont l'avenir était tracé depuis son entrée en classe de sixième ? (Et peut-être avais-je pensé aussi : « Cette tante. ») Mme Francavilla n'avait jamais tourné de films en France, où son nom ne figurait pas dans le *Tulard,* annuaire des comédiens et bible de Maleterre. Jonas n'avouant aucune profession, l'air d'assimiler aux bonnes œuvres ses activités au service de *Libertés européennes,* de quoi le couple avait-il vécu avant d'acheter cet hôtel à la périphérie que ne signalait ni plaque ni enseigne, et où moi-même j'avais atterri à la suite d'un enchaînement de circonstances qui s'était obscurci ? Parce que des hôtels ramenant l'individu au peu qui lui est vital — la cartouche de cigarettes, les vêtements de la saison, le livre de chevet, la photo qui prouve que ce qui fut a bien été —, des hôtels, il y en avait eu beaucoup dans ma vie jusqu'à une période récente, et le « Lardennois » n'était pas encore celui où j'avais vécu le plus longtemps et vu le pire. Et il ne me revenait pas de m'interroger sur les moyens auxquels on a parfois recours pour subsister. Cependant, il n'était pas inimaginable que Jonas, en échange des services rendus aux uns et aux autres à l' « Hassler », où il s'était incrusté avec l'état-major jusqu'en 1947, eût obtenu une part de l'héritage de son père naturel, avec le consentement de ce demi-frère qui, après son enterrement, remonterait en voiture sans avoir salué la veuve, la vieille maîtresse ou l'associée — quel terme employer ?

On avait tort de reprocher son indiscrétion à Teddy ; le « Sept » y aurait-il consenti, en quelques phrases il eût satisfait la curiosité qui poussait Maleterre à creuser dans toutes les directions. Soit qu'il eût beaucoup à perdre pour son compte en disant la vérité, soit que la solidarité à l'égard des propriétaires de l'hôtel fût plus forte que leurs brouilles, l'Américain n'avait, en tout et pour tout, révélé que quelques procédés de drague dans les palaces dont le personnel perdait ses manières depuis que la majorité des clients y descendaient sur note de frais, ne mesurant plus le prix de ce que l'on paie, ni l'étendue des droits que l'on a en contrepartie — sauf à l' « Hassler » où l'on était encore reconnaissant à Jonas d'avoir sauvé les tapis persans et quelques tableaux de maîtres d'un nettoyage à la térébenthine ordonné par le commandant en chef avant le départ de l'état-major.

Dans notre box, M. Jean, qui avait reconstitué les étapes de la campagne d'Italie, bombardait d'épithètes Monte Cassino ; il avait lui-même la barbe des légionnaires morts avec les tirailleurs marocains au pied du monastère, et le balancement en arrière des artilleurs pour éviter le recul du canon. Il m'abandonnait la bouteille où il restait encore assez de champagne pour remplir trois coupes. L'abstinence, c'était juré, commencerait pour moi avec la fin du carême. Teddy dont la poitrine borgne me blessait la vue, Jonas qui étreignait des étoffes et refusait les corps, après s'être intéressé à ces deux-là avec une passion excitée par l'impossibilité de percer leurs secrets, Maleterre n'y avait fait aucune allusion lors de notre dernière rencontre, sans doute parce que le passé émeut seulement ceux qui ont encore un peu d'avenir. Pour quel motif m'avait-il arrêté à l'angle de la rue Saint-Florentin et de la place de la Concorde, quatre ans plus tôt ?

Alice, qui avait dévissé son tube de rouge, menaça du doigt le serveur qui s'approchait de notre table et, par cette mimique, lui reprochait de nouveau d'avoir accepté mon argent. Elle se repeignait les lèvres quand il se pencha pour lui dire entre les dents : « Ma femme voudrait vous voir », persuadé par un coup d'œil que je ne m'étais interrompu ni de boire ni d'écouter son mari ; et, sans lever les yeux de sa glace de poche qui reflétait le frémissement de ses narines, Alice répondit sur le même ton, sans que remuent ses lèvres, ou à peine : « Ce qui est écrit, est écrit. Mais bon, qu'elle vienne un après-midi, vers cinq heures. »

Pendant ce temps, une armée, à la suite de tant d'autres, traversait Rome où, sur son lit d'hôpital, et bientôt derrière son bureau, à la Trinité-des-Monts, Jonas écoutait infirmières et secrétaires fredonner dans le couloir la rengaine de la saison, qui me serait apprise par les plus vieux des ouvriers agricoles au banquet des vendanges où jouait l'orchestre de Bussò, le leitmotiv étant que « l'amour s'en va avec l'or des cheveux ». Mme Francavilla la connaissait par cœur, et nous avions ri à ce point, en traduisant ses paroles en français, que, sur le pas de la porte vers laquelle elle poussait son visiteur — tel le torero qui, s'étant fendu devant l'animal, le conduit ensuite le buste offert, avant l'estocade —, elle m'avait avoué que tous, dans la maison, étaient persuadés que je gardais la bouche fermée pour dissimuler des dents gâtées. De son côté ne s'appliquait-elle pas à demeurer impassible ? L'immobilité de son visage, accentuée par la fixité de ses yeux d'un bleu presque noir, dont les pupilles, en se rétractant, se comparaient à des lentilles de contact noyées dans une solution de méchanceté, était due à son souci de ne pas creuser autour de la bouche les rides d'expression qui n'étaient plus comblées par les crèmes et les poudres — on n'avait pas encore inventé le collagène. Ce jour-là où le souvenir d'identiques chansons nous avait rapprochés, elle m'avait conseillé d'être plus prodigue de sourires, pour compenser ce que mes traits avaient déjà d'un peu marqué. Par la suite Jonas et Teddy ne devaient plus échanger un seul mot d'italien en ma présence, même quand ils plaisantaient entre eux dans la cuisine dite des petits déjeuners, à la hauteur de la mezzanine du hall, avec la gaieté, les frôlements d'un jeune ménage encore content de partager les corvées. Ils lavaient ensemble la vaisselle, le lendemain d'une de ces fêtes à la fin desquelles Mme de Lassonne, qui tenait l'alcool comme un légionnaire, riait aussi fort qu'au début, le front contre la vitre de la porte-fenêtre qu'on avait ouverte à deux battants pour regarder le jour qui se levait sur la ville — irréfutable si l'on apercevait le dôme du Panthéon sur la gauche. À tort ou à raison, j'étais persuadé que Mme Francavilla vivait toujours, et nous aurions su au moins dans quelle région de son pays elle s'était repliée si, au lieu de se limiter à observer que le convoi des déménageurs était parti de l'étranger à l'assaut des Buttes-Chaumont, Alice avait examiné la plaque minéralogique des camions qui, là-bas, comportent les deux premières lettres du nom de la province où ils sont immatriculés.

Lorsque nous sortîmes de la brasserie, il faisait nuit ; je n'avais plus froid, toute appréhension de l'avenir m'avait quitté, et, sans les avoir consultés, j'entraînai Alice et son mari au-devant d'un taxi en maraude qui nous embarqua aussitôt. En quinze ans, les hasards de la circulation et de tant de rencontres où, pour en terminer, on raccompagne chez eux, sous couleur de courtoisie, ces corps encore moites dont on espérait mieux que du plaisir, ne m'avaient jamais ramené dans les parages de leur quartier. L'impression qu'on y venait se mettre à l'abri resurgit dès que, sur la place du Colonel-Fabien, il fallut guider le chauffeur pour qu'il tourne dans l'avenue Mathurin-Moreau et attaque la montée de la rue Lardennois à l'entrée de laquelle j'entrevis le panneau d'un chantier : on édifiait un immeuble sur l'emplacement de la garderie municipale d'où parvenaient les cris et les rires de la récréation qui dérangeaient les couche-tard de l'hôtel et la patronne. L'escalier, qui entaillait la colline à cet endroit, n'y perdrait pas sa largeur, les paliers et les dalles seraient même restaurés, le promoteur s'y était engagé par écrit. Il y avait encore à vendre deux ou trois appartements dont les fenêtres donnaient sur le flanc du coteau où, de par le règlement d'urbanisme, il était interdit de construire, et l'on gagnait beaucoup à acheter dans l'immédiat — Alice s'était renseignée. Devant mon silence, elle enchaîna en me citant quelques-uns des changements que, en raison de l'heure, j'étais empêché de constater, tel le rétrécissement du terrain aux acacias, du fait que l'hôpital avait été prolongé par le pavillon des cancéreux. On ne la regrettait qu'en mémoire des arbres, la perte d'un espace, parce que tant de béton avait été coulé dans les fondations que l'ensemble du terrain s'en était trouvé consolidé. Les éboulements qui avaient alarmé le quartier et entraîné la destruction de l'hôtel ne se renouvelleraient plus.

Les maisons rapetissaient au fur et à mesure qu'on gravissait la côte, comme s'amenuisent près du sommet en pâte molle les motifs de décoration en caramel ou en sucre candi qui flanquent une pièce montée. Leur alignement s'interrompait à droite dans le tournant, où apparaissait le même trou que sur une mâchoire après l'extraction d'une molaire. Derrière la grille, que je reconnus à ses entrelacs, s'étendait une plate-forme mal éclairée par un lampadaire, où l'on soupçonnait que la végétation avait regagné la place perdue ailleurs. Alice murmura : « C'était là », en tapotant l'épaule du conducteur qui, pour cet emploi de l'imparfait, allait se retourner. Je descendis le premier, elle me suivit, et nous levâmes en même temps les yeux vers l'immeuble qui faisait l'angle de la rue Remy-de-Gourmont et de la rue Georges-Lardennois, où la vigne vierge n'arrêtait pas de frémir sur la façade. Mme Francavilla avait convoité l'atelier de peintre qui était au dernier étage. M. Jean, qui depuis quelques minutes remuait de la monnaie dans sa poche, en profita pour régler la course. Curieux d'un quartier qu'il ne connaissait pas, malgré les dizaines de milliers de kilomètres au compteur, le chauffeur écarta son conseil qui était de pratiquer une marche arrière jusqu'au débouché de la rue Hecht, afin de s'épargner le tour complet de la colline, et, quand il repassa devant nous, nous étions tous les trois encore immobiles sur la chaussée, à contempler ce vide au-delà duquel clignotaient les lumières de la ville. Son livre sous le bras, Alice s'approcha finalement de la grille et, avec une aisance de veuve au cimetière, glissa une main entre les barreaux pour ouvrir de l'intérieur la porte qui avait perdu sa poignée du côté du trottoir. Elle me précéda sur la plate-forme où je pensais que subsistaient au moins des décombres ou un pan de mur. M. Jean, qui ne savait quoi dire, soufflait de toute la force contenue dans sa poitrine. Il n'eût pas été là, sa femme non plus, j'eusse douté d'avoir vécu sur ces lieux où, petit à petit, on discernait dans la semi-obscurité les massifs inégaux d'un jardin à l'abandon, et pourtant, à gauche, au-dessus de la ligne des buissons qui s'étaient multipliés, à l'endroit où Mme de Lassonne s'éreintait à poser des cercles de pavés pour le plaisir de voir des végétaux pousser entre les interstices, il y avait le prunus qui — noir, rond, dense — était ce que la nuit ne serait jamais sur cette hauteur où le chauffeur de taxi, en vingt ans de métier, à ce qu'il prétendait, avait effectué sa première incursion avec nous. Un sentier s'était créé à droite ; il contournait un mamelon peut-être composé de l'entassement des pierres négligées par les démolisseurs. Par là, on atteignait les « planches » dominant la pente herbue à souhait pour la pratique du ski sans neige, qui m'avait beaucoup amusé, un été, à Cortina d'Ampezzo. Elle dévalait vers une rangée d'immeubles en demi-lune, de ceux que l'on qualifie de récents dans les petites annonces, parce qu'une génération seulement en a éprouvé les défectuosités. Ils me paraissaient moins hauts, le soir au « neuf », si je me décidais à écarter les rideaux, curieux des scènes de l'ordinaire qui m'était interdit ; une sur deux, côté cour, les fenêtres s'éclairaient, composant un damier sur la façade, des silhouettes se cassaient dans les voilages probablement achetés au marché Saint-Pierre, près du Sacré-Cœur, où Mme Francavilla se procurait les étoffes des déguisements pour les fêtes dans le hall ; et les ménagères, devant les plaques chauffantes de leur cuisinière à crédit, me donnaient envie de m'introduire en fraude dans la chambre du « Onze » pour vider le réfrigérateur. Rentrer chez soi et y trouver la table mise, le dîner prêt, le sommeil facile, cela ne m'était plus arrivé depuis que j'avais vécu avec Anna Cousine avant mon incorporation à l'armée. Sur l'océan des toits, toujours plus sombre que le ciel, même dans ses parties les plus claires, flottait un halo de brasier mal éteint, une brouillasse de champ d'épandage où les immondices brûlent en permanence, des projecteurs installés comme en temps de guerre, pour déceler l'avion de l'ennemi, y semant des lueurs de flammèches. Le spectacle, comme je m'y étais attendu, n'avait pas varié, ni mon sentiment : cette ville, on l'avait toujours devant soi, même quand on était niché au centre ; où que l'on fût, elle reculait à l'horizon ; j'en avais connu bien d'autres où il suffisait d'un mois pour prendre racine, quand on me ressemblait, et quelques-unes étaient encore à espérer. Mais je les avais toutes quittées aussitôt constaté que la figure qui m'y avait attiré ne possédait qu'un des traits de celle que j'avais jadis perdue par ma faute. Je regrettais cependant de ne pas m'être établi dans ce bled proche d'une frontière où il n'y avait de couleur nulle part, à force de soleil, et dont les habitants, qui pénétraient en armes dans les cafés, connaissaient autant que les hommes des collines de Tolla les bonheurs du silence, de la paresse et de l'immobilité. Maintenant, il était trop tard pour recommencer où que ce fût, parce qu'il m'eût été impossible de me passer de mes deux douches quotidiennes — trois le jour de la semaine où je me rendais chez mon habitude.

Je m'approchai du prunus qui s'était sans doute nourri, pour la beauté de ses feuilles, de la décomposition d'un animal, sans oublier la moisissure du foulard ; un peu de Belinda, dont la fourrure était bien plus noire que la nuit du « Lardennois », circulait peut-être encore dans la sève. Certains avaient coutume d'enfoncer dans le sol, au pied de l'arbre, le passe de la porte d'entrée, pour ne pas, à leur retour après minuit, déranger M. Rodriguez, qui somnolait dans sa chaise longue, un plaid écossais sur les genoux. Par moments, le feuillage des arbres qui cachait le mur de la villa voisine, persuadant que celle-ci avait disparu dans un bosquet, remuait avec un bruit de linge qu'on essore, de serpillière tordue au-dessus du seau, et chaque fois Alice, qui s'était suspendue à mon bras pour ne pas trébucher sur le talus, respirait à fond : « Ici, il y a toujours du vent », dit-elle sur le ton du propriétaire qui fait valoir à l'éventuel acquéreur l'un des agréments du domaine en vente. Il restait le vent, en effet.

« Les gens nous laissent mais nous emportent aussi avec eux », ajouta-t-elle, se raidissant pour dégager d'un trou un de ses talons aiguilles. Avait-elle aussi une religion pour les chaussures de femme ?

Nous redescendîmes vers la rue Hecht, où dans mon souvenir on ne comptait pas autant de lampadaires, et encore oubliais-je celui qui, au bout, eût retiré à Jonas toute crainte d'un traquenard dans l'escalier au bas duquel Teddy avait reçu sans plaisir une raclée. Le pavillon à un étage, qui avait décuplé de valeur depuis son achat, interrompait par son escalier en bois et un auvent orné d'objets en céramique la vigne vierge masquant les deux maisons qui l'enserraient. Pendant que je félicitais Alice d'avoir conclu une aussi bonne affaire, son mari désigna du doigt la tache blanche dans la paroi de verre qui, au rez-de-chaussée de l'immeuble d'en face, tout en briques et longé d'un jardinet, présageait le vide d'un local de commerce avant la signature du nouveau bail. Les mots qu'il cherchait étaient les suivants : « On a remis les rideaux... »

« Mes rideaux », corrigea Alice, qui les avait confectionnés elle-même durant ses loisirs à la station de métro, afin qu'on ne vît pas ce qui se passait à l'intérieur de la pièce, mais qu'il était facile de deviner si on lisait la plaque sous l'allège de la fenêtre d'angle, à demi dissimulée par un arbuste — ce qui était m'inviter à m'approcher. Outre la pointe d'une flèche, il était gravé en lettres noires sur un rectangle de métal : « Familles et fleurs seulement ». C'était la morgue de l'hôpital, qui s'élevait sur l'emplacement de l'ancienne imprimerie d'art. Le gardien avait admis qu'il était pénible, à l'heure où l'on se rendait au travail, le spectacle des personnes en larmes autour d'un cercueil et qui se sentaient, de leur côté, l'objet de la curiosité des badauds. Les morts partaient par le haut de la colline, et, quand il y en avait, le premier soleil était pour eux, mais ni le respect qu'ils méritaient ni la discrétion souhaitée pour la levée du corps n'eussent été respectés jusqu'au bout sans les rideaux dont l'économat de l'établissement, qui avait fait bien des embarras avant d'accepter ce cadeau, consentait maintenant à régler la note de dégraissage. Alice en fabriquerait une autre paire avant l'été, car ceux-là commençaient à être usés. Son mari, qui répétait : « On aurait bien voulu », par allusion à l'invitation à dîner que j'avais déclinée, proposa d'appeler un taxi, sans toutefois insister parce qu'il comprenait mon envie de descendre à pied jusqu'à la place de la Mairie où, à hauteur de la brasserie de ses noces et du champagne bu avec Maleterre en l'honneur de mon premier cheveu blanc, il y avait une tête de station. Alice, qui s'était débarrassée de son écharpe d'homme, après avoir jeté un coup d'œil au ciel, renonça à me l'offrir pour me tendre à la place le livre de Valdès, me signifiant que je perdais au change, par ce geste trop rapide pour que son mari en eût conscience, et qui appartenait au langage des mimiques, raclements de gorge et battements de paupières, analogue à celui des barmen quand ils avertissent d'un danger l'ami qui vient d'entrer, et grâce auquel nous évitions de parler dans les couloirs du « Lardennois ».

« N'oubliez pas ce bouquin dans la voiture, recommanda-t-elle. Un jour, vous aurez bien besoin de quelque chose, vous verrez. Notre nom à nous est dans le Bottin. Et pour les embauchoirs, rappelez-vous — il les faut uniquement en bois de hêtre. »

« La Bretagne croit toujours savoir avec ses cartes, et quelquefois c'est vrai », dit M. Jean, qui nous saisissait chacun par un bras pour nous ramener devant le pavillon, dont l'aspect de chalet de montagne était sans doute imputable à l'imagination du couple puisque je ne l'avais jamais remarqué lorsque j'habitais sur la colline. Je promis de revenir bientôt ; deux voisins qui avaient déposé leur poubelle sur le trottoir s'approchèrent de mes interlocuteurs comme pour que je n'insiste pas dans le mensonge et, au bas de la pente, lorsque je me retournai,

Alice, une main sur la rampe, leva l'autre dans ma direction avant de la porter à ses lèvres. Puis, par jeu — du moins en ce qui me concernait — nous avions agité nos mouchoirs, et l'ombre en était restée sur les murs ; je crois bien que j'utilisais la pochette de mon veston.

Emprunter l'escalier à droite, rue Lardennois, je m'y étais refusé par superstition, pour éviter la troisième fois promise par le proverbe. Comment aurais-je cherché dans l'annuaire un nom que je ne connaissais pas puisque, depuis toujours, le mari d'Alice n'était que M. Jean ? Je trouvai un taxi à proximité de l'entrée principale du parc, là où le trottoir s'élargit pour créer un terre-plein et où je n'ai pas encore trente ans ; quoi que j'aie fait dans la journée, qu'il y ait eu bénéfice ou non, je marche très vite, mon doigt, comme celui d'un gosse, suit la ligne du mur. J'ai hâte de me coucher, et sous l'ombre des ormes de Sibérie qui supprime les grilles, qui trompe sur son âge et même sur son sexe, l'été quand il est habillé de blanc, Teddy, que, par discrétion, j'ai feint de ne pas voir, me salue de loin avec le même naturel qu'il a pour expliquer ce qu'il veut à l'automobiliste qui a ralenti à sa hauteur. Et c'est parfois un homme qui n'a pas du tout ces goûts-là, mais qu'enflamme soudain la promesse d'une soumission aux couleurs de conte de fées, inimaginable ailleurs que dans le cinéma par lequel, souvent, on se soutient pour venir à bout du devoir conjugal, et il fond de s'entendre questionner sur les dimensions de son sexe, avec les accents rieurs d'une nurse qui, ayant proposé ses services, s'émeut avant qu'on ait délangé le poupon.

Le chauffeur qui me prit en charge affichait sa satisfaction parce qu'il entamait sa nuit à l'instant et que, pour son premier client, c'était une course très longue qu'il récoltait. Étant d'humeur à bavarder, comme beaucoup de gens à leur réveil, il voulut parier que ce bouquin sur mes genoux — à condition qu'il s'agît d'un roman —, sa femme l'avait certainement lu. Abonnée à une bibliothèque publique, elle était à l'affût des nouveautés qu'elle résumait à table, avant de les rendre. Mais ni le nom de l'auteur ni le titre que je découvrais moi-même en la circonstance ne lui dirent rien. Et, puisque cette femme, assez jolie pour résister aux teintes de chromo religieux de sa photo d'identité collée sur le tableau de bord, ignorait jusqu'à son existence, Valdès n'avait pas dû obtenir le succès qui, durant une saison, garantit une photo hebdomadaire dans les journaux et dans le métro, ces lectrices souhaitant oublier le bureau aussi fort qu'elles évitent de penser au retour à la maison. Mais peut-être le professeur dont l'intelligence et les colliers avaient subjugué des lycéens de province avait-il pu néanmoins se faire connaître du public qui assure les réputations et exprime son opinion sans avoir acheté. La mienne ensuite ne se comparerait à aucune autre, et seule Alice eût été en mesure de la partager ou de la comprendre si elle avait pu dépasser cette description de la Loire qui faillit m'arrêter à mon tour, et, en un sens, mieux valait pour elle, autant que pour son client des toilettes de la station, de continuer à tirer bénéfice l'un de l'autre, en ignorant que leurs chemins s'étaient déjà croisés. Il n'y avait guère de probabilités qu'Alice songeât à se procurer un autre exemplaire pour le plaisir, quand elle s'était privée sans mal de celui-ci — encore moins qu'on lui en remît un second en cadeau. Même la vanité d'un homme qui laissait imprimer son nom véritable sur la couverture d'un ouvrage, s'exposant au jugement d'individus de mon genre, dépourvus de toute compétence littéraire, devait avoir des limites, et je m'étais dit qu'en raison du risque d'être dévisagé par n'importe qui il fallait peut-être aussi beaucoup de modestie pour accepter de publier. J'avais poursuivi la lecture chez moi parce que je n'avais pas mieux à faire, que mon travail à Paris s'expédiait maintenant en une matinée de bureau et que cinq jours me séparaient encore du Mercredi saint, du rendez-vous avec l'inconnu qui me confierait j'ignorais quoi — ou le devinais trop bien — dans un café de la place du Trocadéro.

Persuadé par plus d'un indice que la secrétaire en conserverait le double dans ses archives et, au préalable, le communiquerait à qui de droit, j'avais dicté une lettre pour l'entrepreneur de maçonnerie, lui confirmant que, depuis un mois, à mon dossier administratif était jointe l'étude géologique du sol, dont l'absence lui servait d'alibi pour repousser le commencement des travaux, malgré les assurances du maire. Car on ne cultivait plus cette colline depuis des siècles par manque d'eau ; on ne m'avait pas attendu, à la Marmorina, pour chercher la source qui, de par sa proximité, m'eût à présent, selon la loi, interdit de faire édifier un tombeau. N'était-ce pas justement à cause du manque d'eau que mes grands-parents n'avaient pu se défaire de leurs deux derniers hectares ? C'était de ma main que j'avais rédigé une lettre pour Restitude, en dépit des aléas de l'acheminement du courrier, convaincu qu'il n'y attacherait pas plus d'importance qu'aux précédentes. J'étais allé parfois jusqu'à lui fixer une semaine pour la visite promise depuis ce matin où, à l'armée, penché sur sa figure reflétant une souffrance béate, j'avais vérifié que mon acte avait été assez efficace pour le dispenser du service militaire, le ramener d'abord à l'hôpital, ensuite à ses chèvres et à sa mère qui avaient besoin de sa présence. D'habitude, je ne m'avisais qu'à l'approche de Pâques que j'avais négligé de répondre à sa carte postale du Premier Janvier, au verso de laquelle, de son écriture à volutes de débutant qui s'applique, il ajoutait, depuis quelques années, aux vœux de rigueur, nouvelles des siens et rappel de mon serment, une phrase à points d'exclamation pour regretter de n'avoir pas encore trouvé une femme. Un télégramme qui avait toutes chances de lui parvenir la veille de mon arrivée au moins l'aurait mieux persuadé du sérieux de mon projet cette fois, mais il était à craindre que, dans une localité d'une centaine d'habitants utilisateurs de la même cabine téléphonique, son contenu n'en fût divulgué à tous avant sa remise au destinataire. Et si j'étais amené, par une interpellation ou une garde à vue, dans les entrefilets de l'actualité locale, quelqu'un aurait pu établir un rapprochement qui eût gêné toute une famille, bien qu'un homme en prison ce ne fût pas pour étonner dans la montagne. Mes chances de rencontrer Restitude s'augmentaient du fait que nous étions dans la période où il n'avait pas encore conduit son troupeau vers les sommets parce qu'il subsistait de l'herbe à brouter autour du village et que les cabris ne devaient pas avoir plus de deux ou trois semaines. A vivre en plein air, sans doute Restitude n'avait-il pas épaissi autant que moi, et peut-être gardait-il toujours quelque chose du conscrit à la maigreur d'adolescent que j'avais dû consoler au pavillon « fermé » de l'hôpital où, pour une nuit, s'il y avait affluence, on parquait les blessés des manœuvres et les soldats tombés malades à la caserne qui, le lendemain, seraient répartis entre les services, selon la nature des soins exigés par leur état. Dans tous les établissements où l'individu était privé de sa liberté, y avait-il une cellule d'attente pour le préparer au pire ou le réconforter par contraste ? Ce soir-là, nous étions une dizaine d'incasables, et le conseil n'aurait-il pas été soufflé par l'infirmier qui verrouillait dans notre dos la porte perdant son capiton autour de ses clous de cuivre, nous serions demeurés en groupe à regarder l'enfilade des lits à deux étages dans une pièce aussi grande que le baraquement du camp où j'avais été affecté. Et nous étions tous d'accord avec celui d'entre nous qui gémissait : « C'est complètement parti comme affaire », aucun n'envisageant d'explorer le dortoir à la recherche d'une place. Qui le pouvait s'était assis en tailleur sur le carrelage près de l'entrée, résigné à ne pas dormir, à observer ces hommes au sujet desquels nous avions les préjugés de tout le monde à l'égard des déments, une crainte que l'infirmier, dans le couloir, s'était amusé à renforcer par des anecdotes sur les viols au pavillon « fermé », alors qu'il s'apprêtait à effectuer une distribution à la volée de pilules de toutes les couleurs, comme du grain aux poules. Il n'y aurait que l'aube pour effacer cette lumière de train de nuit en wagon de seconde classe qui, cependant, sous le porche à l'entrée, était renforcée par une ampoule, afin que l'on pût identifier de l'extérieur qui — s'il mesurait près d'un mètre quatre-vingts — aurait eu à se plaindre à travers le guichet dont le surveillant, au cours de sa ronde, rabattait la planche vers lui avec un bruit de tranchoir. Des hommes qui avaient l'âge où l'on était sous-officier de carrière circulaient sans arrêt entre les lits, les mains en avant de l'enfant qui joue à colin-maillard, vêtus de pyjamas bleus ou gris, et seul l'un d'eux rendait au carré que nous formions, peu à peu enfoncé par la fatigue, la curiosité de l'animal pour les visiteurs du zoo. Il avait le teint d'un Maure, souriait pour exhiber un bridge en or à la mâchoire supérieure, se grattait l'aine d'une manière qui ne préludait pas à ce que nous supposions et ne bougeait que la jambe droite pour la replier par instants, comme si son devoir eût été de maintenir de tout son poids, sur la gauche, la tomette qui remuait sous sa pantoufle. Quand on le frôlait, il élevait deux doigts jusqu'à la tempe pour l'esquisse d'un salut entre camarades. Vers quelle heure s'était-il figé au garde-à-vous, ayant perçu une plainte qui tournait au sanglot, dans la rumeur des chuchotements, ronflements, craquements de sommiers et soupirs ?

Je me rappelais mieux mes sentiments que les lieux. J'avais le bras gauche en écharpe, mais ce n'était pas la fêlure d'une clavicule, résultat d'une chute sur une aire en ciment à la suite d'un chahut, qui me faisait le plus souffrir. Et plus je m'étais efforcé d'en minimiser l'importance pour ne pas quitter l'infirmerie du camp, et plus l'aspirant avait insisté pour que je me soumette à une radiographie. Dans la correspondance que j'échangeais encore avec Anna Cousine, j'avais escamoté l'épisode pour ne pas déparer le tableau de ma nouvelle vie qui me plaisait bien, avec ses exercices physiques pour lesquels j'étais toujours volontaire, sa nourriture abondante, sa régularité et la variété de l'échantillonnage humain qu'elle proposait. Dans ma section, qui vivait déjà sur le capital de menues joies et de souffrances sans gloire qu'elle avait amassées en effectuant ses classes, je m'étais attiré ces sympathies que je n'aurais plus jamais, et avec une rapidité telle que je redoutais les conséquences d'un éloignement qui les eût diluées. Je méprisais assez mes compagnons, désormais assoupis dans la posture des permissionnaires chiffonnés à la bière au milieu du couloir des trains du dimanche soir, la bave de l'ivrogne et la tristesse de l'enfance au coin des lèvres ; ils s'apprêtaient à monnayer accident ou maladie contre une permission ou la réforme. Mais qui larmoyait de plus belle ? L'éclat d'une lame de couteau dans la bouche de l'Arabe, dont le regard avait filé vers la rangée des lits qui se trouvait de notre côté, s'arrêtant sur le premier dont je m'étais ensuite approché, je vis que des orteils de jeune fille remuaient à la place d'une tête sur le traversin, de sorte qu'à ma question : « Qu'est-ce que tu as ? » le visage de l'occupant avait surgi à la hauteur du mien comme le museau d'un poulain par-dessus le portillon du box, lorsque la poignée d'un seau d'eau tinte dans la cour. C'était une figure lavée de larmes, aux traits fins, aux yeux clairs, piquetée de taches de larmes, des boucles partout, étonnantes par leur longueur à l'armée, d'un roux que je ne reverrais qu'à M. Rodriguez, au « Lardennois », et l'ensemble, en dépit de la grimace de chagrin, avait augmenté d'un coup la lumière dans la salle. Par quelle intuition, alors que ces particularités physiques le déconseillaient, avais-je renoncé au français pour utiliser la tournure indirecte de rigueur dans une autre langue qui respectait la douleur des affligés, la traitant avec solennité mais sans pompe ni commisération.

« Pourquoi cet homme pleure-t-il ? avais-je demandé sans élever le ton.

— L'homme est perdu, m'avait-il été répondu dans la même langue, d'une voix brouillée qu'on essayait de raffermir et qui en était par là même solennisée. Il pense à ses chèvres. Il pense à sa mère. Il pense : qui va s'occuper d'elles, maintenant ? Et puis il pense : et toi, l'ami, qu'est-ce que tu as au bras et à la main ? Qui t'a fait mal ?

— Descends », avais-je dit.

J'avais tendu mon paquet de troupes à Restitude, qui se recomposait en hâte une tenue pour me rejoindre, mais, dans sa glissade où les draps lui plaçaient des ailes aux épaules, le haut de son pyjama était remonté le long de son torse d'enfant, étroit et sans poils. Son prénom qu'il avait décliné avec embarras, c'était celui de la sainte patronne de son village, dont la fête avait coïncidé avec le jour de sa naissance. Le secrétaire de la mairie, qui était soûl, l'avait inscrit sur le registre d'état civil avant les deux autres qui perpétuaient le souvenir d'un grand-père et d'un oncle. En montagne, lorsque par hasard se présentait une occasion de s'amuser, comme c'était le cas pour la kermesse de la paroisse, chacun se mettant à boire dès le matin, à midi déjà on était presque inconscient de ses actes, et le soir on tombait souvent dans les fossés pour s'y endormir. Une fois par an, les femmes le toléraient. A cause de son prénom auquel on s'était pourtant habitué chez lui, Restitude était obligé de se battre parce que, après chaque appel dans la chambrée, il entendait des ricanements. Soutien de famille depuis la mort de son père qui n'avait que ce fils, il possédait un troupeau d'une cinquantaine de bêtes, à la surveillance duquel un cousin avait promis de se dévouer jusqu'à l'hiver. Ensuite, on serait contraint de le vendre à vil prix, et peut-être à un boucher. Comment sa mère allait-elle vivre, et lui-même quand il serait libérable ? Certaines chèvres dont le sort l'inquiétait, il les appelait par des diminutifs dérivant de la couleur de leur pelage.

« Ne recommence pas », l'avais-je averti quand

ses yeux étaient redevenus brillants. Il pleurait depuis qu'il avait reçu son paquetage, mais seulement la nuit, et cependant un officier s'en était aperçu. Il l'avait envoyé ici, où des galonnés — des médecins militaires, à coup sûr — le convoquaient tour à tour dans leur bureau et l'écoutaient sans rien décider, tout en écrivant sur les papiers étalés devant eux. L'infirmier, qui exigeait qu'on avale les médicaments, ne lui avait pas donné, ce soir, sa ration habituelle, qu'il gardait sous la langue pour la recracher dès qu'il s'était éloigné. Restitude en déduisait qu'il retournerait demain terminer ses classes au camp où j'étais affecté. Nous avions découvert notre appartenance au même régiment, pendant que nous nous amusions à tirer sur les touffes de crin qui dépassaient autour des clous de la porte. Car Restitude ne doutait pas de la réussite du plan que j'avais échafaudé à la légère pour ne plus m'exposer aux pleurnichements, mais que, par sa gaieté soudaine et la foi accordée à mes paroles, il me mettait au défi d'exécuter. Dans la vie, peut-être aurais-je accompli du beau et même du bien si l'on ne m'avait pas toujours mesuré la confiance. Les années ayant passé, les faits s'étaient contractés jusqu'à cet instant où mon protégé, assis sur un lit qui, sauf erreur, n'était ni le sien ni le mien, avait relevé avec lenteur l'étoffe de la jambe gauche de son pantalon, tendant le pied comme lorsqu'on sort de la baignoire et qu'on a peur de glisser sur le carrelage. Son regard m'implorait, le bleu de ses yeux intensifié par l'espérance. Pistolet au poing, dans les mêmes transes que le jour où, armé d'une paire de pincettes, j'avais hésité à appuyer un charbon incandescent sur la paume de ma main gauche, des élancements à l'épaule mal guérie, je reculai pour calculer la bonne distance. On m'avait infligé un mois de prison. Les officiers de sécurité chargés de l'enquête avaient eu du mal à admettre que c'était par distraction que j'avais conservé des cartouches après l'exercice de tir que nous avions pratiqué la semaine précédente.

Je sentais encore, dans la nuque, le froid de la tondeuse du coiffeur ; le vieillard que je serais m'était apparu dans le reflet d'une vitre, avec son crâne réduit à l'os. Restitude, déclaré inapte au service à la suite de sa blessure, était rentré à la maison avant que le cousin n'eût abandonné son troupeau, et, pour lui, ma cicatrice à la paume ne se séparait pas de l'accident qui m'avait expédié à l'hôpital ; je ne l'avais pas détrompé. La lettre où je l'avertissais de mon arrivée servit de signet pendant quarante-huit heures, à la fin de la description qui avait découragé Alice dans le roman de Valdès. Un chapitre tout de phrases courtes, écrit non plus à la première personne mais à la troisième, enchaînait. L'alternance du narrateur qui s'abandonnait à ses émotions et du récitant qui n'en éprouvait aucune se reproduirait jusqu'au bout, comme si le livre eût été rédigé par deux personnes différentes, composé des fragments d'une confession que relayaient les commentaires d'un observateur qui eût établi la chronologie des événements contenus dans les allusions précédentes, apportant des renseignements sur les gens qui n'étaient encore jusque-là que des silhouettes. Mais déjà, si distraite que fût mon attention, lente la tournure d'un esprit habitué surtout à la lecture des journaux, incapable en général de deviner l'identité du coupable tant que l'auteur d'un roman policier, même le moins apte à créer un suspense et à brouiller les pistes, ne l'avait pas révélée, je tenais néanmoins pour acquis un détour par le « Lardennois ».

On s'attardait encore sur les bords d'un fleuve que je n'avais jamais vu couler, en compagnie de deux adolescents qui contemplaient le paysage depuis la lucarne du grenier, le père en voyage, la mère absente, la grand-mère effectuant des courses dans le quartier, qui était celui de la mairie. Des draps séchaient sur une corde dans le jardin où il y avait deux tilleuls, et l'insistance à montrer les tissus de lin qui flottaient m'avait plus alerté que le reste, où était pourtant traitée l'anecdote au sujet de la fillette à qui l'on faisait croire que le feu d'artifice du 14 Juillet, tiré sur l'esplanade du parc municipal, en face de sa maison, saluait la veille de son anniversaire. À la page 34 j'aurais dû comprendre qu'il s'agissait de la Marie-Hélène qu'on promettait toujours de me présenter, et que je pouvais seulement imaginer à partir de la photo d'une adolescente qui était sur la malle cabine, entre le réfrigérateur et la table dans la chambre numéro 11. Et le dimanche en début de soirée, ayant refermé le livre où j'avais coché dans la marge pas mal de passages, puisque j'étais en pays de connaissance, ce qui surnagea d'abord d'un magma d'impressions contradictoires, c'est le fait que les petits déjeuners qu'on m'avait apportés pendant deux ans au « Lardennois » n'étaient pas le produit d'une resquille, de l'écumage par Alice des plateaux qu'elle avait préparés auparavant pour les autres : Maleterre les payait de sa poche. Il revenait en gros plan, le visage de l'homme que je m'étais ingénié à appeler par son prénom au détour de chaque phrase pour cacher mon indifférence à son égard, dans ce salon de thé où nous étions allés manger des glaces, une étroite devanture séparant les deux boutiques avec leurs foulards en berne à mi-hauteur des tourniquets, sous les arcades à proximité de la place de la Concorde, où l'Obélisque à l'heure du crépuscule d'août était enveloppé de la même lumière rougeâtre qui envahissait les dancings de mon enfance, aux premiers accents d'un tango.

Si j'avais eu à relater la scène, pour suggérer l'état physique de mon interlocuteur habillé du costume couleur crème des cocktails l'été sous la véranda, et chaussé d'une paire de mocassins qui auraient plu à Alice puisque c'était du cuir et non du veau velours, se serait sans doute imposée l'image de ces poissons thaïlandais qui sont transparents au point qu'on distingue leur épine dorsale. À la fois pour ne pas paraître insensible à son aspect et signifier que je ne le dramatisais pas — ce qui correspondait d'ailleurs à une conviction ordinaire de bien-portant qui, pour son confort, refuse l'évidence de la maladie chez autrui —, j'avais observé que nous étions tous, à la veille des vacances, épuisés par une année de travail. Et, sur le ton d'exaspération, les dents serrées, que j'avais perdu l'habitude d'entendre et qui réduit le pire au banal parce que tout et n'importe quoi, dans ce registre de la courtoisie exaspérée et de l'amusement coûte que coûte, est l'objet de la même outrance de vocabulaire, Maleterre allait dire que la médiocrité de la nourriture était telle à l'hôpital où il avait été retenu contre sa volonté que, depuis sa sortie, il recommandait l'établissement aux amis qui fréquentaient pour maigrir les stations thermales et les centres de thalassothérapie. Il suffisait de la complicité d'un généraliste et du prétexte d'un bilan de santé, et la Sécurité sociale remboursait les frais de la cure. Dans son cas, il n'aurait eu besoin que d'un traitement de deux semaines, mais il s'était heurté à la mauvaise volonté des médecins, qui pour maintenir, dans leur intérêt, le taux d'occupation des lits, doublaient en moyenne la durée du séjour du malade, celui-ci n'aurait-il souffert que d'un rhume. Sans la compréhension du professeur qui dirigeait le service où il avait été admis, Maleterre y serait encore, aussi écœuré par la morgue des internes qui transformaient le tout-venant en cobayes pendant l'absence du patron, que par la monotonie et l'insipidité des plats.

Ce professeur qui avait abrégé la convalescence et redonné la liberté, il était cité avec beaucoup d'éloges pendant que la serveuse posait devant nous les coupes surmontées de crème Chantilly et les verres d'eau glacée, moi-même calculant le nombre de minutes que, par politesse, il fallait consacrer à cette conversation au début de laquelle, comme j'annonçais que j'allais prendre un avion dans la soirée, Maleterre avait comparé notre rencontre à celle de deux boules de billard qui s'entrechoquent pour mieux repartir chacune de son côté. Le frère de Marie-Hélène irait se reposer à la campagne chez un ami de longue date, qui avait été, en outre, son professeur de lycée. À la campagne, dans une maison où, à chaque repas, on mangeait aussi bien que sur note de frais, il aurait la tranquillité pour achever une commande dont il lui était impossible de repousser encore l'exécution. Et c'était l'unique question que je lui avais adressée, profitant d'un de ses rares silences, car une politesse qui le rapprochait de Jonas lui interdisait de s'arrêter jamais de parler. Elle le conduisait également, sans caricature, à garder sa cuillère dans la bouche plus longtemps qu'il n'était de mise, afin d'exagérer l'expression du plaisir procuré par ce qu'on lui offrait, et qui, en l'occurrence, avait la consistance du plâtre et l'aigreur du lait caillé.

Collaborait-il toujours à ce journal dont j'avais quelquefois, avec lui, accompagné les photographes au domicile des vedettes, ainsi qu'à l'hôtel Meurice où Dali, assis sur la banquette de l'ascenseur, nous avait souhaité des milliers de mouches pour la sieste ? Maleterre s'était borné à répondre que dans son métier on changeait souvent de patron, et je lui avais su gré d'avoir glissé et sur le mien, et sur les conditions de mon départ du « Lardennois ». Son procédé pour communiquer les nouvelles sur lesquelles il refusait de s'appesantir, en les abritant derrière celles qu'il consentait à développer, m'était familier : sa voiture, dont il avait manqué d'abîmer l'avant pour me stopper au feu rouge, puisque son achat remontait à l'année de la mort de sa grand-mère, il serait obligé de la remplacer au retour des vacances, mais, pour le mariage de sa sœur qui en était aux secondes noces, et à la folie des grandeurs, il envisageait de louer une limousine.

« J'imiterai Mme Francavilla », avait-il dit, et ses allusions aux gens de la colline et à notre passé commun s'étaient arrêtées là pour mon soulagement. Puis, sur son initiative, nous avions échangé nos cartes de visite ; la mienne était celle qui ne comportait que l'adresse de ma société et le numéro de ma ligne qui échappait au contrôle de la secrétaire. En la rangeant dans son portefeuille entre deux liasses de billets dont l'aspect jurait avec l'usure du cuir, pour fermer la parenthèse du troc, il avait murmuré : « Bientôt, peut-être, j'aurai quelque chose à t'envoyer. »

Il conservait son comportement tout de charme et de sourires, son habileté de causeur énumérant des riens pour les tourner en récit, et encore plus qu'hier, si l'éducation était un instrument, moi je continuais d'être, devant le piano, le déménageur qui trime, et lui, le concertiste qui s'arrange pour tirer une variation de la moindre note qu'on lui jette. À la différence de tant de ses semblables qui ne se retenaient plus avec les années, laissaient amollir leurs intonations et attitudes pour gagner du temps dans les préliminaires, délivrés qu'ils étaient du contrôle de la famille, enhardis par la réussite sociale, ou bien en proie à l'angoisse de rater des occasions — à moins que ce ne fût la résignation à être enfin eux-mêmes qui les poussait à hisser le drapeau —, Maleterre demeurait dans les limites de la bonne grâce et de l'aisance que je lui avais toujours enviées. La diminution de ses forces, en réduisant l'ampleur de ses gestes, lui conférait un surcroît de distinction, sans parvenir à le féminiser, et sa voix n'avait pas changé.

« Venez, je vous emmène à Bagatelle — au restaurant il y a des roses, et on n'y mange rien », avait-elle crié, jadis, cette voix sous ma fenêtre au « Neuf » à l'intention de Mme de Lassonne, qui était au régime et désherbait le jardin en attendant l'heure de la promenade des jeunes blessés de la route, dans le champ aux acacias, derrière l'hôpital Rothschild. Après un séjour à la campagne, s'il récupérait seulement le tiers du poids que j'espérais perdre dans la salle des vétérans, il serait presque identique au jeune homme que j'avais quitté au « Lardennois », les fils blancs à ses tempes feraient à peine une différence. La main gauche sur mon genou, j'avais allongé la droite pour saisir mon verre d'eau, les deux boules du sorbet ayant accru ma soif et le délai de courtoisie touchant à sa fin, lorsque — aussi rapide que la fusée dont le sifflement déchire la nuit avant d'exploser en festons au bout de sa course pour que miroitent les eaux de la Loire, dans le roman de Valdès, et qu'apparaisse sur l'autre rive le faubourg qu'on ne soupçonnait pas — le nom du professeur de médecine qui s'occupait de Maleterre avait éclaté dans ma tête à la seconde où mes lèvres allaient être mouillées. On savait ce que signifiait d'être soigné par le replet M. Rangeard, qui, la lippe pendante et l'œil malin, courait du peintre au chanteur pourvu que le malade soit connu, et qui à présent battait tambour avec l'incurable. Revanche sur l'obscurité où l'avaient maintenu auparavant ses travaux consacrés aux maladies tropicales quand il n'existait plus de colonies, il se dépensait devant les caméras afin d'inciter le public à la prudence et d'expliquer que les modes de contamination demeuraient en partie mystérieux, suant sous le feu des projecteurs une bonté contractée au chevet des moribonds : elle le portait au comble de l'estime pour lui-même.

Était-ce bien dans mon verre que j'étais en train de boire ? Mais mon verre, je l'avais déjà lâché comme si, de la blancheur de la Chantilly, à moitié fondue et à laquelle je n'avais pas touché, eût émergé le noir des pinces du crabe qui symbolisait, outre mon signe du zodiaque, l'irréversibilité du mal qui était à l'œuvre dans le corps de certains hommes.

Avant le bruit de la détonation du verre sur le carrelage, il y avait eu une sensation d'humidité sur mon ventre, et ensuite j'avais tenté en vain de ne pas rencontrer les yeux de Maleterre qui me tendait un mouchoir, le coin des lèvres relevé par une mimique d'apitoiement. « Avec cette chaleur, avait-il dit, tu seras sec avant d'arriver à l'aéroport. Je t'assure que tu n'as rien à craindre. C'est prouvé en laboratoire, l'eau n'est pas du tout le liquide qui contamine… » Puis, doucement, il s'était mis à rire, l'air d'avoir surpris derrière moi, à travers la vitre, sous les arcades ou sur la chaussée, tout au fond du jardin des Tuileries, ou bien à une distance plus grande encore que seule sa vue parcourait, des choses qu'il n'importait plus de me décrire et qui lui faisaient plisser les yeux. La mauvaise humeur de la serveuse qui approchait, munie d'un balai, avait reflué sous l'effet de ce rire de bonne compagnie qui enflait, et dont la nuance de sarcasme qui m'incitait à renverser la table d'un coup de pied n'était perceptible qu'à mes oreilles.

« Apportez un verre à monsieur, inutile de changer le mien, dit soudain Maleterre, je voudrais un quart d'eau minérale — la bouteille seulement. Je garde mon verre. »

Moins pour réparer que pour marquer à mon tour un point, au moment de nous séparer j'avais essayé par surprise de lui donner une accolade, mais de son bras tendu, dans un mouvement qui épuisait peut-être toute son énergie, Maleterre, sans s'arrêter de sourire, me l'avait interdit, et lui-même, à cet instant-là, était beaucoup plus loin qu'à l'autre bout du bras qui me repoussait. De ses doigts maigres aux jointures aussi blanches au naturel que lorsqu'on serre les poings, il avait déchiré la feuille de contravention glissée sous une branche de l'essuie-glace et jeté les morceaux par-dessus l'épaule comme des confettis, sans se retourner. Sa voiture, qu'il me fallait bien escorter jusqu'au feu rouge où nous nous étions retrouvés auparavant, avait filé en direction de la rive opposée d'où provenaient encore quelques rayons de soleil, tandis que je bifurquais sur la droite vers la Madeleine.

L'épisode ne figurait pas dans le roman signé par Valdès, où la fin de Maleterre était annoncée par l'arrachage d'une feuille punaisée au mur entre deux notes de l'administration tachant de leur jaune de papier pelure le contreplaqué d'un tableau de service, et sur laquelle étaient caricaturés les gens du service que, dans cet hôpital de banlieue, on avait relégué à proximité de la blanchisserie centrale. L'auteur, qui sortait peut-être de la chambre du mourant, avait recueilli leurs surnoms — Blond Cassis, Mickey, M. Cloque, Amanda Ketchup —, ce dernier sobriquet, qui était pour une danseuse du *Crazy Horse Saloon* où j'emmenais parfois des étrangers de passage, désignant l'infirmière, une Antillaise, la première femme sans doute dont le malade avait espéré une caresse des mains sur son front. M. Cloque, était-ce le chef de service qui, parfois, se présentait ivre à la consultation de onze heures ?

Valdès avait-il assisté à l'agonie, au moins pour se documenter, ou bien, alors que tant de détails étaient authentiques, avait-il inventé l'arrachage d'une circulaire, pour l'image du papier qui volette dans le couloir, touche le sol pour être aussitôt piétiné avant que, par une porte ouverte, un courant ne l'aspire dans la cour et l'expédie du côté où sont rangées poubelles et voitures des médecins ? Valdès avait-il écrit un livre à la mémoire d'un ami en essayant de lui donner une dernière fois la parole dans les chapitres rédigés à la première personne, comme celui qui d'entrée avait rebuté Alice, ou bien s'était-il approprié une confession pour l'entrelarder de ses commentaires, compléter ce que Maleterre, par son affaiblissement physique, avait été empêché de terminer ? On entendait deux voix bien différentes dans ce livre. Cependant, ménager une telle illusion n'était-ce pas l'élémentaire pour quelqu'un qui avait l'habitude d'écrire, qui était intelligent et qui, depuis l'époque où Jonas lui commandait des notules pour *Libertés européennes,* avait dû accomplir beaucoup de progrès en rédaction ? Le propre du romancier n'était-il pas de réinventer sur la base de son expérience, de varier les points de vue et de se glisser avec d'autant plus de facilité à la place des personnages qu'il les avait copiés sur le vif ?

Sur la quatrième page de couverture qui mentionnait ses titres universitaires, sans négliger sa collaboration à différentes revues, il n'était pas indiqué que Valdès avait publié d'autres ouvrages, et je ne croyais pas qu'on renonçât jamais à s'en vanter quand on en avait écrit. Mais, pour être équitable — n'envisager que l'hypothèse du vol et ne pas tenir celui-ci pour certain —, il convenait de me méfier de l'antipathie que m'avait toujours inspirée le professeur avec sa bimbeloterie sur la poitrine, et j'étais trop enclin à estimer logique que le fils du spoliateur de biens juifs pendant la guerre — selon Jonas — eût, en vertu de la même mentalité, détroussé un cadavre et créé un précédent à faire peur. Car, pour les gens de ma catégoric et peut-être pour chacun d'entre nous, c'était ajouter une menace à la mort si ce que nous avions fait et qui méritait bien, au bout, la charité de l'anonymat et l'apaisement de l'oubli, s'exposait à être révélé, fût-ce sous le voile du roman. Nos vies n'étaient mémorables que pour nous-mêmes. Il ne devait rien en rester pour la curiosité et l'amusement du public, dans cette vie qui suivait nos vies mais de laquelle nous serions absents. Et sans doute Maleterre prénommé Didier, et ici devenu Roland, n'avait-il pas eu peur du danger en envisageant de puiser dans ses souvenirs la matière d'une histoire qu'on imprime, mais du moins gardait-il la liberté de l'affronter les yeux ouverts, après avoir effectué un tri. Qui avouait jamais tout ? J'aurais bien voulu qu'on me le désigne. À moins de bêtise, une autobiographie ne se justifiait que par un arrangement des faits, qui sauvait d'être connu, refusant au lecteur le spectacle de canailleries qui l'eussent absous des siennes sans le guérir lui-même ni diminuer sa sévérité à l'égard d'autrui. Je n'aurais pas imaginé, par exemple, d'avouer à qui que ce fût, plus tard, les raisons pour lesquelles j'appréhendais le rendez-vous de ce Mercredi saint et m'étais préoccupé d'activer la construction d'un tombeau. J'évitais de penser à certains événements de ma vie, parce que je ne voyais pas la nécessité de m'infliger dans la tête des sanctions que j'avais esquivées dans la réalité. De n'avoir jamais eu de confident, je m'en étais beaucoup félicité ce dimanche-là, où, pour ne pas m'écarter des réflexions nées de ma lecture, j'avais décommandé un dîner, alors qu'il eût été sage, jusqu'à mon départ, de ne rien changer à mon emploi du temps et de me montrer aussi sociable et détendu que ma nature me permettait de l'être — sociable surtout.

De son vivant, Maleterre aurait-il songé à se servir de ce qui s'était passé le jour où, à travers la fenêtre de la salle de musique, située au rez-de-chaussée du lycée qui portait le nom d'un historien du XIXe siècle dont les descendants offraient encore des livres aux élèves pour la distribution des prix, il avait aperçu son père — moins beau en tenue civile qu'en uniforme, et qui surgissait de la pénombre de l'allée des tilleuls en tenant par la main sa fille enlevée une demi-heure plus tôt à son cours de septième chez les religieuses, et ravie de l'être. L'officier qui arrivait en permission, et n'était attendu chez lui que le surlendemain, avait déclaré à ses enfants qu'il comptait réserver une surprise à leur mère, le silence étant la condition de la réussite de cette feinte qui déjà les amusait tous beaucoup. Aussi, pour que leur approche ne fût pas signalée d'une fenêtre, avaient-ils suivi le chemin bordé d'arbres qui longe le stade municipal où les élèves étaient autorisés à jouer au football le jeudi, de manière à pénétrer dans la villa par la porte du jardin, qui était pour ainsi dire condamnée en raison de la circulation sur la route descendant vers le fleuve. Elle s'ouvrait en face du parc de la mairie.

Le père, qui avait eu de la difficulté à manier sans bruit ni exclamation une clé qui s'était rouillée, pinçait les lèvres pour empêcher ses complices de rire, n'y parvenant pas toujours pour lui-même. Il y avait du soleil, et en bas la Loire était presque bleue.

Tous les trois, sans se regarder, avaient gravi sur la pointe des pieds les marches du perron. (Des draps séchaient-ils sur une corde tendue entre les deux tilleuls plus hauts que ceux de la cour du lycée ? Nulle part n'était notée l'importance accordée par Maleterre à la propreté et à la qualité du linge.)

Dans le salon, ils avaient cru percevoir un rire et redouté, un moment, que leur ruse n'eût été éventée. Rassurés de n'entendre que le tic-tac de la grosse horloge dont le balancier à chaque mouvement leur renvoyait dans l'œil un rayon de lumière filtrant à travers les volets à demi clos, ils s'étaient engouffrés dans l'escalier qui conduisait aux étages, et le père, qui avait tourné la poignée de la serrure de sa chambre avec le même geste par lequel on donne un dernier tour de vis, s'était effacé d'un bond sur le seuil, avant de pousser devant lui Didier et Marie-Hélène, par une claque dans le dos, pour qu'ils avancent et voient ce qu'il y avait à voir.

Ce qui avait d'abord frappé les enfants, c'est le tressautement de la poire électrique sur le montant du lit au rythme des coups sur le ventre qui remuait ; ensuite, une mèche d'homme frôlant comme une aile des seins qui, à travers l'étoffe des chemisiers et des peignoirs — quand la mère enlace et console —, ne leur avaient jamais semblé aussi volumineux ; enfin, dans un visage qu'ils avaient eu de la peine à identifier — tant les traits en étaient dilatés, rajeunis —, des yeux qui ne parvenaient pas plus à se détacher du plafond que d'un écran où eussent défilé les scènes annonciatrices, par leur musique, de la fin du film avec le bonheur qui vient comme à une chatte se roulant dans la valériane.

Le soir, la grand-mère paternelle, accourue de son pavillon Directoire, succédait à sa bru qui avait plié bagage pour diriger la maison où, quelques années plus tard, le dimanche, elle inviterait le professeur préféré de son petit-fils, notant la composition du menu sur ses « cahiers de table » pour éviter de resservir les mêmes plats à des intervalles trop rapprochés. Il était bien simple de la décrire pour Valdès, que j'avais eu beau chercher dans ces pages : il s'était abstenu de se mettre en scène, supprimant le personnage du jeune agrégé, vedette d'une année en province, ce qui lui économisait le récit des agenouillements et du fiasco dans la chambre du château où avait été assassiné le principal ennemi d'un roi de France joueur de bilboquet et fils d'une Italienne.

Didier et Marie-Hélène aimeraient plus que personne la vieille dame qui se teindrait en blond pour se rajeunir, craignant de leur faire honte par son âge, quand ils sortiraient ensemble, et quelquefois ils s'amuseraient à la border dans son lit, « parce que, désormais, elle avait plus d'enfance qu'eux-mêmes qui ne seraient plus jamais ce qu'ils avaient été auparavant, quand tout était encore pur et Maman insoupçonnée ». J'avais souligné la phrase, avant de me lever pour me préparer un café. Je n'en étais encore qu'à la moitié du livre, mais déjà je savais que la photo sur la malle cabine du « Onze » ne pouvait être que celle de l'adolescente qui avait étrenné sa première robe longue au mariage d'une cousine dont elle était la demoiselle d'honneur. Marie-Hélène, que son frère disait être étudiante en lettres et qu'il promettait sans cesse de me présenter, m'énumérant ses flirts, se plaignant de ses accès de mauvaise humeur le vingt-huitième jour, avait péri dans l'accident de circulation où son père était mort brûlé vif. Elle avait dix-sept ans. Valdès ignorait le mensonge que son ancien élève avait maintenu à mon intention jusqu'à notre dernière rencontre, où il s'était débrouillé pour raconter dans une parenthèse que sa sœur comptait se remarier, certain, en somme, que je n'avais rien oublié de ses bavardages au sujet de sa famille, lorsque j'étais bien obligé de l'écouter par politesse, mangeant dans ses assiettes en carton les nourritures qu'il ne se cachait pas de m'offrir et pour lesquelles il feignait lui-même de l'appétit à deux heures du matin. Sa mère, dont il ne m'avait jamais soufflé mot, devait être très belle si, comme il était dit, il lui ressemblait trait pour trait. Selon Alice, qui de loin en loin avait été amenée à transmettre ses appels au « Onze », la communication ne durait guère plus d'une minute, et encore, retranché le préambule de grande maison où celle qui, son service terminé à l'hôtel, retournerait cirer des chaussures dans les toilettes d'une station de métro des Grands Boulevards apportait tant de volupté et de lenteur à l'expression de sa politesse, s'assurant du revers de la main que le bandeau de son ruché à festons de bisette n'avait pas glissé sur son front, comme si ses correspondants étaient en mesure d'inspecter sa tenue, robe noire et tablier blanc.

« Bolivar 14-50, j'écoute... Bonjour madame... Qui dois-je annoncer, je vous prie ? » — « Sa mère », lui était-il répliqué d'une voix brusque. « Et ni au revoir, ni s'il vous plaît, ni merci », soulignait-elle, scandalisée autant que par une insulte de n'être pas parvenue à imposer sa douceur, pourtant susceptible de calmer par contagion jusqu'à Teddy surgi en haut des marches de la mezzanine, qui chantonnait pour ne pas bégayer, encore heureux de l'endolorissement d'une nuit sous le fouet, dont les échos, à travers la cloison, m'avait inspiré les pensées qu'on s'avoue à grand-peine et conduit à soupçonner la volupté du coup de grâce pour qui le donne et qui le reçoit.

Mme Maleterre, qui peut-être ne s'appelait plus ainsi, devait vivre encore, puisque, la mienne exceptée, les mères mouraient vieilles et que les femmes nous enterraient, en général, après nous avoir faits. On n'apercevait pas, en tout cas, l'épouse du contre-amiral dans les parages de l'hôpital de banlieue où avait agonisé son fils, et dont la description se prolongeait par un cours sur la maladie se propageant par des liquides différents de celui qui gouttait du robinet de la cuisine, et je m'étais interrogé sur le plaisir éprouvé à l'énumération de tant de caresses, postures et attitudes désormais proscrites qui les faisaient couler. On ne notait pas non plus la présence de Mme Maleterre parmi les personnes qui, un dimanche après-midi à la campagne, jouaient aux charades, lassées peut-être de simuler l'entrain devant un convalescent qui ne bénéficiait, en réalité, que d'une rémission, mais on l'ignorait tout autant que le nom de la maladie qui aurait fait fuir.

On avait proposé que chacun dît à son tour les images ou les scènes que lui aurait suggérées le mot lancé au hasard par les autres assistants. On n'avait retenu, bien sûr, que les mots proposés au soi-disant Roland qui était allongé dans une chaise longue. Je flairai le procédé pour caser des fragments de la vie de Maleterre sans avoir le souci de les relier entre eux et, si Valdès était un tricheur, pour solder à la sauvette des morceaux de brouillon, un reliquat de confidences, en s'abandonnant au passage à un plaisir de propriétaire, puisque décrire ce qu'on avait, c'était posséder deux fois. Car l'attention accordée soudain au décor n'était pas que du remplissage ; on décelait du contentement entre les lignes. Il me revint que, selon Jonas, qui, d'ailleurs, l'estimait beaucoup pour sa générosité, le cran qu'elle avait eu en épousant un homme de beaucoup d'années son cadet, étranger à son milieu et fils d'un homme déshonoré par sa collaboration avec les nazis, la femme de Valdès, par le caractère et le physique, était entre le bas-bleu et le bas à varices. Mais le bas de laine surtout semblait réel, à voir ou entrevoir ce qu'elle avait légué à son mari qui hébergeait maintenant un moribond dans leur maison en Normandie, afin de l'étudier de près à la phase ultime de sa maladie, capter sa confiance et lui soustraire sa confession. Il aurait fallu avoir la science de Mme Francavilla pour évaluer à leur prix les meubles qui étaient montrés. (Le maître d'hôtel qui ramassait les verres sur une table basse était trop âgé pour que Jonas eût eu envie de le serrer contre sa poitrine.) On admirait également la grande baie sur la pelouse où un couple de ces oiseaux que la superstition interdisait de nommer becquetaient, leur roue déployée, les filets d'eau échappés à un tuyau d'arrosage dont la minceur du débit n'étonnait cependant pas le second domestique qui, plus loin, arrosait la rocaille séparée du jardin par une allée : le tableau était pour Mme de Lassonne.

« “ Escalier ”, avait attaqué quelqu'un dont on ne définissait ni le sexe ni l'âge. “ L'escalier à droite ”, avait répondu Maleterre. Au lycée, la même salle est attribuée pendant toute l'année à chaque classe, c'est aux professeurs de se déranger. Et comme c'est ça de la sixième à la terminale, la mienne a toujours été située de ce côté-là, le réflexe m'est resté. Lorsque j'ai habité sur la petite colline qui n'est pas beaucoup connue, à Paris, je garais ma voiture dans l'avenue qui, en bas, fait l'angle avec la rue en pente où se trouve l'hôtel qui est tout en haut. Elle était souvent barrée par les camions qui transportaient du papier à l'imprimerie. Mais, au lieu de remonter cette rue où la campagne commence au premier tournant, j'empruntais l'escalier qui rallonge le parcours, malgré les apparences. Lorsque je m'en souvenais, j'étais déjà sur la plate-forme qui est devant l'entrée d'une garderie d'enfants. Un après-midi, le type qui me précédait à dix mètres, et qui, vu de dos, avait plutôt l'allure d'un Nord-Africain, s'est retourné brusquement, au bruit de mes pas — pourtant j'avais des baskets. Il était brun, bien sûr, et plutôt grand, les cheveux très courts, les pattes taillées haut sur les tempes, comme à l'armée.

« L'homme traînait une espèce de sac de marin tout bosselé, où il avait dû entasser ce qu'on met d'habitude dans une valise. Il l'avait posé sur une marche contre le mur, là où les briques étaient dégagées du mortier et où retombait le lierre. Sur ce fond végétal, avec son impassibilité, sa façon d'observer par en dessous, même quand on montait vers lui, avec son imperméable trop étroit pour sa carrure, sa cravate en cuir — aussi étroite qu'une lanière de fouet —, il ressemblait à un paysan qui se rend à la gare et que ça embête de voyager. En attendant qu'on parvînt à sa hauteur, il avait remué les doigts pour les désengourdir, et une cicatrice partant des bracelets de la chance au poignet pour arriver à la première phalange du pouce s'était révélée à la main gauche.

« Quand il a dit, la bouche fermée ou presque : " Tu sais où est l'hôtel ? ", continuait le convalescent, j'ai deviné qu'à la moindre réticence de ma part il rebrousserait chemin, et même qu'il le souhaitait. Mais il m'avait tutoyé, et il y avait cette cicatrice à la main. Le feuillage qui remuait derrière lui plaçait des galons sur une de ses manches. Là-haut, il y avait toujours un peu de vent. Il m'a tendu son paquet de cigarettes, et j'ai accepté, oubliant que je ne fumais plus depuis six mois. Puis je l'ai accompagné jusqu'à l'hôtel. Mon père lui aussi fumait des gitanes à bout filtre.

« " Bureau ", avait clamé une femme qui était contrainte d'élever la voix parce que les oiseaux sur la pelouse émettaient ce cri d'une aigreur s'accordant bien à leur réputation qui est de porter la poisse aux hommes aussi sûrement que les bouquets d'œillets aux comédiens.

« Le plus éloigné, avait dit Maleterre, est celui de la salle de permanence, qui est si longue que deux parois coulissantes peuvent la diviser en trois. Je m'installe toujours au fond, de la sixième à la philo.

Je grandis, la taille de mes voisins n'augmente pas. Pour rien au monde je ne voudrais rencontrer le regard d'un bagarreur qui est dans une classe supérieure à la mienne et à qui je n'ai jamais adressé la parole, bien que je n'aie envie que de cela.

« Le bureau le plus proche est celui sur lequel une chatte noire au nez tout aplati dort sans cesse, un bout de la langue dépassant la pointe du museau comme un reste de proie qu'elle aurait gardé à la bouche pour nourrir des rêves de chasse. Le bureau le plus beau est réservé à mon père. Il rédige beaucoup de lettres quand il vient en permission. Il en expédie même à Grand-Mère, qui est à vingt kilomètres de chez nous, et je crois que c'est pour s'assurer qu'elle aura une visite grâce à la distribution du courrier. Il a une manie : presque à chaque phrase il trempe dans l'encrier la plume de son stylo dont le réservoir est plein. Le buvard du sous-main est semé de taches. Elles m'attirent, je me demande bien pourquoi. Quand il n'est pas à la maison, je m'amuse à les élargir, à parachever les formes qu'elles suggèrent. Une branche dépasse. J'en ajoute d'autres pour créer une étoile. J'aime que la goutte qui tombe soit lourde le plus possible.

« Ma petite sœur m'espionne, je menace de la battre si elle cafarde, mais ce ne sont que des paroles. Je n'ai jamais frappé Marie-Hélène et serais dégoûté d'y penser seulement. Tout de même, si j'ai réussi à la faire pleurer, la réconciliation va être plus douce. Le bureau est de style Empire. Napoléon est grand parce qu'il a simplifié le mobilier — mon père le pense. Il veut aussi que je m'inscrive à un club de golf. »

On lisait ensuite qu'un troisième invité avait prononcé le mot « chaussure » sur le ton triomphant d'un joueur de poker qui annonce une quinte flush. Triomphant ? La comparaison était bien d'un professeur réintroduit par son mariage dans l'univers des riches, éloigné de la vie, qui avait eu besoin d'un moribond à domicile pour être inspiré et n'était jamais entré dans certaines arrière-salles où règnent parfois des silences de meurtre sicilien et où les flambeurs attrapent dix ans en dix minutes et un teint plombé. Le danger à son maximum, il avait dû le connaître la nuit, dans certains lieux de drague, mais il n'était pas prouvé qu'il eût montré autant de courage que Teddy, bien que, dans la furie de la jeunesse tout au moins, le désir enhardît jusqu'aux plus lâches. Une quinte flush était aussi probable que l'accession d'un fils de cheminot à la dignité d'ambassadeur de France, qui abondait dans la belle-famille de Valdès autant que les jetons de présence et les présidences de conseils d'administration. On pouvait, à la rigueur, parler d'un carré d'as, mais quand on le détenait, dans un état de tension pareil à celui où, par trop de douleur physique, soudain on ne se sent plus rien, on s'est absenté de soi-même, la joie ne parvenait plus à monter à la bouche pour modifier l'articulation des mots. Un soir, mon ventre avait gargouillé, car la cave était à vingt mille francs.

« " Chaussure ", enchaînait Maleterre. L'homme que j'ai rencontré dans l'escalier m'offre un verre pour me remercier. Nous entrons dans le bistrot fréquenté par les ouvriers d'une imprimerie. Il n'a pas le genre à habiter mon hôtel où il y a bien des genres, sauf le sien que je ne comprendrai d'ailleurs jamais. C'est un homme qui ne parle pas beaucoup mais qui écoute. Je pense que la patronne ne va pas l'accepter comme résident, quand elle rentrera, et que nous ne le reverrons plus. Pour payer, il sort des billcts d'une enveloppe — une liasse entourée d'une bande de papier blanc à rayures vertes, pas plus large que le petit doigt, comme on en fournit à la banque quand on retire de fortes sommes. Il a jeté un coup d'œil à mes baskets, et il dit ensuite que les voleurs à la tire portent des chaussures de ce modèle afin de courir plus vite. On les repère grâce à ce détail, et, en général, ils n'ont pas encore trente ans. À cet âge, si on en est encore à la fauche, affirme-t-il, on est aussi à deux doigts de tomber dans la cloche. Avant trente ans, on doit réussir. Alors je réponds : “ Vraiment, vous croyez ? ” parce que j'hésite encore à lui rendre son tutoiement, et soudain, avec mes baskets, j'ai l'impression d'être pieds nus. Mon regard quitte une bosse sur le flanc de son sac de marin posé maintenant sur une chaise. Je le dévisage, et je trouve qu'il ressemble un peu à Humphrey Bogart dans *Casablanca.* »

« Et, un peu, vous vous sentiez comme Lauren Bacall », avait murmuré une invitée qui se dirigeait vers un piano à queue, où il y avait la photo de la fille du maître de maison.

La bosse du sac ne provenait-elle pas des gants de boxe ? Sans doute, parce que dans la vie en général on se rappelait mieux la fin que les commencements, il me fut impossible de me souvenir de ma première rencontre avec Maleterre et des heures qui l'avaient suivie. Néanmoins, je revoyais bien le sac que le fils d'un contre-amiral n'était pas excusable de confondre avec le paquetage d'un marin, n'ayant pas oublié non plus que j'évitais de mettre les billets de banque dans un portefeuille, pour éviter qu'on ne me les vole avec celui-ci pendant mon sommeil. Avais-je tant d'argent à l'époque où j'avais déserté la Rive gauche, fatigué par la fréquentation de quelques-uns, eux-mêmes lassés de la mienne, et où j'avais bien du mal à envoyer de temps en temps un petit mandat à Anna Cousine — le dernier me serait retourné bientôt au « Lardennois » avec la mention du décès de la destinataire. Quant à payer à boire sur-le-champ, le geste s'expliquait par l'envie de me faire un allié dans un établissement si éloigné des zones délimitées par la nécessité, depuis mon installation à Paris, qu'il était obligatoire qu'on me l'eût indiqué, à défaut de m'en avoir révélé les usages. On n'était même pas reçu par les propriétaires. M. Rodriguez détournait à peine son regard des alvéoles du standard qui se remplissaient de vert, pour répondre non, d'un signe de tête, la règle voulant, dans cet hôtel sans enseigne, qu'un résident présentât son successeur des semaines avant son propre déménagement. Pourtant, on avait attribué sans difficulté le neuf au simple quidam que j'étais puisque aucune scène particulière ne se rattachait à mon entrée dans la chambre où l'on avait une vue qui s'exploitait au cinéma, mais qui me gênait par son grandiose. Il ne subsistait rien de l'occupation des lieux par mon prédécesseur, le peintre sud-américain qui veillait à ne pas laisser de cheveux et de gras sur le traversin et s'était pendu au lustre comme si, la corde lui sectionnant la gorge, il s'était frappé là où certains mots ne pouvaient pas passer. Mais de Ramon, dont les tableaux avaient retenu Alice au point qu'elle était encore capable de les décrire, il n'y avait pas l'ombre dans ce livre où chacun des membres de la tribu du « Lardennois » — telle qu'elle se composait le jour de ma fuite — avait droit à son croquis lorsque ce n'était pas à son paquet, dans les pages que je me refusais d'attribuer à Maleterre, en raison de la différence de ton entre le « je » et le « il ».

Pour M. Bonfanti, on frôlait le chapitre, tous les sacs et les fourre-tout ayant leur bosse, et cela se comprenait. Elle se prêtait au morceau de bravoure, l'antique poupée aux costumes pied-de-poule piquant du nez sur sa poitrine à la fin des soirées où Teddy chantait, et sa date de naissance rendait historiquement plausible qu'elle eût approché, dans sa prime jeunesse, les gens qu'elle prétendait avoir fréquentés. M. Bonfanti était assez riche, en toute hypothèse, pour faire oublier à Mme Francavilla une vieillesse qu'elle ne supportait, dans son entourage, que chez les domestiques, où elle lui paraissait la garantie d'un dévouement sans retour. En contradiction avec son émerveillement matinal au-dessus de la goulotte des cabinets, Mme Francavilla, d'un air dégoûté, disait en italien à Jonas : « Demain, c'est le jour de tes vieux étrons », si l'on était à la veille d'une réunion dans le hall du comité de rédaction de *Libertés européennes*, même si le plus âgé de ce groupe de fumeurs de pipe était encore séparé par une génération du titulaire à perpétuité de la « suite » numéro 4. Au début, il m'avait bien trompé, celui-là ; tout rose, pomponné, précieux qu'il était, il n'en avait pas moins aimé les femmes au sujet desquelles il répétait que, des impératrices aux filles, elles lui avaient réservé le meilleur dans la vie.

Pourquoi avoir remplacé « filles » par « putes », modifié une formule passée en proverbe dans la maison où il était convenu qu'on ne devait jamais exprimer un quelconque scepticisme sur l'authenticité des anecdotes du doyen, ni devant lui ni en son absence ? Aucun terme d'argot, aucune vulgarité n'aurait franchi ses lèvres, qui sans trêve avaient ce mouvement comme pour expulser les pépins que la langue serait allée chercher dans la bouche, sous la voûte d'un dentier qui faisait illusion. Jusqu'à l'année de mon arrivée — le quatre-vingt-sixième de son âge officiel —, une des habituées du champ aux acacias qui se proposaient aux convalescents de l'hôpital Rothschild, le dimanche, restait deux heures dans son bazar du second Empire, pour essayer de lui donner ce qu'Alice était reconnaissante à son amant de ne pas exiger d'elle quand ils faisaient l'amour.

L'auteur remarquait que M. Bonfanti, dans ses récits, troublait plus par des détails que par les preuves extraites de sa collection de reliques, des livres s'ouvrant à la page où son nom était entouré d'un cercle au crayon. Un rayonnage de sa bibliothèque à vitres biseautées était occupé par des exemplaires des Mémoires qu'avaient écrits les derniers familiers d'Eugénie, morte en 1921, au moment où, après tout, le patron de l'imprimerie de la rue Méchain, qui devait plus tard initier M. Jean à son métier, gardait encore dans son tiroir les factures impayées de Lénine, qui avait tiré sur ses presses les quatre numéros du *Journal ouvrier*. Un exemplaire était dans un cadre en bois doré sur une étagère du café de la rue Hecht, et Gisèle retournait le châssis, afin que le nouveau client qu'elle avait adopté pût lire au bas de la dernière page, dans un encadré : « Pour les réclamations, les suggestions et les dons, écrire à M. Vladimir Oulianovitch, 5, rue Marie-Rose. » Et cela, je l'avais lu. Les hommes vivaient plus longtemps qu'on ne croyait, les générations se croisaient dans l'escalier, les déménageurs oubliaient parfois des objets sur les marches, et il y avait toujours un survivant pour assister à un passage de la comète de Halley en le confrontant au souvenir d'un spectateur du précédent. M. Bonfanti pouvait bien exploiter une homonymie, s'être coulé, à force de lectures et de rêveries, dans le personnage qu'il s'était créé et, à la longue, y croire lui-même. Mais cela s'inventait-il, par exemple, que, dans ses appartements tout comme à l'hôtel, on flairait la présence de l'Impératrice avant son apparition parce que, tous les quinze jours, une femme de chambre avait ordre de renouveler les sachets de violette dont on remplissait son linge et ses vêtements, en conséquence de quoi elle laissait dans son sillage l'odeur de sa fleur préférée, comme la patronne du « Lardennois » celle de son eau de toilette à base de gardénia que j'avais retrouvée dans les toilettes du métro, sur le corps d'Alice ? Et si, par l'étude, le mimétisme, un travail de comédien, on parvenait à persuader beaucoup mieux qu'un témoin, où était le mensonge puisque l'impression produite correspondait à la réalité ?

Valdès avait trop d'intérêt personnel dans l'éloge du trucage pour modifier mon opinion sur le vieil homme aux châles de rabbin qui, avions-nous observé, n'échappait jamais à la surveillance de M. Rodriguez. Il embellissait avec le temps, qui pour lui tournait à l'envers, digérait aussi bien qu'une autruche, et, dans le tiroir d'Alice, sa liste de commissions était la plus longue de toutes. À peine souffrait-il de surdité.

Dès que M. Bonfanti sortait de l'hôtel, sa sieste terminée, le standardiste à toute main, abandonnant son poste à la lingère ou à Mme Tox, le prenait en filature, après lui avoir accordé une cinquantaine de mètres d'avance, lui-même signalé à mon attention, si je m'acheminais vers le club de boxe, par la tonsure au sommet de sa tignasse de rouquin. Et le suiveur imitant la démarche du suivi qui tanguait, leurs mouvements obliques étaient ceux des feuilles mortes qui se détachaient des marronniers de l'avenue Manin ou des ormes de Sibérie, à l'entrée du parc des Buttes-Chaumont.

Le secrétaire de l'Impératrice ne se rendait jamais à pied qu'à la brasserie de la place Armand-Carrel ou à la succursale de sa banque dans le haut de l'avenue Secrétan, mais ici un garçon de café et là une employée téléphonaient au « Lardennois » pour avertir quand il rentrait. Ses histoires dans lesquelles défilaient des artistes et des hommes politiques du siècle dernier, qui avaient dû remplir des kilomètres de bandes magnétiques pour M. Lawson, assuré du droit de les utiliser contre le versement d'une somme en dollars, étaient rapportées en nombre égal à celui des résidents, chacun étant censé en recueillir une de la bouche du doyen. Mon tour viendrait-il enfin ? J'avais hâte d'exister. Quand je savais sur tout et tous bien plus long que Maleterre lui-même n'en avait jamais su, il n'y avait que la vanité pour justifier la poursuite d'une lecture à laquelle j'avais déjà sacrifié un dîner.

L'infirmière dialoguait sans qu'on pût s'en étonner avec M. Bonfanti puisqu'elle le soignait ; elle avait croisé, devant la grille, le masseur de Mme Francavilla et Alice qui, réduite à une silhouette, mais cependant identifiable pour un habitant de la colline, n'avait droit à aucune anecdote sur la cour de Compiègne et n'était mentionnée que pour son rôle dans l'affaire des petits déjeuners. Puisque Maleterre lui-même l'avait ignoré, l'auteur ne pouvait deviner le second métier qu'elle exerçait à partir de deux heures de l'après-midi. La comédienne de radio, qui revenait toujours très tard de son travail, rejoignait M. Lawson qui, le premier matin où il avait couru à petites foulées dans les allées des Buttes-Chaumont, sur le cri d'un enfant repris par une femme assise sur un banc près de la cascatelle, avait été poursuivi par les gardiens autour de la pièce d'eau et conduit ensuite au commissariat, parce qu'il s'était débattu — je l'avais oublié, l'épisode.

Je cherchai en vain une allusion au suicide de Ramon, le peintre. Valdès n'était pas au courant parce que son ancien élève avait dû hésiter à confier, tant de vive voix que par écrit, qu'un homme dont la laideur physique lui répugnait s'était tué pour lui.

On n'avançait donc que son propre désespoir, jamais celui qu'on inspirait, et c'était sans doute la raison pour laquelle les romans — lorsque j'en lisais sur l'insistance de Jonas — m'avaient semblé, au principal, des chagrins en quête d'une approbation, soit carrément d'un réconfort dont l'idée même m'écœurait. Apparaîtrais-je enfin dans celui-là comme un personnage, et non plus comme un passant qui coltinait un sac à la recherche d'une chambre pour la nuit ? On était obligé de tourner pas mal de pages, de sauter les parades historiques de M. Bonfanti, ponctuées de lancers de couteau sur les locataires du « Lardennois », avant de dénicher mon portrait dans la galerie et de me voir, du coup, sous un regard différent de celui qu'un garçon de mon âge m'avait accordé dans un escalier de la colline où je le précédais. Valdès m'examinait seulement dans la mesure où j'avais, à sa stupéfaction, occupé les pensées de Maleterre. C'était une chose que d'avoir une médiocre opinion de soi, et tant de motifs pour la justifier, surtout à trois jours d'un voyage qui en amènerait peut-être de nouveaux à la surface. C'en était une autre de la lire noir sur blanc, même quand on n'était pas désigné par son nom, et logé sur un petit pied dans un roman dont la postérité ne songerait pas à chercher les clés, la modestie de sa diffusion et la précarité de son avenir m'étant des protections supplémentaires, ainsi que la mort de son inspirateur, la disparition ou l'éparpillement des principaux protagonistes et la destruction de la maison qui nous avait tous abrités.

On jugeait mes manières quelconques, mon accent vulgaire, et l'on s'interrogeait sur la nature de mes moyens d'existence. On doutait de mon intelligence autant que de mon instruction ; on suspectait mon honnêteté d'après le fuyant de mes attitudes. Il n'eût servi à rien de plaider sur le dernier point que j'avais obéi à la nécessité puisqu'on ne réussit jamais innocemment en partant de la pauvreté, ni à récuser dans son rôle de juge Valdès, le gigolo fils d'un délateur pour qui les fumées des fours crématoires se respiraient avec le même frémissement que l'odeur des saucisses aux entractes de Bayreuth.

De m'avoir aimé était-il si extraordinaire qu'on parvînt à en tirer un argument contre l'amour? Écartés mes parents et Anna Cousine pour qui c'était peut-être une obligation ou l'entraînement, restait la quatrième des personnes qui avaient compté dans ma vie — celle que je m'étais gagnée au prix de tant d'efforts pour la perdre aussitôt par orgueil —, et dont je ne me lassais pas de reconstruire le visage à partir de quelques traits communs avec telle figure surgie de la foule des boulevards ou d'une file d'attente dans les aéroports.

M'aurais-tu menti à ce point lorsque, penché audessus du lit — toujours le premier levé, le bonheur abrégeant mon sommeil —, je guettais le moment où les paupières s'ouvrent, ce laps de temps où, dans le regard mal nettoyé de la poussière des songes, et qui n'a pas encore perçu la réalité, le sentiment est à nu ? Qui sait si ton absence ne valait pas mieux que la vérité ?

Avais-je été la médiocre brute taciturne qui roulait les mécaniques, une touffe de poils dépassant le col de la chemise, les ongles en deuil ? Ce dernier détail avait son utilité pour souligner le contraste formé par les deux garçons voisinant au même étage du « Lardennois », insister sur l'inexplicable de l'attirance du raffiné envers son contraire, mais il était faux ; je n'avais jamais été aussi soigneux de ma personne qu'en cette période où, certains jours, il n'y avait eu que le choix entre un sandwich et une friction au gant de crin, dans les douches de la gare Saint-Lazare. Si désagréable que ce fût, au souvenir de l'instituteur qui nous les taillait en punition, jusqu'à nous faire saigner, je me coupais toujours les ongles ras.

Fouiller les tiroirs à la recherche de la carte d'identité périmée comme ces années-là, pour comparer la photo qui était sur le document avec la description de mon physique dans un livre, c'eût été accorder une satisfaction à l'auteur qui, pourtant, n'en aurait jamais rien su. Ni lui ni Maleterre ne semblaient soupçonner que, cinq ans après notre départ, il n'y avait plus eu qu'un terrain vague dans le tournant de la rue Lardennois où débouchait la rue Hecht.

À la fin de mon exécution, je revins en arrière pour croiser la femme qui, s'étant installée au piano, regagnait maintenant sa place sur un divan de cuir, après avoir, d'un air dubitatif, égrené quelques notes d'une rengaine, pendant que le faux Roland reprenait sa participation au jeu des charades. Au mot « film », il répondait par différents détails que je lui avais moi-même fournis quant à la scène qui se tournait au neuf, lorsque, contre l'habitude, j'y étais revenu l'après-midi, désireux de me coucher tout de suite. Je tenais contre la poitrine le bouquet de roses du métro, acheté pour Alice.

Maleterre m'avait beaucoup reproché de ne pas lui avoir téléphoné à son bureau pour l'avertir de l'événement. Depuis qu'il habitait au « Lardennois », ma chambre avait été louée plusieurs fois à des cinéastes, mais les équipes s'étaient toujours rendues sur les lieux en son absence. Sans dissimuler le moins du monde qu'ils louaient le neuf pour des tournages, les propriétaires s'abstenaient de toute allusion au scénario qui ne variait pas, et je ne comprenais pas à quoi correspondaient ces cachotteries chez un couple qui, même à table, parlait en toute liberté des fonctions les plus basses du corps.

Déjà incomplets au départ, parce que j'avais dissimulé à mon voisin du onze mon coup de sang au cours d'une pause, lorsque la comédienne allongée sur mon lit m'avait interpellé comme je traversais le couloir, ces détails perdaient l'essentiel de leur réalité d'être traités de seconde main, bien que certains fussent interprétés par un familier des plateaux. Maleterre les fréquentait pour nourrir les articles que la maison de production commandait à son journal, ce qui lui permettait, quand ses rapports avec sa rédactrice en chef étaient au beau fixe, de voyager à l'étranger, de descendre parfois dans les palaces au pied desquels Jonas, avant que le voiturier n'eût entassé les bagages sur un chariot, levait d'instinct les yeux vers les chambres sous les toits où était logé le personnel, le cœur battant s'il apercevait, suspendue à la crémone d'une fenêtre, la tache blanche ou noire d'une veste séchant sur un cintre. Que la caméra se fût trouvée sur le côté lorsque j'étais entré dans ma chambre signifiait l'enregistrement de la version la plus brutale de la séquence ; pour la moins choquante, on l'eût placée derrière la tête de la comédienne.

Une hypothèse était même avancée au sujet de la personnalité du metteur en scène, qui était l'auteur sous son véritable nom de films boudés par le public en raison de leur qualité, et qui, au « Lardennois » où il m'avait, sans le vouloir, enseigné comment le cinéma prend les corps pour tout allonger, utilisait un pseudonyme anglo-saxon. Sous mon regard, les choses n'étaient que ce qu'elles furent : je regrettai de n'avoir pas songé à alerter Maleterre parce que c'était à travers son talent, son charme, son ironie capables de dégeler une inconnue dans un café en quelques paroles que j'eusse aimé revoir Mme Francavilla, vêtue de sa djellaba qui, dans le mouvement, prenait un mordoré aubergine, et sortant de la pièce à l'entresol où se préparaient les petits déjeuners, pour secourir les deux maquilleurs en panne de matériel, quand les deux boîtes de soupe à la pomme de terre eurent été vidées et qu'il fallut improviser, sous peine de perdre le cachet d'une quinzaine de personnes. Le nom qui s'étalait en lettres marron sur ces cylindres jaune et rouge de la hauteur d'une demi-bouteille d'eau minérale, si Maleterre ne l'avait pas noté, selon mes indications, moi-même je le déchiffrais encore, bien que le métal eût été tordu en tous sens pour extraire jusqu'à la dernière goutte du produit. Ni la semence du comédien prénommé Georges, aux épaules d'un boxeur de la catégorie poids lourds, ni celle d'aucun homme — la dizaine de techniciens aurait-elle apporté la sienne — n'eût été assez abondante, assez consistante pour que la femme allongée sur mon lit fût en mesure de donner à l'écran l'impression de restituer un trop-plein, telle qu'elle m'était apparue, les paupières closes, la tête sur le traversin, et, de la commissure des lèvres au menton, la bave du nourrisson en train de régurgiter la bouillie qui le gavait, lorsque le rassasiement de l'appétit ou l'hébétude d'un songe l'a terrassé.

Sur le pas de la porte du neuf, offrant son visage impassible et rajeuni à la lumière des projecteurs, Mme Francavilla tournait une cuillère en bois avec une lenteur, une gravité sacerdotales, afin de maintenir à l'intérieur d'un faitout la fluidité de la purée qu'elle venait de confectionner, réduite la portion de beurre, augmentée la dose de lait, pour imiter le sperme dont les potages Campbell, qui n'étaient pas vendus en Europe, avaient la consistance et la couleur. À présent, j'aurais eu tendance à estimer que la rigidité de ce masque était moins imputable à l'épaisseur du maquillage et au souci de ne pas creuser des rides qu'au souvenir de quelque lointaine catastrophe qui avait dû ravager l'intérieur.

C'est que, dans l'intervalle, j'en avais rencontré en nombre de ces femmes au vieillissement stoppé à une certaine date parce que, incrédules d'avoir enduré ce qu'elles avaient vécu, la stupeur qu'elles avaient éprouvée s'était comme incrustée dans leurs chairs qui ne bougeraient plus.

De pareils moments et quelques autres auraient ressuscité si Maleterre, avec la faculté d'observation qui était la sienne — et non le moindre de ce qui nous séparait —, les avait lui-même vécus. Mais les aurait-il rapportés sans nécessité à des tiers ? On ne relevait aucune mention des pratiques de Teddy, la nuit, ni des manies de Jonas, et sans doute devait-on se l'expliquer, dans une confession, par la réserve dont on parvenait à s'affranchir pour soi-même, mais qui interdisait l'étalage de petits secrets d'autrui, quand on n'était pas un Valdès. Bien des événements qui s'étaient produits au « Lardennois » et dans le plus exact silence, selon la règle de l'établissement, auraient dû pimenter la sauce. Je ne m'étais pas privé d'en raconter quelques-uns ici et là, mais l'auteur, qui n'avait jamais été invité aux fêtes dans le hall et ne pénétrait dans l'hôtel qu'à l'occasion des réunions et des dîners de la revue, était empêché de leur faire un sort, son ancien élève les ayant conservés par-devers lui avec autant de soin que le suicide du peintre, et s'il m'était décoché des traits qui quelquefois atteignaient leur cible, c'était parce que les truqueurs se devinaient entre eux.

Dans les pages que j'avais sautées, avide d'un jugement, il y avait quand même pour moi un peu d'inédit. Le journal où il avait été embauché en qualité de stagiaire, un mois avant qu'il eût à renseigner un étranger sur son chemin dans l'un des escaliers de la colline, le journal où, à la fin, j'aurais cru avoir moi-même travaillé, Maleterre l'avait quitté pour ne plus y revenir, le matin où, au cours d'une réunion de service, la rédactrice en chef, dont les sautes d'humeur le tourmentaient autant que les avances du petit chroniqueur de théâtre, fils de l'homme de confiance du patron, lui avait, devant une vingtaine de personnes, tendu un billet de cent francs en le priant d'aller acheter un paquet de cigarettes. Le silence avait succédé au brouhaha, chacun évitait le regard de son voisin. Sans un mot, le « Onze » s'était levé pour sortir de la pièce, et son ascenseur parvenait déjà au rez-de-chaussée quand la femme, qui avait continué son exposé devant l'assistance muette, devait s'interrompre d'un coup pour s'élancer à sa poursuite en criant son prénom. J'essayai d'imaginer son expression de perdante, en m'aidant du visage de sa sœur aînée, de mon chaperon pour une soirée romaine — la princesse passée en un quart de siècle du fascisme à la brocante de luxe, la Française des deux belles époques de l' « Hassler » — l'allemande et l'américaine —, et qui s'était raidie en entendant prononcer le nom de l'actrice des années quarante que j'avais eue comme logeuse.

Avait-on jamais su que Maleterre était né à Saigon ? On le découvrait par l'une des anecdotes de son répertoire familial que j'avais retenues parce qu'il ne craignait pas les redites au sujet de son père. Le lendemain de son arrestation par les Japonais qui avaient envahi l'Indochine, celui-ci s'était vu traîner, menottes aux poings, chez un gradé qui, sans bouger de sa chaise, lui avait commandé tout d'une traite, en français, de confirmer son identité et de lui réciter une pièce de Shakespeare — la tirade de son choix. Rassemblant ses souvenirs, le jeune officier avait débité du texte presque aussi longtemps qu'un comédien pour une audition. Son juge continuait de jouer avec le capuchon d'un stylo, la tête baissée, lorsque, sans ménagements, son gardien l'avait tiré en arrière pour le ramener dans son baraquement où était enfermé tout un état-major qui craignait déjà pour sa vie mais qui, le lendemain, verrait sa libération sans se l'expliquer, pas plus que lui-même. Ce n'est que bien plus tard qu'il s'était frappé le front comme un personnage de bande dessinée quand il doit faire comprendre que « ça y est » à son lecteur à l'esprit infantile : à l'École navale, une soirée en l'honneur des midships d'un bateau japonais, à la suite d'un défi, s'était terminée par un concours de poésie anglaise où, entraîné par son savoir, il avait failli oublier qu'il revenait à l'un des visiteurs de gagner. À la seconde où il l'emportait par une réplique sur celui qui le talonnait, il avait feint un trou de mémoire. Son concurrent lui avait rendu la politesse tant d'années après, et devant son fils, à qui il reprochait de négliger l'étude de l'anglais, aussi utile à la réussite sociale que l'hypocrisie et le golf, le contre-amiral regrettait encore de n'être pas parvenu à identifier son interlocuteur parce que tous les Jaunes se ressemblaient pour les Occidentaux. « Est-ce que tu crois que Papa parle sérieusement quand il nous conseille de mentir? avait demandé Marie-Hélène. Moi je ne réussirais pas. » La semaine suivante, elle était morte, son frère ne le précisait pas.

Le volume prêté par Alice finirait sans doute, comme beaucoup d'autres, dans la boîte d'un bouquiniste sur les quais. Un curieux l'achèterait en solde, et toutes ces anecdotes, il les prendrait d'autant plus volontiers pour ce que l'auteur les présentait — des inventions — que lui-même aurait des raisons de croire que l'imminence de la fin n'amenait à l'esprit aucun des sentiments et images prêtés ici au protagoniste avant qu'il n'eût sombré dans le coma. La peinture des derniers instants de Maleterre, dans la chambre de réanimation aux parois vitrées, contaminait l'ensemble d'irréel, en dépit d'observations dont tout un chacun avait eu l'occasion de vérifier le bien-fondé, telle la comparaison du bec de l'urinal trônant sur la table de nuit avec celui d'un inhalateur. C'était heureux pour un universitaire, mais peut-être gênant s'il voulait continuer à narrer des histoires, puisqu'il y avait toujours des gens prêts à payer pour lire ces histoires qui, souvent, étaient moins intéressantes que la leur : Valdès ne connaissait pas plus la mort que la vie. En deux circonstances, déjà, j'avais senti celle-ci m'abandonner, éprouvant la même sensation de descente que procurent certaines drogues, après nous avoir donné la certitude d'être enfin à la hauteur de nos espoirs. Pour avoir été allongé dans l'herbe d'un fossé, quand il n'y avait plus que l'espoir d'être aperçu par un automobiliste de passage qui eût préféré à l'autoroute le charme de cette départementale, on me laisserait affirmer que, dans ces moments qui s'achevaient, il n'y avait ni retour sur soi ni peur, rien que de la stupéfaction : la merveille que j'étais allait bientôt crever. J'avais espéré que, par quelque signe, l'univers manifesterait de l'intérêt pour l'événement, pendant que je constatais que je perdais mes tripes, comme un enfant qui, ayant fait sous lui, en est alerté par l'humidité, incommodé par l'odeur. Devant l'ampleur du scandale, une secousse tellurique m'eût semblé naturelle — et la moindre des politesses, un coup de tonnerre partant de ce banc de nuages qui charriait de l'ombre au-dessus du chef-d'œuvre en danger —, ou encore le fendillement du mur de la maison solitaire de l'autre côté de la route : on y était censé m'attendre, et attendu je l'avais été bel et bien à un kilomètre de la frontière du pays où Jonas, la veille de la déclaration de la guerre, avait vu des Infantes monter dans un camion, sous l'escorte de franquistes en civil. Des oiseaux aussi gros que des pigeons, encore en émoi peut-être à cause de la détonation, filaient vers un boqueteau au flanc de la montagne, mais je ne les entendais pas. Le monde me refusait sans bruit ; la terre, sous mon nez, dégageait le parfum de moisi d'une serpillière qui a traîné sous l'armoire, le ciel ne m'était rien, et je me chérissais comme je ne m'étais jamais chéri en bonne santé. Une fourmi se promenait sur ma joue, et, lorsque je perdis connaissance, elle était toute ma pensée parce qu'elle eût été la première à commencer le travail. Dans ma conscience rétrécie, même toi, que je persistais à chercher des yeux dans la foule, avais disparu. Maleterre — j'en étais sûr — n'avait invoqué ni son père, ni sa sœur, ni sa grand-mère ; il n'avait pas revu les bancs de sable au milieu du fleuve, l'été. Les morts n'aidaient pas les mourants parce qu'ils n'avaient plus rien à en espérer.

Quand je décidai de refermer le livre, Jonas aurait pu me chuchoter qu'il était l'heure où, si l'on ne se trouvait pas encore au lit, cela signifiait qu'on était debout de bon matin. Le dernier chapitre, d'après ce que j'avais grappillé, promettait pas mal de révélations sur ses parents, mais, avant d'y parvenir, assister à une levée de corps, non, même si elle permettait d'approcher enfin celle qui rembarrait la standardiste de Bolivar 14-50 et qui se montrerait au cimetière où l'on enterrait son fils, aussi pressée que l'avait été un certain Valerio aux obsèques de son demi-frère. J'avais faim, et il était loin le temps où, grâce aux petits déjeuners, on tenait le coup pendant une journée.

J'allai à la cuisine et ouvris la porte du réfrigérateur à l'intérieur duquel la femme de ménage entassait des victuailles comme en prévision d'une période de rationnement. Dans le placard, les assiettes en carton que j'utilisais pour lui simplifier la besogne se détachaient deux par deux de la pile. Il me fut impossible de séparer celles-là.

Bien que l'enseigne inclût le mot, ce n'était pas un café, puisqu'il n'y avait pas de comptoir, et à ne se fier qu'au sexe, genre et âge de la majorité des couples derrière leur guéridon, on croyait pénétrer dans un salon de thé pour les curistes d'une ville d'eaux, après avoir longé le mur de forteresse à la Vauban qui, au nord de la place, borde le cimetière de Passy. On dénombrait dans l'assistance quatre solitaires au moins, tous proches de la septantaine, vêtus à l'identique du costume bleu marine des individus qui, depuis longtemps, s'habillent moins qu'ils n'endossent un uniforme — le même que porteront leurs héritiers à l'enterrement, cette année ou la prochaine. De l'homme avec lequel j'avais rendez-vous, je ne possédais aucun signalement quant à son physique, et pourtant je le reconnus d'emblée : c'était celui-là et pas un autre qui pouvait faire revenir cette pauvreté qui est seulement utile aux saints et, pis encore, le pittoresque qui en découle et dont j'avais eu pleine ration dans ma jeunesse, au « Lardennois », en prison et ailleurs. Et je le reconnus parce que, à mon entrée, l'iris était monté haut dans son œil noir, curieusement cillé de roux, se déviant vers l'extérieur, comme chez les samouraïs des estampes qui ont dégainé l'épée, ou sont au bord de la jouissance, étrangers, dirait-on, au corps qu'ils ont pénétré. Mon correspondant était assis près d'une colonne, à la limite de la salle et de la terrasse vitrée, tenant à la main un journal qu'il ne lisait pas, et ses lunettes relevées haut sur son front dégarni retombèrent sur son nez, qui était la seule arête au milieu de tant de rondeurs, à la seconde où il tourna la tête en direction de la serveuse, autant pour l'interpeller que pour montrer, semblait-il, l'épaisseur et le soyeux de sa couronne de cheveux blancs autour du crâne. La voix qui m'avait sollicité par téléphone et donné ce rendez-vous — la voix qui, pour la secrétaire de mon bureau, si on l'interrogeait, serait celle d'un électricien — n'était pas la sienne, car la sienne se révéla lente, basse et bienveillante dans la commande d'un cognac pour moi dont il prévoyait l'envie sans m'avoir consulté, et d'un thé pour lui qui n'avait pas dû contracter cette couperose sur les bajoues en buvant des infusions pour femmes du monde. Son visage aux traits épais, sur lequel régnait un air de dignité aux confins de l'ensommeillement, d'un luisant révélateur du ponçage à la pierre d'alun, particulier encore à la génération de mon père, devait, sous le coup d'une irritation, s'allumer à la vitesse d'un feu rouge. L'accent se reconnaissait tel l'arrière-goût d'un vin quand on s'en est nettoyé la bouche.

Ni plus ni moins que si je l'avais rejoint après une pause dans les toilettes et que nous reprenions la conversation au point où nous l'avions interrompue, l'homme disserta sur l'événement résumé avec faveur par le titre d'un article de ce journal adapté à la mentalité du quartier, et plié en deux sur le manteau recouvrant la chaise qui nous séparait. La doublure était trop luxueuse pour que le vêtement provînt d'un prêt-à-porter et, dépourvue de toute marque à la hauteur de la poche intérieure, suggérait plutôt le sur-mesure auquel on devait recourir même pour l'achat d'une chemise, quand on avait cette encolure et des bras aussi courts en comparaison du buste — handicap qu'on déplorait volontiers lorsque, à longueur de séance, on s'était entendu reprocher de manquer d'allonge sur les rings du Commandant, rue de l'Équerre. Quelle chance y avait-il encore de réentendre la sonnerie du chrono, qui est comme la note d'une cloche presque aussitôt arrêtée, les exclamations de l'entraîneur : « Double du gauche !... Lève les mains !... » et le leitmotiv : « On bouge », pour que les coups portés d'un corps en mouvement soient moins durs, car si l'on avait trop d'appui sur ses jambes, par un crochet on risquait de tuer — je n'avais pas oublié les leçons.

Des personnages politiques furent désignés par leur diminutif, et les réserves émises à propos de leur caractère étant des compliments retournés, chacun d'eux ne présentait, en apparence, que les défauts nés de l'exaltation de qualités, et qui ne sont perceptibles qu'aux intimes. Était-ce pour me persuader que je recevrais de l'aide si le besoin s'en faisait sentir, ou bien espérait-on mesurer mon inquiétude selon la nature des questions que ces noms traînant dans un soliloque semé de silences m'inciteraient à poser ? Un acquiescement ne coûtait rien, et pas davantage la surenchère dans les platitudes, en quoi j'excellais tant par défaut d'imagination que par tactique, et qui m'aidait à m'adapter au rythme et à la psychologie d'un inconnu, à déceler quelque dominante dans les répétitions. Livrés tous deux aux délices d'un surplace qui ne m'écartait d'ailleurs pas beaucoup de mon métier, nous n'aurions pas eu l'air plus détaché si nous avions été installés à la fraîche au bord du parapet qui limite le terre-plein devant l'église du village, en surplomb des derniers potagers, le cadet, une allumette fichée entre les dents, écoutant l'aîné qui marmonne, pendant que, le long de la vallée, disparaissent dans la végétation, avec la tombée de la nuit, les murets qui séparent encore les propriétés à l'abandon et montent quelquefois jusqu'à des crêtes désormais réservées aux seuls sangliers, lorsque pour l'aigle c'est trop bas. M'avait-on délégué un vieux parce qu'il était difficile à un magistrat de maintenir en détention un inculpé parvenu à cet âge où tout homme suivait d'ordinaire un traitement médical que l'avocat ne se privait pas d'utiliser aussitôt pour soutenir sa demande de mise en liberté provisoire, et plus tard pour obtenir une réduction de peine ou la grâce par les services de la chancellerie ? Ne restait-il plus que la vieille garde à M. Horace qui, rue Dieu, penché au-dessus de l'interphone, avec une grimace comme pour refuser le reflet de son visage au teint de paludéen sur la tablette en verre de son bureau, avait annoncé à la cantonade qu'il cessait sur-le-champ de fumer, parlant de lui à la troisième personne ? Dans cette hypothèse où la situation était préoccupante pour tous, j'appartenais à la première classe de réservistes qu'on mobilisait, à défaut d'être un Marie-Louise. Mais il était possible également qu'on eût confié au plus ancien, en compensation des responsabilités dont il était déchargé, le plaisir de me soumettre à l'épreuve libératoire du contrat implicitement conclu avec celui qui, quinze ans plus tôt, m'avait procuré un emploi disproportionné à mes compétences, où je m'étais non seulement incrusté mais élargi, fort de ma patience sous les vexations, de mes ruses et de mon assiduité au travail. Le patron à qui on avait forcé la main pour m'embaucher, comme à moi-même pour ce voyage, je le tenais maintenant pour toutes les raisons qu'un paresseux cède à un travailleur, un négligent à un méticuleux, un bavard à un silencieux, et j'avais su me rendre indispensable — principale qualité de ceux qui n'en ont pas beaucoup.

On occupait peut-être le vieillard qui tirait en ce moment sur le fil du sachet de thé à une liquidation de tous les arriérés de dettes, ce qui le rajeunissait, et peut-être m'utilisait-il à des fins personnelles par la même occasion — peut-être. À la main gauche, la longueur de l'ongle du petit doigt se remarquait sur la théière qu'on inclinait, non sans un léger tremblement des doigts annonciateur sans doute de la maladie qui couvait, de la lézarde à l'intérieur du bloc. Sans transition, en versant dans sa tasse un liquide aussi brun que mon cognac, et qui avait refroidi après tous ces préliminaires, l'homme dit de sa voix lente : « On a pensé qu'il serait préférable de prendre le vol de l'après-midi. À l'heure où il arrive, la consigne de l'aéroport est fermée. C'est curieux, mais c'est comme ça : on ne contrôle plus les bagages, le vôtre ne vous encombrera pas trop. On vous en débarrassera tout de suite. Quel est votre hôtel, au fait ? Vous n'avez pas de famille en ville, pas d'appartement et pas d'amis non plus, je crois... »

Quand il eut porté à sa bouche molle le morceau de sucre qu'il venait de tremper dans son thé, il parut du même coup se délecter de ma réponse, quoique son regard continuât d'errer à travers la salle, ou au fond de quelque vallée, avec cette indifférence qui s'affiche à l'écoute du voisin, du familier dont les sentiments sont décelables non au sens de leurs paroles mais d'après leur accent. Et je crus bien que, même s'il ne soupçonnait pas l'existence de Restitude, resté mon ami parce qu'il n'avait pu me connaître beaucoup, mon interlocuteur était capable d'avoir deviné pourquoi j'avais choisi, plutôt qu'un autre établissement, la villa sur les hauteurs du promontoire fermant la rade à gauche, dont la façade à colonnes doriques s'apercevait de biais au bout d'une perspective de palmiers. (De décembre à février, l' « Aquila » était fermé, le vent renversait les chaises sur la pelouse où les chiens rouvieux et louvieux du quartier se rassemblaient par meutes, des automobilistes les cartonnant parfois de loin.) Le guide Michelin lui retirait aujourd'hui les étoiles qu'il avait à l'époque où, si l'un des riches de la classe avait consenti à me prêter sa bicyclette, mes promenades dans les faubourgs s'arrêtaient à la hauteur de sa grille qui était pour l'ornementation, puisque le jardin s'ouvrait de tous les côtés sur le panorama de carte postale. Au sommet des pylônes nichaient des aigles de pierre censés rappeler la dénomination du quartier, et sans doute sculptés à l'économie car ils avaient la raideur, l'inachevé de l'héraldique ; à la base, il y avait des butoirs en forme d'anse, auxquels le cocher d'un fiacre pour touristes attachait son cheval que je doublais sans mal dans la montée de la côte. Louait-on encore la salle à manger du rez-de-chaussée pour les banquets, les réceptions, les congrès ? Je n'y étais jamais entré, mais, à mon avis, Jonas n'y aurait pas trouvé son bonheur, en dépit de la jeunesse du personnel. Les hôtels de sa ville natale en province étaient, d'habitude, les derniers qu'un voyageur découvrait, et au directeur de celui-là Esther Indri, qui n'était pas encore Françoise par sa conversion, avait payé le prix du repas des noces de ma mère — son mannequin d'occasion, habile à mettre en valeur une robe de rien du tout devant une cliente pauvre — avec un contremaître de l'Arsenal sommé par elle de régulariser une liaison qui s'éternisait. Et si j'étais né seulement de la volonté d'une patronne que la préférée de ses employées fût heureuse ou simplement casée — de sa volonté et de l'argent qu'elle avait dépensé pour qu'elle s'accomplît ?

« Ah ! oui, mais l' “ Aquila ” est éloigné du centre », dit l'homme après avoir passé la langue sur ses lèvres ; les poils blancs de ses narines étaient si denses qu'ils suggéraient une morve. « Pour les affaires, ce n'est pas commode. Je suppose que, même à Pâques, lorsque quelqu'un se pointe chez eux, là-haut, on hisse le drapeau comme pour un président. Les nouveaux propriétaires ne sont pas du pays. Ils estiment qu'ils n'ont pas besoin de relations, mais ils changeront peut-être d'idée. Alors, si j'étais vous, j'irais plutôt à... »

Il nomma ; c'était un ordre. Il certifia que, prévenu ou non, le patron aurait toujours une chambre à me proposer. On m'exposait le plan qui, sans garantir de me la rendre, me confisquait la liberté jusqu'au lendemain soir, minutant mes déplacements et le moindre de mes gestes, à partir de l'instant où nous nous serions séparés. Des précisions m'ayant été répétées quant au transport et à la remise à son destinataire d'une mallette dont je n'avais en aucune manière intérêt à connaître le contenu, j'attendis que l'homme fît le simulacre de se lever pour m'en aller moi-même, et dès lors qu'il ne s'y résolvait pas, par crainte de trahir ce qui m'eût étreint dans une prolongation du silence, j'enchaînai, sans me presser, sur le projet que j'avais l'intention de réaliser dans les collines, me plaignant des lenteurs de l'administration, des retards du maçon, des atermoiements de l'architecte et du manquement généralisé aux promesses. Lorsque j'en eus terminé — presque éloquent, presque persuadé à la fin que je ne voyageais que pour ce motif —, l'autre, sortant de sa rêverie, me dévisagea soudain avec l'intensité du photographe anxieux d'avoir un objectif dont l'ouverture fût le plus grande possible, afin de capter le maximum de lumière dans un lieu où elle était rare comme ici où des globes opalescents, de couleur verte, entretenaient une pénombre de crypte. Elle était indulgente à tous les visages — à commencer par les nôtres. Ces femmes autour de nous devaient sans doute aimer, dans les glaces en verre fumé, le reflet du visage qu'elles avaient encore dix ans plus tôt.

« Je comprends, soupira l'homme qui en avait perdu l'usage du français et secouait doucement la tête. Un jour il faut bien y songer, bien que pour vous ce soit un peu tôt, à mon avis. Mais est-ce qu'on signe une assurance-vie pour attirer le malheur ? Au contraire. » Sa voix avait grimpé d'un registre dans le grave ; le changement de langue y introduisait une sorte de lassitude. « Pour ma famille, dit-il, j'ai construit un tombeau qui est... » Il cherchait une épithète, et comme elle ne venait pas, il continua : « Des gens descendent de leur voiture pour regarder de près et même photographier, à ce qu'on me dit. Le modèle, je l'ai trouvé dans ce lieu de repos devant lequel vous êtes passé tout à l'heure. Le marbre provient d'une carrière qu'on a rouverte exprès pour moi, dans le Sud, et il est plus beau que celui de Carrare. Si, là où ils sont, ils voient, ça doit leur plaire ; je les ai respectés. Seulement voilà : est-ce qu'ils voient ? C'est le problème. Vous avez une réponse, vous ? »

Le français avait resurgi avec la question, et, avec cette langue, l'ironie. « À chacun son opinion, n'est-ce pas ? ajouta-t-il sur le ton de l'individu pour qui la tolérance n'est jamais qu'un pis-aller. On n'a pas toujours la même le matin que le soir, selon qu'on est malade ou bien portant. Vous, par exemple, vous vous sentez bien en ce moment, et dans la vie, et vous avez ce que vous avez. Qu'est-ce que cela aurait signifié pour vous de ne pas venir, si on perd tout en une seule fois ? Alors n'est-ce pas ? Dans le doute vous êtes ici avec moi. Mais, je ne vous le cache pas, ceux qui ont une certitude, dans un sens ou dans un autre, je les envie. Eux sont vraiment libres. Tandis que nous autres qui une nuit pensons une chose, et la suivante tout le contraire, regardez où nous en sommes. Je dis la nuit parce que je n'ai jamais été un gros dormeur. »

Il se tut pour avaler une gorgée de thé, et, dès

qu'il eut reposé la tasse sur le plateau, son regard me quitta pour recommencer de voyager à travers la salle, sa main qui avait un ongle de mandarin chinois saisissant le ticket des consommations. Il l'examina à distance, et sans doute la femme qu'on jugeait dans la soixantaine au bénéfice de l'éclairage, et qui, aussi verte qu'une tête d'ail sous la lumière d'un globe, nous observait, caressant un caniche identique par la couleur du poil à celui qu'avait bichonné l'employée du *Happy Dog,* déduisit-elle au mouvement de ses lèvres qu'il contestait le montant de l'addition : « Après, murmurait-il en réalité, parlez-en au patron de l'hôtel. Pour la maçonnerie, il aura certainement un entrepreneur sérieux à vous proposer. Si le terrain est à vous, si les papiers sont en règle, reposez-vous sur lui. Vous repartirez tranquille. » Je n'hésitai plus à me lever, et déjà je heurtais la marchande de cigarettes qui circulait entre les tables, quand il me rappela auprès de lui par un raclement de gorge. Il avait pris le journal, et la solitaire au caniche, de plus en plus verte, de plus en plus convaincue de la vérité des miroirs, son expression de bonté s'accentuant du même coup, dut s'imaginer qu'il déchiffrait pour lui-même, sous la photo de la première page, ces phrases séparées par des points de suspension où transparaissait un tel orgueil que ce fut comme s'il les criait à mes oreilles, qui avaient pourtant de la peine à les capter. « Dites au patron que vous venez de la part du fils de Jeanne — c'était sa marraine. Dites-lui que cette année je viendrai en juillet pour ma fête, que j'ai tout réglé, et qu'il sera content. Après, demandez-lui ce que vous voulez, il vous aidera. Pour Jeanne, il s'occupera de tout. Il obéira... » Quand il redressa le menton, avant qu'il m'eût salué par un clignement de paupières, je m'aperçus que de nouveau l'iris était monté haut dans son œil.

À la maison, parmi certains papiers qui auraient dû être détruits bien avant ce soir-là où, pour parer à toute éventualité, il importait de faire place nette, surgit la carte d'identité qui était encore valide au temps du « Lardennois ». Sur la photo, c'est tout juste si on trouvait un air de famille avec celui que j'étais à présent : Maleterre et Alice avaient eu du mérite à m'identifier. On marchait le long des fleuves qu'on ne devinait qu'à l'embouchure ; on aimait la nuit, le jour en était blessé ; il se vengeait, et l'on restait tout bête et seul à se dire ces choses sans savoir pourquoi on les pensait, en examinant des documents qui échoueraient dans la corbeille à papiers.

Dans le hall de l'aéroport, lorsque je passai sous le portique de contrôle, avant l'embarquement, les policiers devant leur écran demeurèrent plus impassibles encore que les préposés au vestiaire de la prison où j'avais été incarcéré pendant deux semaines, à la suite d'un quiproquo. La caméra n'ayant rien décelé à l'intérieur de la mallette, j'en déduisis que je ne transportais pas des armes, ce qui eût été peut-être un moindre mal. Et ce qui était certain, c'est que j'avais également vieilli en dedans : mes mains suintaient autant que si elles eussent tenu la savonnette du bain ramassée sur le carrelage. Dans la gauche, transpirait jusqu'à la peau sur la cicatrice qui, en pas mal d'autres circonstances, avait conservé le lisse et le tendu de la toile cirée au-dessus de ce nœud de cordelettes que le petit doigt — lorsque je ne portais pas de gants — tâtait presque sans discontinuer, par un tic que je n'étais jamais parvenu à guérir.

Les reculs s'additionnaient : un jour on avait, pas assez sûr de son propre élan, hésité à sauter la barrière métallique, afin de s'éviter un détour dans un parc de stationnement, et le lendemain on s'était refusé à traverser la chaussée au feu rouge quand la première voiture était encore à vingt mètres. Dans les bars, on avait toléré des insolences ou des bousculades en présence d'une femme, alors que la veille encore on aurait, sans perdre son calme, saisi le grossier ou l'éméché par le revers du veston, pour le maintenir en l'air jusqu'à ce qu'il eût présenté des excuses. Sur la piste d'envol où l'on s'était présenté en retard, on avait renoncé à piquer un sprint : parvenir à bout de souffle au pied de l'appareil, les regards de la foule dans le dos, quand on retirait l'échelle, eût été aussi pénible que d'ajourner le départ. Aujourd'hui, serais-je intervenu, sans réfléchir aux conséquences, pour secourir un Teddy ou toute victime dans la rue ? S'abstenir de boire même si mon métier m'y poussait, ne fût-ce que pour en supporter l'ennui venu avec l'acquisition des compétences, modérer l'usage de la cigarette, supprimer les voyages pendant un certain temps afin d'être régulier aux séances dès que j'aurais repris l'entraînement : à chaque pas qui me rapprochait de l'avion naissait la promesse d'une réforme dans l'accomplissement de laquelle je croyais d'autant plus volontiers que — terminé sans dommage ce que je m'apprêtais à vivre et vivais déjà — rien ne m'eût semblé hors d'atteinte, y compris de reconquérir un brin de cette rapidité dans l'attaque que le Commandant avait désespéré quelquefois de m'inculquer, rue de l'Équerre, en me faisant travailler au sac. Il n'aurait pas cependant nié que, pour protéger Teddy, j'en avais montré, mais où était le mérite si on appliquait ses leçons pour lesquelles il se donnait beaucoup de mal et recevait de la part de certains des cotisations au compte-gouttes ? Devant le nombre, on n'avait de chances qu'en déséquilibrant très vite, au bénéfice de la surprise, chacun des adversaires, et cela m'avait été facilité par la neige qui rendait glissant le trottoir de la rue Manin. Dès que j'étais assuré de l'appui sur mes jambes, je cognais sec, mais l'immobilité, le Commandant nous la reprochait également, puisque les coups, dans cette position, partaient trop fort — nous n'étions pas destinés à devenir des professionnels. « On bouge », hurlait-il de sa voix cassée par les toscans que lui s'autorisait à fumer. Dans l'existence, j'avais mieux bougé que sur le ring, pour esquiver ; de la force et du mouvement, on verrait peut-être avant une semaine ce qu'il en était.

La mallette à la serrure sans clé, qui à aucun endroit où on la tapotait ne sonnait le creux, pesait assez lourd sur les genoux. Comme on sortait le train d'atterrissage, la pluie commençant à gâcher la visibilité à travers le hublot, le taciturne qui avait de plus en plus intérêt à se taire hors de son métier se décida à jeter un coup d'œil au voisin qui lui était accordé par le hasard, cherchant à nouer la conversation qui lui eût été un dérivatif. Cet après-midi-là, il n'avait pas cherché un visage à la ressemblance du tien, dans la file d'attente où l'entrecroisement des destins laisse toujours espérer.

Ton sosie, il ne l'aurait pas reconnu, ni même ton rire qui lui manquait plus que le reste, mais qui, pas plus que le reste, ne resurgirait à sa mort. Il en avait la preuve depuis des années, au moment où il voulait croire qu'on décollait en direction du printemps. Dans le mois qui suivait, les femelles des sangliers mettaient bas ; les chevreaux de Restitude ne devaient pas avoir plus de deux ou trois semaines.

À bord du zinc destiné à terminer bientôt sa carrière contre quelque montagne d'Afrique, quand les moteurs changeaient de régime pour entamer la descente et que vibraient les ailes, j'eus la sensation que de la toile émeri frottait la peau de ma cicatrice ; néanmoins, mes mains ne se remirent pas à transpirer, bien que rien ne fût encore joué, qu'il y eût à patienter pendant une demi-heure au moins avant de récupérer ma valise où j'avais, par superstition, entassé plus de linge que n'en nécessitait un séjour appelé à s'achever le lundi suivant. Dans une paire de chaussures j'avais glissé les embauchoirs en bois de hêtre dont Alice préconisait l'usage. Si, au milieu de la salle dans une aérogare de ce style qui était de n'importe où, on se rappelait les locaux de naguère, assez proches des hangars, on pouvait douter d'être parvenu à la destination mentionnée sur le billet. Et l'homme du Trocadéro n'avait pas menti — quand on arrivait à la tombée de la nuit, il n'y avait ni douaniers ni policiers. Les chariots chargés de bagages furent conduits par deux manutentionnaires qui aussitôt les plantèrent là, laissant chacun extirper son bien dans un amoncellement d'objets digne d'un exode. Sans lâcher ce que j'avais gardé sous mes pieds au cours du voyage, afin d'ajouter de l'innocence à mon comportement, j'aidai une passagère habillée de noir, plus desséchée qu'une opiomane, à retirer du tas une malle en osier qui avait des barreaux sur deux côtés et bruissait de battements d'ailes. Sur le ton de la consolation, la vieille murmura une suite de mots qui étaient d'un dialecte en voie de disparition avec les habitants, dans les régions couvertes par la neige une moitié de l'année ; les tourterelles qui se calmaient lui répondirent, mêlant leur chant à des bruits de baisers, à des exclamations et aux annonces du haut-parleur qui diffusait sans arrêt des messages personnels : même les oiseaux étaient attendus. Je ne me retins pas de jeter un coup d'œil par-dessus la tête des gens, car je risquais d'être hélé sous la verrière, mais ce fut sans encombre que, des roucoulements dans l'oreille, je parvins sur l'esplanade jusqu'à la borne devant laquelle stationnait seulement une de ces voitures empruntées au garage des Pompes funèbres, qu'on envoie pour l'accueil des personnalités. Mon pouls s'accéléra à la perspective de revenir sur mes pas, de replonger dans la foule à la recherche d'un guichet ou d'une cabine téléphonique pour commander un taxi. C'en était un, pourtant, rangé à ma hauteur. Son voyant s'alluma sur le toit en même temps que les lampadaires de l'éclairage public, lesquels creusèrent dans le paysage de vallons qu'absorbait l'obscurité une route aux deux branches en Y. Pour raccourcir le trajet entre l'aérodrome et la ville, on avait créé une voie en asséchant les salines qu'on n'exploitait plus depuis la guerre, mais le chauffeur à l'air maussade et à la nuque de pugiliste, qui, sans bouger de son siège, m'avait interdit de fumer à bord dès que j'eus, sans aide, casé mon fardeau à l'arrière, emprunta le chemin de toujours, dit « Chemin du Sel », qui suit le rivage, et avant de s'enfoncer dans les terres et de rejoindre les vignes, l'étang de Tolla, contourne le promontoire sur le versant opposé à celui que je gravissais à bicyclette pour monter à l' « Aquila ». Déjà alertée par le luxe du véhicule, le ton sur lequel on m'avait prié d'éteindre ma cigarette et la rapidité du démarrage, mon imagination commençait à vagabonder, quand il m'apparut conforme à la tradition d'être carotté sur la longueur de la course si on m'assimilait à un étranger. Non sans en avoir sollicité la permission au préalable, je baissai la vitre de ma portière, sachant que là où une dénivellation de terrain rendait inévitable le ralentissement — là où un phare au lointain était un point à peine plus lumineux que les feux d'un camion immobilisé dans un tournant — on percevait le bruit des vagues sur les rochers d'une crique. La pluie qui nous avait escortés pendant le voyage s'arrêta, et à l'écoute de la mer il me sembla que, sous l'effet du ressac, un bouchon de cérumen cédait dans l'oreille : j'entendis le pays sans l'avoir encore revu ; il entra d'un coup dans ma personne, sans diminuer pour autant mon souci qui était d'en repartir dès que j'en aurais eu fini avec l'affaire de la mallette et le dossier des morts, dussé-je sacrifier ma visite à Restitude.

Nous laissâmes sur notre droite l'embranchement de l' « Aquila », où je pédalais de toutes mes forces pour rattraper le fiacre qui montait chercher des clients à l'hôtel, et un après-midi, lorsque j'étais parvenu à sa hauteur, le cocher en avait conçu de l'irritation, alors que d'habitude il me saluait en criant : « Jeunesse », la main à une aile de son feutre qui l'apparentait au Louis XI des manuels de classe.

Il avait tiré de la crapaudine, à l'extrémité de son siège, ce fouet à poignée de cuir qu'on jugeait ornemental au même titre que la lanterne, et il s'en était servi, lui que j'avais vu utiliser avec soin un couteau de chaleur pour racler la sueur de la bête, à la station sous les platanes. Sous les coups qui se multipliaient, hennissant d'abord de surprise et ensuite de douleur, le cheval, déjà prisonnier d'un camail, des naseaux à l'encolure, avait filé comme s'il cherchait la vengeance — mais n'était-ce pas une jument ? Cesserait-elle d'être battue si j'abandonnais la compétition ? Après avoir poursuivi un moment en roue libre, tandis que les sifflements de la mèche cordée, bien distincts aujourd'hui, dans ma mémoire, des claquements de la lanière de cuir sur le dos de Teddy, continuaient de fendre l'air, j'étais descendu de ma bicyclette pour m'asseoir sur le talus, le dos tourné à la rade, la vue brouillée.

C'était le samedi même où le chirurgien de l'hôpital avait fait comprendre que mon père, en dépit d'une trépanation, ne sortirait pas du coma ; candidat à une élection locale, le Dr Sereni se déclarait à notre disposition pour constituer le dossier auprès des compagnies d'assurances et faciliter toute démarche.

Au patronage, la salle de sport que nous devions à la fortune de M. Stirla n'ouvrait que le jeudi et le dimanche. Anna Cousine, qui était encore Anna la Russe, à la maison comme en ville, comprenant mon envie de me dépenser, m'avait procuré le vélo à double plateau qui trompait des nostalgies d'ancien champion chez le contrôleur des billets à *L'Alhambra*. Autant par plaisir que par nécessité, Anna y effectuait, certains soirs, ces remplacements qui deviendraient réguliers et lui fourniraient bientôt un salaire d'appoint. Il y avait toujours un spectateur pour la raccompagner après minuit et des haltes pour ce couple sous le porche des immeubles, et, le sachant, je gardais le secret pour éviter les chamailleries entre femmes et ne pas entendre Anna qui répondait toujours aux reproches en criant : « Vous ne me parlerez plus sur ce ton, lorsque mon père reviendra. » Car elle affirmait qu'elle savait qui était son père, alors qu'on lui connaissait seulement un grand-père, le matelot russe dont elle portait le nom, et qui avait eu une fille trop généreuse de son corps pour être épousée.

L'écho des hennissements tardant à se dissiper, j'avais eu hâte de remonter en selle, de foncer à nouveau afin de dépasser, cette fois, la grille de l'« Aquila », de pousser, au risque d'une crevaison, jusqu'à l'extrémité du promontoire où il y avait moins d'asphalte que de cailloux : sous le vent, les yeux séchaient plus vite. Un homme ne versait jamais de larmes en public, tous les adultes le répétaient, M. Stirla ne tolérant que celles du repentir, peut-être parce que son expérience de confesseur l'assurait de ne pas les voir couler souvent. Si mon père ne s'en tirait pas, comment réussirions-nous à payer Anna ? Très différente en cela de mes parents que même le bonheur rendait graves, elle était gaie en permanence, et le fou rire la rajeunissait, ce qui ne semblait pas surperflu, car elle allait sur ses trente ans. J'aimais sa voix, si agréable qu'on la voulait pour la chorale de la paroisse. Ses chansons au-dessus de l'évier, où elle puisait de l'eau pour remplir la baignoire en zinc qui nous servait à tous, ses rengaines dont je me moquais — musique et paroles —, parce qu'elles n'étaient pas à la mode, fourniraient à mon anthologie son unique vers en français quand j'aurais oublié les poèmes appris en classe : « Charmante fille de Grenade, à mes accents réveille-toi. »

Par la suite, je n'avais plus jamais entendu un hennissement de cheval, dans la réalité ou dans un film, sans éprouver le même malaise que lorsque j'étais obligé de me tailler les ongles. D'autorité, je baissai complètement la vitre de la portière afin de sentir plus fort le vent de la mer sur mon visage.

L'hôtel que l'on m'avait recommandé était situé dans la partie de la ville dépourvue de trottoirs, où l'on accède en évitant le centre, et le taxi bouchait presque la ruelle aux pavés luisants de pluie. L'établissement, qu'on avait connu sous l'aspect d'une pension au premier étage, occupait maintenant tout l'immeuble, qui avait été rénové. Il méritait bien les deux étoiles soustraites à l' « Aquila », pour l'ocre de sa façade, l'enseigne qui avait refusé le néon, le dais au-dessus de l'entrée, promis avec ses pompons à la promenade du Saint-Sacrement — et les glaces couvrant les murs donnaient l'illusion d'un élargissement du boyau à l'entrée où brillait un lustre à pendeloques, similaire à celui qu'Alice avait récupéré au « Lardennois ». La réceptionniste, une grande rousse au menton peut-être trop pointu, le teint flatté par son chemisier de nuance pêche, cessant de jouer avec ses colliers de perles baroques en cascade sur sa poitrine, s'apprêtait à se lever lorsqu'une main puissante, couverte de poils, et la manche d'un blazer à boutons dorés s'allongèrent sur le comptoir, et je devinai à l'atténuation de son sourire qu'elle interprétait le regard de son interlocuteur, qui avait dû surgir de l'escalier. C'était un homme de mon âge et de ma taille, plutôt massif, par conséquent, à la tignasse raide, et à qui, en profil perdu, on prêtait une hure, à cause de l'avancée de la mâchoire et de la crispation des dents autour d'un bâtonnet en bois de réglisse, qui ressemblait à l'os par lequel se termine le museau du sanglier. Sans me dévisager, il énonça un chiffre sur un ton de croupier, et la femme, qui avait accepté de répondre à mon salut par un signe de tête, se retourna pour décrocher du tableau une clé alourdie d'une chaîne et d'une boule de cuivre, avant de me tendre une fiche de renseignements que, la mallette à mes pieds, serrée entre les jambes, je remplis, non sans incrédulité, à la ligne où était inscrit : « date de naissance ».

L'homme en profita pour saisir la poignée de ma valise remplie de tant de vêtements et de linge que j'aurais pu attendre ici la fin de l'été ; la grande aiguille d'une horloge ronde à la bordure d'une assiette, que Teddy eût peut-être jugée à son goût, s'était fixée sur le quart de huit heures. Pendant que l'ascenseur montait, mon guide, tout en examinant le bâtonnet retiré de sa bouche, avec la moue de résignation que l'amateur réserve à l'ersatz, dit : « Vous serez dans la cour, on y est plus au calme », et, bien qu'il parlât à mi-voix, cela s'entendait qu'il avait vécu à Marseille et n'était pas mécontent de son nouvel accent. Ce quadragénaire aussi empâté que son client et qui fleurait l'eau de Cologne était-il le patron qui n'avait rien à refuser si l'on se réclamait d'une certaine Jeanne ? On n'en doutait plus tellement à sa façon d'appuyer sur le commutateur de la salle de bains, où il s'était engouffré pour reculer ensuite sur le seuil, l'air de vanter l'éclat des faïences, le brillant des accessoires en nickel, et, comme si je n'avais rien eu de plus urgent à faire que de me laver, il partit sans m'avoir donné l'occasion de croiser ses yeux aussi bleus que le carrelage du sol ni s'être inquiété plus que l'autre, en bas, à la réception, de la durée de mon séjour.

J'ouvris aussitôt le robinet de la baignoire. Il y avait de la place pour la valise entre le réfrigérateur couleur bois et un guéridon à moulures. Nulle part la mallette n'eût été mieux en évidence que sur le lit à fronton de cuivre, lequel était déjà préparé, la pliure du drap, en haut à droite, aussi nette que celle d'une page cornée, l'édredon à impression Liberty reprenant les motifs de la tapisserie. J'aurais pu habiter un hôtel de cet ordre où le luxe s'espère plus qu'il ne se manifeste, dès que j'avais commencé à gagner ma vie avec régularité, aux différents sens du mot.

Lorsque je fus dans l'eau, chaude à ce degré que tu ne supportais pas, je ressentis un tel bien-être que je refusai d'en sortir pour fermer la porte. À peine entrebâillée, elle m'empêchait de voir et d'être vu : n'était-ce pas suffisant ? Parce que le silence me pesait, je recréai le clapotement qui, un moment, m'avait bercé, par le retrait du bouchon de la vidange et la réouverture au maximum du robinet, de sorte que, perte et gain s'équilibrant, le niveau parvint à se maintenir, à l'image d'une existence qui, au bout de quinze ans, allait peut-être se terminer comme une seule journée de fatigue, dans la posture où l'on était également le moins apte à se défendre. Puisque j'y étais, un gant de crin à la main gauche, je m'étrillai aussi fort que dans les douches de la gare Saint-Lazare et, pour occuper mon esprit, j'essayai de retrouver quelques airs du répertoire d'Anna. Il y en eut dont la mélodie se suivait jusqu'au bout, mais, pendant quelques secondes, le sifflotement dérapa comme la musique du disque qui gratte sous l'aiguille du vieux phono, quand je devinai, à la chute d'un objet sur la moquette, que quelqu'un avait pénétré dans la pièce à côté avec les précautions du garçon d'étage qui, incertain de l'occupation des lieux ou de la nature des activités auxquelles les occupants se livrent, utilise son passe, l'oreille aux aguets pour conformer son attitude aux bruits qu'il va capter. Le débit de mes pensées devint aussi rapide que celui de l'eau dont la vapeur avait déjà embué le miroir au-dessus du lavabo. La poignée de la serrure tournée, je m'attendis à ce qu'on ouvrît la porte toute grande. On se contenta de la faire claquer, geste qui traduisait sans doute un blâme parce que je ne m'étais pas conformé aux instructions jusqu'à l'ultime point, et, à ce bruit, la sensation d'une brûlure me ramena dans mon corps. Je fermai en vitesse le robinet, et puis, les reins cambrés, le sexe à fleur d'eau, ou ce qui en tenait lieu après l'ébouillantement, quinze ans après la vanité de certaines comparaisons dans les douches du club de la rue de l'Équerre, j'interrogeai le silence, calculant le temps nécessaire à un individu pour quitter l'immeuble et disparaître au coin de la ruelle en direction des quartiers qui avaient des trottoirs. Qu'il fût à pied ou en voiture, il passerait devant *L'Alhambra*.

Au fond de la baignoire qui s'était vidée à gros bouillons où tournoyait le gant de crin, j'avais beaucoup du noyé qui est apparu avec le reflux de la marée. Le découvrir eût sans doute dégrisé Maleterre à jamais, alors que naguère, bien musclé par la boxe, je plaisais mieux nu qu'en costume, toute la difficulté consistant à amener les partenaires au stade où il était inévitable de se déshabiller. J'enfilai le peignoir accroché à une patère, et, sans m'essuyer, je courus à la chambre pour constater que la mallette n'y était plus et me jeter du coup sur le lit. À plat ventre, mon nez creusant l'oreiller, je frottai ma joue contre la taie brodée qui répandait, avec l'odeur de l'amidon, des promesses de paix domestique ; les exigences de Maleterre quant à la qualité du linge se comprenaient mieux quand on avait soi-même contracté le goût du confort. Ensuite, les yeux au plafond, je dénouai ma ceinture et me caressai non pour jouir, mais pour me prouver que j'étais entier, une fois de plus. Vérification faite, je m'assoupis, et, lorsque la sonnerie du téléphone retentit, je crus que j'avais dormi une nuit d'affilée et décidai de ne pas décrocher le combiné puisque de nouveau j'étais libre, Restitude ignorant au surplus que j'étais descendu à cet hôtel-là ; mais, après un bref répit, on avait insisté.

« À quelle heure on vous réveille ? demanda la voix qui en perdait presque son accent d'importation, avec ce chuintement provoqué par le bâtonnet au coin de la bouche.

— Je m'habille et je descends », répondis-je.

Les deux aiguilles de l'horloge à la bordure de faïence se confondaient sur le 11.

Le patron me laissa approcher du bureau de la réception derrière lequel il était assis, sans s'interrompre de tourner les feuillets de son registre, et lorsque, devant mon immobilité, il se résigna à maugréer : « Ce qu'il en est tombé en quelques minutes, quel temps pour Pâques », je compris d'abord que mon sommeil avait été si profond que le crépitement d'une averse ne l'avait pas troublé, et ensuite que la distance maintenue entre nous par l'hôtelier commandait d'en venir au fait sur-le-champ, ne fût-ce que pour ne plus y penser si je n'obtenais rien. J'étais libre et j'avais de l'argent ; en acceptant de payer le prix fort, n'importe qui se procurait les services d'un maçon, et celui que je choisirais au hasard tarderait-il autant que son prédécesseur à se mettre au travail, quelle importance ? De mon vivant, les morts n'en étaient pas à une saison près.

« Je connais le fils de Jeanne, dis-je sur le ton d'un voyageur entré à l'instant même, afin de recommencer les relations à partir de zéro. Il m'a chargé d'un message pour vous : cette année, il sera là pour sa fête, et vous en serez content. Il pense que je n'aurais qu'à m'adresser à vous si j'avais besoin. »

Dans le silence qui suivit, mon interlocuteur, ne soupçonnant peut-être pas qu'à trop se pencher il présentait à la pitié, dans sa tignasse, au sommet du crâne, une éclaircie bientôt promise aux proportions de la tonsure de M. Rodriguez, referma son registre, comme s'il n'avait pas entendu, et mélangea à des prospectus la fiche de renseignements où j'avais distingué ma signature. Enfin, il leva la tête, et je pus imaginer ce qu'éprouvait la bécasse lorsque son regard rencontrait le faisceau lumineux de la lampe que le braconnier nocturne avait placée au front ou sur le fusil. D'instinct, en cas de danger, l'oiseau s'aplatissait dans la litière des feuilles, où son plumage se fondait sans peine à l'automne, mais il ne m'était pas permis de m'écraser. Le chasseur tardait à s'éloigner, et même il esquissait un sourire qui d'ailleurs s'effaça dès qu'il eut ôté son bâtonnet au coin de la bouche, pour le déposer dans le cendrier. Comme il soupirait en quête de compréhension, je lui tendis mon paquet de cigarettes, mais il agita l'index en signe de refus, pendant que l'horloge sonnait onze heures alors que ses aiguilles s'étaient écartées l'une de l'autre depuis plusieurs minutes : le timbre en était comme d'un temps avant le temps. Au dernier coup, l'homme arracha le bout filtre avant d'allumer la Craven à la flamme de mon briquet, occasion pour lui de lorgner la paume de ma main gauche, en profitant d'une inclinaison de tête, et la première bouffée qui était plaisir pur comme celle du matin, après la première tasse de café, relâcha les traits de sa figure qui, somme toute, n'eût pas déparé la galerie des adhérents et entraîneurs du club de la rue de l'Équerre.

« On va encore raconter que je manque de volonté, dit-il, satisfait d'avoir su exhaler des ronds de fumée, mais l'œil rivé sur la porte à vantaux en face de nous. Pourtant, une par jour, il me la faut absolument, sinon je suis sur les nerfs. Vous comptiez sortir pour chercher un restaurant ? »

Il consulta son bracelet-montre par automatisme, ou bien pour la beauté du geste, ou peut-être des manchettes de sa chemise, des boutons ornant celles-ci, qu'il eût été sûrement désolé de perdre dans une rangée des fauteuils de *L'Alhambra,* si *L'Alhambra,* qui puisait dans le quartier le principal de sa clientèle, existait encore.

À cette heure-ci n'était plus ouvert qu'un cabaret où l'on obligeait le client à dîner après le spectacle ;

on n'y mangeait pas très bien, les filles marchaient au bouchon, on n'en avait pas une pour moins de trois bouteilles de champagne ; en outre, la majorité d'entre elles inspirait désormais des soupçons, sous le rapport de la santé. « Venez, on s'arrangera en famille », ajouta le patron, qui, aussi souple qu'un gymnaste au cheval d'arçon, sauta sans bruit par-dessus la barrière qui était dans le prolongement du comptoir : à notre âge, il n'avait rien perdu de sa souplesse. Une main sous mon coude pour me retenir, il frappa de l'autre une suite de coups convenus à la porte dont le bâti fixe marquait la limite des glaces du couloir, et derrière laquelle se percevait un léger brouhaha. Nous pénétrâmes dans un salon éclairé seulement par une lampe sur une commode. La grande rousse, moins grande qu'on eût dit, était debout entre un canapé et une table à roulettes sur laquelle reposait un téléviseur qui marchait maintenant privé de son. Des images de campagne bleuissaient l'écran. Nous toisant, les lèvres pincées, elle se hâtait de boutonner la veste de son tailleur qui avait le vert des treillis de l'armée. Quand on enfouissait le visage dans le creux de son cou, à cette seconde où l'autre est l'univers même, l'avenir et le passé, on devait encore sentir sur sa peau ce tiède qui, chez l'homme, disparaît avec l'adolescence mais qui persiste longtemps chez les femmes. Elle ne détourna pas le regard, battant néanmoins des cils lorsque mon compagnon eut fait mine d'écraser son mégot contre la tapisserie sur le mur, avant de le jeter dans une coupe en cristal où s'amoncelaient divers fruits en plastique qui attendaient leur saison pour la vraisemblance.

« Notre ami n'a pas dîné, déclara-t-il. Tu nous prépares quelque chose, et tu éteins ce poste, s'il te plaît. »

On la sentit qui prenait une respiration profonde pour répondre ; cependant elle éteignit l'écran sans un mot et sortit de la pièce, tête baissée. Malgré les apparences de docilité, sa démarche, les gestes qu'elle eut ensuite pour dresser le couvert m'avertissaient qu'elle était étrangère au pays où elle avait gagné ce diamant monté en solitaire sur la bague en or gris qu'elle portait à l'annulaire. Le bijou brilla à plusieurs reprises sous mon nez parce qu'elle servit tour à tour de la soupe, de la viande froide, de la salade, du fromage et un dessert, son visage n'exprimant toujours qu'indifférence, et nous, les hommes, n'en disions pas plus long, moi qui avais faim tout à coup, l'estomac vide depuis la veille, et mon hôte qui partageait mon repas par politesse, se contentant de quelques bouchées. À peine avais-je terminé un plat, il frappait dans ses mains, et, même si l'on avait entendu le martèlement de ses talons aiguilles s'éloigner dans l'appartement du rez-de-chaussée, la femme réapparaissait à la seconde.

« Que puis-je faire pour vous ? dit-il en repoussant l'assiette de gâteau, son demi-sourire pour excuser l'emprunt sans permission d'une seconde cigarette à mon paquet ne s'accordant pas à son regard où était revenue l'intensité lumineuse de la torche qui immobilise la bécasse.

— Je voudrais une femme, commençai-je, parce

que je supposais que c'était, de ma requête, le moins aisé à satisfaire aux conditions que je m'apprêtais à exposer, mais une exclamation m'arrêta aussitôt :

— Tout de suite, et elle sera saine, ça, je vous le garantis.

— Elle ne sera pas pour moi, et il me la faudrait pour samedi », dis-je ensuite.

Il se recula sur sa chaise et m'écouta tout au bonheur de fumer, soufflant la fumée par le nez autant pour exprimer son plaisir que pour approuver les souhaits d'ordre pratique qui lui étaient soumis. Aucun d'eux ne lui sembla impossible à combler avant le dimanche, bien que nous fussions au milieu de la Semaine sainte, qui vidait bureaux et chantiers ; le dessinateur du cabinet d'architecte que je relançais en vain depuis une année, il le connaissait de longue date, ainsi que son patron. Pour les travaux de maçonnerie, il proposait l'entreprise qui avait agrandi l'hôtel quelques années auparavant et lui était redevable de quelques commandes remportées depuis, grâce à l'obligeance des amis de notre commune relation. Mettre en rapport les différents corps de métier, veiller, en mon absence, à l'exhumation et au transfert des dépouilles mortelles, il s'en chargeait volontiers, de même qu'il se faisait fort d'obtenir l'envoi d'une équipe d'ouvriers dans les collines sans que j'eusse à verser un acompte sur le montant du devis. Instruit par l'expérience, il veillerait à rappeler au contremaître qu'un caveau coûtait moins cher à ouvrir par la face latérale.

Le patron, qui discourait maintenant sur le ton en harmonie avec son accent d'opérette, promit de m'arranger les rendez-vous les plus importants pour le lendemain, et lorsque je sollicitai la permission d'envoyer un bouquet de fleurs à la femme qui nous avait confectionné un repas à une heure si tardive, ses mâchoires se contractèrent. Il écrasa son mégot dans la gelée de sa part de gâteau, qu'il n'avait pas entamée.

« À quoi bon les fleurs, les cadeaux et le reste, dit-il pendant qu'une veine sur sa tempe se gonflait comme un vaisseau de verge. Plus on leur donne, plus elles en veulent. Et celle-là est comme les autres. Mais, si elle me pousse à bout, elle l'aura, sa surprise. La fille pour samedi, comment l'aimeriez-vous ? Vous êtes fixé sur un genre ? À nos âges, quand on a été longtemps privé, c'est surtout de la jeunesse qu'on a envie. Alors, blonde ou brune ? »

Comme je pensais à la couleur des boucles de Restitude et à l'attirance des contraires, soudain résonna en mon for intérieur le leitmotiv de la chanson que je n'avais pas réussi à me remémorer tout à l'heure dans la baignoire et qui m'avait, un après-midi, rapproché de Mme Francavilla — « l'amour s'en va avec l'or des cheveux ». Le patron eut le hochement de tête d'un maître d'hôtel qui note la commande et, en se levant, me suggéra d'emprunter son parapluie au veilleur de nuit, si je sortais pour me dégourdir les jambes. Il regrettait que chaque année ce fût pareil : à l'approche du Vendredi saint, il pleuvait.

Sans doute, lorsque nous eûmes quitté le salon, la femme qui ne recevrait pas de bouquet reprit-elle sa place sur le canapé devant le téléviseur qu'elle avait dû rallumer, puisque dans le couloir me parvinrent des hennissements de chevaux refusant l'obstacle, et le patron qui m'avait escorté m'abandonna sous le dais, à l'entrée, face à la ruelle vide. Je longeai de près les vitrines des boutiques encore éclairées, mais que je ne reconnaissais pas toutes, pour ne pas me voir dans les reflets.

Se diriger d'emblée vers *L'Alhambra,* but de la promenade, équivalait à emprunter l'itinéraire le plus court pour sortir des quartiers sans trottoirs, comme avait dû le faire mon visiteur, raflée la mallette sur le lit, mais, appréhendant que l'immeuble n'eût été désaffecté, ou peut-être détruit à l'instar du « Lardennois », je parcourus d'abord les environs de l'hôtel, et qui, derrière les volets clos des façades mortes, nota mes haltes devant des magasins dont le nom ou le visage des propriétaires m'avait fui, en déduisit sans doute la recherche de quelque chose ou de quelqu'un. L'idée ne m'avait même pas effleuré de déplier le journal que j'avais sous le bras, d'y consulter la rubrique des cinémas, qui m'eût renseigné aussitôt. Je marchai comme dans les rêves où resurgissent par fragments les paysages qu'on a traversés, et que la nuit, à moins que ce ne soit l'effet d'une digestion difficile, vide des figures qui leur sont attachées pour toujours à l'état de veille. J'appréciai qu'il en fût ainsi, parce que, grâce à mes détours sur plusieurs centaines de mètres — de ruelles en placettes où la pluie n'avait pas dissipé ces odeurs d'urine sous les porches, que j'avais retrouvées avec délices à Rome et qui se révélaient aussi opérantes sur la mémoire que le parfum de

Mme Francavilla dans les vêtements d'Alice —, je pus croire que rien ne s'était passé. On allait tout recommencer sans les erreurs, les fautes, les deuils ; on reviendrait encore d'une balade à bicyclette jusqu'à la pointe du promontoire de l'« Aquila » avec des doutes quant au diagnostic d'un chirurgien. Tu étais encore à venir, et cette fois je m'y prendrais mieux.

Ce sentiment me quitta dès que je constatai la disparition de la baraque verte du cordonnier, à la ressemblance d'un kiosque à journaux, face à la maison Peraldi, qui différait de ses voisines pour la lourde corniche en surplomb et le cartouche où, ce soir, l'obscurité m'empêchait de déchiffrer : *Optimi semper.* M. Stirla en franchissait quelquefois le portail pour célébrer la messe dans un oratoire insoupçonné de la rue autant que le jardin intérieur, les arcades de cloître, la fontaine et son jet d'eau, une bibliothèque riche de vingt mille volumes, à ce qu'on disait, et un four à pain qui eût été utile en cas de siège. Le prêtre consentait à se déplacer par déférence à l'égard d'une parente, la quasi-centenaire comtesse qui, depuis un quart de siècle, n'avait plus mis le nez dehors, où elle eût sans doute compris que le temps des chapelains était révolu, celui des croyants peut-être compté. Le propos, je l'avais retenu, parce que, avec nous autres qui fréquentions la salle de patronage afin de profiter du ring, des barres parallèles et des poids en fonte qu'il avait offerts aux œuvres de la paroisse, l'aumônier des cliniques, de l'hôpital et du lycée s'abstenait de parler de religion, se contentant parfois de faire allusion à Dieu comme à un ami qu'on va voir le dimanche. Il n'allait se départir vraiment de sa neutralité que le jour où, ramassant les bouquins et les bandes dessinées qu'il nous avait sommés de lui apporter pour un jeune leucémique, devant notre manque d'empressement il s'était exclamé : « Mais enfin ! Qu'est-ce que vous croyez ? Dieu, où vous le cherchez ? Il n'est jamais que dans ce qu'on donne. » Que croyions-nous, en effet ? Avions-nous cherché ? Après ma première communion, par honte des pollutions nocturnes qui soulageaient pourtant le corps sans aide ni péché, j'avais renoncé à me confesser, mais je tenais de mes camarades que M. Stirla ne variait toujours pas dans le préambule, en sortant une étole de son placard : « Bon... Mis à part le fait que tu t'es touché, quoi d'important depuis la dernière fois ? » Aucun de nos professeurs du lycée ne nous semblait aussi intelligent et savant que lui, et ne l'était sans doute pas ; aucun non plus ne devait s'y entendre aussi bien que lui en matière d'armes : n'avait-il pas été officier pendant la guerre, et cela asseyait son prestige autant que les diplômes. Mais savoir quand il plaisantait et quand il était sérieux ?... Son ironie, on la discernait mal dans sa voix si particulière qu'elle persuadait qu'il était en mouvement alors même que, dans son bureau encombré de livres et de journaux où nous montions lui rendre une visite de politesse après la séance d'entraînement, il ne s'était levé de sa chaise que pour offrir en préliminaire une cigarette aux plus de seize ans, ou ôter son col romain comme pour atténuer l'afflux de sang qui, empourprant par intermittence ses contours de chef, communiquait à son visage au teint de paysan les rougeoiements du cuivre des casseroles. Qu'il se souvînt de moi où qu'il fût me paraissait improbable. J'aimais bien l'écouter, car il racontait quantité d'histoires sur l'armée, la politique, ses confrères ou supérieurs avec lesquels, selon la rumeur, il était en délicatesse, ainsi que sur son séjour à Rome où il avait décroché son doctorat en théologie, après sa démobilisation. Mais j'opposais aux échanges tant de passivité qu'il s'était découragé et que je n'avais pas eu à lui mentir en ce qui concernait l'origine de ma blessure à la main gauche : il n'avait eu pour mes bandages ni réflexion ni regard, continuant de m'englober dans la cordialité hautaine et blagueuse qu'il répandait à la ronde, mais sans plus tenter de me faire un sort à part, comme au début.

Dès que je m'engageai dans l'avenue de l'Assomption, où le pavé cède au trottoir, une voiture aussi lente qu'un véhicule de police en patrouille vint à ma rencontre — une traction avant — d'un modèle pour collectionneur, le toit repeint en marron, en jaune la portière sur laquelle se détachait le nom d'une discothèque, et les passagers étaient assez jeunes pour crier des saluts à un inconnu comme à un ami, dans la pénombre qui, truquant mon âge, me rapprochait du leur. Ils s'esclaffaient ; en mon absence, avait-on appris à rire ? À bord des camions qui nous ramenaient des vendanges, pendant que la plupart d'entre nous, la paie en poche, somnolaient malgré les claquements de la bâche mal arrimée, Anna, dans la traversée de chaque hameau, le long de la côte, interpellait la première ménagère à sa fenêtre, et, si c'était un homme, elle lui envoyait des baisers du bout des doigts. « Tu les veux tous », grommelait un type étendu à même le plancher, sa casquette sur le nez, et alors Anna, que n'avaient calmée ni la journée de travail, ni le bal, ni le reste, plus singulière encore au retour qu'à l'aller, pour le physique — conséquence d'un coup de soleil sur ses pommettes saillantes —, répliquait qu'il fallait profiter des bons moments jusqu'au bout, qu'il était bête de perdre un tiers de sa vie à dormir. « Écoutez-moi, les gamins », s'exclamait-elle, assise à l'arrière, les jambes ouvertes, abandonnée à ces secousses avec, sans doute, autant de plaisir qu'à d'autres, la tête renversée sur la ridelle pour se rafraîchir au vent qui ébouriffait ses cheveux, lesquels n'avaient cette nuance et ce vaporeux que dans la lumière du levant. Au retour de son père, elle organiserait une fête, et nous serions invités les premiers. La femme qui m'avait rendu un service de bouche, cette année-là ou bien la précédente, bâillait, adossée à une pile de cageots, et me regardait comme si rien ne s'était passé entre nous, et qu'elle n'eût pas songé au contact des soies d'un porc lorsque je l'avais caressée avec ma main gauche. N'était-elle pas blonde, elle aussi, quoique blonde oxygénée ?

On devait se rappeler Anna la Russe dans un établissement où elle avait travaillé pendant une dizaine d'années, la période des remplacements comprise, et qui sait ? l'ancien champion amateur, le contrôleur des billets qui m'avait prêté son vélo de course, était peut-être encore à son poste, toujours disposé à réserver aux couples, contre un pourboire, l'une des profondes loges à prétention d'opéra, situées de part et d'autre de la salle. En province, on gardait plus longtemps le souvenir des gens, non par surabondance de cœur, mais par défaut d'événements.

J'aperçus la volée de marches qui signalait le cinéma au bout de l'avenue, m'arrêtant dès que j'eus distingué les hautes vitres du hall où les lumières des alentours créaient l'illusion d'un clair de lune. Les lieux n'étaient rien sans les personnes, et maintenant j'avais plus à espérer d'Alice et de son mari, là-bas rue Hecht, que de n'importe qui dans ce pays où il n'y avait plus de vivants pour m'attendre, Restitude n'étant que Restitude. Demain, je tâcherais de me renseigner, auprès des propriétaires ou d'anciennes collègues d'Anna, sur les circonstances exactes de sa mort ; parmi les chevaliers servants qu'elle présentait comme des cousins quand ils passaient le dimanche après-midi à la maison, pour l'emmener au dancing, il y en avait un peut-être qui était vrai, et ne pouvait d'ailleurs l'être que du côté maternel. Son grand-père, le matelot déserteur du destroyer des tsars dont le mouillage dans la rade avait eu, au début du siècle, de la signification dans les chancelleries et révélé au monde, pour un jour, l'existence de cette ville qui ne ferait plus jamais parler d'elle par la suite, quelle famille laissait-il derrière lui en se réfugiant dans la montagne ? Qui avait retourné à l'envoyeur, au « Lardennois », le dernier mandat postal avec la mention du décès de la destinataire était capable de me désigner l'emplacement de la tombe d'Anna, qui devait être la seule de son nom au cimetière.

Je coupai au plus court pour regagner l'hôtel après avoir vérifié que le billet d'avion pour dimanche était bien dans une poche de ma veste. Dans n'importe quel pays, on s'adressait à un garagiste de nuit, on louait une voiture, et ensuite, si on roulait sans s'arrêter jusqu'à l'aube, on avait franchi au moins une frontière ; ici, dans la meilleure des hypothèses, on se retrouvait à son point de départ.

À l'entrée de l'impasse fermée par la façade de la maison Peraldi, où il y avait aussi des œils-de-bœuf le long de la corniche, était-ce un chien qui fouillait du museau dans une poubelle ? Était-ce une enfant qui accourait tout à coup dans ma direction ? Mais une fillette, avec ses chaussures, n'eût pas produit sur les dalles d'ardoise — car on était encore à la lisière de la ville neuve — ce piquetis de talon aiguille agrandissant le bruit de la navette lorsque, Anna ayant lâché la pédale, la machine à coudre, dans le decrescendo de la vitesse, tournait moins qu'elle ne pilonnait par à-coups. De fait, c'était une naine qui, sanglée dans un imperméable verdâtre, évoquait, par le volume et la taille, deux choux-fleurs superposés, et qui, pour m'éviter, bifurqua vers le milieu de la chaussée où elle se planta, levant vers le réverbère d'une lumière si brutale que, allez savoir si les cheveux étaient blancs ou blonds, un visage à ce point maquillé que, la rondeur des joues aidant, je changeai d'avis au sujet de son âge et imaginai avoir affaire à une gamine empâtée, comme il en traîne à toute heure dans les parages des drugstores en Amérique, et qu'on a peut-être engrossée derrière une palissade. Mais la voix de brèche-dent qui hurlait : « Lundi, l'escadre arrive. Elles vont être contentes, je vais les prévenir », était, par son éraillement, plutôt d'une vieillarde qui a brûlé ses cordes vocales à l'alcool et au tabac, d'une « radeuse », selon le terme appliqué par Gisèle, rue Hecht, à la femme qui montait se proposer aux « gueules cassées » des autoroutes en promenade dans le champ aux acacias entre l'hôpital Rothschild et l'imprimerie qui fournissait les derniers chefs-d'œuvre à la typographie au plomb.

En quittant *L'Alhambra* à la fin de la dernière séance, les pourboires partagés entre les deux ouvreuses — l'autre se prénommant Madeleine —, on rencontrait souvent de ces créatures qui, le jour, se fussent exposées à la pitié — au principal des femmes obèses de tout âge, certaines habillées de robes analogues à celles des actrices du film à téléphones blancs dont j'avais le dernier quart d'heure si je bâclais mes devoirs pour aller chercher Anna. On répétait que ces promeneuses ne refusaient pas d'être accostées par des vieux, les adolescents n'ayant ni argent ni discrétion ; je revoyais une géante, plus gréée de voiles qu'une goélette aux régates de juin, qui s'avançait à pas lents sous les arcades, tandis que, accélérant l'allure par discrétion, Anna la couturière m'expliquait à mi-voix en quoi consistait la différence entre un saut-de-lit et un déshabillé. En existait-il une entre le jour et la nuit qui fût plus nette pour les aveugles que nous rencontrions aussi en chemin et dont la canne heurtait la jante des pneus ?

La naine qui se tenait très droite mima le geste de se serrer la ceinture, ce qui eût été difficile à réaliser dans son cas. « Tu es grand, mais elles ne sont plus pour toi », lança-t-elle avant de se remettre à courir sur ses talons hauts comme si elle eût craint que je ne me jette à sa poursuite sous le coup de l'insulte. « La jeunesse », clamait-elle à tous les échos, et le mot rebondissait d'immeuble en immeuble le long de l'avenue. La pluie avait séché plus vite sur l'asphalte que sur les pavés. En dépit de l'humidité, on sentait le printemps dans l'air. Il serait pour les garçons de la traction avant qui avaient des rires à la Teddy, et moins sûrement pour celui qui, les mains dans les poches de son costume de flanelle dont la coupe imitait Londres, venait à ma rencontre sans se presser, le mouchoir blanc de la reddition dans la pochette de sa veste. Il entra dans la zone de lumière du réverbère, pour tourner vers moi une figure qui n'eût pas surpris dans le champ aux acacias, et où le regard flambait au fond des orbites cernées de jaune et de violet étincelant autant que la bande métallique qui allait d'une joue à l'autre. Sous les pansements qui s'entrecroisaient pour dessiner une croix de Malte et boucher l'orifice qui béait à la place du nez, il y avait un jeune homme d'une trentaine d'années, devant lequel, si athlétique qu'il fût, même Mme de Lassonne dans sa fringale eût déclaré forfait.

Le lendemain matin, ayant changé de linge sans déballer les affaires qui restaient entassées dans ma valise pour ne pas amoindrir le sentiment de n'être que de passage, après le petit déjeuner servi en silence par une vieille femme dont le regard, la forme du menton et la sûreté du geste répondaient de la nature de ses liens avec le propriétaire de l'hôtel, je décrochai le combiné, et la réceptionniste, qui depuis la veille avait recouvré la voix, me pria d'attendre sur un ton presque enfantin que je ne lui eusse pas soupçonné quand elle m'avait servi à table. Mon correspondant était dans les couloirs, on se dépêcherait d'autant plus vite de l'avertir que lui-même désirait me parler dès que possible. Si, par dérivatif à mon impatience, je n'avais pas ramassé dans la corbeille à papiers le journal jeté sans même avoir été parcouru, avant de me coucher, aurais-je jamais su que M. Stirla appartenait toujours au clergé du diocèse ; que, monté apparemment en grade, il résidait dans la bourgade à l'intérieur des terres où ma mère, quand elle eut quitté les collines, avait débuté en qualité d'apprentie à l'unique succursale des établissements Indri, hors du chef-lieu du département, avant que la patronne ne l'eût fait venir auprès d'elle. Ce matin-là, se trouvant seule dans le magasin malgré la fièvre, lorsque Mme Indri, qu'elle ne connaissait pas encore, était entrée pour effectuer son inspection semestrielle, elle avait cru accueillir une cliente, l'épouse d'un nouveau fonctionnaire de la sous-préfecture, ignorante des usages locaux. Le matin était réservé aux bonnes et aux paysannes, les bourgeoises n'achetant que l'après-midi, au terme de leur promenade sur le Cours, où elles croisaient les élégantes pensionnaires du bordel, qui allaient par deux comme les religieuses. L'aisance des manières de cette étrangère, la coupe de ses vêtements qui n'avait son équivalent ni dans les marchandises de la réserve, ni même dans la garde-robe des femmes de mauvaise vie, outre l'attention accordée à la santé d'une employée, en avaient imposé à ma mère, pendant qu'elle se hâtait de tirer les « nouveautés » de leur boîte ou écrin, ayant aperçu à travers la vitrine un chauffeur qui roulait sa casquette entre ses doigts. En répondant pour se dégager des amabilités : « Jusqu'à 39, on sort », elle était sincère ; on le constaterait également derrière le paravent qui cachait son lit à l'hôpital.

À la lecture de la rubrique consacrée à la localité qu'elle avait abandonnée avec moins de regrets que ses collines pour s'installer au bord de la mer et devenir en quelques mois une première vendeuse, je doutai d'abord que le prêtre cité dans l'article détaillant les cérémonies de Pâques fût le même que notre initiateur à la boxe, ancien aumônier d'un régiment de chars, parce que son patronyme, assez répandu dans le Sud et précédé ici de l'abréviation de « Monseigneur », était suivi du titre de protonotaire apostolique, combiné de loi et de sacerdoce qui me déroutait — une variété d'évêque peut-être. Cependant, au centre de la photo où, une main en l'air, face à des pénitents la tête encapuchonnée de noir, il semblait interdire l'accès de la cathédrale à une délégation du Ku Klux Klan, l'abbé d'autrefois était non seulement identifiable, mais il apparaissait également inchangé à mes yeux, en raison même de la médiocrité du papier et de l'impression, qui avait sur son apparence physique un résultat similaire à celui des retouches aux visages dans la galerie des portraits sur les murs du fumoir de *L'Alhambra*, actrices et acteurs y présentant à l'éternité, acquise sous les éclairages d'un photographe d'art, leur profil définitif, une chair sidérale sans rides, comme dans la réalité je n'en verrais qu'à Mme Francavilla maquillée pour une fête dans le hall.

Le prélat enveloppé de blanc des épaules à la ceinture, tel un catcheur sous les serviettes à l'issue du combat, se détachait à l'avant d'un groupe d'ecclésiastiques, et, vu de dos, l'homme à la cagoule qu'il dominait de sa stature était l'anonyme qui, en expiation de ses fautes, avait porté cette croix à laquelle, au bout de son parcours, il s'appuyait une seconde, pour souffler ou réfléchir, comme Minerve à sa lance. Un document d'archives remontant à l'année précédente, était-il précisé en légende, et, sous la liste des médecins et pharmaciens qui étaient de garde durant les fêtes, un arrêté municipal énumérait les rues où il était interdit de circuler en voiture, l'après-midi du Vendredi saint. Je n'avais jamais assisté à la procession qui allait se renouveler le lendemain, car dans cette ville guère plus distante de la nôtre, au nord-ouest, que l'étang de Tolla au nord-est, je ne m'y étais rendu qu'une fois, juste avant de résilier mon sursis. Anna fréquentait alors un divorcé, à qui je prêtais aujourd'hui volontiers le métier de garagiste à cause de ses blousons de cuir, du cambouis persistant sous les ongles, de l'amputation d'une phalange à l'auriculaire — était-ce le droit ou le gauche ? — et de la facilité avec laquelle il changeait de voiture pour se promener. À la maison, il se comportait avec autant de retenue que, du vivant de mon père et de ma mère, n'importe quel autre « cousin », la mine d'un facteur qui espère les étrennes, dans le vestibule, en échange du calendrier des Postes. Un dimanche, il nous avait invités à une sortie, et j'avais espéré, dépensier et attentionné comme il se montrait en ma présence, qu'à défaut de l'épouser il délivrerait Anna soit des tickets de cinéma, soit des travaux de couture, qu'il l'aiderait au moins à payer le loyer de l'appartement que je laissais. Dans la sous-préfecture où le candidat annuel aux souffrances du Christ s'arrêtait pour son propre compte à la mort, nous avions mangé des fèves et bu du vin blanc à en être malades — heureux d'être ainsi, attablés dans l'arrière-salle de ce restaurant où affleurait le rocher sur lequel était bâti le haut quartier et qui avait fourni tant de granit aux maisons, aux remparts, à des voûtes de casbah qui m'obligeaient à baisser la tête en raison de ma taille. « Il est aussi grand que les fils de riches », avait dit, pour ma fierté, Anna à son ami, avant que des clients ne la sollicitent de chanter. (Ils l'avaient reconnue et saluée ; à *L'Alhambra,* qui s'assurait l'exclusivité des films dont on parlait, il en défilait du monde.) S'étant assurée par un coup d'œil que je n'en serais pas choqué, car un ruban de crêpe noir barrait encore le revers de ma veste en signe de deuil, elle avait interprété *Roses d'avril,* qui, dans sa bouche, en italien, se passait de l'accompagnement d'un orchestre. Pour le bal des vendanges, il y en avait un qui était formé d'une dizaine de musiciens dignes d'un engagement au Casino municipal ou à l' « Aquila », à la baguette le fameux Bussò qui avait beau ressembler à un vieillard noueux, il était quand même plus haut que le buis dont il tirait son surnom qu'il avait transformé en nom de scène, quand il s'y était résigné. L'été, il effectuait la tournée des plages, et il terminait sa saison avec nous, dans les collines.

Le batteur, qui s'exhibait en solo à chaque pause, était extraordinaire, et le saxophoniste aussi qui, une fois, avait fait le pari de jouer sans arrêt jusqu'à l'épuisement, mais, la vessie déjà remplie de bière, il avait été obligé de descendre de l'estrade à reculons, regardant le chef pour ne pas rater les départs, clignant les yeux à mesure qu'il s'éloignait. Une fille qui essayait d'accorder son pas à celui de la danse en cours l'avait accompagné jusqu'au pied d'un arbre pour glisser ensuite un bras autour de sa taille et le déboutonner quand il eut pivoté sur lui-même. De sa main libre, elle esquissait, face à nous, le geste d'une marchande de quatre-saisons qui soupèse une aubergine, et son rire était encore plus fort que celui d'Anna à son paroxysme. Elle était de ces enragées qui fatiguaient tous leurs cavaliers et qui, plutôt que de souffler un peu, entre deux paso doble, s'enlaçaient les unes aux autres lorsqu'elles n'attiraient pas à elles les duègnes impassibles à chignon serré et robe noire, qui restaient assises sur des chaises au bord de la piste, à suinter de l'œil et à déployer leur éventail en papier distribué par une marque de pastis.

Dès que chanteuses et chanteurs amateurs étaient invités à se présenter au micro, beaucoup s'empressaient de réclamer Anna sur l'air des lampions, en battant des mains, et l'écho roulait jusqu'à la montagne. N'était-ce pas : « Aïe, l'amour qu'est-ce que c'est ? » — si je traduisais bien —, le refrain que l'assistance reprenait en chœur, les vieilles comprises, dont l'éventail dissimulait une bouche édentée, le poing qu'elles appuyaient sur leur ventre comprimant peut-être des nostalgies ? La nuit promettait de ne jamais finir ; elle sentait la campagne, la sueur et l'eau de Cologne qui sèche sur la fièvre, car, avant les réjouissances, la plupart d'entre nous s'étaient lavés à la pompe, près de la borne kilométrique où le soleil avait à moitié déjà effacé l'inscription : « Tolla, à 9 km. » On se rasait ; l'un présentait à l'autre une glace de poche qui attrapait les derniers reflets du soleil, et brillait la lame des sabres. Je me ponçais le visage avec la pierre d'alun qui avait appartenu à mon père, car j'espérais être embrassé avant la fin de la nuit.

« Vous avez entendu ? » demanda dans le téléphone une voix que j'identifiai au chuintement dû à la crispation des lèvres autour du bâtonnet en bois de réglisse : j'avais bien entendu que le patron de l'hôtel avait respecté ses promesses. Il me le confirma au bureau de la réception, où, à la place de la réceptionniste, se tenait un jeune homme au teint pâle encore proche de l'adolescence, mais dont le nez se creusait. On le sentait sur le qui-vive, et malgré ses avantages, il n'eût en rien intéressé Jonas, à la différence des employés de l' « Aquila », son costume croisé ne s'apparentant à aucun des uniformes de l'hôtellerie. Le jet de laque qui avait figé le désordre de ses boucles eût été assez puissant pour arrêter une coulée de lave sur le flanc d'un volcan. Pendant que je m'approchais du comptoir, il recueillait des ordres énoncés sous la forme performative : « On ne ramasse pas la clé de Monsieur, était-il averti. Il la garde. Monsieur est ici comme chez lui. On prévient la femme de chambre de changer ses draps tous les matins. On ne fume pas pendant le service. Si quelque chose cloche, on appelle ma mère. Pour les messages, on utilise les imprimés, et on ne se trompe pas de destinataire car, ajouta le patron qui, le menton en avant, m'avait décoché un bref sourire dans le miroir gauche de l'horloge où se reflétaient les grilles de l'ascenseur et la première volée de marches de l'escalier, vous êtes deux aujourd'hui, à l'hôtel, qui avez le même nom. À propos, le mien est Salvy avec un *y*, si le fils de Jeanne ne vous a pas dit. » Il fit volte-face, attentif à l'effet qu'allait produire son costume de flanelle aussi beau que celui du défiguré que j'avais aperçu la veille, sous un réverbère. Il me tendit la main : ou je me trompais beaucoup, ou il avait la poignée de ceux qui travaillent encore au sac, et je répondis par une égale pression des doigts, comme si nous engagions une partie de bras de fer, la prolongeant sous couleur de le remercier d'avoir obtenu des rendez-vous — mieux : des décisions — en un laps de temps si bref, ce qui prouvait l'étendue de ses relations en ville. Sous le compliment, il abandonna sa paume dans la mienne, aussi vite qu'une femme capitule après la caresse qui l'a surprise, et ce fut sans hésitation que, jetant son bâtonnet à terre, il accepta une cigarette. Était-ce pour le plaisir de lui souffler ensuite de la fumée au visage qu'il emprunta son briquet à l'employé ? Celui-ci put croire que, ce disant, il parlait d'une marchandise : « À votre ami, il la lui fallait pour samedi, n'est-ce pas ? J'ai réglé ça aussi, et vous aurez même le choix. Le chauffeur et la voiture sont à votre disposition pour le transport, et tout de suite, si vous voulez. » Mais les adresses calligraphiées sur le carton à l'en-tête de l'hôtel qu'il venait de me remettre délimitaient un périmètre débordant à peine le quartier, et puis j'avais envie de marcher à pied pour voir les rues et les gens à la lumière du jour. Quoique chacun, quels que fussent l'âge et le sexe, me semblât une « revoyure », selon le vocabulaire d'Alice — sans doute par un air de placide arrogance dans la déambulation qui était commun à tous —, je ne reconnaissais personne et ne saisis aucun des regards à la dérobée particuliers à la province, même dans l'avenue de l'Assomption, qui demeurait l'artère la plus animée. Je la traversai au carrefour où la naine m'avait hélé la nuit précédente, pour me rendre au premier des rendez-vous qui occupèrent la matinée et s'enchaînèrent jusqu'à midi sans battement entre eux, comme si une secrétaire en eût prévu la durée à une minute près, malgré le disparate des interlocuteurs et la variété des conversations. Les maisons, les lieux n'avaient pas changé, si l'on négligeait la disparition de quelques boutiques, et cependant tout était différent à mes yeux qui, ayant capté la différence, ne l'avaient pas encore communiquée à mon esprit. Ensuite se trouva récompensée la patience avec laquelle j'avais écouté, autrefois, les doléances d'un linotypiste inquiet des menaces pesant sur son métier, parce que la distinction que faisait M. Jean entre l'empreinte laissée sur le papier par les caractères fondus en plomb et celle obtenue par la photocomposition m'avait soudain éclairé : il me manquait une présence ou une profondeur — les deux à la fois sans doute. J'étais dans le toucher plat de l'offset qui, sur le papier glacé des magazines, entacherait d'irréalité même un événement dont on aurait été le témoin. Mais au moins les magazines avaient-ils des couleurs. Dans la vitrine d'une agence de voyages où l'on aurait pu m'informer de l'heure du premier avion, le lendemain, une photo aérienne montrait la ville telle qu'elle se rêvait en permanence, et n'était pas en ce jeudi de Pâques — c'est-à-dire ensoleillée.

À la mairie, comme à l'agence des Pompes funèbres, dès que j'eus invoqué le parrainage de Salvy, on se révéla au courant de mes intentions, et dans les bureaux du cadastre une dactylo qui, pour sécher son vernis à ongles, remuait les doigts au-dessus d'une machine à écrire, renonça à m'opposer que, pour ce genre de consultation, le public n'était admis dans les bureaux qu'au début de l'après-midi. M'ayant invité à occuper sa chaise, elle courut vérifier dans la pièce à côté que le terrain de la Marmorina, sur les collines, était encore attribué à ma famille et effectuer plusieurs photocopies du relevé dont j'avais besoin pour localiser les lieux. Deux rues plus bas, l'entrepreneur de maçonnerie bénéficiait de la terrasse de l'un des deux immeubles séparés par un fossé de fortin, situé en bordure du rivage où, dans mon enfance déjà, il n'y avait plus de militaires, et qui était désigné comme la caserne de Naples. M. Stirla en expliquait la raison ; il était imbattable sur l'histoire locale. Aujourd'hui, je soupçonnais que s'il acceptait de célébrer la messe dans une chapelle privée, ce n'était pas seulement pour complaire à une impotente, sa cousine de surcroît, mais aussi parce que, occupé à la rédaction de sa monographie de l'île de Stello qui est au milieu de l'étang, il se facilitait l'accès au fonds d'archives de la bibliothèque Peraldi, la plus riche qu'il y eût en ville. Sous quel pseudonyme signait-il ses articles d'érudition dans le journal qui maintenant lui donnait du « Monseigneur » et publiait sa photo pleine page ?

Dans un tintement de clés qui eût été plus concevable en prison, la porte fut entrouverte par une jeune femme sans maquillage, des odeurs d'oignon dans son tablier de cuisine, et la mine d'une paysanne qui s'accroupit au-dessus des feuillées. Sur le ton de la guichetière qui rabâche au public l'avis d'une grève inattendue, à l'abri des protestations derrière son hygiaphone, elle coupa mes politesses pour déclarer que son mari, obligé de garder la chambre, ne recevait pas de visiteurs. Le nom de

Salvy, que je parvins à placer et qu'elle cueillit au vol, se transforma presque sur ses lèvres en un cri de guetteur ; elle le répétait de nouveau en retirant la chaîne, quand un courtaud basané, dur de chair et de regard, le bras gauche en écharpe, surgit dans le vestibule, et sans doute était-ce la fillette à nattes, miniature de la mère accrochée à ses basques, qui, sur les bandages autour de son poignet, avait écrit « Papa » avec un bâton de rouge. Il m'invita à pénétrer dans un salon dont la décoration était à mi-chemin du hall de clinique et de la villa pompéienne. La cordialité de son accueil s'accrut du fait de la lenteur de mon regard sur le mobilier et sur cette baie vitrée qui encadrait la terrasse — un jardin qu'on n'imaginait pas dans la rue, en avisant les petites fleurs jaunes qui retombaient entre les barreaux de la rampe. Des récipients de toute taille, des suspensoirs, des conifères, une vigne vierge pour dissimuler un conduit de cheminée — une Mme de Lassonne se serait précipitée, un sécateur à la main, pour atténuer l'aspect de fouillis, et elle aurait eu tort —, c'était charmant. Pour rénover son appartement, l'entrepreneur avait dû se servir de matériaux de récupération, et peut-être la pierre du tombeau de la Marmorina lui procurerait-elle un second banc pour sa terrasse. Il déclara qu'on s'apprêtait à réquisitionner trois ouvriers d'un chantier en voie d'achèvement pour les expédier dans les collines. Ils démaquiseraient l'emplacement que j'avais choisi — y mettre le feu comportant des risques à cause de la proximité des vignes —, et ensuite, après le creusement de la fosse et l'enlèvement des terres en excédent, pour améliorer la solidité des fondations, ils installeraient un radier de fond en béton qui serait recouvert d'une chape de ciment. Ainsi avait-on procédé pour le compte d'un ami de M. Salvy qui s'était fait construire quelque chose de si beau, au bord d'une route en dessous de la région des lacs, que les automobilistes s'arrêtaient pour photographier. Admettrais-je que, plus tard, la facture s'alourdît des frais quotidiens de transport, parce que — à moins d'y installer un baraquement et, par là, se contraindre à utiliser la main-d'œuvre nord-africaine qui dormait n'importe où mais n'était ni sûre ni qualifiée — on ne pouvait loger sur place, le premier village étant à vingt kilomètres de là ?

Ma réponse ne provoqua aucune réaction chez un homme préoccupé seulement de déchiffrer à l'envers l'inscription tracée en rouge sur les bandages de son poignet : je n'étais pas retourné dans les parages de Tolla depuis ma dix-huitième année, ne connaissais que sur le papier les terrains que je possédais par héritage et ne les visiterais pas avant mon départ, car je n'avais plus que deux journées devant moi, chacune étant chargée de corvées. Quelqu'un qui avait la confiance de Salvy veillerait sans peine et sans mon secours à remplir les deux seules conditions auxquelles je tenais : construire sur un piton, s'il y en avait un à la Marmorina, et, en tout cas, construire le plus haut possible, face au soleil, de manière à profiter de la vue de l'étang à l'horizon, achever les travaux avant la Toussaint, pour qu'il fût possible d'allumer les bougies sur l'autel de la chapelle le jour de la Fête des morts.

« M. Salvy n'est pas entré dans les détails », dit l'entrepreneur, insistant sur le « monsieur » pour me faire la leçon, « mais pas de problème. Vous serez satisfait. Je ne suis jamais en retard, ni avec les amis ni avec les clients. » Puis, confus de n'y avoir pas pensé plus tôt, il dénoua dans son cou, comme une serviette, le linge qui soutenait son bras, avant de libérer celui-ci des deux attelles en bois posées à même la manche de sa chemise, et je m'appliquai à vider mon visage de toute expression pendant qu'il étalait ses postiches sur une desserte, remuant l'épaule pour la désengourdir. Sa femme, qui apportait un plateau chargé de bouteilles d'apéritif, de verres et d'un seau à glace, s'inquiéta : « Est-ce que tu lui as dit... », avec une expression qui s'apparentait moins à un sourire qu'à une fissure au flanc d'une des jarres de sa terrasse, quand l'eau infiltrée dans les fentes avait gelé. « Dire quoi ? marmonna-t-il. — Ce que M. Salvy a fait pour nous. »

Il s'empressa de réparer sa négligence, et je n'avalai qu'une gorgée de pastis, décidé à me mettre sans retard au régime sec puisqu'il y avait toute apparence que je reprenne l'entraînement à la boxe dès la semaine suivante. Un club existait peut-être encore rue de l'Équerre, malgré la probabilité que le Commandant eût passé la main depuis longtemps, lui qui, dans ses accès de colère, se félicitait d'en avoir bientôt fini avec des fumeurs et des médiocres qui urinaient sous la douche. Mais il y avait toujours des hommes pour savoir qu'une bonne suée en travaillant au sac dilatait le présent jusqu'à ce degré où l'avenir ne se concevait même plus, où, enfin, on habitait son corps jusqu'aux extrémités. Coup d'arrêt du gauche, uppercut du droit. On bouge. J'avais bougé, je bougerais. Demain, j'aurais de l'appétit, mais avec cette fois de l'argent pour le rassasier. Seigneur, de nouveau, vous me donneriez la faim.

Pour empêcher la fillette à nattes de s'emparer de ses accessoires d'infirme utiles à la comédie que le nom de Salvy m'avait dispensé de subir, son père l'assit d'autorité sur ses genoux sans interrompre la description des chantiers qu'il dirigeait en ce moment — celui d'une villa et celui d'une école. Dès que je sortis de ma poche l'une des photocopies qu'on m'avait procurées au cadastre, la gamine tendit la main. « Ne touche pas, c'est un plan, lui dit-il.

— Un plan, qu'est-ce que c'est ? minauda-t-elle.

— C'est pour comprendre où tu es sur terre et ce que tu as, intervint la mère, qui devait enchaîner par l'offre d'un autre alcool puisque je ne buvais pas celui qui était dans mon verre. Si mon refus l'avait vexée, ma demande lui plut : je sollicitai la permission de faire un tour sur sa terrasse qui surplombait la caserne de Naples où, lorsque, pour y suivre un flirt, une fille avait accepté de sacrifier une paire de bas dans les ronces du fossé, on comprenait qu'elle était disposée à toutes les capitulations à l'intérieur de la forteresse. Et je demeurai là quelques minutes à contempler le fossé où je n'avais jamais réussi à entraîner personne, les tuiles du toit de la caserne qui s'effondrait et la mer où le brouillard, au lointain, amputait la rade de son bras le plus étroit sur lequel était posé l' « Aquila ». La femme, qui m'avait observé derrière la paroi vitrée du salon, me rejoignit, sans doute curieuse de découvrir à son tour ce que je fixais avec tant d'obstination. Mais ce que je voyais n'était pas plus visible aux yeux d'autrui, dans le ciel et sur terre, que les chardonnerets apprivoisés dont ma mère, un matin avant de se rendre aux Galeries Indri, avait accroché la cage sur le rebord d'une fenêtre, pour qu'ils soient au soleil. Le mistral s'était levé en notre absence de l'appartement ; les barreaux n'y avaient pas résisté ; les oiseaux avaient recouvré la liberté. — « Maintenant ils ont confiance. Ils seront mangés », avait murmuré ma mère qui se raidissait, versant néanmoins les larmes qu'elle s'était refusées en public, à la mort de Mme Indri et à celle de mon père.

Tout juste pouvais-je dire à la femme de l'entrepreneur, lorsque son odeur d'oignon m'eut signalé son approche : « Vous n'auriez pas connu un certain Bussò ? — Bussò qui ? répliqua-t-elle. Le musicien ? Oui, et comment... » Puis, après une hésitation et dans la voix comme du regret d'en être si vite convenue : « Il louait une chambre chez une de mes tantes à qui ça faisait une compagnie. Quand il est mort, il lui devait six mois de loyer. Moi aussi, j'aimais danser. »

Le couple m'escorta jusqu'au rez-de-chaussée, réitérant au sujet de Salvy les choses qui flattent si elles sont rapportées, et gagnent d'ailleurs en efficacité d'être résumées auprès du bénéficiaire. Ma vanité en même proportion que celle de mon prochain, dont j'avais su tirer parti pour quelques succès dans le métier, me l'avait enseigné : un condensé, voire une simple allusion, dans la bouche d'un tiers, touchait et persuadait mieux l'intéressé qu'une salve de compliments qui lui eût été jetée à la figure.

Mes visites aux fournisseurs s'effectuaient selon un itinéraire en forme de cercle destiné à me ramener à l'hôtel après un déjeuner dans n'importe quelle brasserie de l'Avenue et une halte à *L'Alhambra,* divisé désormais en deux salles — peut-être pour compenser la disparition des autres cinémas, qui se déduisait à la lecture de la rubrique des « spectacles ». Celle-ci mentionnait le cabaret déconseillé par Salvy, où les filles marchaient au bouchon, et la discothèque qui confiait sa publicité à une traction avant. Tout un étage, et même deux, ici, n'était-ce pas beaucoup pour un cabinet d'architecte ? Il est vrai que si l'on arrivait, à la nuit, par la route du littoral, on évaluait mal l'étendue de ce qui s'était construit entre l'aéroport et le centre et avait asséché les salines. Lorsque j'entrai, aucun des gratteurs et tire-ligne, tous plus jeunes les uns que les autres, ne leva la tête au-dessus de sa planche à dessin ; la secrétaire qui avait une jupe de la même teinte orange que la feuille de plastique ajourée sur laquelle se penchait le cadet, un foulard gonflé en jabot à l'intérieur du col de sa chemise, m'entraîna à travers une enfilade de pièces pour s'arrêter pile devant une de ces portes capitonnées que, depuis mon service militaire, je n'avais plus jamais dissociées du souvenir d'un hôpital psychiatrique. Restitude, qui n'avait peut-être pas encore reçu ma lettre, serait toujours derrière une porte capitonnée, avec l'Arabe qui souriait de ses dents aurifiées, se grattant à l'aine.

Le dos tourné à une fenêtre qui s'ouvrait sur un potager incongru, comparable à ceux qui subsistaient derrière certaines maisons de Capetown et où les émigrants afrikanders avaient cultivé les légumes dont la consommation les préservait du scorbut, l'homme qui avait négligé de répondre à mes relances m'observait debout à son bureau de marbre, une main dans la poche de son pantalon, effleurant de l'autre le dessus en pierre rose veinée de gris qui détonnait par rapport à un ameublement de club anglais en décadence : le soleil en moins, nous ne quittions pas Capetown, où Jonas eût ajouté à sa collection de palaces le « Mount Nelson ». Mais les serveurs, liftiers et maîtres d'hôtel auraient-ils produit sur ses sens autant d'effet que des domestiques blancs ? — qui fussent plus distingués que lui-même dans l'allure, je n'avais pourtant rencontré que ceux-là au cours de mes voyages.

À mon avis, l'architecte, qui abaissait le coin des lèvres pour un sourire de bienvenue, s'était réservé à son usage le fumoir qui subsistait d'un ancien appartement riche pour lui, peut-être, de souvenirs d'enfance. Sous le nid de cheveux châtains, son visage me disait quelque chose, mais je m'interdisais de m'y arrêter parce que, depuis la veille, tous les visages semblaient me dire une seule et unique chose : « Va-t'en », qui les unifiait. Le chiffonnement de celui-ci ne compromettant pas l'équilibre de l'ensemble des traits, il pouvait encore être attribué aux conséquences d'une bringue qui eût suivi une performance physique, en raison des joues creuses d'un sportif. La veste, qui avait un empiècement de cuir à l'endroit où l'on appuie la crosse du fusil, était-elle portée par fantaisie, ou bien le téléphonage de Salvy avait-il compromis un départ à la chasse? Tant que je n'aurais pas vu les souliers, je ne me prononcerais pas.

Mon interlocuteur accentua son sourire au prix d'un effort, sans piper mot, ni s'asseoir jusqu'à l'arrivée du garçon au foulard, qui avait un carton à dessin sous le bras. Il l'ouvrit en silence, l'étala sur le bureau où il n'y avait ni agenda, ni cendrier, quoique l'odeur de cigare fût perceptible dans l'atmosphère, à moins qu'elle ne m'eût été suggérée par la précédente destination des lieux, et ces fauteuils club où l'on ne m'invitait pas à m'installer. Et tous les trois nous nous penchâmes sur le plan dégagé de son décalque d'étude, dans un froissement de papier, par une main apte au toucher de l'aquarelle.

Un Jonas eût identifié le style dont il s'était inspiré, aussi vite qu'il eût imaginé l'ensemble grandeur nature et proposé en conséquence des corrections à ce projet qui me plaisait beaucoup par la simplicité de ses lignes. Plutôt qu'à un tombeau, on songeait à un pavillon de garde à l'entrée du parc, percé d'une fenêtre de chaque côté, et l'on se figura que j'hésitais, étonné de ne pas trouver certain détail ou le cherchant en vain des yeux. Au vrai, je ne m'étais aperçu de rien, les narines frémissantes parce que j'essayais de reconnaître l'eau de toilette utilisée par les deux hommes qui m'encadraient d'aussi près que des policiers disposés à me passer les menottes. « Évidemment, ça étonne », dit l'aîné. Si la croix manquait, c'est qu'on la dessinait seulement lorsque le client avait choisi entre deux éventualités — soit de la graver sur le fronton au-dessus du blason de la famille, soit d'en surmonter le toit, solution qui était moins en faveur qu'auparavant parce que l'emblème, dès qu'on l'apercevait de loin, suspendait le jugement esthétique, ruinant à l'avance le soin apporté à la construction, ainsi que l'effet d'ensemble. Et je pensai : pour les armes, le mètre à ruban de ma mère, le fer à souder de mon père à l'Arsenal, le ticket que déchire l'ouvreuse ? Le vent, qui caractérisait assez bien ma profession, n'avait sans doute jamais été traduit en termes d'héraldique.

L'architecte avait la voix du professeur qu'on entend dans la cour de récréation aux heures de classe, quand on a eu la permission de se rendre aux cabinets. Outre ce parfum d'eau de toilette, il émanait de sa personne un air de plus en plus familier tandis qu'il décrivait les avantages et les inconvénients de matériaux aussi différents, pour un expert, que le granit, le marbre et la pierre. Le premier, qui, certes, résistait aux siècles et aux siècles, était le plus coûteux — surtout celui de Suède, et si l'on n'était pas arrêté par son prix, on risquait de l'être par sa teinte — un noir qui ne semblait même pas appartenir à la nature, bien que ce fût la couleur du monde à son origine. Le mieux, si l'on ne tranchait pas, consistait encore à mélanger, de manière à assurer, au moins à distance, la dominante de la pierre qui se mariait bien avec le paysage des collines. On possédait des échantillons, on était disposé à me les soumettre, et si je le désirais, j'emporterais des fragments pour imaginer à mon aise. Le granit, on l'emploierait pour le jeu de semelles couronnant les murs et qui faisait revers d'eau sur le pourtour de la sépulture. Ayant identifié le parfum qui, par son opiacité, souhaitait plus le manteau de vison que la veste de chasse, je demandai quel était le style du mausolée de Mme Indri, avec sa coupole et sa croix méritée par une conversion dont il n'y avait pas lieu de suspecter la sincérité. Ma mère en avait enregistré les suites pour s'en réjouir comme de victoires personnelles : son ancienne patronne était reçue maintenant par les plus anciennes familles qui revendiquaient, à tort ou à raison, des cousinages en Toscane et à Rome.

L'architecte, que je surveillais du coin de l'œil et en était à me préciser ce par quoi il aurait dû commencer — hauteur, largeur, profondeur —, tourna vers moi sa tête qui me revenait de plus en plus, pour me scruter de biais. Dans ses yeux se jouait une flamme, quand il me répondit que c'était son propre père qui avait édifié le mausolée des Indri d'après un modèle admiré par le commanditaire au cimetière de Gênes. Des modifications lui avaient conféré de l'originalité sans que la propriétaire s'en aperçût : à présent, il était à l'abandon, le fils était dedans, et la belle-fille aussi, qui ne pouvaient s'en soucier ; le petit-fils était parti s'établir dans un kibboutz.

« Et les *Galeries* ? » demandai-je.

L'architecte, qui avait effectué un pas de côté en

direction du mur, révélant qu'il chaussait des mocassins à boucle, d'un luisant que n'eût pas obtenu Alice elle-même — ce qui excluait l'hypothèse d'une partie de chasse —, ferma les paupières avant de répéter le mot « Galeries » avec, à l'appui, le geste qu'on accomplit pour dégager les rideaux de leurs embrasses : ils retombent, et c'en est fini du panorama qu'on admirait. J'indiquai ma préférence pour la pierre avant que ne fût ouvert le placard où étaient entassés les échantillons de minéraux, et l'architecte, dont le sourire n'était plus de routine depuis qu'il avait parlé de son père, répliqua qu'il m'accordait bien un mois pour la réflexion. Il suggéra de profiter des six grandes cases pour aménager d'un coup une douzaine de places parce que, même si on n'avait pas une nombreuse famille, on se réservait de la sorte l'occasion d'être agréable à des amis. Il s'engageait enfin à ce que son chef d'agence en personne suivît les travaux du chantier.

« Et puis il y aura Nello », dit-il en désignant le garçon au foulard qui, silencieux depuis le début, se dépêchait de replacer plan et décalque à l'intérieur du carton et eut comme un tressaillement de s'entendre nommer, une rougeur qui me fit le dévisager et attira mon attention sur la fossette de la chance qu'il avait au menton ainsi que sur la grâce de ses gestes. D'un second placard, celui qui était dans l'angle de la fenêtre, son patron sortit une de ces bouteilles de whisky qui ne se gagnent pas à la loterie d'une kermesse. Deux catégories d'adolescents fréquentaient le patronage de M. Stirla, sans se mélanger : ceux qui étaient louveteaux ou scouts, quelques-uns rôdant autour de la vocation, tous fils de commerçants à l'aise, d'avocats, de médecins, et ceux qui étaient attirés par la salle de sport et habitaient, en général, les quartiers sans trottoirs. On en savait long les uns sur les autres, mais à peine échangeait-on des saluts sur la place du presbytère, où l'urine des chiens avait fait se rabougrir un arbre de Judée, malgré la protection d'un treillage.

« Toi, c'est Nani ou Michel ? dis-je à l'architecte lorsque son employé eut quitté la pièce et que lui-même eut posé la bouteille sur son bureau. Michel ou Nani ? » répétai-je.

Son épaule frémit sous l'empiècement de cuir de sa veste, comme sous l'effet du recul de la crosse. L'alcool coulait dans les verres ; on n'entendit que ce bruit pendant quelques secondes, et les mots, quand ils revinrent, étaient chargés d'amertume : « Nani, c'est mon frère. Les gens pensent d'abord à lui quand ils me voient. Ils n'ont jamais pensé qu'à lui. Nani par-ci, Nani par-là. Je lui ressemble autant qu'une copie à l'original — une copie faite par un amateur pas très doué. Mais ma mère ne pourrait plus raconter ça, après l'accident de voiture qu'il a eu. Je ne suis pas certain qu'elle reconnaîtrait sa figure, amoché comme il est. »

Michel alla se planter devant la fenêtre, l'air d'inspecter le potager qui avait son équivalent à Capetown, et sa pause dura assez pour que je m'avise qu'il n'y avait pas non plus de téléphone sur son bureau. À qui murmura-t-il à la fin : « Pourquoi n'avoir rien dit par lettre ? Pour une si petite affaire, s'adresser à des types de ce genre, quelle idée… Je les ai sur le dos toute l'année. Si on doit aussi les supporter ailleurs, ça ne valait donc pas la peine de partir. » Et, après un silence, il se retourna pour ajouter : « Pourquoi tu ne t'es pas fait connaître ? » ce qui était bien viser et justifiait au moins la veste de chasse : je ne m'étais pas fait connaître parce que, d'aucune sorte et en aucun domaine, je n'en avais eu les moyens. Michel vida son verre d'un trait. Y puisait-il, outre un surcroît d'amertume, la force de me lancer : « Tu n'aurais pas parlé le premier, vraiment je ne t'aurais pas reconnu, malgré la cicatrice que tu as au creux de la main... » Il me raccompagna jusqu'à la porte de son cabinet, touchant au passage l'épaule de Nello revenu à l'étude de sa feuille de plastique rouge, comme pour l'encourager, et sur le palier, avec son parler pointu qu'il exagérait, il dut, de ses stridences, remplir de haut en bas la cage de l'immeuble et être entendu de tous ses employés : « Donc, pour la porte de la chapelle, nous sommes d'accord. Le fer est préférable au bronze, et puis inutile de gaspiller. Comptez sur nous, monsieur. Nous répondrons à votre courrier même si nous sommes en charrette... » Je ne lui tendis que la main gauche, mon journal planté sous l'aisselle droite, et, tout à son exaltation cérémonieuse, il la saisit ; je broyai ses doigts entre les miens jusqu'à ce que, le front baissé, il se mordît à l'intérieur des joues comme font les femmes pour retenir un cri de douleur. Quand je descendis les marches, il restait à me regarder, adossé au chambranle pour se soutenir, et je me crus fou de comparer son attitude à celle de Mme Francavilla, le jour où je l'avais quittée, quand ma mémoire abondait en scènes de rupture et de haine dont j'avais été le témoin, mais l'acteur pas très souvent : il m'aurait fallu aimer ou être aimable.

À la table de ce restaurant, si l'on penchait un peu la tête vers la droite, par-dessus la ligne du rideau en macramé qui s'arrêtait à mi-hauteur de la vitre dégoulinante de pluie, on apercevait, au milieu de la ruelle perpendiculaire à l'avenue, le kiosque du cordonnier qui narguait la vieille comtesse Peraldi ; l'ancien amant d'une de ses nièces, dont la famille n'avait pas voulu pour gendre, mâchait depuis trente ans des clous moins pointus que ses sarcasmes. Passé midi, le kiosque était encore fermé, et la serveuse, qui avait pincé les lèvres à la commande d'une carafe d'eau, soutenait que, depuis cinq ans qu'elle travaillait dans cet établissement, personne n'en avait décroché les volets. La vieille comtesse Peraldi lisait le *Purgatoire* dans une édition incunable pour avoir des nouvelles de ses ancêtres et demandait à M. Stirla de célébrer des messes à leur intention. Mais n'avaient-ils pas depuis longtemps purgé leur peine ? « Cousin, qu'en savez-vous, répondait-elle, le temps des morts n'est pas le nôtre. »

Je n'avais aucune envie de marcher sous l'averse dans des rues qui ne m'apprenaient rien, jusqu'au moment où la caissière de *L'Alhambra* eut commencé à dérouler son rouleau de tickets ; pour l'aborder, il était préférable de se présenter à elle lorsque les spectateurs de la première séance auraient gagné leur fauteuil. Au temps d'Anna, j'entrais et sortais à ma guise, dispensé d'utiliser ces carrés de papier sur lesquels le patron, pour ses amis et les membres des familles du personnel étendus jusqu'aux cousins, apposait un tampon d'une encre si pâle que s'imprimait à peine le haut des lettres d'« exonéré ». À la faveur d'une accalmie, je m'élançai, et il y avait à parcourir une distance assez longue pour mesurer le souffle. Sous ce rapport, je m'estimai satisfait au pied des quatre ou cinq marches qui surélevaient le trottoir devant *L'Alhambra,* abritées par la verrière qui faisait croire qu'on rabattait à volonté la partie supérieure de la façade tout en vitres, tel le panneau de quelque énorme bonheur-du-jour, car de tous les immeubles que je voyais aux alentours, c'était encore le cinéma qui paraissait avoir le moins rapetissé. Il était habituel que, le samedi et le dimanche, la file d'attente s'allongeât jusqu'à vingt mètres de l'endroit d'où me chassaient les gouttes d'eau tombant de la corniche et qui maintenant traversaient vite la chevelure pour mouiller le crâne. La foule dissimulait aux derniers arrivés qui stationnaient dans le caniveau le guichet de location transféré aujourd'hui à l'intérieur du hall où il était comme la « boîte à sel » d'un théâtre, près de l'escalier du balcon, que les femmes descendaient l'œil agrandi de celles qui croient encore au film. La division de *L'Alhambra* en deux salles devait résulter du prolongement d'un plancher jusqu'à l'écran où le lion de la Metro-Goldwyn-Mayer jaunissait entre les plis du rideau de velours dont la pourpre se soulevait avec la noblesse même des rugissements de l'animal. On avait dû, par nécessité, supprimer les loges qui étaient de chaque côté, et puisque, à droite, plus de porte, une paroi lisse, il avait donc disparu le bar de l'entracte où, au mur, la photo d'une actrice, à l'aplomb d'un crachoir, attirait les jets de salive des spectateurs qui, dans leurs rêves, avaient levé les yeux trop haut : une certaine Maria Felix avait reçu, en hommage, autant de glaires que le Christ. Quatre hommes en chapeau, d'une grisaille de fonctionnaires, et un adolescent qui avait un imperméable couleur mastic sur les épaules, formaient un groupe au milieu du hall et, entrés là sans doute pour s'abriter de la pluie, ils bavardaient à mi-voix, les yeux rivés au sol où, cependant, ne gisait aucun des cadavres promis par les affiches. À tout hasard, je reniflai : où se reconstituait-elle l'odeur de l'entracte, lorsque le parfum des femmes, qui avait eu le temps de se décomposer sur leur corps au cours des « actualités » et du « documentaire », dans la chaleur d'une salle de sept cents places toutes occupées, se mariait à l'odeur des cigarettes anglaises, au suint des intimités masculines transperçant les habits du dimanche et aux effluves du désinfectant mentholé qu'on vaporisait à partir des loges avec un pulvérisateur aussi haut que celui des vignes, doté d'une poire en caoutchouc sous la poignée ? Anna et Madeleine, à qui incombait la corvée, semblaient s'affronter en duel de chaque côté de la salle, se tirer mutuellement dessus comme les tueurs du film qui faisait recette depuis deux semaines, et dès que les pulvérisations, agglutinées en nuage, atteignaient le parterre, pendant quelques minutes on était enveloppé d'une fraîcheur de sous-bois ; l'été, on croyait la climatisation installée à la place des ventilateurs dont les pales brassaient des souffles humides.

La caissière n'était plus cette belle-sœur de Madeleine qui avait le laiteux d'un flan dans les chairs, et dans les cheveux les nuances caramel de la croûte. Elle était la veuve d'un pompiste qu'on avait abattu à coups de chevrotines dans la rue, sous les fenêtres de son appartement, sans lui voler la sacoche contenant la recette de la journée. Elle luttait contre l'envie de nous suivre aux vendanges, s'y refusait par peur du qu'en-dira-t-on, et pourtant Bussò en personne lui avait proposé de l'emmener avec la chanteuse vedette dans l'une des voitures de sa caravane. La physionomie de sa remplaçante m'était inconnue, mais qui sait ? si l'on retirait ses lunettes cerclées d'or aux verres teintés ; si l'on restituait à sa chevelure sa couleur d'origine, qu'elle-même avait pu oublier puisque des racines repoussaient blanches dans l'accroche-cœur dissimulant une de ses oreilles ?... Le flamboiement de sa chevelure, tel l'éclairage de la boutique aux vitrines vidées de leurs marchandises d'appel, qu'on a négligé d'éteindre après faillite ou épuisement des soldes, accusait les rides d'un visage qui, sous une lumière moins crue, eût encore attiré par la régularité de ses traits, l'attrait d'une bouche aux lèvres fortes. Combien de femmes renouvelaient l'erreur consistant à se cramponner dans le vêtement, la coiffure et le maquillage, à la saison où elles avaient eu leurs succès, leurs passions, moins habiles que Mme Francavilla qui avait, une fois pour toutes, choisi la forme de la tunique dont elle possédait une collection de modèles adaptés à chaque circonstance de la journée ? J'avais le loisir de me livrer à ces réflexions, et à d'autres, car la caissière, bien que je fusse dans son champ de vision, continuait, le front appuyé à la vitre de sa cage, d'écouter, un sourire en coin, le bavardage d'une fille en jeans, vibrante du désir de raconter, hissée sur la pointe de ses ballerines, et qui flottait dans un cardigan bleu suggérant qu'elle avait emprunté l'un de ses pull-overs à un frère aîné. Elle n'acheva pas sa phrase après m'avoir décoché un coup d'œil, et l'annonce par la caissière que la séance avait commencé depuis une demi-heure visait à me chasser. La vue d'un billet de banque sur la plaque en cuivre du guichet déclencha néanmoins le réflexe professionnel qui était d'ouvrir le tiroir-caisse et de ramasser l'argent. On se hâtait soudain de contenter un gêneur, puisque c'était l'unique moyen de s'en débarrasser. Dans le silence requis par l'opération, je me présentai et avançai le prénom, le nom et le surnom d'Anna que je décrivis au physique, insistant sur sa blondeur, sa taille, son rire et ses pommettes saillantes qu'elle devait sans doute à ses ancêtres de la steppe. J'ajoutai qu'elle cousait en chambre et que, pantalonnière à l'origine, elle s'était fait une spécialité des robes de mariée.

« Anna comment ? » interrogea la caissière, qui avait laissé dire, à demi levée de sa chaise mais qui soudain occupa toute celle-ci dans un mouvement de recul. Une carpe sautait bien au-dehors dans l'aquarium pour attraper les miettes de pain, mais, à l'inverse, s'immobilisait entre deux eaux si un bruit inhabituel l'effarouchait, et il n'était pas plus facile de saisir un poisson à main nue que ce regard derrière les lunettes.

Pour travailler depuis vingt ans dans ce cinéma, on ne craignait pas un démenti si l'on affirmait que jamais il n'y avait eu une étrangère parmi les employées. « C'était avant, quand on montait dans la tour », dis-je en désignant l'angle où, dans le renflement du mur, subsistait un dessus de porte. Le terme, qui appartenait à l'argot et à l'orgueil de la maison, s'appliquait à l'encloisonnement de l'escalier en colimaçon que le projectionniste empruntait pour accéder à la cabine, et quelquefois, à travers l'ouverture en haut du balcon, par laquelle se diffusait la bande du film, ayant rallumé pendant que Madeleine et Anna actionnaient leur pulvérisateur, il mimait un théâtre d'ombres avec ses doigts. Mais les deux femmes, pressées d'en terminer, n'accordaient pas un regard à ce lapin remuant les oreilles qui envahissait l'écran, ou au sexe qui s'érigeait avant de retomber, à moins que Madeleine ne brandît un poing fermé pour déplier ensuite le petit doigt : « Pas plus que ça, la tienne, Calisto », criait-elle.

« Avant, je n'étais pas là, dit la caissière d'une voix dure. Avant, ça ne me concerne pas. Je n'étais pas là non plus quand on a crucifié Jésus. Et puis quoi encore ? »

Je nommai le propriétaire qui avait titularisé Anna après la mort de ma mère : « Eh bien, adressez-vous à lui, si vous arrivez à mettre la main dessus, reprit-elle. Et si vous y arrivez, croyez-moi, ça fera plaisir à bien du monde. Il a vendu. Nous sommes aujourd'hui une société, et j'ai des parts. »

Elle avait encaissé l'argent, rendu la monnaie, et ne me délivrait pas de billet. Le regard de la fille au cardigan, qui n'avait pas arrêté de voyager autour de nous, se fixa bientôt sur un point dans le hall. Aussi, alors que j'effectuais une dernière tentative pour tâcher de savoir au moins où habitait le contrôleur, l'ancien champion cycliste — puisque celui-là, on admettait qu'on l'avait connu —, ne m'étonnai-je pas d'entendre quelqu'un derrière moi qui demandait avec l'accent de la région des neuf lacs : « Que se passe-t-il ? » Je me retournai ; celui que, vu de dos, j'avais pris pour un adolescent, et qui se plantait devant le guichet, était un homme menu et svelte, une raie au milieu du crâne partageant ses cheveux noirs qui ondulaient. Pour croiser les bras, il dégagea de l'imperméable jeté sur ses épaules, dont il jouait comme d'une cape, les manches de sa veste à petits carreaux gris. Le pli de son pantalon cassait à la perfection sur ses chaussures d'un brillant qui ne poussait pas aux mêmes hypothèses que pour Michel, l'architecte. Tout était frais en lui, comme autrefois chez M. Bonfanti : la chemise, le teint et le rasage de sa figure vernissée de superbe, et sans doute ne se levait-il jamais avant midi. Sans attendre la réponse, il sortit de sa poche un paquet de cigarettes, montrant par la même occasion une pince à billets en or refermée sur des coupons de turfiste et des billets de toutes les loteries.

« Monsieur cherche une certaine Anna qu'on

aurait eue ici », expliqua la caissière, qui effectuait des rotations du poignet à la hauteur de son visage, par ce geste qui signifie les lointains dans les lointains du temps et de l'espace. « Qu'est-ce que j'en saurais, monsieur Laurent ? Il y a de ça vingt ans, paraît-il.

— Et toi, tu n'étais pas née, dit M. Laurent, effleurant d'un doigt la joue de la fille qui gloussa d'aise qu'on lui eût retranché quelques saisons. En vingt ans, on va, on vient, on change, et pour un rien on meurt. Monsieur l'aura compris, j'en suis persuadé, poursuivit-il sur ce ton de douceur qu'on oppose aux élucubrations d'un dément ou d'un ivrogne. Pourquoi voulez-vous qu'il insiste ? »

Il me toisait avec l'assurance des petits qui ne désespèrent pas de conquérir le monde, si tard qu'il soit pour eux, mais dans ses yeux noirs s'attardait une lueur qui, lorsque j'eus approuvé par un signe de tête, s'éteignit aussi vite que la flamme d'une bougie aux psaumes des Ténèbres. J'avais trop fréquenté les bars où marchés, trocs, échanges et nuits se concluent sur un battement de paupières repéré d'un bout du comptoir à l'autre, pour ne pas noter qu'il avait tendance à cacher sa cigarette à l'intérieur de la main. Autrefois, les cigarettes étaient interdites en prison ; on y fumait en cachette, et l'habitude persistait à proportion de la durée de la peine qu'on avait purgée. Je saluai sans me presser ni faire de commentaires le trio qui défendait la caisse, et saluai également au passage les quatre chapeaux dans le hall, remarquant au bas d'une affiche de film le carton pas plus grand qu'un faire-part où était écrit en majuscules : « Fermeture le Vendredi saint. » À l'extrémité de la dernière marche de l'escalier qui par sa pente rejoignait le trottoir de l'avenue, dans le rétroviseur d'une voiture en stationnement, j'aperçus la silhouette de M. Laurent qui, pour me laisser de l'avance, s'immobilisait sur la plate-forme devant le cinéma. Sans modifier l'allure, je remontai l'avenue à la recherche d'un bistrot où, pour la commodité d'une conversation du genre que je prévoyais, il y eût le claquement des billes d'un flipper, et autour les cris des gosses ou des jeunes gens qui chantaient la nuit à bord des tractions avant et se réveillaient sans doute à ce moment de la journée. Combien de verres allait-on encore me proposer avant que je rentre à l'hôtel ? Combien de fois, avant mon départ, devrais-je résister à la tentation ? Je n'y étais pas encore soumis lorsque celui qui m'avait pisté pénétra dans la salle aussi bruyante que le « Khédive » de Gisèle, rue Hecht, et où il échangea des politesses avec deux clients avant de se diriger vers ma table, précédé du serveur qui répercuta à la cantonade la commande de deux pastis — deux « doublons », un normal et un « perroquet ». M. Laurent, qui avait accroché son imperméable à un portemanteau, montra le ticket bleu qu'il tenait entre le pouce et l'index : « Vous avez oublié de le réclamer, murmura-t-il. Il est valable pour toutes les séances. Quand on paie on obtient toujours quelque chose en échange, n'est-ce pas ? » Cette douceur qu'il avait dans le ton, en français, n'était pas sans charme, et dès qu'il se fut assis, j'éprouvai ce soulagement qui me vient assez vite en face d'un individu plus âgé que moi, et qui, s'il n'y avait eu cette cicatrice qui paraissait gagner, millimètre après millimètre, la base du pouce gauche, m'eût fait craindre de ne plus fréquenter à la fin, pour mon repos, que des centenaires. Lorsque le garçon se fut éloigné sur une réplique à la plaisanterie d'un client qui exprimait des doutes quant à sa capacité de satisfaire une femme, mon interlocuteur, qui avait désapprouvé cet écart de langage par une grimace, me dit : « Que voulez-vous savoir ? » et non pas : « Qu'est-ce que... », car ses tournures en français étaient aussi patinées que son accent. En prévision des dessous-de-table et commissions que je m'étais attendu à verser pour résoudre les difficultés que Salvy avait aplanies en un tournemain, je cachais une liasse de billets dans la doublure de ma veste. Aussi pouvais-je céder le contenu de mon portefeuille sans me démunir. Sous prétexte de régler les consommations où nous n'avions pas encore trempé les lèvres, je dépliai quelques-unes des plus grosses coupures, et trois doigts jaillirent du poing fermé de M. Laurent qui fixait le prix, et comme je l'interrogeais par un haussement de sourcils, il affirma qu'il n'y avait plus beaucoup de gens pour se rappeler Anna la Russe, encore moins qui fussent disposés à remuer de vieilles histoires quand on en avait assez des présentes. Ne l'avais-je pas constaté tout à l'heure ? À l'époque, lui-même n'habitait pas la ville, et cependant, de par la nature de son lieu de résidence, il avait été mieux renseigné que quiconque sur place. Les mots lui coulaient au coin des lèvres comme des gouttes de sirop que l'enfant va lécher.

« Quel lien de parenté aviez-vous avec cette femme ? Elle est morte, elle n'a rien laissé. La vérité, est-ce important pour vous ?

— J'irai jusqu'à quatre, dis-je, attentif au jeu de ses mains qui étreignaient le rebord de la table, et bénéficiaient sans doute chaque matin des soins que j'accordais toujours avec quelque réticence aux miennes.

— Vous ne me comprenez pas, dit-il, si vous supposez que je fais monter les enchères. Les choses, il y a plusieurs façons de les présenter. Les choses ne sont jamais comme elles sont, mais comme elles sont dites. J'ai lu ça un jour. J'ai eu le temps de lire beaucoup, vous savez — toute chose... »

La plus simple me convenant, j'ajoutai un billet. Anna qui aimait les hommes avait, à la longue, aimé aussi leurs cadeaux, mais s'était refusée à les partager avec qui que ce fût. Un couple avait découvert son corps à l'intérieur de la caserne de Naples, deux semaines après le décès, selon le médecin légiste. On n'avait perçu aucune détonation dans le quartier, ou peut-être en avait-on trop entendu pour en isoler une seule.

« Qui l'a tuée ? » dis-je.

Un couinement du flipper, salué par des exclamations, indiquait qu'une partie était gagnée.

« Qui l'a tuée ne se porte pas mieux aujourd'hui », répliqua le faux adolescent qui avait juste quelques cheveux gris aux tempes pour persuader qu'il ne recourait pas encore à la teinture. Sa voix avait décrû ; il m'observait avec un regain de curiosité. « Pensez-vous que je vous aurais donné son nom ? »

Je vidai mon verre, ayant accepté l'offre d'une seconde tournée. Puis nous restâmes en silence à guetter une accalmie de l'averse qui avait provoqué le long du comptoir un afflux de clients au nombre desquels figurait le plus âgé des chapeaux de *L'Alhambra,* qui s'abstint de saluer M. Laurent.

Lorsque je regagnai l'hôtel, le réceptionniste, me désignant du doigt la porte en face de lui, m'avertit que j'étais attendu. Pour gagner du temps, pensant à Restitude qui n'avait peut-être pas encore reçu ma lettre, je le priai de consulter l'annuaire afin de s'assurer qu'il y avait des abonnés au téléphone ou une cabine publique dans le village que j'allais lui indiquer et qu'il risquait, à ne pas m'écouter, de confondre avec d'autres San Pietro. Il rougit, et l'hésitation qu'il eut à épeler la suite du nom de la localité, sa difficulté à la transcrire sur un carnet et son refus poli du pourboire achevèrent de me convaincre qu'il était étranger au pays. Cependant, connaissait-il un certain Nello qui était de son âge et travaillait dans un cabinet d'architecte ? À quoi avais-je obéi en le questionnant ainsi de but en blanc ? L'exclamation qui traversa la cloison : « Ah ! c'est vous ? Venez », le dispensant de me répondre, parut le soulager, à moins qu'il n'eût été réduit au silence par l'apparition de la mère du patron à l'extrémité du couloir. À peine eut-elle avancé la tête hors des grilles de l'ascenseur que, aussi lentement que la tortue, elle rentra à l'intérieur de la cabine après m'avoir dédié le sourire du dentier qui est au fond du verre rempli d'eau. À demi tourné vers l'écran du téléviseur qu'il venait sans doute d'éteindre à regret, son fils se trouvait seul au milieu du salon où, la veille, il m'avait fait servir à dîner. Depuis le matin, il avait enrichi son costume d'une pochette assortie à la cravate, erreur qu'une femme m'avait dissuadé de commettre au terme d'une liaison de quelques semaines dont je ne conservais d'ailleurs que ce souvenir-là, lequel était tout mon credo en matière d'élégance.

« J'ai sous la main ce qu'il vous faut pour après-demain », dit Salvy, et sa main, il l'agitait pour dissiper un nuage de fumée ; il se rattrapait sur la consommation de tabac, supposant peut-être que de passer de la cigarette à ce cigarillo presque aussi fort que les toscans de mon ancien professeur de boxe, représentait un moindre mal ou un compromis. Le bâtonnet en bois de réglisse pointait toujours cependant au-dessus de la pochette — et moi aussi, dans combien de domaines, jusqu'à présent, ne m'étais-je pas accommodé des demi-mesures, ruses et alibis par lesquels on parvenait à se persuader que l'on avait encore de la volonté ? Un sourire étira les lèvres minces du « filleul de Jeanne » qui savourait les remerciements, le résumé des visites effectuées en ville, sur sa recommandation, l'allusion à la gratitude que lui vouait l'entrepreneur de maçonnerie et l'éloge de sa propre efficacité, qui fut stoppé par la sonnerie du téléphone posé sur un guéridon.

Elle lui inspira ce geste que l'on a pour chasser une mouche. « Et de la femme, dit-il quand le bruit eut cessé, vous n'en voulez plus pour votre ami ? » Le projet m'était sorti de l'esprit avec toutes ces paperasseries que j'avais eu à remplir, et toutes ces démarches qui, sans son secours, m'auraient découragé — et ce compliment qui le touchait ne le dispensa pas de me rétorquer, sur un ton mi-figue mi-raisin, que je m'intéressais plus aux morts qu'aux vivants. Puis il se dirigea vers la porte qui séparait la pièce du reste de l'appartement, tourna la poignée et, sans lâcher celle-ci ni me perdre de vue, il s'effaça, le dos au mur. S'avancèrent alors de front, sans empressement mais sans appréhension non plus, telles deux notabilités d'un rang égal à qui le protocole empêche d'avoir le pas l'une sur l'autre — ce qui oblige le maître de maison à leur réserver à chacune la présidence d'une table —, la grande rousse, qui était en chemisier, et une fille qu'on croyait sa cadette, pour quelques centimètres en moins et aussi quelques kilos. Mais n'était-ce pas surtout parce qu'elle s'amusait à relever de la pointe du menton le col cheminée d'un pull couleur rouille dont l'ampleur gommait presque le relief de sa poitrine, et qu'il y avait dans son attitude une impertinence de gamine ? Avec ce mouvement de la tête qu'elle répétait avec régularité et qu'on a, en général, pour traduire l'approbation, des mèches de cheveux châtains éclaircies à leur pointe remuaient devant ses yeux — de quelle couleur étaient-ils, ses yeux ? Ses pendants d'oreilles constitués de fragments de corail remuaient comme des coccinelles en grappes aux feuilles basses de l'arbre. Elle ne m'observait ni plus ni moins que si j'eusse été ce fonctionnaire de qui l'on attend un coup de tampon sur les papiers, avant de reprendre la vadrouille de bureau en bureau, ou de pays en pays. L'autre, la mine fermée, ne regardait rien autour d'elle, et qu'aurait-elle découvert de neuf dans ce décor plein des méticulosités et des coussins brodés d'une femme qui s'ennuie, où devait s'écouler la plupart de ses journées en compagnie d'un homme qui était d'une quinzaine d'années plus âgé qu'elle et lui achetait des bijoux ? Pour sa gouverne, en ce qui me concernait, elle avait eu en sa possession ma fiche d'hôtel, ma carte d'identité ; en outre, elle avait pu m'étudier sous tous les angles au cours d'un repas. Salvy, qui poussait la targette, eut un grognement qui retint les deux femmes de s'asseoir côte à côte sur le canapé, et je ne distinguai pas dans son comportement s'il était déçu par mon absence de réaction, ou s'il m'accordait un bon point pour mon impavidité. Il préférait en rire, et par un gloussement se transforma en chahuteur de chambrée à l'affût d'une plaisanterie, mais ce rire, qui allait lui rentrer dans la gorge aussi vite que la lame d'un couteau à cran d'arrêt se replie dans le manche, ne se communiqua à personne, s'il avait fendu l'air et sectionné comme une amarre. La fille au pull qui avait réussi, en attrapant un morceau de tissu, à enfouir dans son col le bas du visage, simulait le frisson de qui affronte le gel dehors, redoutant ses atteintes sur la peau, et sans doute de varier le jeu l'aidait-elle à oublier et ma présence et la suite qui serait une corvée si je tranchais en sa faveur. De sa pochette, Salvy avait extrait le bâtonnet trompe nicotine, qu'il présenta par le bout mâchonné à la hauteur du visage de son amie ; celle-ci, qui avait croisé les bras, détourna aussitôt la tête, mais le morceau de bois lui ayant été enfoncé d'un coup à la commissure des lèvres, elle se résigna à le saisir entre les dents comme le papier à articuler — la languette de papier carbone que le dentiste utilise afin de vérifier l'occlusion d'une bouche et juger de l'effet produit par la prothèse qu'il achève de sceller à la mâchoire de sa patiente. Mais chez la grande l'éclat de l'émail ne devait rien à la faïence d'un laboratoire ; la gencive était rose, et la joue presque autant sous le coup d'une colère qu'on avait du mal à maîtriser. Salvy, qui maintenait la pression de sa main, affichait le contentement du praticien qui se décerne à lui-même un satisfecit pour l'excellence de son travail, ou du maquignon qui, le marché conclu, réévalue, non sans regret, les qualités de l'animal qu'il s'apprête à céder. Lorsque le bâtonnet fut retiré d'une secousse, les lèvres ne se refermèrent pas, les bras retombèrent le long du corps, et tomba aussi à mes pieds, comme mort, le regard de la grande qui murmura : « Surtout pas ça », sur un ton de frayeur disproportionné à ce que réclamait, par gestes, Salvy qui écartait les pans de sa veste pour mieux se faire comprendre. Hors de cette pièce, pour prévenir les refus de sa part, ne l'avait-on pas menacée de beaucoup plus que d'une virée dans la montagne, à la rencontre d'un berger dont il n'y avait aucune raison de présumer la méchanceté dans une circonstance qui lui apportait le plaisir ?

Sans hâte, les deux femmes se dénudèrent le haut, déposant leurs vêtements sur le canapé avec autant de soin que des recrues rangent leur paquetage sous la surveillance d'un sergent, et ensuite, d'un mouvement accordé, elles s'offrirent à mon inspection, pareilles avec leur peau de lune, leur figure sans expression et leur raideur dans le maintien, aux mannequins dans la devanture qu'on a seulement affublés de l'article sur lequel on espère fixer l'attention du chaland par le contraste entre ce qui s'étale et ce qui se cache encore. À la différence de la grande, dont la poitrine libérée de son soutien-gorge avait presque une opulence de nourrice, la petite, qui, pas un instant jusque-là, n'avait témoigné d'un quelconque trouble, et qui, sensible à mon intérêt, souriait maintenant des yeux — de ses yeux en vérité gris —, n'avait guère plus, à la poitrine, que le relief des pectoraux d'un maître-nageur, en dépit de la largeur des aréoles, de sorte que la différence d'âge avec sa concurrente s'accentua encore à son profit. Une main sous chaque sein pour le repousser, en augmenter le volume, atténuer un défaut qui sans doute la désolait, alors que cette particularité plaidait pour moi en sa faveur, elle pivota sur elle-même, l'air d'avoir un écouteur aux oreilles, toute à la musique qu'elle captait là-haut, qui l'éloignait sans la rendre hostile à ce qu'elle quittait, bien au contraire : elle fuyait pour qu'on la rattrapât dans la sphère où elle semblait s'élever en douceur avec un demi-sourire, la tête baissée comme pour promettre à la morsure ce morceau de chair à la nuque où la jeunesse et le parfum capitulent toujours en dernier, et déjà elle avait effectué un demi-tour, cherchant mon regard, quand le téléphone sonna selon un code : deux coups, un silence, une reprise. Cette fois, Salvy se pencha au-dessus du guéridon pour décrocher le combiné et, sans rien perdre de la scène, manifesta par ses raclements de gorge son approbation des paroles qu'il recueillait avec une moue de vainqueur las des félicitations : « Soyez tranquille, Michel, dit-il pour couper court. Mon ami est content, et même très content, à l'heure qu'il est. » Ne l'étais-je pas quand même un brin, bien que je fusse surtout perplexe, me défiant de cette tendance qui l'emporte d'habitude, lorsqu'on s'est arrêté à une idée de cadeau, et qui incline à choisir selon ses propres goûts sans avoir imaginé les penchants du bénéficiaire ? Si la petite m'attirait, la grande était plus proche, par l'épanouissement de ses formes, du physique des filles dont Restitude, au régiment, avait peut-être eu l'occasion de contempler les photos que nos aînés arrachaient à des magazines pour tapisser de chairs sans duvet l'intérieur de nos armoires métalliques, car nous avions eu dix-neuf-vingt ans à une époque où la censure contraignait encore les journaux en vente libre dans les kiosques à raser les pubis sur les documents qu'ils publiaient. Mais ce n'était pas sûr, parce que Restitude, à l'armée, n'avait fait que pleurer ses chèvres ; il n'avait récupéré sa bonne humeur et l'insouciance attribuée à notre âge que sur ma promesse de lui tirer une balle à la jambe pour qu'il fût réformé. Il n'avait ri qu'à l'hôpital où nous nous étions connus, et ensuite après le coup de feu, malgré sa douleur.

Salvy, qui avait allumé son cigarillo, s'impatientait de mes hésitations : « Eh bien quoi, touchez donc ! Si vous êtes timide avec celles-là, qu'est-ce que ça doit être avec les autres ! » Un sourire qui donnait envie de la rejoindre dans la région où elle s'était réfugiée monta aux lèvres de la petite qui, à en juger par son impassibilité — les coccinelles s'étant immobilisées aux lobes des oreilles —, n'eut peut-être pas conscience que le patron, dont le ricanement était sans gaieté, frottait sur sa joue un doigt mouillé de salive pour prouver que le doré de son teint n'était pas imputable au maquillage. Lorsque ce fut à son tour d'être palpée, bien qu'elle n'eût en réalité à subir que l'effleurement d'un téton et un pinçon dans les côtes, son amie eut du mal à ne pas se rejeter en arrière, à ne pas ciller parce que, tout à coup, on lui soufflait de la fumée à la figure. Je me hâtai d'indiquer que c'était elle que je choisissais pour samedi et demandai si l'autre était libre pour moi-même cette nuit. Un interprète de français était-il nécessaire ? Salvy répéta la question, et de sous le pull dont la petite, soudain si prompte à ramasser ses vêtements, était en train d'enfiler les manches, levant les bras, la voix qui nous parvint était celle d'une gamine qui, cachée derrière une tapisserie, consent à répondre aux appels des adultes lancés à sa recherche. Encore que son sourire eût eu son importance pour me déterminer, ce n'était pas le désir qui me poussait à rechercher sa compagnie qu'elle assurait à n'importe qui, à partir de onze heures du soir. « Je suis toujours libre après mon numéro », avait-elle dit. Et j'avais besoin d'un alibi pour ne plus bouger de l'hôtel jusqu'au lendemain matin, d'une arme contre la tentation de parcourir les rues, de chercher l'immeuble où j'avais vécu avec mes parents, dans l'impasse au nom d'un légat du pape — Monsignore Arrigo del Bò était-il écrit sur la plaque en lettres blanches sur fond bleu.

Pendant que les deux femmes sortaient en silence du salon, je voulus savoir s'il était possible, contre rétribution, d'envoyer quelqu'un m'acheter un sandwich. Mais on se récria : on n'allait pas me laisser manger de la nourriture de buffet de gare ; on me servirait un dîner dans ma chambre, et la mère de Salvy m'avait réservé une part du gâteau qu'elle avait confectionné le matin ; dès qu'elle avait un motif de se réjouir, elle se mettait à la pâtisserie, la mère. Son fils ramena ensuite la conversation sur les problèmes de maçonnerie qu'il m'avait aidé à résoudre, comme si à eux seuls ils eussent justifié mon retour avant l'échéance de la retraite. La photo du plan de la Marmorina entre les mains, il prouva par ses observations qu'il connaissait tous les points d'eau, dans la région des collines au-dessus de l'étang — « À l'avenir, j'aurai l'occasion de passer par chez vous », dit-il comme on avertit le futur propriétaire d'une villa de plaisance qu'on risque de lui rendre visite à l'improviste, et même qu'on ne s'en privera pas parce que la maison sera sur le chemin et continuera de séduire par trop d'agréments pour qu'on se prive d'une halte. Nous étions revenus dans le couloir à l'entrée. Derrière le comptoir, le réceptionniste, aussi mal à l'aise que lorsque je l'avais interrogé au sujet de Nello, me tendit un papier où il avait griffonné deux numéros de téléphone. Au pied de l'ascenseur, avant de nous séparer, sans se soucier de la présence de son employé, Salvy me dit que, si j'en étais satisfait, il n'était pas interdit d'emmener ma partenaire dans la montagne. Était-ce me suggérer une substitution à la dernière minute ? Éprouvait-il un regret ? Quand je rétorquai à la blague que la politesse s'opposait, en amitié, à l'offre de ce qui avait été déjà utilisé par le donateur, il me dévisagea avec autant d'intensité que s'il eût tenté de percer la part d'un bluff au poker, et tel un boxeur qui, pour rompre, s'éloigne sur le côté, il lança dans le vide : « Vous verrez. Demain après la procession, il ne pleuvra plus. » Et, en vérité, tant d'âpreté ne caractérisait pas souvent des prévisions météorologiques.

On trouvait jusqu'à une bouteille de champagne dans le réfrigérateur de ma chambre qui, vide encore à mon lever, soutenait maintenant, par un entassement de victuailles, la comparaison avec le garde-manger du onze au « Lardennois », le jour où Alice, pour faire les courses, avait reçu de Maleterre, qui était passé à la banque, une liasse de ces coupures dégageant encore une odeur végétale. Tant que je n'aurais pas repris l'entraînement, elle ne reviendrait pas la faim que j'avais eue dans les collines d'ici et de là-bas, et dans les douches de la gare Saint-Lazare où une friction au gant de crin parvenait à atténuer la sensation de manque, à dissiper le vertige, à prévenir la crampe en activant la circulation du sang. Je n'aurais pas touché au fromage, aux fruits, au gâteau sur le plateau apporté par la mère du patron, si ma partenaire qui, à peine se fut-elle déshabillée, s'était allongée sur le ventre comme on le lui imposait d'habitude — selon ce qu'elle dit en se remettant à plat dos —, n'avait accepté de partager. Elle avait dit également : « Tout, mais je ne veux pas qu'on me décoiffe », et, en tout, elle simulait le plaisir à s'y méprendre, sans rien perdre toutefois de son air absent, ne bronchant pas si je lui caressais la poitrine avec ma main gauche. J'avais eu un peu honte à infliger à sa peau imberbe le contact de tant de poils qui sur ma poitrine, çà et là, grisonnaient. Dans les intervalles qui étaient plus longs que par le passé, nous fumions une cigarette. La première fois, pour m'inciter à lui indiquer mon prénom, elle me fournit le sien qui allait me rester moins longtemps que ses yeux gris ; la seconde, elle découvrit les embauchoirs en bois de hêtre dans une paire de chaussures et déclara que l'instrument, avec ses articulations, lui rappelait le squelette de la salle d'anatomie ; et, en lui proposant la troisième, je l'invitai à raconter sa vie, car on n'affichait pas ce sourire qui m'avait frappé lors de la présentation dans le salon du rez-de-chaussée sans avoir derrière soi une histoire sans issue.

« Est-ce que je peux mentir ? » me souffla-t-elle à l'oreille, tandis que je lui mordillais la nuque. Que m'importait ? J'avais seulement envie d'entendre une voix avant de m'endormir parce que la pluie qui berçait s'était ralentie dehors et, de toute façon, ni pour elle ni pour quiconque, la vie qu'on racontait n'était jamais tout à fait la vie qu'on avait vécue. Compte tenu de la sorte de tendresse qu'on me manifesta, le prix qui me fut réclamé par le biais d'une remarque au sujet d'un habit admiré à l'étalage d'une boutique n'était pas élevé, et, malgré la ponction effectuée par M. Laurent, j'avais eu assez d'argent dans mon portefeuille.

La fille parlait à mi-voix sans discontinuer, pour m'être agréable, et déjà je dodelinais de la tête quand elle me mit sous le nez la photo d'un petit garçon bouclé qui riait d'aussi bon cœur qu'un jour sans doute il pleurerait sa mère — ce ventre à péage où je m'étais répandu, et où lui-même avait dû être introduit par hasard. « Celui-là, qui te l'a fabriqué ? » dis-je à moitié endormi. Elle se tut et ensuite je l'entendis qui reniflait — sanglotait presque. Je n'avais pourtant pas pensé à mal en disant cela, et lorsque son corps s'éloigna du mien, ce fut comme une couverture qu'on perd, quand on se retourne dans le lit, le froid de l'hiver saisissant les reins.

Au téléphone, quand une femme à la voix plus lointaine que si elle eût été transmise par satellite, et dont le chuintement trahissait une bouche démeublée, cria : « Vous êtes l'ami de passage » — et elle était obligée de crier, le filtre du standard réduisant le volume de la communication —, je ressentis du soulagement parce que vivait encore ici quelqu'un qui ne m'était pas indifférent — quelqu'un qui ici avait toujours sa mère. Restitude avait finalement reçu ma lettre, il se réjouissait de mon arrivée et m'attendait ce samedi à l'enclos où il rassemblait ses chèvres. À force de hurlements, je crus comprendre qu'il les sifflait vers cinq ou six heures de l'après-midi, à trois kilomètres en dessous du village, à la bifurcation de la route conduisant au premier hameau de la commune voisine où n'habitait plus personne. En ce moment, parlais-je à sa mère ? Il me fut répondu qu'elle se portait à merveille, était à l'œuvre devant ses fourneaux depuis le matin et souhaitait être informée du nombre de bouches pour ce repas, afin que chacun eût sa juste part. Épouse, enfants, parents ou connaissances, que je les amène tous ; que je ne me retienne pas d'inviter qui bon me plaisait ; à la maison, on avait de l'argent, des provisions et l'aide des voisines qui prêteraient des chambres pour la nuit, le cas échéant. On était heureux des visites ; on n'en avait pas beaucoup dans la montagne. Supportais-je le goût de l'anis dans les gâteaux, et celui de l'ail dans le gibier ?

Pendant que je m'époumonais pour la convaincre que nous ne serions que deux à faire le voyage, mon regard distingua dans les vagues des draps sur le lit un mouchoir taché de rouge à lèvres, et je pensai que pour n'avoir pas choisi la fille aux yeux gris je m'apprêtais à apparier une rousse avec un rouquin, si toutefois Restitude avait encore des boucles. N'était-ce pas une erreur puisque le désir, en général, portait à rechercher qui était différent de nous-même, au physique ? Mais quand on était privé de femmes depuis longtemps — Salvy avait raison —, ensuite on les aimait toutes. Entrée pour ramasser le plateau du petit déjeuner, la domestique, qui n'avait ni robe noire sur le dos ni ruché sur le front, put saisir le début de mon téléphonage au presbytère de la cathédrale, et alertée par la qualité du correspondant à qui je réclamais de parler, en lui conférant un titre d'une sonorité princière, elle ralentit ses gestes pour vider la corbeille à papier et tapoter le traversin inégalement creusé par deux têtes. Les narines frémissantes, elle flairait à petits coups le parfum de la fille aux yeux gris qui traînait dans l'atmosphère de la chambre, mais que je ne sentais plus puisque, dans le corps à corps, l'odeur de l'autre cesse d'opérer au bout de quelques minutes. Elle apprit également que je souhaitais obtenir un rendez-vous avec Monseigneur, dans la journée, rendre une visite avant mon départ, fixé au dimanche suivant, à celui que j'avais approché autrefois quand il était l'aumônier du lycée de la ville où je me trouvais aujourd'hui en transit pour des affaires de famille, et d'où j'appelais à une heure que je ne croyais pas trop matinale.

Je répétai mon nom à plusieurs reprises, et pour que dans la transmission du message il eût une chance d'accrocher un souvenir, je mentionnai la salle de sport dont le prêtre avait doté une paroisse des quartiers sans trottoirs, tel Trastevere qui, chaque fois que j'y allais, m'en restituait les odeurs d'urine aussi chantantes pour ma mémoire que des parfums de femmes. Sur un ton où perçait l'orgueil qu'inspire à un subordonné le grade de son supérieur dans la hiérarchie, dont il reçoit l'éclat des qualités par réverbération, le vicaire — car mon correspondant s'était désigné lui-même ainsi, dès qu'il eut décroché — m'opposa l'impossibilité de déranger, avant la fin de la matinée, Monseigneur qui se reposait dans ses appartements en vue d'affronter la fatigue des cérémonies de l'après-midi. Il ne se concevait pas de consulter, en son absence, sans autorisation, l'agenda qui était sur son bureau. Néanmoins, il m'était suggéré de tenter ma chance vers onze heures au presbytère, si je parvenais à couvrir durant ce laps de temps la distance qui nous séparait, et qui, à longueur égale, n'était pas la même sur une route en lacets que sur une autoroute. À bord de la voiture de son amant le garagiste, où j'étais assis à l'avant et Anna à l'arrière, qui riait de la précaution imposée par le chauffeur pour déjouer les ragots — comme si on ne connaissait pas l'ouvreuse de *L'Alhambra* —, j'avais eu sur ce parcours l'impression d'effectuer mon premier voyage à l'étranger, alors que je me rendais dans une localité où ma mère avait travaillé et qu'elle décrivait de tant de manières dans la conversation que, sur place, j'avais conduit le couple que j'escortais droit au restaurant qui nous était conseillé. D'une vallée à l'autre, on changeait parfois d'univers.

Délivrée de la réserve qu'elle observait encore, par la découverte du but de mon excursion, la femme de chambre m'assura que je ne risquais pas de rater mon rendez-vous, le patron ayant ramené de sa villa la plus grosse des voitures qu'il possédait. Il me la destinait.

« Il n'habite donc pas ici », dis-je à voix haute, comme malgré moi. Qu'on eût supposé le contraire la déconcerta à ce point qu'elle s'y reprit à deux fois avant de soulever le plateau sur lequel s'empilaient les assiettes du dîner de la veille. « Il ne vient que pour les fournisseurs et dans les cas d'urgence, dit-elle dans un tintement de tasses qui s'entrechoquaient. C'est sa mère qui s'occupe de l'hôtel. Lui, d'habitude, il est avec ses chevaux. Vous auriez la gentillesse d'ouvrir la porte ? Merci, monsieur. » Et, s'éloignant dans le couloir, elle marmonna : « Il vient aussi depuis qu'il y a les deux nouveaux employés — ceux qui se parfument. »

Combien de costumes Salvy entassait-il dans ses armoires — autant que Jonas de paires de chaussures ? Il en exhibait un, ce matin-là, qui était en prince-de-galles, la cravate de nouveau assortie à la pochette qui n'enveloppait plus un bâtonnet en bois de réglisse : le fumeur qui avait renoncé à se réformer était satisfait d'allumer un cigarillo sous le dais à l'entrée, les yeux levés au ciel, comme si l'assèchement des pavés, l'effilochement des nuages, en conformité avec ses prédictions de la veille, étaient à verser au crédit de son influence dont je mesurais l'efficacité depuis que j'y avais recours. Ce qui brillait au poignet de sa chemise n'était pas un bouton de manchette, mais un bouton cousu à même l'étoffe, qui imitait un clou de selle. La remise des clés de la Mercedes, par ses soins, s'accompagna d'une recommandation qu'il appuya par un hochement de tête : « Saluez bien Mgr Stirla de ma part, dit-il, sans être gêné que je puisse déduire qu'il tenait le renseignement d'un mouchardage ou d'une indiscrétion. J'ai acheté son dernier livre sur souscription — et tous mes amis aussi. On s'était donné le mot. J'espère qu'il aura été content. »

Salvy singea sans entrain l'attitude du groom qui s'incline la main sur la poignée de la portière. « Un livre sur les trucs qu'on a faits au Christ, continua-t-il, parce que je haussais les sourcils. Les deux petits pédés qu'il a chargés des illustrations ont du talent, c'est certain. Ma mère a détaché les gravures pour se faire un chemin de croix dans le corridor. Un de ces quatre, j'enverrai un chèque à Monseigneur pour ses œuvres et pour son chantier. Ce ne sera pas le premier et, d'ailleurs, si j'écoutais ma mère... »

L'itinéraire que je comptais emprunter pour quitter la ville dans cette direction, et qui m'évitait de passer devant l'immeuble où j'avais vécu, n'était pas contrarié par quelque nouveau plan de circulation. Salvy, qui avec sa pochette essuyait maintenant la tache qu'il avait décelée sur une aile de la voiture, l'approuva certes sans commentaires, mais n'était-ce pas par allusion à ses détours qu'il ajouta en redressant la position du rétroviseur avec ses deux doigts toujours enveloppés de soie rouge, comme s'il eût craint de laisser des empreintes : « Demain, ce sera plus compliqué. À l'aller, vous aurez absolument besoin d'un chauffeur, dans la montagne » ?

D'un chauffeur, ou d'un garde du corps qui allait s'assurer que la passagère était arrivée à destination et ne profiterait pas d'un tête-à-tête au cours du voyage pour m'attendrir sur le sort qu'elle subissait ? Mais, par la force des choses, le moment viendrait où nous parlerions ensemble sans témoins, et alors je lui demanderais si elle acceptait Restitude au tarif où la fille aux yeux gris m'avait accepté. Il n'était pas dans mes intentions de la contraindre à quoi que ce fût, si elle ne me suivait pas de son plein gré, d'abord parce que je ne voulais pas d'histoires la veille de mon départ, ensuite parce que le plaisir de l'homme à qui je la conduisais en eût été compromis. Je l'interrogerais pour en avoir le cœur net : si Restitude lui déplaisait au physique, je l'aurais fait passer avec d'autant plus d'aisance pour ce qu'elle n'était pas — ma maîtresse — car à mon âge, en général, on ne vivait pas seul ; à mon âge, on en était même, dans les couples, à cette indifférence dans les gestes et le comportement, qui ne permettait plus aux étrangers de soupçonner ce qu'on avait été l'un pour l'autre. Partager mon lit sous le toit de Restitude pour accréditer la fiction n'eût pas été non plus une épreuve pour elle puisque j'étais rassasié et ne demandais que d'entendre une voix avant de me coucher. En toute hypothèse, j'étais décidé à dédommager cette femme pour son déplacement.

Si je me rencognais sur le siège de cette voiture dont le cuir des sièges exhalait une odeur de cartable neuf d'écolier, je sentais au bas du dos, dans la doublure de la veste, la liasse de billets dissimulée à l'intérieur, qui n'était pas encore entamée, et avec laquelle on eût payé une vingtaine de nuits. J'emporterais, à tout hasard, le pyjama neuf qui était dans la valise que je me refusais à défaire depuis mon arrivée.

Salvy en avait été d'accord ; il convenait de couper à travers la zone de villas et lotissements, sans doute construite par Michel, l'architecte, dont on apercevait les lumières en débarquant à l'aéroport au crépuscule, de négliger sur la droite l'ancien chemin des salines désormais asphalté et, plus loin sur la gauche, la côte au pied de laquelle on respirait un air chargé d'embruns, les jours de tempête dans la rade, et où, cycliste, je laissais me devancer le fiacre qui montait à l' « Aquila ». Pas plus que la maison de la rue Arrigo del Bò je ne tenais à revoir l'hôtel du promontoire, même si j'étais curieux de connaître la tête de ses nouveaux propriétaires qui refusaient encore de se plier aux coutumes d'un pays où rien ne se gagnait par le mérite et tout par la faveur, et qui ne voulaient pas traiter avec le clan des amis du fils de Jeanne. Sans doute ignoraient-ils que les colonnes des portiques qui séparaient la route de l'allée des palmiers avaient, aux aigles près, leur réplique et leur magnification à des milliers de kilomètres d'ici, en bordure du parc de l'un des plus beaux établissements où j'étais descendu, et où m'avait exalté le sentiment qu'un fragment au moins de mon enfance avait couru le monde pour grandir ? À qui l'apprendre que cela eût intéressé ? Parvenu au carrefour où un calvaire perpétuait le souvenir d'un accident de la route survenu à une époque qui les croyait encore éducatifs, entre les trois routes filant vers le nord il fallait choisir celle du milieu. Dans la plaine où les vignes avaient cédé du terrain aux vergers, sur une vingtaine de kilomètres, par endroits des gerbes d'eau jaillissaient sous les roues avant, éclaboussant le pare-brise, et le ciel qui s'était éclairci près de la mer reprenait sa grisaille de la veille. Des chevaux — de magnifiques anglo-arabes ou je me trompais beaucoup — surgirent en bande au flanc d'un coteau, à proximité d'un bâtiment sans étage, tout en longueur, et comme un banc de brume les enveloppait au passage — un coup de tonnerre aidant —, on eût juré que, dans la fumée d'une canonnade qui se terminait, ces animaux broutaient enfin tranquilles parmi les cadavres, après la bataille. Salvy possédait-il un élevage ? Les revenus qu'on tirait d'un hôtel ne suffisaient pas à l'entretenir. Si haut qu'il fût dans la hiérarchie, Salvy était l'obligé de quelqu'un — pour preuve, les services qu'il m'avait rendus —, et un jour, à lui aussi on présenterait la facture ; de lui aussi on exigerait en proportion de ce qui avait été accordé, et ce serait sans doute plus que de transporter une mallette dont on ignore le contenu, ou de procurer une femme à un visiteur.

Qu'on pénétrât dans la vallée au fond de laquelle apparaîtraient, sur un mamelon détaché de l'hémicycle des montagnes, les remparts de la ville où j'avais bu du vin blanc et mangé des fèves en compagnie d'Anna et du garagiste, et où le Vendredi saint se célébrait par une procession derrière un pénitent anonyme, on s'en doutait à partir du pont à trois arches enjambant une rivière au bord de laquelle s'élançaient des aulnes, et qui était loin de remplir son lit. Elle n'en était pas moins d'un débit rapide, résultat sans doute de la pluie qui tombait depuis une semaine, et, sous le ciel bas, l'eau avait le bleuté des lames de rasoir à l'ancienne, l'éclat de leur tranchant, le long des rochers qui affleuraient à la surface. Sur le toit des maisons isolées dans la campagne dont le vert avait foncé, la lauze remplaçait la tuile. De toute sa largeur, un camion chargé de billots m'interdisait de le croiser sur ce pont ; j'avais ralenti et m'étais rabattu sur le bas-côté, lui cédant la priorité. Parvenu à ma hauteur, le chauffeur freina et, une cigarette au bec, se pencha à la portière, montrant un blouson d'aviateur et une barbe de plusieurs jours, aiguisant les yeux pour déchiffrer le numéro du département sur ma plaque minéralogique. Ce colosse était à l'étroit dans sa cabine. « Il y a des gendarmes planqués près de la station d'essence, à quatre kilomètres », cria-t-il, lecture faite, dans la mesure où l'on parvenait à crier quand on avait le parler très lent des régions des neuf lacs, dont les hommes sont célèbres pour leur taille et leur blondeur qui, chez celui-ci, s'était dégradée en filasse. Que se passait-il ? Le camionneur, qui avait soulevé son mégot avec la pointe de la langue, répliqua : « Bon, si vous ne savez pas, tant mieux ; vous serez même capable de leur répondre », et, deux doigts à la tempe, il me salua pour redémarrer aussitôt. Un chiffon rouge remuait au vent à l'extrémité d'une planche sur la plateforme arrière.

D'uniformes ou de véhicules, je n'en vis cependant ni dans les parages de la station où la pompe qu'on utilisait était encore une pompe à bras, ni tout le temps que les remparts d'une ligne continue de quelque muraille de Chine qu'on eût avancée pour englober un site stratégique restèrent sans grandir à l'horizon, les tournants de la route qui me maintenaient dans la plaine me ramenant sans cesse au pied des aulnes. Quel événement entraînait gendarmes ou policiers à établir ces contrôles auxquels j'avais échappé à l'aéroport, dont la perspective m'avait valu des sueurs jusque sur la peau de ma cicatrice, des heures d'angoisse qui, le danger écarté, me semblaient coïncider avec des regains de jeunesse ? Il était dix heures et demie lorsque je me garai derrière trois autobus sans voyageurs, sur la place ombragée d'ormes et de palmiers qui eussent mérité le soleil de Capetown ou celui de Jérusalem, et non cette bruine qui rendait le ciel d'une teinte pareille au granité des maisons.

À l'instant où j'allais entrer dans l'un des trois cafés situés en face de la cathédrale, auxquels trois marques de bière différentes ont payé la toile abritant leur terrasse, un jeune homme en blue-jeans effectuait contre son gré, à partir du seuil, un plongeon de gardien de but qui espère bloquer le ballon avant la ligne blanche, et si, en une fraction de seconde, me décalant sur le côté pour éviter d'être déséquilibré de plein fouet par le projectile, je ne l'avais pas, du même coup, intercepté, il se serait affalé au milieu des tables de la terrasse, ou fendu le crâne sur les pavés. Il en fut quitte pour un agenouillement forcé et se releva, bouche bée, avec l'aide d'une fille qui était sortie à son tour, mais de par sa seule volonté, et qui, lui entourant les épaules de ses bras, lui chuchota à l'oreille, dans une tonalité de supplication, des mots d'une langue nordique. Sur le pas de la porte, les bras croisés, un ruban de crêpe noir au revers de son costume gris, un individu assez grand, blondasse, tout ventre de la gorge à la braguette, originaire lui aussi, peut-être, de la région des neuf lacs et qui pesait le double de mon poids, marmonna à mon intention, du coin des lèvres : « Excusez-moi, mais deux fois j'ai prévenu : aujourd'hui, pas de musique, pas de juke-box. Ces gens-là se croient tout permis », et, me précédant à l'intérieur de la salle, d'une voix à peine plus forte il déclara à des clients qui, accoudés au comptoir, devaient, depuis le début, contempler l'altercation avec cette même immobilité lourde d'assentiment : « Je vais débrancher cette machine qui nous les casse. Comme ça on aura la paix. » Dehors, la fille, qui avait le genre et la minceur de ma partenaire de la nuit précédente, soutenait les pas de son compagnon encore chancelant, et par l'une des déchirures faites exprès à son jean, comme c'était la mode, du sang coulait à la hauteur du genou. Tombait-il ? Elle le saisissait par les épaules, elle l'étreignait et, qu'il fût à terre ou debout, elle lui essuyait régulièrement la figure avec un mouchoir, dans un geste où transparaissait la tendresse qui mouille les femmes lorsque faibles ou vaincus de quelque beauté physique sont à leur merci. Les boucles de celui-là qui retombaient sur le front, Restitude les eût sans doute comparées à des cornes de chevreau. Je commandai un café accompagné d'un verre de grappa, pour n'avoir pas l'air d'économiser sur les consommations, et me rendis aux toilettes, jugeant de bon augure, dans la perspective de la reprise de mon entraînement, la promptitude et le calme avec lesquels j'avais réagi. Se laver les mains et se recoiffer dans le quart d'heure qui précédait, même si j'étais déjà passé par les douches de la gare Saint-Lazare : je procédais toujours ainsi avant d'entreprendre une démarche auprès de l'employeur qui n'eût pas regardé de près mes certificats, me savonnant d'abondance, m'essuyant avec force, dans l'espoir d'atténuer l'aspect blanchâtre de ma cicatrice à la main gauche. Inspecter sous un prétexte identique l'arrière-salle d'un bistrot inconnu où l'on m'avait donné rendez-vous, où de mêmes miroirs reflétaient de mêmes rangées de visages mal rasés et où l'on entendait parfois rouler les dés sur les tréteaux à l'improviste de la passe anglaise, c'était autrefois pour des motifs qui me faisaient douter de revenir me coucher le soir au « Lardennois » — des motifs que trop d'angoisse m'empêchait de savourer sur-le-champ, mais qui me tissaient pour l'avenir des souvenirs de bonheur.

« Vous êtes tombé sur les gendarmes ? » demanda à mon retour des toilettes le videur obèse au ruban de crêpe, qui élevait à la hauteur de sa figure, plus veineuse que le ventre d'un cabri écorché, l'un des verres qu'il tirait de la plonge pour les essuyer, et sa question me fournissait la triple garantie d'avoir été repéré en qualité d'étranger à la ville, identifié néanmoins en tant que naturel du pays et traité en égal. « Un type a été tué la nuit dernière. Alors ils font du zèle. À quoi ça sert ? » Il ne doutait pas d'être approuvé autant pour ce qu'il disait que pour ce qu'il taisait.

Tremper par courtoisie les lèvres dans la tasse à café, vider goutte à goutte le verre d'eau-de-vie dans la sciure, au pied du tabouret sur lequel j'étais installé, laissait le loisir de contempler, à travers la vitrine, le clocher à trois étages surmonté d'une coupole et de s'interroger sur l'utilité de l'arche qui, dans la ruelle en escalier longeant la nef de la cathédrale, reliait l'abside à la maison opposée ; était-ce pour mieux étayer les constructions ou servir de gouttière, ou encore amener l'eau potable ? Quand je traversai en diagonale la place déserte, deux chiens qui avaient renoncé à se désaccoupler flairaient le sol, attendant d'être séparés comme ils avaient été liés — par l'ordre des choses, et tous deux étaient trempés.

À l'endroit où la ruelle se réduit à une corniche et où l'escarpement rocheux brise à gauche l'alignement des maisons, ménageant une échappée de vue sur les quartiers hors les murs, j'abordai une vieille en jupe longue qui, clopinant d'une patte, toute à la crainte de trébucher, paraissait moins tenir une flûte de pain au bout du bras que suivre les oscillations d'un pendule pour se diriger. Elle se contenta de branler la tête sans dévier de son chemin, et celui-ci la conduisait à la bâtisse de deux étages qu'un boyau où un enfant ne se glisserait pas sépare à peine de l'abside. Qu'est-ce qui n'était pas gris ? Le ciel, l'air, les façades, la passante qui par son chignon et son châle l'était autant qu'une brebis. Mais l'homme maigre, sans âge, au col romain, qui lui ouvrit la porte quand elle eut gravi les trois marches du seuil et que, n'ayant plus peur de tomber, elle se fut redressée, interrompait cette monochromie : il avait la peau du poulet retiré du four avant la fin de la cuisson.

Dans son veston bleu marine qui avait connu de meilleurs jours, dont les manches étaient trop courtes pour ses bras, le vicaire qui lui souriait du bout des lèvres semblait resserré en lui-même, tel le saint qu'on apercevait à l'arrière-plan sur un socle. Il laissa dire à la femme, qui du pouce m'avait désigné par-dessus son épaule, qu'elle avait allumé du feu depuis le matin, guetté en vain l'arrivée de la camionnette du poissonnier, et, abrégeant les présentations, il affirma qu'en raison de l'épaisseur des murs on n'avait jamais froid l'hiver, jamais chaud l'été, dans la pièce où Monseigneur recevait ses visiteurs. La fente du tronc des pauvres devait être moins étroite que sa bouche. Il s'élança sans bruit dans le plus raide des trois escaliers qui partaient de la salle du rez-de-chaussée où, entre la statue du saint et un bahut genre breton, un Christ dont l'extrémité des doigts dépassait le bois de la croix, et comme prêt à l'envol, avec son buste détaché, ne permettait pas d'oublier quel jour nous étions. Les tommettes du carrelage, l'encaustique les avait rendues glissantes, et dans son parfum une composante de cire d'abeille disait les petits bonheurs d'une vie qu'on prend comme elle vient. Je reconnus sans peine la voix qui exhorta à entrer, dès que le vicaire eut saisi le heurtoir sur le panneau. La soutane qu'il portait maintenant et que j'attribuai à ses nouvelles fonctions n'adoucissait pas la raideur de l'ancien aumônier des chars qui s'était levé derrière son bureau face à la fenêtre, si elle avait pour effet d'allonger sa taille par rapport à l'image que j'avais conservée de l'ecclésiastique habillé en clergyman par une dérogation qui irritait ses confrères — mais ne l'avaient-ils jalousé que de ce privilège ? Sa corpulence que probablement la couleur de sa robe atténuait, selon le subterfuge connu des coquettes qui savent que le noir amincit la silhouette, n'entrait sans doute pas pour rien dans cette impression. M. Stirla qui, tout immobile qu'il fût, donnait cependant, comme hier, dans cette pose, l'impression d'être en mouvement, de contenir sa vitalité, avait des chances d'atteindre l'âge d'un M. Bonfanti ou du décorateur Erté qu'une femme — à l'époque où je couchais beaucoup parce que mon travail ne m'intéressait pas — m'avait présenté au cours d'un vernissage, et qui, sauf erreur, devait approcher des cent ans. Seulement, au lieu de fondre comme ce charmant Russe, chez qui mondanité, frivolité et féminité s'étaient tournées en bonté, douceur et poésie — à croire que l'Esprit saint était descendu sur lui avec les colombes qu'il élevait dans son atelier, au dernier étage d'une maison en briques rouges comme l'immeuble dans le tournant du « Lardennois » —, M. Stirla épaissirait de saison en saison, et pour s'accorder à son humeur tonnante, Dieu ne pouvait le rappeler à Lui que par une apoplexie. Il y eut concordance entre notre serrement de main au-dessus d'une pile de livres, qui semblait suivre la signature d'un acte chez le notaire, et un écroulement des bûches dans l'âtre protégé par un pare-feu dont les dorures détonnaient dans cette pièce meublée, en outre, de deux chaises et d'une armoire, des rayonnages de bibliothèque occupant, du sol au plafond, trois pans de mur. À ce bruit, le prélat avait tourné le visage vers la cheminée, et la lumière qu'il reçut d'une recrudescence des flammes me justifia, par des reflets qu'elle jetait sur sa peau, d'avoir si souvent comparé la couleur de son teint à celui du cuivre des casseroles accrochées pour l'ornementation dans la cuisine de mes parents. Du vert-de-gris étendait ses filaments aux tempes, sur le front, dans les rides le long du nez en équerre, attaquant en dernière instance les paupières, ce qui, mieux que du khôl, augmentait l'intensité d'un regard de chef gitan ou de patriarche copte sans la barbe. L'index de la main qui avait broyé la mienne était pointé vers l'un des sièges pour m'inviter à m'asseoir, et je cherchai à l'annulaire l'éclat violet d'une améthyste. Un moment, l'inspection que je subissais s'éclaira d'un sourire à des pensées qui ne furent pas exprimées. Sa durée ne souffrait que deux explications : ou bien mon interlocuteur avait complètement oublié le silencieux que je m'appliquais à être lorsque, après le sport, nous montions chez lui en groupe afin de le remercier de sa générosité par un peu de présence et d'écoute dans un bureau analogue à celui-ci — n'étaient-ce pas les mêmes débris de poterie sur les étagères ? —, ou bien j'avais tant changé au physique qu'il lui était nécessaire d'exercer à fond sa mémoire pour faire glisser le nom qu'il avait retenu sur la figure que je montrais à présent. M. Stirla n'avait pas, lui non plus, renoncé au tabac. Un porte-pipes en bois d'olivier proposait quatre ou cinq bouffardes ; il y en avait aussi dans un pot d'étain près d'une machine à écrire extra-plate. Les deux cendriers étaient du modèle doté en son milieu d'un bouchon de liège sur lequel on vide le fourneau sans l'abîmer en tapant dessus. La Société savante qui publiait une revue d'histoire et de géographie existait-elle toujours ?

« Mme Indri aimait beaucoup ta mère et ton père — ta mère surtout, entendis-je enfin. Enlève ton imperméable. On crève de chaleur. On me chauffe comme un vieillard qui ne passera pas l'année. Mais la Providence refusera peut-être encore ce plaisir à certains. » Et cette voix de basse qui s'éraillait aux finales comme chez les vieux joueurs de poker à la fin de la nuit, qui correspondait à l'emportement des traits, à une sourde et perpétuelle irritation, ce ton de commandement dans le simple constat, annula d'un coup l'éloignement provoqué par le port de la soutane qui rattachait le prêtre à des temps que je n'avais pas vécus, presque aussi éloignés que les temps qui s'étaient perpétués au « Lardennois », dans le bazar du secrétaire de l'Impératrice.

« Monseigneur, commencions-nous.

— Je t'en prie, dit M. Stirla, qui s'était choisi un brûle-gueule de marin en bruyère, laisse ça aux autres. Ils en ont plein la bouche. Tu verrais les communistes aux réceptions de la mairie : ils s'inclinent devant moi pour baiser l'anneau — et, justement, je n'ai pas le droit d'en avoir. Je finirai par t'imiter et garder en permanence une main dans la poche. Et d'ailleurs, à propos de mains, dans ce pays, il n'y a guère que les communistes qui les aient nettes, peut-être parce qu'ils n'ont jamais eu le pouvoir. » À la longue, les communistes, il s'était mis à les apprécier parce qu'il avait découvert que, par leurs persécutions, ils avaient aidé l'Église à combler son retard en pauvreté, en intelligence et en sainteté. Monseigneur : ce titre qu'on lui serinait à tout bout de champ n'était que de courtoisie, et la fonction à laquelle il était attaché n'avait de réalité que pour la demi-douzaine de greffiers qui contresignaient certains documents pontificaux. Vidée du moindre sens, hors de Rome, elle n'était qu'un lot de consolation pour les recalés de l'épiscopat. La pipe, maniée comme un marteau de justice par un magistrat anglais qui veut clore une affaire, heurta le bouchon du cendrier, et la sentence tomba après un reniflement : « Les garçons m'appellent toujours " mon Père ". Tu continues. »

Je transmis les salutations de Salvy, et M. Stirla, qui avait sorti une blague à tabac des profondeurs de sa soutane, s'arrêta d'en dérouler le cuir, pour me demander si j'étais descendu par hasard dans cet hôtel appartenant à l'homme dont je me faisais le messager. Pourquoi nier que j'y avais été conduit par un concours de circonstances et que je souhaitais que celui-ci ne se renouvelle pas ?

« Je l'espère pour toi, dit M. Stirla, qui roulait entre ses doigts une pincée d'Amsterdamer. Il vaut mieux pour tout le monde que Salvy siffle ses chèvres tout seul. »

Je n'avais pas encore remarqué, dans un angle, l'amphore aux flancs parsemés de concrétions marines qui avaient l'aspect de fientes de pigeon, et, sans doute, provenait-elle des fouilles qui labouraient les quelques hectares de l'île de Stello, propriété de la famille Peraldi, avec laquelle

M. Stirla cousinait, possédant avec elle, dans l'indivision, plusieurs vieux immeubles aux alentours de la caserne de Naples. « Pas mal, n'est-ce pas ? » dit-il. Les yeux baissés sur son briquet tempête, il n'en avait pas moins noté mon intérêt pour ce vase dont les deux anses étaient comme des virgules d'un arrondi inégal. Sa trouvaille, il n'était pas près de la confondre avec les précédentes, car elle datait de l'année même où cette cathédrale lui avait été confiée, sous prétexte d'avancement, par l'évêque qui lui en voulait à mort de son opposition victorieuse à la vente de terrains appartenant au diocèse ; de l'année où, également, à proximité des marais, il avait localisé l'habitat d'une espèce d'oiseaux qu'on croyait disparue dans la région depuis la fin de l'Empire romain — le faisan de Colchide —, et de l'année enfin où, grâce à une conversation avec un pêcheur qui détachait sa barque d'un appontement dissimulé par des roseaux lorsque lui-même s'était placé à l'affût pour chasser le colvert, il avait élucidé le mystère des écailles d'huîtres dont l'amas constituait un monticule au centre de Stello, et qui, souvent, étaient transpercées de dehors en dedans.

Les archéologues avaient renoncé à comprendre pourquoi, mais le pêcheur se rappelait très bien un procédé qui était encore en usage dans son enfance lorsque, faute d'électricité, on ne disposait d'aucun moyen de conservation pour les fruits de mer. Les Anciens piquaient les coquillages avec un harpon avant de les laver et de les placer en saumure dans les amphores, et soudain, dans mon esprit qui était pourtant ailleurs, déjà prêt à accueillir le sentiment de l'inutilité de ma visite, éclata la pensée que ces amphores entassées à bord des trirèmes avaient dû remonter le cours du Tibre ; que leurs débris avaient contribué à consolider la colline de Testaccio au sommet de laquelle je m'étais promené quelques heures avant de me rendre à un dîner où je devais être conduit à interroger ma voisine, la loquace momie aux grands dehors, à propos de quelques habitants d'une autre colline, celle qu'avait dominée le « Lardennois ». À l'instant où M. Stirla répétait tantôt en latin, tantôt en français, « faisan de Colchide », sans qu'on parvînt à distinguer, d'après son accent, si l'émerveillement provenait du mot ou de la chose, j'eus la conviction que la vie — toute la vie, toute vie — se répandait en ondes concentriques ; je ne le formulais pas bien, mais j'étais certain de ne pas me tromper, persuadé que, plus intelligent, armé d'un vocabulaire plus riche, je fusse parvenu à fendre la coquille qui contenait une vérité. Lorsque, paupières closes, il aspirait une bouffée, M. Stirla, qui refusait d'être « Monseigneur » pour les garçons, avait une expression aussi concentrée sans doute qu'à la seconde où, à l'autel, il élevait le calice au-dessus de sa tête. On avait raconté au patronage qu'un jour qu'il tâtait dans sa poche un paquet d'hosties il s'était aperçu que, par étourderie, il avait pratiqué une substitution et remisé sa blague à tabac à l'intérieur d'un tabernacle. Il n'avait pas changé et ne s'intéressait qu'à l'histoire, et c'était le remettre en selle que de lui révéler qu'on avait eu l'idée de le revoir à cause d'une photo qui, dans le journal de l'avant-veille, le représentait sur le parvis de sa cathédrale au moment où il accueillait le pénitent du Vendredi saint, car la principale difficulté, au poste qu'il occupait depuis bientôt dix ans, avait été de rétablir la cérémonie dans sa pureté. Lors de son installation, on en était au stade où il n'y aurait plus eu qu'à divulguer le nom de l'homme qui allait revêtir la cagoule rouge, se meurtrir l'épaule et traîner des chaînes aux pieds après une retraite de trois jours dans le couvent des Capucins dont j'aurais aperçu le toit au-delà des remparts, en me penchant à la fenêtre. Pour restaurer une tradition qui dégénérait, M. Stirla avait été contraint à se battre autant contre les paroissiens que contre les autorités ecclésiastiques. Ses dents luirent autour de sa pipe à l'évocation de ses adversaires, et leur blancheur accentua par contraste la matité de son teint qui était le teint du vieux mulâtre pianiste de jazz que j'avais écouté une soirée entière au comptoir d'une boîte, dans un pays où toute différence de pigmentation dans la couleur de peau correspondait à une nuance de la haine.

Ne le savais-je pas aussi bien que M. Stirla ? Chez les Romains, pendant les portements de croix, supplice que ne pratiquaient jamais les Hébreux mais que les Japonais du siècle dernier utilisaient encore, un joueur de flûte précédait le cortège pour que la foule accourût. Il était remplacé à présent par un cameraman de la télévision locale, et contre cela il n'y avait rien à faire dans un monde où l'image était à présent la pire ennemie du verbe. Je savais seulement que M. Stirla, dans la conversation, comme par le passé, continuait de placer les gens à sa hauteur. Je n'avais pas fait de latin au lycée ; où aurais-je appris que Cicéron rapporte la parole d'un philosophe répondant à la mise en garde d'un tyran qui le menaçait du supplice pour sa franchise : « Que m'importe de mourir en l'air ou sur la terre ? »

La cheminée ronflait, les radiateurs du chauffage central marchaient, et bien que j'eusse retiré mon imperméable, je transpirais. M. Stirla, qui, du regard de la main, s'était épongé le front, se leva pour contourner ma chaise. Dans mon dos, il y eut d'abord le grincement d'une crémone, ensuite celui de la porte de l'armoire, un entrechoquement de verres pour terminer. « Je t'assure, ce n'était plus qu'une parodie », dit le prêtre en déposant sur la machine à écrire un plateau chargé d'une bouteille de porto et d'un assortiment d'amuse-gueule dans une soucoupe. Il s'en était presque diverti : à son arrivée à la cathédrale, la croix de la pénitence ne pesait plus qu'une vingtaine de kilos ; elle s'était allégée pour s'allonger à en devenir un mât de cocagne, ce qui rendait inimaginable que de sa voix mourante le Christ eût conversé avec Jean et Marie. Dans le mémoire rédigé à l'intention de ses supérieurs et dont, sur l'insistance de quelques indulgents, il avait tiré la matière d'un livre qu'un architecte, secondé par l'un de ses jeunes collaborateurs — tous deux très doués pour le dessin —, avait illustré de planches et de gravures, M. Stirla, qui s'était passionné pour l'étude des instruments de la Passion, démontrait, preuves à l'appui, qu'un charpentier d'un mètre quatre-vingt-quatre, un costaud de mon gabarit — puisque tel avait été le Christ au physique —, pouvait porter un décistère de bois, soit une soixantaine de kilos, pendant un parcours de quarante à cinquante mètres au plus, c'est-à-dire marcher environ deux minutes, puis se reposer trois et à ce rythme, soutenir cette épreuve durant une heure. D'où la nécessité de redessiner à travers la ville, malgré l'hostilité de certains commerçants avides de s'assurer des haltes de badauds devant leur vitrine, un nouveau tracé de la procession, une autre « voie douloureuse » qu'il fût possible à un pénitent dans la plénitude de ses forces de franchir en une soixantaine de minutes. Et si l'on considérait la charge indiquée par les savants comme un maximum, on devait aussi tenir compte du fait que, ce bois traînant à terre, il en résultait une diminution de poids évaluée à vingt-cinq/trente kilos. Sans parler des masses de fonte remuées par les champions du culturisme, c'était tout à fait acceptable pour un individu qui, à la différence du Christ déjà épuisé avant le supplice et harcelé en route par ses bourreaux, avait partagé avec des moines une demi-douzaine de repas, dans le silence et le confort d'un réfectoire mieux approvisionné qu'un restaurant. Lui offrait-on un porto de cette qualité ? M. Stirla clappait la langue, énumérait, citait, décrivait, latinisait avec cette courtoisie qui consistait à ne rien traduire, sauf la réplique du philosophe rapportée par Cicéron, et un air aussi agréable que si l'on nous eût éventés avec des palmes pénétrait par la fenêtre ouverte. On en était aux hypothèses quant à l'intervention de Simon le Cyrénéen, les textes s'interprétant de deux manières — le Christ avait-il été entièrement déchargé de son fardeau, à un moment donné, ou bien continua-t-il à le coltiner avec une aide étrangère ? — lorsque le téléphone sonna sans que M. Stirla s'interrompît de remplir le verre que j'avais vidé à son exemple. Il n'avait pas négligé le sien quand il se décida à répondre d'une voix agacée : « Votre serviteur, mon Révérend. » Il écouta en silence, suçant sa pipe éteinte, et les rides entre les sourcils se creusaient sans parvenir néanmoins à absorber les filaments vert-de-gris. « Mais non, soupira-t-il, la communication n'a pas été coupée. Je suis toujours là. Ne vous affolez pas. Nous allons aviser. Vers midi et demi, je vous rappellerai. Mais surtout pas un mot à l'extérieur, et dites bien au toubib que s'il bavarde, je le saurai... Notre candidat a eu un malaise cardiaque, continua-t-il à mon intention. Le supérieur du couvent a été obligé de faire venir un médecin. Il n'en faut pas beaucoup, tu sais, pour que des Capucins déraillent — ils sont braves mais toujours aussi bêtes qu'au Moyen Âge. Par-dessus le marché, les miens sont pour moitié belges, et pour le reste ivrognes — les ivrognes sont naturellement des vieux de chez nous. »

Le regard dans le vide, il entreprit de vider sa pipe, en y engageant une tige de métal dans le fourneau, et alors, soudain, par un phénomène qui n'avait que de rares précédents, des paroles qui n'étaient que d'une politesse de routine jaillirent de ma bouche, précédant ma pensée. Elles rendaient ma volonté prisonnière parce que — m'en étais-je assez méfié, dans mon métier — rien qu'en prononçant des mots quelquefois on arrêtait une décision dont il restait ensuite à chercher le sens ou le bénéfice, quand on ne devait pas en réparer les conséquences.

Je croyais attraper au vol l'occasion de tester ma forme une semaine avant de reprendre l'entraînement à la boxe : « Voulez-vous que je remplace le malade ? m'étais-je entendu dire. Je suis libre jusqu'à demain après-midi. » M. Stirla, qui s'était reculé sur sa chaise pour décroiser les jambes avec plus de commodité, déplia de nouveau sa blague à tabac ; il allongeait ses grosses lèvres comme pour siffloter : « Qu'est-ce qui prouve que tu en sois digne, dit-il enfin, la dignité étant d'ailleurs de l'indignité, en l'espèce ? » Avais-je tant de fautes à me reprocher ? À moins que ce ne fût une lubie, ne cédais-je pas à un mouvement d'orgueil, car on se vantait presque autant pour le mal que pour le bien. Même dans une situation ordinaire, le prêtre eût refusé de m'entendre en confession si je n'eusse pas, au préalable, fourni à l'ami qu'il était quelques aperçus sur l'existence que j'avais menée depuis notre séparation. Et comme si mon acceptation coulait de source, mais qu'il eût d'abord à régler un détail domestique qui lui avait traversé l'esprit, M. Stirla, dont les dents brillaient de nouveau autour de sa pipe, plongea la main avec lenteur dans un tiroir de son bureau et en sortit un 9 millimètres. Il le dirigeait vers l'extérieur, l'index raidi, écarté de la crosse, par crainte d'effleurer la détente, et, l'air de penser à une idée qui l'amusait, il approvisionna l'arme en y introduisant le chargeur. Familier m'en était le déclic puisque je nettoyais avec régularité celle que je détenais déjà au « Lardennois » où Alice l'avait découverte sous une pile de linge en effectuant des rangements dans l'armoire du neuf, mais ce miaulement des balles qui filaient à travers la fenêtre ouverte — car l'index, tout à coup, s'était replié — je ne l'avais plus entendu de si près depuis certain après-midi où j'avais cru mourir dans un fossé à proximité de la frontière suisse. Et bien que je n'eusse pas peur — enfin pas beaucoup, dans ce fracas où les murs semblaient reculer, parce que tant de précautions dans le maniement du pistolet étaient d'un expert, lequel, en outre, selon les règles, gardait les yeux grands ouverts afin de ne pas fermer le paysage —, j'éprouvai, au rythme des détonations qui m'ébranlaient des pieds à la tête, ce sentiment d'une accélération de la vie suscité par un danger de mort, et qui tend la corde jusqu'à se rompre à l'intérieur de nous-même. À la guerre, il devait y avoir de ces minutes-là, et je regrettai de n'avoir pas connu la guerre. Qu'est-ce que c'était une vie sans le sentiment d'un danger de mort, au moins pendant quelques saisons ?

Au quatrième et dernier coup qui, dans la même proportion que les autres, créait de l'espace par un phénomène analogue à celui des chants d'oiseaux, sur le mode mineur, la pièce se transformant en quelque nef d'église ou salle d'armes de château fort, un aboiement s'éleva dans le lointain, suivi d'un chant de coq à peine moins assourdi. La campagne commençait déjà sous les remparts de la bourgade qui depuis un siècle avait cessé de grandir et où la succursale créée par les Indri, juifs de Livourne, avait dû constituer l'ultime incursion de la nouveauté, si l'on négligeait la caméra de télévision qu'on promenait maintenant le Vendredi saint sur la place de la cathédrale.

Des vibrations parcouraient encore l'atmosphère purgée du moindre atome de médiocrité — ainsi le ressentais-je —, et des frémissements l'une de mes jambes qui m'était devenue comme étrangère, lorsque M. Stirla, le pistolet rangé dans le tiroir où il l'avait pris, relâcha dans une lente expiration toute la fumée qu'il avait emmagasinée jusques aux tripes pendant qu'il tirait ; elle lui faisait l'haleine des chevaux qui traversent un champ de neige. Avant la fin du Carême, il s'efforçait d'épuiser, jour après jour, les munitions dont on disposait au presbytère de la cathédrale, eu égard à la maladresse des neveux du sacristain et de ceux du vicaire qui ne se privaient pas de fouiller les meubles et tiraillaient dans tous les coins pour saluer la Résurrection, privés qu'ils étaient de cet exercice depuis que le gibier se faisait rare dans la région. Le Christ lui aussi avait été un jeune homme au caractère vif, voire colérique, mais les cadets n'ayant pas la même expérience que les aînés dans le maniement des armes à feu, un accident survenait vite. On en avait eu des exemples pas plus tard que l'année précédente. « Eh bien, je t'écoute », poursuivit M. Stirla qui inclinait obliquement la tête, l'air de vouloir localiser le second coq qui s'était décidé à répondre dans les parages. (Derrière les maisons, des poulaillers, des potagers, des jardins comme dans ma ville natale et à Capetown ?) Et toujours mû par cette courtoisie qui consistait à prêter à son interlocuteur plus de savoir qu'il n'en avait et qui, quelques instants plutôt, l'avait retenu de me traduire en français ses citations latines, M. Stirla, quand l'animal eut cessé de chanter, insinua que j'avais sans doute à l'esprit ce coq dont Socrate avait exigé le sacrifice après sa mort. « Je me demande si l'on n'aurait pas dû tuer aussi le coq de saint Pierre avant qu'il se manifeste — nous aurions moins de remords », dit-il, ne se parlant qu'à lui-même, d'après sa voix qui avait baissé dans le registre de la mélancolie, mais qui grimpa ensuite de plusieurs tons pour m'exhorter : « Vas-y. Je t'écoute. »

Regrettant ma proposition depuis qu'elle m'avait échappé, pour atermoyer je bredouillai que, la nuit précédente, j'avais payé les services d'une femme et que j'en avais eu beaucoup de plaisir.

« Toute la nuit, s'étonna M. Stirla, qui sans doute, pour éviter de marquer une surprise plus vive, avait plaqué sur les bras de son fauteuil ses mains aux doigts en spatule qui lui eussent été plus utiles sur un ring qu'au pied de l'autel. Si c'est vrai, mes félicitations, car tu n'as tout de même plus vingt ans. Peut-être même en as-tu le double, et peut-être davantage. C'est ça vieillir, tu verras. Au-dessus d'un certain seuil, tous les hommes, à nos yeux, se mettent soudain à avoir le même âge. Nous ne distinguons plus que les nourrissons. »

Il se trouvait beaucoup moins de gens qu'on ne croyait pour faire l'amour, ou plutôt ce qu'il était convenu d'appeler ainsi. Il fallait être un carriériste d'antichambre parvenu sur le trône de Pierre au terme d'intrigues poursuivies sans relâche depuis le jour de son ordination, il fallait — que je m'en persuade — n'avoir jamais entendu en confession quelqu'un qui fût réellement vivant et normalement constitué, pour s'imaginer que l'on traversait une période de débauche. « Dans les parlotes, dans les écrits, ça oui, dit M. Stirla. Mais dans la réalité, qui jouit vraiment avec son corps ? Pas beaucoup d'individus, je te le répète. » La plupart des hommes se révélaient impuissants une fois sur deux, estimait le prêtre qui s'était interdit de généraliser à partir du cas de ses paroissiens : il voyageait, et il était souvent de corvée au confessionnal, dans des pèlerinages internationaux. Au bout de deux ans, le désir s'émoussait chez les gens mariés, et après la naissance du dernier enfant le devoir conjugal n'était plus que corvée, formalité ou expédient. L'union libre, la liaison, le collage, bref le couple dans toutes ses combinaisons était, quels que fussent les sexes en cause, le meilleur système inventé par deux êtres pour s'infliger le maximum de déplaisir quand ils s'aimaient, se détruire dans leur vocation respective en se paralysant l'un l'autre et épuiser l'un auprès de l'autre leur capacité de souffrance, tout leur talent et toute leur énergie dispersés dans la méchanceté des joutes quotidiennes. De leur côté, les jeunes qui avaient la vigueur physique requise, étaient traversés par la sentimentalité et la contemplation de soi, n'en revenant pas d'être la splendeur qu'ils découvraient, sans s'apercevoir qu'elle avait cessé dès qu'ils en avaient fait le tour. Les pédérastes se claquemuraient dans leur placard qu'ils ne quittaient, à bien y regarder, jamais longtemps quand ils avaient l'opportunité ou le courage de s'en évader, car la jeunesse, si courte pour tous, était pour eux encore plus brève. En avais-je rencontré ? M. Stirla ignorait encore qu'une période de ma jeunesse était au « Lardennois », qui cependant faisait presque figure de Carmel en comparaison d'autres lieux fréquentés par la suite, et cela me démangeait de lui répondre que ce mot prononcé par lui avec le même enchantement précautionneux que l'expression désignant en latin le faisan de Colchide, on ne l'utilisait plus guère que dans son abréviation argotique, celle que Salvy avait appliquée aux deux illustrateurs du livre qu'il venait d'écrire sur les instruments de la Passion. Dans son déploiement académique, un rien médical et un brin militaire, grâce à un accent rocailleux qui suggérait un roulement de baguettes sur une peau de tambour ou le début d'un solo à la batterie, le mot me semblait désigner surtout un régiment à l'intérieur d'une armée où les contingents d'appelés renouvelaient sans cesse les effectifs, des recrues à la veille de leur libération côtoyant des soldats de carrière qui appréhendaient le temps de la retraite, aussi bien que des garçons entrés là par hasard ou facilité et s'y incrustant faute d'un emploi ou d'une vocation dans la vie civile ; ils s'y accordaient une pause pour mieux s'examiner et voir venir.

Pédéraste : ce terme convenait-il pêle-mêle à un Valdès marié et père de famille, aujourd'hui assidu aux lavabos d'Alice et qui misait sur tous les tableaux, à un Maleterre qui avait eu des sentiments et au peintre sud-américain qui, à la lettre, s'était tué pour ses beaux yeux, à un Jonas qui recherchait des employés d'hôtel pour ce contact avec la ratine de leurs uniformes qui l'avait foudroyé dans son enfance, aux occasionnels de la trentaine, aux larrons suscités par l'occasion de Teddy draguant, la nuit, habillé de blanc, sous les ormes de Sibérie à l'entrée des Buttes-Chaumont ou sur les bords du canal de l'Ourcq, et qui avait su par un langage d'humilité obscène fouetter leur imagination et leur ouvrir des horizons ? Pédéraste, enfin, le jeune balèze qui avait inspiré de la passion à un homme mûr, pourvu d'argent, de relations, et l'athlète qui, contrariant ses inclinations pour échapper au sort de l'ouvrier, entrait dans le jeu en maître, de sorte que ses duretés et ses accès de mauvaise humeur contre lui-même, qui réaffirmaient sans cesse l'exceptionnel de son consentement, lui obtenaient le maximum du partenaire qui l'avait sorti de son milieu ? Je l'avais remarqué à maintes reprises : les hommes réussissaient mieux que les femmes dans leur prostitution aux deux sexes, parce qu'ils ne se laissaient jamais rattraper par l'affection ou la tendresse ; l'idée de brandir au lit la photo d'un gosse, après avoir fait l'amour, ne serait venue à aucun d'entre eux, non plus qu'à moi-même. Mais en ce qui concernait mon expérience d'un tel monde, dont je m'étais éloigné en quittant le « Lardennois » pour en traverser d'autres où cette même prostitution qu'un Valdès illustrait avait quelquefois les dehors du mariage, M. Stirla n'avait posé sa question que pour la forme, pressé de conclure que, de nos jours, seuls les artistes forniquaient — ce qui s'appelait forniquer — au risque, souvent, d'amoindrir ou d'annihiler leur puissance de travail. Étais-je de leur nombre, et si je n'en étais pas, comme toutes les apparences l'indiquaient, je n'en avais que plus de singularité à me comporter ainsi, bien qu'il y eût plus de mérite à séduire les femmes qu'à se les payer quand on avait de l'argent. Autre était l'amour dont plus personne ne parlait depuis que l'on recensait les coïts et que les femmes avaient acquis la maîtrise de la procréation — les femmes qui ne visaient qu'à créer une race de sous-hommes. Qui voulait encore l'admettre, que l'amour c'était de ne pas attendre la réciproque, qu'il résidait dans le don gratuit ?

J'avais vécu au « Lardennois » ; j'aurais pu citer Maleterre à M. Stirla, qui décrétait que l'avarice, par exemple, était bien plus menaçante que la débauche pour le salut d'une âme et le sort d'autrui. Il nomma Mme Indri, regrettant d'être lié par le secret de la confession qui lui interdisait de fournir les preuves de la sainteté de la Juive qui s'était convertie au catholicisme à la suite d'un rêve — détail que je découvrais. Le propre des saints n'était-il pas de passer inaperçus sur cette terre ? Le déclic du briquet avec lequel il alluma sa seconde pipe, plus longue que la première, était identique à celui du chargeur de son 9 millimètres dissimulé dans le tiroir. « Quant à aimer son prochain comme soi-même, dit-il après une première bouffée qu'il avait savourée les naseaux élargis, qu'est-ce que cela signifie ? sinon l'aimer dans la mesure où l'on n'en souffre pas. Car si l'on en souffre, on ne s'aime pas. » M. Stirla regrettait de m'infliger la substance du sermon qu'il avait tant rabâché sans jamais convaincre beaucoup de fidèles ; il tenait néanmoins à ce que je sache, en ce jour différent des autres, qu'il n'y avait qu'un seul péché qui, au fond, tirât à conséquence. Il consistait à penser avec les théologiens modernes, ces usuriers de l'espérance, que la cérémonie de cet après-midi n'était que symbolique, à douter que la mort avait été vaincue en Galilée vingt siècles plus tôt, qu'elle le serait de nouveau au bout des temps, et que de la mort, nous en sortirions tous ensemble, comme les Hébreux étaient sortis d'Égypte. Aussi un prêtre qui, en raison de son âge, était, plus qu'un individu de ma génération, près de voir que ce en quoi il avait toujours cru correspondait à la vérité, et que cette vérité était bel et bien la résurrection des corps, ne céderait-il pas, par respect pour celle-ci, la place du pénitent du Vendredi saint à un ami de passage qui n'aurait eu à se reprocher que la surabondance de son tempérament. « Et tu n'aurais que des écoulements de semence à me décrire, m'interrogea-t-il, tandis que sur sa figure se peignait l'expression de l'amateur qui, non sans effort, mais pour un bonheur qui va durer, a obtenu une combustion régulière du tabac dans sa pipe. De la part d'un type qui descend chez Salvy, on espérerait davantage. »

En regard de la statistique, j'étais parvenu à la moitié du chemin, à ce moment où chacun d'entre nous avait accompli le pire de ce qui lui était imparti par la faiblesse de sa nature. Sauf accident, même dans l'infamie, par la suite, ce n'était plus qu'affaire de routine. Le répertoire du mal s'épuisait presque aussi vite que le catalogue du *Kama-soutra*, lequel avait au moins cette vertu d'apprendre à respecter le corps de l'autre, ne fût-ce que dans la perspective de la jouissance.

« Je t'écoute, répéta M. Stirla que je retrouvais tel que je l'avais toujours connu dans son immobilité, c'est-à-dire frémissant comme un moteur qui tourne à l'arrêt. Tu n'as pas oublié, n'est-ce pas ? Tu as bien entendu ? Le supérieur des Capucins attend que je lui téléphone. Ça nous laisse au moins une heure devant nous. Le génie mis à part, qui n'eut pas ton rayon, je suppose, n'y a aucune vie qui en exige autant pour être résumée. » Aussi de toutes les circonstances de son ministère, qui l'obligeaient à s'exprimer en public, l'oraison funèbre était ce qu'il redoutait le plus, parce que le genre obligeait à délayer et, par conséquent, à mentir.

Des bûches s'écroulèrent dans l'âtre comme à la minute où je m'étais présenté, lorsque je commençai à lâcher dans le désordre où elles surgissaient pour me submerger les choses qui n'étaient soupçonnées de personne ni dans mon entourage ni ailleurs, et que, pour les plus importantes, j'essayais de justifier en les annonçant, et alors M. Stirla m'interrompait sans desserrer les lèvres : « Les faits, rien que les faits », disait-il. Depuis le début de l'énumération, il évitait mon regard pour ne pas me gêner, contemplant sa machine à écrire avec, par instants, l'expression d'un greffier d'interrogatoire à qui l'on a interdit de transcrire des aveux et qui déplore un gaspillage de motifs d'inculpation. À la moitié du chapitre, il consentit à poser sa pipe sur le bouchon de liège au milieu du cendrier et, tandis qu'il m'écoutait, machinalement il pinçait les ailes de son nez entre l'index et le pouce, partant des rides qui se creusaient de plus en plus entre les sourcils sous l'effet de la réflexion, pour se pincer, à la fin, les narines, avec un geste de sculpteur qui épointe de la terre glaise, mais son nez, c'est un burin qu'il réclamait pour être aminci. Aussitôt que j'eus affirmé la conviction d'avoir nettoyé ma conscience puisque j'étais allé jusqu'à mentionner la véritable raison du voyage qui s'achevait dimanche, sans omettre de préciser la particularité du cadeau que je réservais le lendemain à un ancien camarade de régiment, M. Stirla allongea la main pour saisir la pipe et grimaça en découvrant que celle-ci s'était éteinte. Il se taisait toujours ; le bruit de la pluie sur la roche, avec sa nuance de cascatelle, n'était pas le même que sur les pavés des quartiers sans trottoirs où j'avais vécu.

« Dans ce que tu m'as raconté, demanda enfin M. Stirla, les yeux baissés sur son briquet, y a-t-il jamais eu mort d'homme dans l'immédiat, à court ou long terme ? » La réponse ne pouvant être que négative, je mesurai par parenthèse ma chance qui ne m'avait conduit en prison que lorsque je n'étais pas coupable. « Alors, quoi que tu aies fait, tu n'es pas celui dont on a besoin aujourd'hui, dit-il, et la moue qui tordait ses grosses lèvres, on ne savait trop si elle était imputable à l'ennui, au désappointement, ou à d'imprévues difficultés du tirage dans le tuyau de la pipe. On te donnerait le rôle sans préparation, continua-t-il, tu te ferais du cinéma — et ça te monterait à la tête, tu t'exagérerais ton importance. Tout bien pesé, tu n'as été que dans la moyenne — et ce sera la punition de ton orgueil que de l'apprendre. Pour ce qui est de Dieu, je crois que tu n'as pas trop à t'inquiéter. Devant les hommes, j'en serais moins sûr, si tu devais continuer ce petit jeu. Tu peux aller en paix. » Aller tout de même dans la montagne, avec une femme comme cadeau pour Restitude ? Comment le savoir ? Quel sens prêter à ce raclement de gorge ? Le heurtoir avait soudain ébranlé la porte : la vieille femme derrière laquelle j'avais marché dans la ruelle montra son masque froissé d'Étrusque par l'entrebâillement, annonçant à tue-tête que le poisson avait été livré et que l'organiste entamait les répétitions.

« Nous serons quatre, répliqua M. Stirla qui articulait avec soin, les doigts d'une main à la hauteur de son menton, sauf le pouce qui était replié à l'intérieur. Évidemment, tu restes pour déjeuner. Tu sais, les curés invitent volontiers : l'Église est née autour d'une table. » Et puis il attendit que la visiteuse eût refermé la fenêtre et jeté dans le feu une bûche ramassée près de l'amphore, pour ajouter que son vicaire et sa mère, la vieille qui venait de quitter la pièce — une infirme affligée d'une semi-surdité depuis son enfance —, étaient d'estimables personnes, encore qu'elles eussent plus de religion que de foi — mais n'était-ce pas le cas de la plupart des chrétiens de notre siècle ? Puis il m'invita à descendre dans la salle du rez-de-chaussée, la statue sur son socle méritant le coup d'œil ; il l'avait sauvée des intempéries dans l'église en ruine d'un village de la montagne où il avait apporté l'extrême-onction au dernier habitant — un officier en retraite. Les truies d'un troupeau de porcs, qui s'était ensauvagé après tous ces croisements avec des sangliers, mettaient bas au pied de l'autel. Un individu qui avait bien plus de choses que moi à se faire pardonner lui avait juré de commander à un menuisier une porte en accord avec le style de l'édifice, et il espérait que la promesse serait tenue avant que son auteur n'eût été victime de quelque accident. Pendant que j'examinerais la statue, M. Stirla téléphonerait au pénitent de l'année suivante qui, de par l'exercice même de son métier, n'était pas suspect de défaillances physiques, afin de l'avertir que son tour était avancé. Le supérieur des Capucins avait oublié qu'on disposait à la cathédrale d'une liste d'attente. La région procurait assez de candidats, et aux candidats eux-mêmes assez de raisons sérieuses de postuler, pour qu'on n'eût pas à recruter ailleurs. Le plus éloigné de la ville pouvait déférer à toute convocation en moins de deux heures.

À table, nous parlâmes surtout de chasse. M. Stirla déplorait que l'homme s'avançât de plus en plus haut dans la montagne, avec ses voitures tout terrain, saccageant les pistes, ne se retenant plus de massacrer depuis qu'il était assez riche pour s'acheter un congélateur. Auparavant il ne tuait que pour manger le jour suivant ; à présent il tuait pour stocker et assouvir ce goût du carnage qui, dans d'autres pays, s'ornait du cérémonial de la corrida où se perpétuait la cruauté des Romains, et c'était une des fautes de l'Église que d'avoir escamoté l'enseignement de François d'Assise, qui avait su, autant que le Bouddha, faire sa part dans l'univers au règne animal. Après un développement sur ce point, trop savant pour m'être intelligible, et qui gêna son vicaire autant que les piques lancées contre l'évêque spéculateur — un banal licencié de théologie qui avait fourni des gages à politiciens d'arrondissement et préfets de police pour imposer sa nomination au Saint-Siège — l'archiprêtre de la cathédrale dit que la sécheresse au cours de l'année précédente, si elle avait facilité les fouilles en vidant à moitié l'étang, avait aussi compromis les couvées des perdreaux rouges. On observait que beaucoup d'oiseaux migrateurs évitaient de passer désormais au-dessus de certaines régions, n'effleurant que d'une aile l'étang de Stello protégé par des gardes, comme si, à la suite de tant de carnages, le gène de la peur avait été transmis aux nouvelles générations, les détournant d'un pays que, d'instinct, elles sentaient funeste. M. Stirla prescrirait de nouveau les prières publiques des « Rogations » et des Quatre-temps, qu'on avait laissé tomber en désuétude, pour obtenir l'harmonieuse alternance de pluie et de soleil. Dieu avait besoin de nos revendications, elles admettaient sa toute-puissance.

Nous mangions la soupe à la rouille, qui même tiède râpait la gorge, et les rougets préparés et servis par la sourde, à qui son état empêchait d'entendre son fils glisser un « Monseigneur » au détour de chaque phrase, comme un sésame qui, à ses yeux d'albinos, eût ouvert les grottes et les splendeurs de la cour romaine. Le vicaire n'en connaissait pas moins les endroits encore giboyeux, et d'après la nature de quelques-unes de ses réflexions, on croyait comprendre qu'il participait lui aussi à l'exploration du chantier de Stello.

Dans son bureau où il m'avait ramené et où nous bûmes café et liqueurs en tête à tête, son adjoint étant requis par la récitation du chapelet avec les six garçons chargés de porter sous un dais, à la tête de la procession, l'effigie en cire du Christ, M. Stirla, après avoir consulté sa montre, plongea la main dans le tiroir où était rangé son pistolet et, le menton haut, me tendit un livre — un exemplaire de son étude sur les instruments de la Passion, on le devinait à son sourire. Je le feuilletai, ce livre, si doux au toucher même sous la peau morte de ma main gauche, avec sa reliure en cuir fauve, son papier chiffon, ses beaux caractères au plomb dont M. Jean liait la disparition à celle de la civilisation qui les avait imaginés et fondus, avant de tout sacrifier à l'image et à la bande dessinée : il en subsistait donc dans la casse des typographes en province. La qualité des planches hors texte et des vignettes sur bois me garantissait que le tombeau dans les collines serait construit par des gens de goût, et non par de simples constructeurs de lotissements à la chaîne qui réglaient une dette à l'égard de Salvy. M. Stirla, qui avait échangé la pipe contre le cigare, me montra ensuite deux lingots de cuivre longs d'une cinquantaine de centimètres, presque noirs, boursouflés par un oxyde de la même teinte que le vert-de-gris qui s'était infiltré dans les sillons de ses rides. Ils étaient sa dernière prise sur le site de Stello, et en les soulevant à deux mains — ils pesaient bien une dizaine de kilos chacun — je pensai que pour moi le Carême s'était écoulé entre deux livres : le premier qu'on m'avait donné dans les toilettes d'une station de métro, le second, qu'on m'offrait dans un presbytère. M. Stirla me regarda sans étonnement tomber soudain la veste et y retirer des billets dans la doublure. Il les empocha en guise d'honoraires pour les messes que je le sollicitai de célébrer à la mémoire de mes parents, d'Anna, de quelques-unes et de quelques-uns dont le nom, sans cela, n'eût plus jamais été prononcé nulle part. Il était noté sur l'agenda de bureau, et je l'avais épelé quand il existait plusieurs possibilités d'orthographe : Maleterre ne prenait qu'un seul *l*. M. Stirla calligraphiait en belle ronde, et je le voyais par force, qu'au sommet de sa chevelure ne se dessinait même pas l'amorce de la tonsure qui affligeait un individu de mon âge, hôtelier et éleveur de pur-sang pour le plus clair. Mme Indri ne fut pas oubliée. Outre que c'était la moindre des politesses à l'égard de son ancien confesseur, j'estimais que ma mère eût été contente de mon intention, et, dans ma hâte de constituer une liste qui, par sa longueur, justifiât le versement d'une pareille somme, malgré moi j'ajoutai Belinda entre haut et bas, trop haut cependant pour n'être pas entendu.

« Nom de famille, s'il te plaît ? » dit M. Stirla qui tournait les pages de l'agenda pour répartir les messes de semaine en semaine, et sous ses doigts nous en étions déjà à l'été. Alerté par mon silence, il redressa le buste — de la cendre de cigare tachait le haut de sa soutane —, et, devant mon trouble, il me considéra d'un air pensif — allongeant de nouveau ses grosses lèvres comme pour retenir des mots. « Il ne reste parfois que des prénoms, n'est-ce pas ? Ou des diminutifs, observa-t-il. Et quand les femmes font la vie — curieuse expression française parce que la vie, alors, elles évitent à tout prix de la donner — c'est souvent un pseudonyme. À l'armée, pendant la guerre, au B.M.C. de mon régiment, il y avait au moins deux Marlène, c'était la mode. » M. Stirla avait encouragé quelques-uns de ses hommes qui étaient célibataires à les épouser, et puisque personne n'était sûr de s'en tirer vivant, à leur promettre à tout le moins le mariage, afin que par la suite elles se sentissent les égales des femmes au-dessus du soupçon. Mais ils avaient trop de préjugés pour le faire, surtout les pauvres, les fils d'ouvriers. C'étaient pourtant des femmes qui étaient simplement des femmes, alors que celles d'aujourd'hui, disposant de leur ventre selon leur humeur, ne seraient plus bientôt ni maîtresses, ni épouses, ni mères. Fournisseuses de barbaque — car ne méritait plus d'être appelé chair ce qui était conçu pour le pur plaisir ou la distraction —, bien moins généreuses que les filles du B.M.C., elles devenaient les pires ennemies de l'homme, et celui-ci s'en aviserait sans doute trop tard.

« Va pour Belinda, conclut-il, revissant le capuchon de son stylo. Puisque nous sommes tous dans le fichier — passés, présents ou à venir —, il n'y a pas à se tracasser. Quelqu'un s'y reconnaîtra bien. » Il récitait moins qu'il ne fredonnait, de sa voix de basse : « Devant la caserne/ Quand le jour s'enfuit/ Une lanterne soudain s'allume et luit », en roulant de toute sa masse vers l'armoire où il remisa les deux lingots de cuivre aussi légers pour lui, sous le bras, que deux baguettes de pain, au-dessus de l'étagère qui supportait des bouteilles d'alcool et plusieurs tomes d'un dictionnaire où j'eusse volontiers cherché la définition de décistère et de quelques autres termes. Dans le bas du meuble où il avait farfouillé, il dénicha un sac en plastique roulé en boule, un de ceux que les prix-uniques ne distribuent pas gratis aux clients mais qu'ils leur vendent. Il le défroissa pour y glisser l'in-quarto dont une averse eût risqué d'abîmer la couverture, et ensuite, me présentant lui-même l'imperméable qu'il avait accroché à la crémone avant que nous n'allions déjeuner dans ses appartements, il m'imposa son aide pour enfiler les manches. Lorsque j'eus effectué un demi-tour, il serra entre le pouce et l'index le nœud de ma cravate, qui était de travers ; nous nous retrouvâmes nez à nez, mais il ne me regardait pas. Et je sus par ces prévenances qu'il ne convenait de dire ni au revoir ni quoi que ce soit d'autre ; que nous ne nous reverrions dans cette ville ni tout à l'heure ni jamais, bien que le rappel de la lenteur avec laquelle se déroulait la cérémonie eût l'apparence d'une invitation à demeurer jusqu'au soir, la procession ne s'achevant qu'à la nuit tombée.

Dans la salle du rez-de-chaussée fleurant la cire

d'abeille où je n'avais pas encore mesuré toute la hauteur des voûtes, M. Stirla s'arrêta au pied de la statue sauvée des porcs, qui était un saint Antoine de Padoue, et par politesse je levai le pouce en signe d'admiration, alors qu'en fait j'étais en train de l'imaginer coiffé d'une toque d'archimandrite, vu sa corpulence, sa stature et tout l'oriental des yeux, cils et sourcils où il n'y avait pas un poil blanc. Sur le seuil du presbytère, il scruta l'horizon au-delà des remparts, l'air de ne plus se soucier de ma présence, de se préoccuper seulement de la promesse d'une éclaircie, qui apparaissait dans la déchirure des nuages, au-dessus du mur du couvent des Capucins. Le claquement de la porte derrière moi n'aurait pas été aussi fort si l'on avait congédié un démarcheur ; j'atteignais la dernière marche, le nez au vent, lorsque, à travers le panneau, me parvinrent ces paroles : « Fais quand même attention, en montagne ou en ville », et l'on devinait que, sous les voûtes, l'écho les avait amplifiées assez pour qu'elles transpercent le bois.

Il n'y avait plus que la limousine de Salvy sur la place de la cathédrale, et sans doute les chauffeurs des trois autobus avaient-ils été priés de se garer ailleurs pour ne pas gêner le déroulement de la cérémonie. Du côté des ormes, sous les palmiers qui espéraient le soleil, presque toutes les tables à la terrasse des cafés étaient occupées par des familles aussi discrètes que dans la salle d'attente d'un médecin, et une petite brune dégrafait son corsage pour allaiter son enfant dont un pleur avait interrompu les conversations à voix basse. Le jeune homme adossé à la Mercedes, jambes croisées, s'en détacha à mon approche, et même de près je ne distinguai pas son regard tant la visière de sa casquette, sur laquelle pâlissaient les initiales d'un problable club de football, descendait bas sur son front. « Je suis resté devant la bagnole pour que les types de la mairie ne l'enlèvent pas, dit-il. " Pancrace, m'a téléphoné Monseigneur, qu'on n'y touche pas. " D'où êtes-vous ? » Ce n'était pas du lieu de ma naissance qu'il s'inquiétait sans transition, mais de la ville où j'habitais et travaillais à présent. « Je m'en suis douté, affirma-t-il après ma réponse. Alors peut-être qu'on se reverra. Monseigneur m'a procuré du boulot. J'ai un C.A.P. de mécanicien. Il n'y a que Monseigneur qui tienne jamais parole. Les autres me promettaient depuis que je suis revenu du service. » Il était à la veille de s'adresser à un monsieur influent qui ne se mêlait pas de politique, propriétaire d'un hôtel et d'un élevage de chevaux, lorsque M. Stirla l'avait convoqué dans son bureau. Il ajouta que des cousins proposaient de l'héberger pendant un trimestre, mais qu'il espérait, avant ce terme, se débrouiller par ses propres moyens, bien qu'on lui eût objecté la cherté des loyers dans le centre. « Il doit y en avoir des femmes par là-bas, énonça-t-il du coin de la bouche, dans ce dialecte de la localité qui était l'objet des plaisanteries d'Anna parce que les lunettes y étaient appelées les " petits miroirs ". Même avec des vieilles de quarante ans je refuserais pas — surtout là-bas où elles sont toujours bien soignées. » Pancrace, bombant le torse, souleva sa casquette comme pour me faire juge de ses arguments de séduction qui n'étaient pas négligeables et ne passeraient pas inaperçus s'il renonçait à se couvrir la tête, à dissimuler l'épi dans ses cheveux et le bleu de ses yeux à peine moins froid que celui des yeux de Salvy. Il refusa tout pourboire en dépit de mon insistance et, constatant que je ne reprenais pas tout de suite le volant pour me contenter de déposer sur le tableau de bord le paquet serré contre ma poitrine, il déclara qu'il n'abandonnerait qu'à mon retour la surveillance d'un véhicule qui était, à son avis, ce qu'il y avait de mieux dans cette marque et la catégorie des 500 — après tout il était mécanicien de métier. Mais je ne prolongeai pas longtemps sa corvée car je m'ennuyai vite à gravir les ruelles escarpées où sous les arches flottait l'odeur de moisi montant des puits, et qui semblaient mener à des habitations de troglodytes. Dès que je tournai l'angle où sur un mur aveugle subsiste encore l'enseigne de la succursale des magasins Indri — le plus vif de la couleur dans l'ovale contenant l'inscription « Chapeaux de paille d'Italie » —, Pancrace s'éloigna dans la foule qui, en silence, continuait d'affluer sur la place et passait à distance de ma voiture comme si elle eût été un modèle séparé du public par une barrière, ou juchée sur l'estrade d'un stand d'exposition. À l'instant où je m'apprêtais à démarrer, le glas commençait à sonner au clocher de la cathédrale, et je pus apercevoir, à travers la lunette arrière, la capuche rouge sang du pénitent promis à quatorze stations au moins, dont la silhouette de charpentier, colosse embarrassé d'une échelle, se découpait sur les ténèbres de la nef. À l'arrière-plan clignotaient des lumières ; à cette distance, le ronflement des orgues se percevait tel un bourdonnement tropical de mouches. On s'était levé à la terrasse des cafés et, debout comme les autres, la petite brune n'avait pas reboutonné son corsage ; le sein pointait.

Les gendarmes ne se dissimulaient plus dans les environs de la station d'essence où manquait toujours une paire de bras pour actionner la pompe, mais ils ne firent pas signe de m'arrêter. À cent mètres du pont à trois arches au-delà duquel la vallée se fond dans la plaine, s'étendait un champ d'orchidées sauvages qui avaient le mauve de la liturgie du jour ; le ciel était plus vaste, et l'odeur inconnue, de même que l'allégeance qui m'avait envahi.

« Je vais la secouer un peu », grommela Salvy, qui écrasait le mégot d'un cigarillo sous la pointe de l'un de ses mocassins pour lesquels Alice lui aurait sans doute fait son compliment. En ce samedi où un soleil presque aussi rose que les tuiles de la caserne de Naples s'élevait, non sans réticence, au-dessus de la rade, il était habillé d'une veste de chasse en velours couleur cannelle, d'un pantalon de flanelle grise, et au foulard près qui bouillonnait dans l'échancrure de la chemise, il copiait la tenue de Michel, l'architecte à qui il m'avait adressé pour la construction du tombeau. Nous étions trois à contempler la voiture luisante de bruine pour avoir stationné toute la nuit dehors, et je compris à sa dégaine que le troisième ne serait pas ce chauffeur qui se croit obligé de commenter le paysage. C'était un garçon trapu, aux joues encore enfantines, qui se rasait à faire saigner sa peau couperosée, et il avait apporté beaucoup de soin à paraître le double de son âge, grâce à un costume de deuil et à une cravate de soie noire qui juraient d'ailleurs avec des souliers à crampons, comme Alice n'en avait sans doute jamais nettoyé. J'aurais eu à effectuer une fouille à corps, mes mains se seraient tout de suite plaquées sur sa hanche. Tandis que Salvy pénétrait dans l'hôtel où il n'avait pas dormi cette nuit-là, il dit, les yeux fixés sur la carrosserie, qu'il ne fallait pas tarder à partir parce que, à cinq-six cents mètres d'altitude, on était toujours en hiver. Si le premier col que nous aurions à franchir était fermé, nous rebrousserions chemin pour regagner la route qui suit la côte et qui avait le désavantage de doubler la longueur du trajet. Néanmoins, nous serions à l'heure, au lieu-dit Mandria, qu'il connaissait déjà pour s'être rendu dans un village en contrebas où n'habitait plus personne et où, récemment, à bord d'un camion, il avait convoyé la porte neuve destinée à empêcher les troupeaux de porcs en état de divagation de souiller l'église qui n'avait de desservant aucun jour de l'année. Si le col n'était pas barré par des congères, la tempête ayant sévi la semaine précédente, encore devait-on vérifier, cinq kilomètres plus loin, que les falaises interdisant de ce côté-là tout accès à la région des neuf lacs autrement que par les moyens de l'alpinisme demeuraient visibles à l'horizon. Si elles ne l'étaient pas, cela signifiait que la brume contraignait de rouler phares allumés dans la traversée des cantons les plus élevés du pays — auquel cas, également, on reviendrait en arrière sans hésitation.

Le chauffeur débitait ces renseignements sur le ton rapide de quelqu'un qui aurait eu l'habitude de lancer des messages par radio : on n'était pas plus neutre, malgré l'abondance des détails dans la description de la neige et du soleil, celui-ci qui brillait sur celle-là à vous crever l'œil, lorsque les falaises se détachaient sur la gauche du bloc des montagnes. La diffusion du bulletin météorologique s'interrompit aussitôt perçue l'irritation de Salvy qui commandait derrière nous : « Prends l'écharpe, elle est à ma mère », et cette écharpe de laine blanche, le patron la nouait d'autorité autour du cou de son amie, lui qui marchait à reculons sous le dais à l'entrée de l'hôtel — la tonsure dans sa broussaille dissimulée ce matin par un toupet de cheveux qui avait le bombé d'une kippa —, elle qui avançait, grandie encore par ses bottines fourrées et vêtue d'une canadienne, balançant au bout du bras un vanity-case pas plus grand que la mallette introduite par mon entremise dans la maison d'où elle sortait aussi indifférente que la touriste dont le séjour s'achève et recommence le voyage. Le chauffeur s'était déjà installé au volant. Elle me frôla sans me rendre le bonjour, monta dans la limousine pour s'asseoir à l'arrière et entreprit aussitôt de dégager les épaules et les bras de la canadienne, dont elle arrangea les pans sur ses genoux. Dans ses contorsions qui révélèrent un pull côtelé sous lequel elle portait une chemise d'homme qui pour un homme eût été trop rose, l'écharpe qu'on lui avait imposé de porter s'était détachée de son corps qui avait continué de l'ignorer, et ce fut avant de retirer ses gants qu'elle alluma sa cigarette, regardant toujours droit devant elle et dans l'impossibilité de loucher de notre côté, si elle en avait eu envie, une mèche lui retombant sur l'œil. Salvy eut une expression de fureur, et ses lèvres remuèrent, mais ce qu'il dominait — injures ou impressions — il le garda pour lui, pivotant tout d'un coup d'un bloc, la main tendue pour prendre congé, comme si à toutes les fenêtres les curieux eussent guetté cet instant, et des curieux sûrement il y en avait derrière les volets fermés dans les façades ocre perdant leur crépi, autour de la placette qui, avec deux bancs publics et quelques arbustes, eût pu prétendre à la dignité de square, au lieu de n'être que le passage entre la partie de ville dépourvue de trottoirs et celle qui en avait.

« Amusez-vous bien, dit Salvy, qui n'allait pas avoir une parole pour le chauffeur. Je ne serai peut-être pas là demain. Ma mère vous communiquera mon numéro de téléphone personnel. Si, plus tard, vous aviez quelque problème que ce soit au sujet des travaux, n'hésitez pas à m'appeler. Mais il n'y en aura pas : si je commande, on m'obéit. Avant novembre tout sera terminé, et n'oubliez pas qu'on aura toujours une chambre pour vous. »

Le parfum de la passagère avait envahi l'intérieur du véhicule lorsque je m'assis à côté du chauffeur, et je ne parvins pas à l'identifier avant d'y être habitué, bien qu'il m'évoquât d'autres femmes pareilles à celle dont je n'avais pas voulu pour Restitude parce qu'elle n'était qu'à mon goût, lequel n'était pas le plus répandu : il n'y en avait pas tellement pour les rechercher, ces maigres presque dépourvues de poitrine.

Elle était bien curieuse la couleur du soleil qui ne parvenait pas à dissiper la brume au-dessus de la rade ; nous croisâmes sur l'ancien chemin des Salines la traction avant bicolore qui promenait l'enseigne d'une discothèque et dont les occupants, pendant la journée, ne chantaient ni ne criaient. À un carrefour où un calvaire rappelle les quatre morts d'un accident, on choisit la direction du nord, et le soleil resta au bord de la mer. Quoique la campagne ne fût ni plus ni moins déserte qu'ailleurs, il était évident que les cantonniers ne se fatiguaient pas souvent par là, si nettes étaient les secousses, même lorsque la voiture avait, pour la suspension, les qualités de la nôtre que son chauffeur, quitte à rouler carrément sur la gauche, essayait de maintenir sur la bande d'asphalte qui allait se réduisant. Elle disparaissait par endroits sur la route, et sous les frondaisons du premier plateau auquel nous accédâmes les phares s'allumaient pour trouer la pénombre verdâtre qui tombait des châtaigniers parfois comparables à des séquoias pour la hauteur et la circonférence. Ainsi une truie toute blanche et rose, énorme comme une nounou trop bonne qui a grossi de chagrin en notre absence et à notre retour pleurera dans nos bras, eut-elle le temps de quitter la fondrière où elle était vautrée pour cahoter jusqu'au fossé où deux porcelets pointaient leur trompe d'aspirateur. Le parti pris de silence à bord était adapté à mon humeur. La tête inclinée vers la glace de la portière que j'avais baissée de quelques centimètres après avoir sollicité à la ronde une autorisation qui ne vint pas, je respirai la brume avec tant de plaisir que l'envie de fumer m'abandonna. Chaque nom sur un panneau de signalisation me faisait prévoir le suivant que, sans le précédent, on m'aurait demandé en vain ; je lisais San Michele, et je pensais : bientôt ce sera Soriano, et à Soriano je devinais Casilea, à Casilea les Caldane — un pluriel que M. Stirla eût peut-être expliqué par quelque étymologie de sources chaudes. Il y en avait dans l'arrondissement, et aux Caldane Anna avait eu une amie qui chantait presque aussi bien qu'elle et s'était placée chez un avocat. Je pariais et ne me trompais jamais quant à l'ordre dans lequel se succédaient — toujours indiqués à droite par la flèche désignant une route circulaire — ces villages invisibles au creux des combes, qui n'avaient pas envoyé beaucoup de spectateurs aux séances de *L'Alhambra* le dimanche après-midi, dont l'horaire était conçu pour les gens que les « exclusivités » faisaient accourir de loin et qui souhaitaient rentrer chez eux pour le dîner. Combien d'habitants comptaient-ils à présent ? Les églises avaient-elles encore une porte ? Nous ne rencontrions âme qui vive dans ces terres qui eussent contenté plus d'un paysan privé de terrain à travers le monde et où l'eau abondait, car dans chaque tournant où la prudence eût recommandé de ralentir on entendait des bruits, à croire que la densité du feuillage au-dessus de nos têtes arrêtait une averse. Mais il semblait que je fusse le seul à m'en apercevoir, et l'aveugle qui, se trouvant à ma place, eût nécessairement imaginé la pluie n'eût pas soupçonné la présence de la femme à la canadienne depuis que, à force d'accoutumance, on ne sentait plus son parfum. Somnolait-elle pour être aussi discrète? J'emmenais une invitée dont j'ignorais jusqu'au prénom, si toutefois je connaissais, pour l'avoir palpée, la partie de son corps où roule *après* la tête d'un amant. Le chauffeur n'ouvrit la bouche que dans la montée du col de San Stefano annoncé par des sapins qui avaient du givre aux extrémités comme les officiers ont du galon, pour s'interroger sur la visibilité des falaises à cinq kilomètres de là. Il en doutait encore, parce que l'amas de neige de part et d'autre de la voie creusée par le passage des chenillettes présentait une ligne continue dominant le capot, et pour moi ces murets de glace qui tendaient à se rapprocher, au risque de réveiller ma claustrophobie, contenaient néanmoins la lumière refusée au ciel. Mais il se trompait, l'homme que Salvy n'avait, en définitive, pas plus nommé que sa maîtresse : les falaises qui, au lieu de surplomber l'un des neufs lacs, les protégeaient tous se détachaient en avant du chaos rocheux, et à leur pied se brisait en diagonale la vague du maquis qui était d'un vert d'algue. À leur vue, le chauffeur soupira de satisfaction. L'odeur du froid, qui était revigorante, se maintint dans la traversée des trois cantons les plus élevés du centre du pays, dont nous ne vîmes aucun des hameaux et où ma mémoire me trompa car Risalvo était avant Caluri, et je fis monter jusqu'ici Serravalle qui, en réalité — le souvenir de ma visite aux bureaux du cadastre me revint —, était l'une des deux communes qui bordaient l'étang de Stello, d'une moiteur inimaginable quand on avait des pics tout blancs dans son champ d'horizon.

Dès que, ici et là, des chênes verts apparurent, que la route devint moins sinueuse, le paysage moins fougueux et l'air moins froid, à mon grand regret, la voiture qui avait pourtant gagné de la vitesse s'arrêta sur une plate-forme entaillée dans la roche — mais c'était un accident de la nature, cette plate-forme, et non l'ouvrage des Ponts et Chaussées. « On est en avance », dit le chauffeur qui, pour tourner le volant, avait eu les grands mouvements des singes qui s'épouillent sous les bras, et il ouvrit la boîte à gants pour y puiser trois sandwiches enveloppés de papier d'aluminium. Le premier, il me le proposa ; le second, il se l'était réservé, l'ayant déjà placé sur le tableau de bord ; le troisième, il le garderait longtemps à la main parce qu'il l'avait tendu en vain par-dessus son épaule à l'amie de Salvy qui, pour le dissuader d'insister, fit grincer le cendrier scellé au-dessus du vide-poches, dans la portière. Une allumette frotta à plusieurs reprises le côté soufré de sa boîte. Le chauffeur, qui en était à couper en deux, pour le partager avec moi, ce qu'il avait offert en pure perte à la passagère, n'eut pas l'air d'entendre cette prière où entrait pas mal d'ironie dans le ton : « Je voudrais descendre. N'ayez pas peur, je reviens tout de suite. » S'il y avait un sentiment dont on ne suspectait pas ce jeune homme aux lèvres luisantes de beurre qui se préoccupait de ramasser la rondelle de saucisson et les miettes tombées sur l'empeigne de sa chaussure, afin de ne pas salir le plancher, c'était bien la crainte en général. Le quignon du petit pain, qu'il avait sectionné d'un coup de dents, en lui gonflant la joue m'évoqua le protège-dents du boxeur. Et, de plus, la ligne du nez qui déviait au bout donnait à penser. Mais peut-être pensais-je trop à ce qui recommencerait le surlendemain avec le sport, l'hygiène, la vie réglée et, à court terme, la faim qui serait maintenant récompense et regain. La portière avait claqué derrière nous sans que mon voisin y prêtât attention, il parlait la bouche pleine : « Demain, à quelle heure je passe vous chercher ? Ce sera toujours à Mandria ? Quel bled... Je vais dormir chez des cousins qui sont à vingt kilomètres. J'en profiterai pour faire un saut jusqu'à l'église dont je vous ai parlé. Je me lève toujours à six heures du matin. » L'important était de ne pas rater le départ de l'avion ; pour le reste, un guide expérimenté décidait en fonction de l'état de la route et de l'itinéraire qui était à sa discrétion. Il tiendrait cependant compte de l'impératif, qui était de ne pas froisser ceux qui nous auraient donné l'hospitalité pour une nuit : en les quittant aux aurores, ils se figureraient peut-être qu'on ne s'était pas senti bien chez eux et qu'on avait hâte de s'en aller, tandis qu'en s'attardant sous leur toit on courait le risque de les déranger à l'excès dans leurs habitudes que j'ignorais. C'étaient des amis que je n'avais pas revus depuis vingt ans.

« Il y a vingt ans, moi j'avais quel âge ? » s'interrogea le chauffeur, qui s'essuyait le menton avec un mouchoir en papier. Il semblait incapable de répondre d'emblée et en vouloir à la femme de troubler l'opération de calcul mental à laquelle il se livrait par le martèlement de ses bottines sur les cailloux de la plate-forme où nous étions garés. Son regard fila vers le rétroviseur qui contenait un pan de la canadienne. « L'écharpe », cria-t-il sur le ton qu'on utilise pour nommer devant un animal l'objet ou le chiffon que celui-ci doit rapporter dans sa gueule. Pas plus que lui je ne détournai la tête. Perdue en chemin ou jetée exprès, l'écharpe ? Abandonnée, en tout cas, assez loin pour que le bruit des pas qui s'éloignaient de nouveau de la voiture décrût jusqu'à disparaître dans le silence de la montagne. Ensuite, de si courte durée qu'elle fût, l'ouverture de la porte arrière amena une bouffée d'air qui, en me nettoyant les narines, me rendit, une seconde, le poivré du parfum de la passagère. Il se dissipa après quelques tours de roues, et de fait nous étions en avance. La bande d'asphalte s'élargissait ; nous descendions déjà vers la région où il y avait un lieu-dit Mandria. L'ombre des arbres était bleue, et je me demandais si Restitude hésiterait autant que M. Stirla à me reconnaître.

Quelqu'un dans la campagne, ou depuis une fenêtre du village — car ce n'est rien avec une paire de jumelles, un kilomètre à vol d'oiseau —, a peut-être observé ce couple qu'une voiture avait déposé à l'endroit où la route surplombe le corral aménagé là où se sont effondrées les planches des jardins. Peut-être a-t-il noté que le conducteur, tendant le bras, a désigné le hameau qui est au fond de la vallée, sur un mamelon pas plus haut que la colline de Testaccio.

Et le conducteur a bavardé un moment avec le passager ; il a serré seulement la main de celui-ci avant de reprendre le volant et de démarrer avec la rapidité de qui n'a plus à se soucier que de son propre sort. La passagère se tenait en retrait, un bagage à ses pieds. Faisait-elle remonter le col de sa canadienne parce qu'elle avait froid ? Quel argument son compagnon avait-il trouvé pour la décider à effectuer le trajet d'aller et retour jusqu'au tournant, en amont ? Tout d'un coup, immobiles, face à face, ils semblaient attaquer un slow. Cherchait-il à l'embrasser ? Refusait-elle ? On a pu le croire en effet, et ce n'est pas l'envie qui m'a manqué d'écraser mes lèvres sur les siennes pour tenter d'abolir ce qui nous séparait. « Écoute, lui disais-je, tu as encore le temps de changer d'avis. De quoi as-tu peur si tu refuses ? Ça restera entre nous.

— Salvy voudra des détails, et je n'ai pas d'imagination, répondit-elle d'une voix sourde, ses doigts accrochés aux miens qui lui avaient effleuré le menton. Aller avec ton ami ou avec un autre, quelle importance pour moi, au point où j'en suis ? » De la même façon que je m'étais proposé de remplacer le pénitent de la procession, une phrase jaillit de ma bouche sans que ma pensée en eût examiné les conséquences.

« Je t'emmène avec moi, si tu en as marre. Nous filons directement à l'aéroport. À l'arrivée, tu téléphones pour prévenir que tu ne reviendras plus. »

Il y eut un silence au cours duquel me saisit la peur de n'avoir été que trop bien entendu, et à cette peur succéda la haine qu'on se voue à soi-même lorsque, par inadvertance, on a ruiné un plan qu'on était à la veille d'appliquer jusqu'à la victoire. Ce fut aussi fort que de trébucher dans une salle de concert, une pile d'assiettes contre la poitrine. Dans quelle affaire m'embarquais-je, au risque de compromettre la construction du tombeau et quand je n'aspirais, en réalité, qu'à retourner à la salle de boxe et à acheter un chien ?

« Si vous saviez ce que je suis », murmura l'autre, et pour le dire elle employa le mot sur un ton d'amertume. Soulagé par ses réticences, déjà certain qu'elle n'accepterait pas ma proposition, je répliquai que, dans mon genre, je ne valais guère mieux. Son haussement d'épaules signifiait qu'elle n'en doutait pas, et je fus tenté de la gifler, car c'est une chose que de s'avouer à soi-même la vérité, c'en est une autre, je l'avais vu avec le roman de Valdès, que de l'entendre ratifiée ou proclamée par des étrangers dont on espérait au moins, pour l'illusion, une dénégation de politesse.

« Il y a mon frère, reprit-elle. Je ne peux pas le plaquer. » Son frère, c'était le réceptionniste de l'hôtel ; n'avais-je pas remarqué un air de famille entre eux ? De sa main qui n'était pas gantée, elle retroussa une manche de sa canadienne jusqu'à ce que fût visible sous le pull le poignet d'une chemise d'homme qui avait un clou de selle en guise de bouton. Elle posa le bout de l'index à l'endroit où l'on sent battre le pouls et où Mme Francavilla avait l'habitude de frotter le bouchon en cristal de son flacon de parfum. Le pouce remuait comme pour appuyer sur la pompe d'une seringue.

« Ils le tiennent », dit-elle en scrutant le paysage autour de nous — ces corolles d'un gris argenté qui tranchait dans l'écarlate de la garance sauvage, sur le talus, le ciel qui s'était éclairci à en attraper une lumière d'aube, les plaques de zinc maintenues par des pierres qui servaient de toit à l'abri ménagé dans un angle du corral en dessous de la route. « Je n'ai plus que lui comme famille. Tout ça est de ma faute. J'ai cru à la petite annonce, j'ai cru au soleil, à la mer, à l'argent, et d'ailleurs, de l'argent, je n'en ai jamais eu autant qu'aujourd'hui. Nous avons encore une chance de nous en tirer. Salvy n'est pas vraiment immortel avec tout ce qu'il combine. S'il n'y avait pas sa mère, il serait même assez supportable. Qu'est-ce qui me prouve que vous n'êtes pas un type comme lui ? J'ai vu l'autre soir sur vos papiers que vous étiez né par ici. »

Elle gardait son poing serré sur l'un de ses gants dont les doigts de cuir retombaient telles les tiges des fleurs d'un bouquet sans eau, les mordillant l'un après l'autre, y laissant la moitié de son rouge à lèvres, moins rouge cependant que ce qui perlait au coin de la bouche où elle venait de se mordre.

Un coup de klaxon retentit pas très loin de nous, se répercutant de pente en pente. Les yeux dans les yeux, nous nous regardâmes pour la dernière fois, ce qui s'appelle regarder, pour reprendre la formule de M. Stirla à propos de la fornication, et sans doute, de par l'entraînement du sacerdoce, l'archiprêtre de la cathédrale eût-il estimé que les regards prient également quand ils se cherchent.

Nous nous retournâmes, mais à contre-jour on ne

distinguait pas la tête du chauffeur à travers le pare-brise. Une seconde j'espérai que Restitude ne se trouvât pas au volant de la camionnette dont les phares, de chaque côté de la calandre, nous fixaient tels des yeux exorbités, car elle avait été stoppée dans le tournant. Elle était d'un modèle trop ancien pour que la radio fût incorporée au tableau de bord, cette radio qui diffusait les applaudissements du public d'une émission de jeux ; l'animateur n'eut que le temps de présenter un candidat ; on avait tourné le bouton. Un homme sauta de la cabine, comme il avait jailli, autrefois, dans le pavillon « fermé » d'un hôpital militaire, de la couchette supérieure d'un lit à deux étages. Suivait un chien jaune qui avait la mâchoire d'un bull-dog anglais, bien d'autres espèces ayant contribué, dans sa généalogie de corniaud, à lui former ce corps de quadrupède qui va de l'amble. Au fur et à mesure que Restitude avançait, son visage criblé de tannes laissait voir, presque intacts, les traits du conscrit qui pleurait à l'idée que l'un de ses cousins à qui il en avait confié la garde ne pût, en son absence, s'occuper de son troupeau de chèvres pendant plus d'une saison. D'un claquement de doigts, je signifiai à l'amie de Salvy qu'elle ne devait pas bouger et j'allai à la rencontre de mon ami. S'il ne s'était pas fait rafraîchir la coupe, y perdant les boucles de sa chevelure qui avec les années avait pris la couleur de l'écorce des châtaignes, sa maigreur l'eût maintenu presque entier dans l'apparence du gamin que j'avais connu, quand bien même par la taille il me parut plus grand que dans mon souvenir. À vingt ans l'opinion qu'on avait de soi conduisait souvent à rapetisser un égal dont on se croyait le supérieur, celui qui était le cadet de peu et toute personne dans nos âges qui, se montrant en état d'infériorité, provoquait un sentiment de protection ou de dédain. Nous n'étions pas loin de la région des neuf lacs où les hommes avaient de la stature — Restitude en était peut-être originaire par un côté de sa famille.

« Tu es venu, enfin », cria-t-il, et il cria, ce qui était naturel et non exclamatif, parce que dans la montagne on n'apprend guère à contrôler sa voix — ou l'on se tait, ou l'on crie. Et, en réalité, j'entendis moins crier que je ne le devinai au mouvement des lèvres. Un bourdonnement m'avait soudain empli les oreilles, qui ressemblait au sifflement du vent sous les tuiles dans les interstices des murs, le contrecœur des cheminées ; elle en devenait inexplicable, l'immobilité des arbres sur la crête, comme celle des buissons autour de nous. Une lourdeur, qui n'était pas ma lourdeur habituelle, rivait mes pas au sol. J'eus du mal à la secouer pour rendre le baiser qu'on m'avait appliqué sur une joue. Dans le regard toujours aussi bleu, et qui demeurait enfantin, je vis tout de suite qu'il eût été dommage de ne pas amener une femme avec moi, car Restitude n'avait d'yeux que pour l'amie de Salvy, pendant qu'il pétrissait ma main dans la sienne, me palpait les épaules, me caressait à l'estomac, ne doutant pas que d'avoir tant grossi fût signe de bien-être et de réussite. Et il riait. Lors des présentations il demanda si nous avions des enfants, et lorsque je le raccompagnai jusqu'à la camionnette — les bidons où il recueillait le lait, il les avait rangés sur la plate-forme — je lui dis ce que cette femme était pour moi et ce qu'elle serait pour lui, s'il voulait.

« Vouloir, tu penses, s'écria-t-il, mais est-ce qu'elle acceptera ? Tu as vu comment elle est habillée ? » L'autre, là-bas, enfilait sa paire de gants avec toute la lenteur qu'on apporte à une occupation dont on se contente faute de mieux ; le chien flairait les bottines à ses pieds. Je saisis l'un des deux ustensiles par la poignée qui est sur le flanc. Par quel alliage obtenait-on cette légèreté, maintenant ? Restitude l'ignorait, mais il savait que ces ustensiles, on les commandait en gros à une usine de Lyon. Une fois, ayant eu besoin de les renouveler car, en contrepartie de leur légèreté et de la commodité de leur maniement ils se cabossaient, s'usaient vite, un marchand les lui avait expédiés par le train. À la gare qui était à vingt kilomètres, surprise : c'était une passagère qui les convoyait, elle aussi adressée par le marchand. Bien qu'elle eût reçu la somme d'argent qu'elle souhaitait, elle avait refusé de le suivre jusqu'au village, et il s'en était arrangé dans le vallon à côté. Pourtant il avait déjà modernisé sa maison, installé l'eau courante, le chauffage électrique, et aménagé deux chambres pour les invités — une femme y aurait trouvé tout le confort qu'elle souhaitait. Dans le vallon, si long et agréable que ce fût, par une journée ensoleillée, ce n'était pas la même chose que de sentir des mains de jeunesse sur son corps pendant une nuit entière. « Et ta mère aurait accepté ? dis-je. Une inconnue qui débarque comme ça et n'est présentée par personne. » Il rit de nouveau. « Si elle avait accepté de rester, dit-il, ma mère aurait été contente. Elle a peur que je ne finisse ma vie seul. Et puis une femme, tu sais, quand elle recommence avec un homme, tout ce qu'il y a eu auparavant, ça n'existe plus. On parle souvent de toi à la maison. Ma mère n'a pas oublié le service que tu m'as rendu à l'armée. Chaque année, elle a attendu ta visite pour te remercier. " Pourvu que je ne sois pas trop vieille quand il se décidera. " Elle répète ça depuis dix ans. Sa vue baisse, et c'est gênant pour faire la cuisine. »

Nous marchions si près l'un de l'autre que les bidons s'entrechoquaient, et que chacune des phrases que nous échangions semblait naître de ce bruit. Le chien, qui avait découvert le vanity-case sur le talus, commençait à aboyer, et ses aboiements qui devaient parvenir jusqu'aux petites habitations du hameau, au fond de la vallée, révélaient une espèce dont on n'avait pas soupçonné l'apport à sa constitution de corniaud. Quittant la route de but en blanc, l'amie de Salvy descendait vers le corral mais la pente était trop raide quand on était chaussé de bottines. Elle s'immobilisa de crainte de tomber, et je lui criai : « Attends-moi » — je criai par contagion, déjà réhabitué à l'intonation des hommes de la montagne. Ensemble nous entrâmes dans le corral qui était entouré de planches et à l'intérieur duquel il y avait une espèce de cabane — de grosses pierres étaient réparties sur le toit pour que les plaques en tôle ondulée ne glissent pas. Nous nous assîmes sur le rocher qui affleurait à un angle. « Il a l'air gentil votre copain », murmura l'amie de Salvy qui tirait sur sa jupe, les pans de sa canadienne entrouverts sur son pull d'homme. Restitude sifflait sur le bord de la route, si c'étaient des sifflements — plutôt des trilles, parfois des roulades, ou comme le gémissement d'un danseur andalou qui annonce un coup de talon sur l'estrade. On doutait d'ailleurs qu'il fît lui-même ces bruits avec sa bouche car il se tenait immobile, nous tournant le dos. L'une après l'autre, les chèvres apparaissaient parmi les buissons de lentisques, précédées d'un tintement de clochettes, flanquées quelquefois d'un chevreau. Les aboiements ne les impressionnaient pas. Restitude appelait chacune par son nom, et sur un ton de reproche lorsque, traversant la chaussée, elles passaient près de lui. Il y en avait de toutes les couleurs, la plus grande était blanche, ou du moins l'avait été comme un prêtre en surplis avant de traverser une chaussée boueuse. Elle avait les yeux bleus, aussi bleus que les yeux de mon ami, et je m'en étonnai auprès de celui-ci qui nous avait rejoints et n'arrêtait pas de rire ni de dévisager la maîtresse de Salvy.

« Ce ne sont pas des chèvres alpines, dit-il. Les alpines, lorsque tu en as vu une, tu les as vues toutes. »

J'observais que, même quand il riait, il conservait les paupières mi-closes, et pareilles étaient les chèvres qui, sans hâte, malgré les harcèlements du chien, pénétraient dans l'enclos pour s'y accroupir en nous regardant. Missionnaires et fonctionnaires qui avaient effectué leur carrière en Extrême-Orient retournaient parfois en Europe, les yeux bridés au soleil. Restitude posait un seau devant la bête qu'il avait choisie, et, assis sur une sellette, se mettait à la traire sans dégonfler beaucoup le volume de ses mamelles, peut-être parce qu'il fallait laisser du lait aux chevreaux. Il ne se pressait pas, mais qui n'avait pas le temps comme ces retardataires qu'on apercevait encore sur les hauteurs ? On entendait seulement le tintement des clochettes qui surexcitait le chien ; le contenu du seau était déversé dans les bidons. Lorsque ceux-ci furent à moitié pleins, Restitude, qui, à mon avis, n'avait pas recueilli plus d'une vingtaine de litres, revissa leur couvercle avec soin, et, bien qu'il s'y fût d'abord opposé, nous l'aidâmes à les transporter jusqu'au talus, et il nous regarda, sous ses paupières à demi fermées, comme des enfants à qui l'on passe un caprice. Il décrivait le dîner qu'on nous avait préparé mais il s'interrompait à tout moment pour s'écrier : « Ça alors ! » me palpant le bras, un œil sur l'amie de Salvy. Il amena la camionnette sur le terre-plein qui surplombait le corral, dont quelques bêtes franchissaient les barrières d'un bond pour retourner dans la montagne ; les chevreaux, il les avait placés à l'abri sous le toit de tôle. Au moment où il ouvrit la portière pour aider la maîtresse de Salvy à s'installer dans la cabine, la nuit tombait — on s'en rendait surtout compte parce qu'il avait allumé les phares et que leur lumière portait loin. Nous ne nous étions pas aperçus de la fin du jour ; on s'accoutume sans trop de mal à ce qui se produit en douceur. Des détonations trouèrent le silence — pas plus fortes cependant que le bruit des clochettes qui s'éloignaient. Elles provenaient du fond de la vallée, et je pensai au chauffeur de Salvy qui, peut-être, profitait du Samedi saint pour vider son chargeur devant l'église où les porcs n'entraient plus parce qu'il y avait une porte neuve.

« Maintenant, tu connais le chemin, dit Restitude avant de démarrer. Tu reviendras, n'est-ce pas ?

— Oui », dis-je avec élan, car je jouais avec cette idée qui me plaisait, tout en plongeant la main dans la poche où il y avait mon billet d'avion. La nuit nous avait devancés sur ce point du monde appelé Mandria, et je savais bien que je mentais à répéter ainsi : « Oui, oui. » Mais que faire, sinon mentir et jouer, devant les étoiles ?

## DU MÊME AUTEUR

*Aux Éditions Gallimard*

LA MAISON DES ATLANTES, *roman* (collection Folio).

LES DAMES DE FRANCE, *roman* (collection Folio).

LA DERNIÈRE FÊTE DE L'EMPIRE, *roman* (collection Folio).

L'ÉDUCATION DE L'OUBLI, *roman* (collection Folio).

LES JARDINS DU CONSULAT, *roman* (collection Folio).

LES ROSES DE PLINE, *roman* (collection Folio).

LA CONFESSION DANS LES COLLINES.

*Aux Éditions Denoël-Lettres Nouvelles*

LA LOGE DU GOUVERNEUR, *roman.*

*Impression Bussière à Saint-Amand (Cher),*
*le 9 novembre 1992.*
*Dépôt légal : novembre 1992.*
*Numéro d'imprimeur : 2557.*
ISBN 2-07-038552-3./Imprimé en France.

Impression Bussière à Saint-Amand (Cher),
le 9 novembre 1992.
Dépôt légal : novembre 1992.
Numéro d'imprimeur : 2557.
ISBN 2-07-038552-2./Imprimé en France.

Impression Bussière à Saint-Amand (Cher),
le 9 novembre 1992.
Dépôt légal : novembre 1992.
Numéro d'imprimeur : 2557.
ISBN 2-07-038552-4. Imprimé en France.

57583